LISE ANTUNES SIMOES

LES FILLES DE JOIE

1. Le Magnolia

Les Éditions
Coup d'œil

Couverture et infographie : Marjolaine Pageau

www.boutiquegoelette.com
www.facebook.com/EditionsGoelette

Dépôt légal : 2e trimestre 2020
Bibliothèque et Archives nationales du Québec
Bibliothèque et Archives Canada

Financé par le gouvernement du Canada | Canada

Les Éditions Coup d'œil bénéficient du soutien financier de la SODEC pour son programme d'aide à l'édition et à la promotion.

Imprimé au Canada

ISBN : 978-2-89814-097-6
(version originale : 978-2-89585-293-3)

Chapitre 1

Les Boivin sortirent de l'église dans le même ordre que lorsqu'ils y étaient entrés. Le père, un grand homme à la démarche digne et au regard sévère, s'arrêta un instant pour remettre avec soin sur sa tête le chapeau qu'il avait tenu sur ses genoux pendant tout le service. Maurice, second fils de la lignée, devenu le bras droit du père depuis que l'aîné avait quitté la famille pour se marier, le talonnait de près. Suivaient ensuite les deux benjamins, Élias et Nathaël, et enfin la mère, accrochée au bras de Victoire, l'unique fille de la famille.

Le père embrassa d'un coup d'œil la foule qui s'écoulait par les portes grandes ouvertes de l'église. Ses yeux gris passèrent sans les voir sur les petites gens, qui s'éparpillaient déjà en direction des charrettes qu'on avait parquées le long de la grand-place. Qu'ils fussent simples paysans ou domestiques, ils s'asseyaient toujours sur les bancs du fond et étaient par conséquent les premiers à sortir, prêts à prendre le chemin des rangs éloignés où ils habitaient, ou bien se hâtant vers les grandes maisons où ils travaillaient afin de réchauffer le repas à temps pour le retour de leurs maîtres. Aux yeux d'un Boivin, ces gens n'avaient aucun intérêt.

En revanche, son regard pétilla lorsque les notables de la ville sortirent à leur tour. Il y avait là des médecins, des avocats, des notaires, de riches commerçants, tous entourés de leurs épouses et de leurs enfants. Comme chaque dimanche, commença alors une habile chorégraphie où l'on s'approchait de son voisin pour le saluer, s'attardant un instant à peine avant de se tourner vers un autre, afin que chacun reçoive son compte de saluts et de politesses, suivant son importance. C'était l'heure de la parade, l'heure où chacun réaffirmait son statut social et ses alliances.

Adémar Boivin, lui, ne bougeait pas. Posté sur la plus haute marche du parvis, son épouse et ses quatre enfants près de lui, il affichait un air distrait, comme si ses pensées étaient perdues dans un monde bien plus profond et plus vaste que celui du commun des mortels. Bien sanglé dans son costume sombre, avec son nœud de cravate à l'ancienne mode et sa canne à pommeau d'ivoire qu'il ne sortait que pour les grandes occasions, il soignait son allure pour attirer l'attention tout en affectant un noble détachement. La technique était efficace… Quelques amis vinrent s'entretenir un petit moment, tandis que d'autres, qui passaient tout près, le saluèrent d'un signe de tête. Mais, qu'ils s'arrêtent ou pas, ils faisaient preuve envers lui d'une déférence telle qu'on aurait pu le prendre pour le maire de Boucherville en personne.

Car Adémar Boivin était une sommité dans son domaine. Dans sa famille, on travaillait le bois depuis des générations, mais il avait été le premier à cesser de fabriquer des commodes ou des bancs d'église pour se consacrer à un art plus noble. Ayant appris le violon dans ses jeunes années, il avait développé pour cet instrument une passion si grande qu'il avait finalement réorienté la dextérité de ses mains d'ébéniste afin de devenir luthier. Depuis près de vingt-cinq ans maintenant, il ne manipulait plus que des bois précieux et tendres, dédiés à la réalisation d'instruments délicats.

Adémar le violoniste avait un talent modeste, dont il avait rapidement atteint les limites. Il le savait bien et il en avait gardé une certaine amertume. Il ne jouait que très peu, seulement en famille lors des grandes occasions, et encore, il fallait le réclamer longtemps. En revanche, Adémar le luthier avait gagné une renommée internationale ; on venait désormais de loin — New York, Baltimore — pour le voir. Il était devenu un luthier brillant et cette reconnaissance l'avait consolé de sa déception de n'être qu'un musicien ordinaire.

Il fabriquait presque exclusivement des violons et des altos, ne s'attaquant que rarement aux instruments plus gros. Au fil des ans, il avait acquis un savoir-faire si unique qu'il avait attiré des musiciens de plus en plus célèbres. Sa renommée avait finalement atteint des proportions telles qu'il ne se déplaçait même plus chez ses clients, c'était chez lui, désormais, que se rendaient les familles riches et les musiciens professionnels qui souhaitaient une réparation, un ajustement ou un nouvel instrument.

Le fait de recevoir régulièrement ces artistes célèbres lui avait donné une aura toute particulière dans la petite ville de campagne où il s'était établi et où personne d'autre ne pouvait prétendre à de telles relations. À Boucherville, bien qu'il ne fût en réalité qu'un simple artisan, on le considérait comme un notable, ce dont il s'enorgueillissait intérieurement. Avec l'hypocrisie de celui qui a réussi et qui veut se sentir important, mais sans en avoir l'air, il faisait mine de se désintéresser des sujets qui agitaient la commune, tout en s'offusquant si l'on osait prendre une décision sans l'avoir consulté. On lui avait d'ailleurs plusieurs fois proposé un poste de conseiller municipal, ce qu'il avait toujours refusé, trop heureux de se faire désirer. Mais pour rien au monde Adémar n'aurait manqué sa petite parade du dimanche, après la messe, où chacun venait lui présenter ses respects. Lui qui passait ses journées reclus dans son atelier en profitait alors pour rappeler à tous la position sociale que sa célébrité lui conférait.

Le long de la place qui s'étendait du parvis jusqu'au fleuve, impatients de retrouver leurs prés, les chevaux attelés aux voitures piaffaient en entendant la voix de leurs maîtres. Mais les fidèles ne se pressaient pas pour rentrer chez eux et les groupes familiaux s'étiolaient à mesure qu'on croisait tel ou tel ami. En plein été, sous le vent tiède, on retrouvait avec plaisir les voisins que l'on n'avait pas vus depuis un moment, on se donnait des nouvelles ou bien on allait toucher un mot au père Thomas. Les enfants, fatigués d'être sages, jouaient à se poursuivre en riant parmi les adultes, tandis que les femmes se mêlaient entre elles pour bavarder tout en surveillant d'un œil leurs adolescentes.

Du côté des Boivin, en revanche, on ne s'éparpillait pas : le groupe se pressait autour du père comme des moutons près de leur berger. Il n'avait pas besoin d'être colérique pour exercer sur sa famille une autorité implacable. En public, il fallait sourire et saluer, répondre aimablement lorsqu'on nous adressait la parole, mais il n'était pas question de s'éloigner pour discuter avec les uns ou les autres sans avoir auparavant obtenu l'autorisation paternelle. Et, généralement, le père préférait garder son troupeau bien serré.

Tandis qu'Adémar continuait de serrer des mains, sa fille s'impatientait. Victoire savait à quel point son père aimait s'attarder. C'était chaque fois la même chose. Même si les Boivin n'étaient qu'à dix minutes à pied de l'église, la jeune fille n'avait pas le droit de rentrer seule ; elle devait attendre qu'Adémar en finisse avec ses petites mondanités et que toute la famille se mette en route d'un seul bloc.

Elle soupira, agacée. Une nouvelle dispute venait d'éclater entre Élias et Nathaël, les deux plus jeunes frères. Âgés de quatorze et quinze ans, ces deux garçons ne pouvaient pas vivre l'un sans l'autre… pas plus que l'un avec l'autre. Leurs chamailleries continuelles étaient leur mode d'expression habituel. Ils étaient passés maîtres dans l'art de se disputer à mots couverts pour ne pas trop attirer l'attention de leur père, qui les aurait immanquablement fait taire, mais ils agaçaient prodigieusement leur sœur.

– Taisez-vous donc, tous les deux ! finit-elle par leur jeter. Maman, ne pouvez-vous pas leur dire quelque chose ?

Sidonie lança à sa fille un regard fatigué et haussa les épaules. La brave femme, qui ne vivait que dans l'ombre de son mari, n'avait aucune autorité sur ses enfants. Elle se contentait de se tordre machinalement les mains sur le manche de son ombrelle et de sourire à qui lui souriait.

Victoire, exaspérée, soupira de nouveau et tenta vainement de s'éventer du plat de la main. Avec son corsage de dentelle blanche emprisonné dans un corset aux baleines implacables, recouvert d'une belle épaisseur de damas couleur prune, sa robe du dimanche, assez jolie, n'était absolument pas adaptée à la température du jour. Couverte des poignets jusqu'au cou, sans rien d'autre pour l'aérer qu'un sage décolleté carré sur la poitrine, la jeune fille étouffait sur ce parvis exposé en plein soleil. Le léger vent qui arrivait du Saint-Laurent n'y faisait rien.

– Je crois que j'ai oublié mon missel à l'intérieur, prétexta-t-elle pour s'éclipser. Puis-je retourner le chercher ?

– Tu n'attends pas de saluer ton frère ? Je l'ai aperçu, tout à l'heure, avec sa femme…

– Non, je le verrai plus tard. Je vais chercher mon missel.

Alors que sa mère glissait un regard vers son mari — toujours occupé à bavarder avec un de ces amis — pour quêter une approbation, la jeune fille n'attendit pas de réponse. Elle remonta les marches et rentra de nouveau dans l'église.

* * *

Il faisait plus frais à l'intérieur et les bancs étaient vides. Le jeune servant d'autel, après avoir rangé les objets liturgiques, avait déjà disparu pour aller retrouver ses amis. Il ne restait qu'une petite dame très âgée, toujours en prière. À moins qu'elle ne se fût tout simplement endormie. Sa silhouette était si tassée sur elle-même qu'il était difficile de faire la différence.

Victoire déambula quelques minutes, le nez en l'air. Les ornements bleus, blancs et or qui décoraient le plafond de l'église dataient déjà de quelques dizaines d'années, mais les dorures avaient conservé leur effet clinquant, un peu tapageur, qui faisait paraître l'église presque neuve.

Sur un pupitre, la grosse bible reliée était encore ouverte à la page lue par un paroissien pendant le service. C'était une épître de l'apôtre Paul aux Corinthiens que Victoire, perdue dans son imagination, n'avait écoutée que d'une oreille distraite. Le lecteur avait lu le texte d'un ton monotone, butant sur plusieurs mots. Il n'avait pas fallu longtemps pour que l'assemblée se mette à rêvasser paisiblement, l'abandonnant à son sort. De toute façon, Victoire, même lorsqu'ils étaient lus avec un peu plus de conviction, ne s'intéressait que très peu aux récits bibliques. En revanche, ce qu'en avait dit le père Thomas dans son sermon lui avait paru bien plus intéressant.

Il faut dire que le père Thomas ne manquait pas de dynamisme. Arrivé à Boucherville depuis peu, il était encore tout rempli de l'importance de son rôle. Né dans la grande ville de Montréal, il avait fait de longues études et il était capable de pousser assez loin les réflexions théologiques sur lesquelles il s'appuyait pour écrire ses sermons. En plus d'être un orateur convaincant, c'était un idéaliste qui s'était donné pour mission d'éduquer ses fidèles et de les amener à revoir différemment les récits bibliques, comme s'il cherchait à dépoussiérer les vieilles traditions. Il offrait sur certaines paraboles un point de vue qui — pour une fois — sortait de l'ordinaire et suscitait la réflexion. Cela changeait agréablement de son prédécesseur, un vieux prêtre qui avait radoté les mêmes choses pendant des dizaines d'années avant de prendre sa retraite.

Tout juste trentenaire, le père Thomas avait amené un vent de renouveau sur la ville, qui avait d'abord effrayé un peu les bonnes gens avant de les conquérir tout à fait. Assez âgé pour savoir comment mener ses ouailles, mais encore trop jeune pour en être désabusé, il mettait tant de conviction dans ses prêches que les bigotes, séduites, lui prédisaient déjà un brillant avenir : pour les unes, il deviendrait saint ; pour les autres — plus prosaïques —, au moins évêque. En attendant, il se révélait déjà un bon meneur d'hommes : d'une main, il tenait fermement ses fidèles, tandis que, de l'autre, il dispensait généreusement conseils et attentions. Il comptait bien faire de sa paroisse un exemple de piété et il ne ménageait pas ses efforts, quitte à bousculer un peu ces esprits simples de paysans.

Victoire le trouvait fascinant. Pour elle, qui n'avait personne avec qui discuter sur certains sujets qu'elle qualifiait elle-même de « sérieux », ce prêtre était une source de stimulation et d'apprentissage bienfaisante. Comme la jeune fille n'avait plus l'âge d'assister aux leçons de catéchisme qu'il donnait tous les dimanches avant la messe, elle ne se faisait pas prier pour aller se confesser ! ; chaque fois, le père Thomas avait pour elle un mot spirituel ou une question qui mettait le cerveau de la jeune fille en ébullition.

– Mais pourquoi as-tu besoin de penser à toutes ces choses ? lui demandait souvent sa mère en levant les yeux au ciel avec un air exaspéré. Avec la religion, il ne s'agit pas de s'interroger, il s'agit de croire. Tu n'as qu'à croire, voilà tout !

Victoire ne trouvait rien à répondre. Elle savait seulement qu'elle avait faim de ces choses de l'esprit, et qu'elle dépérissait de ne pouvoir partager ce qui se passait dans sa tête avec qui que ce fût dans son entourage immédiat. Le père Thomas, au moins, lui apparaissait comme un interlocuteur précieux qui ne la regardait pas avec condescendance lorsqu'elle lui faisait part de ses interrogations, bien loin du quotidien ordinaire des femmes de la ville.

Une ombre passa sur les murs lumineux de l'église, indiquant que quelqu'un venait d'y pénétrer, ce qui fit sortir Victoire de ses songes. Elle tourna la tête et tressaillit.

C'était Germain.

La renommée d'Adémar Boivin lui valait de recevoir chaque année de nombreuses demandes d'apprentis en quête d'un maître qui leur apprendrait le métier. Certains ne venaient travailler pour lui que pendant quelques mois, mais les plus prometteurs restaient plus longtemps. Germain était de ceux-là.

Victoire l'avait vu s'éloigner un peu plus tôt, accompagné comme toujours de Simon, l'autre jeune apprenti, et elle pensait qu'ils étaient déjà rentrés à l'atelier. Elle ne s'attendait pas à ce que Germain tente de lui parler ici, au beau milieu de l'église.

– Qu'est-ce que tu fais là ? lui chuchota-t-elle, soudain nerveuse, lorsque le jeune homme l'eut rejointe. Je croyais que tu étais parti.

Il lui offrit un sourire rayonnant.

– J'avais envie de te voir, c'est tout, dit-il en lui prenant la main pour la serrer doucement.

– Ici ?

– Justement, qu'y a-t-il de plus innocent que de bavarder dans une église ?

En dépit de son apparente assurance, Germain coula un regard en direction de la vieille, toujours tassée sur son banc. Comme elle ne réagissait pas du tout, le jeune homme reprit, en chuchotant plus bas encore :

– Est-ce qu'on peut se voir, cette après-midi ?

– Je ne sais pas. Je vais voir si je peux m'absenter. D'ici là, tu ferais mieux de partir, je n'ai pas envie qu'on nous trouve ensemble.

Elle dégagea sa main et Germain la laissa faire en hochant la tête avec soumission. Il se contenta de lui envoyer un baiser du bout des doigts, puis il s'éloigna en silence.

* * *

Pour Adémar, les affaires tournaient rondement. Propriétaire d'une grande maison confortable, il avait racheté la petite boutique attenante et y avait fait installer son atelier de lutherie, où il passait ses journées vêtu de sa blouse grise et de son tablier de travail, parmi les outils et les odeurs de vernis. Il aurait bien sûr souhaité céder son affaire à l'aîné de ses fils, Joseph, mais Adémar s'était rapidement rendu compte que celui-ci n'avait aucun talent pour le travail du bois, aussi avait-il abandonné ce projet. Il avait laissé son fils choisir une carrière de commerçant sans plus se soucier de lui. Son art était son unique priorité, il n'aurait jamais risqué de voir sa renommée ternie par un héritier médiocre.

Il avait alors reporté tous ses espoirs sur son fils cadet, Maurice, qui se montrait plus prometteur. Bien qu'Adémar fût un maître exigeant et que le travail à l'atelier sous sa surveillance constante ne fût pas facile, le garçon se réjouissait d'avoir été choisi pour lui succéder. Très conscient de sa position, Maurice travaillait dur, imitait son père dans ses moindres gestes et cherchait par tous les moyens de lui prouver ce dont il était capable. Pour le moment, Adémar Boivin était seul maître à bord, mais cela n'empêchait pas le jeune homme de se gonfler de sa petite importance, même si elle n'était qu'apparente : il jouait au sous-chef, donnait des ordres avec un goût évident pour le pouvoir, et approuvait systématiquement ce que disait son père en attendant le jour où le vieux lion lui céderait du terrain. Maurice avait de quoi bomber le torse : à vingt ans à peine, il venait d'être nommé contremaître et il se rengorgeait comme un jeune coq.

Entre le père et son bras droit, le repas dominical fut, comme c'était souvent le cas, profondément ennuyeux, malgré la présence de Germain et de Simon, les deux apprentis, qu'on invitait toujours à se joindre à la famille pour cette occasion.

Sous le regard gris sombre du maître luthier, chacun mangeait en silence, lançant ici et là un sujet de conversation qui mourait très vite faute d'être alimenté. Adémar Boivin contrôlait tout ce qui se disait autour de sa table et mettait fin sans la moindre délicatesse aux conversations qui ne l'intéressaient pas ou qu'il jugeait superficielles. Comme il ne parlait jamais politique avec sa famille — incapable, selon lui, d'un avis pertinent — et qu'il s'intéressait encore moins aux commérages qui composaient l'essentiel de la vie quotidienne de Boucherville, les repas en sa présence étaient bien ternes. Habitués, les membres de la famille en avaient pris leur parti. Même Élias et Nathaël se tenaient tranquilles.

– Papa, puis-je sortir cette après-midi ? demanda Victoire après un moment.

– Pour aller où ? demanda celui-ci d'un ton monocorde.

– Célia m'a invitée à passer la voir, mentit-elle. Comme c'est dimanche…

– Mmm…

Ce fut le seul commentaire d'Adémar, mais sa fille choisit de considérer cela comme une approbation et elle lui répondit d'un sourire aimable, qu'elle voulait chaleureux et parfaitement innocent. Elle évita soigneusement de regarder Germain, sous peine de se trahir. Ce dernier fit la même chose ; à l'autre bout de la table, près de Simon, il ne broncha pas et continua d'avaler son assiette sans lui adresser un seul regard.

C'était sans compter le sous-chef.

– Où comptez-vous aller, toutes les deux ? demanda Maurice d'un air méfiant.

– Je ne sais pas encore. Sans doute, nous promener au bord du fleuve.

– Alors, ne rentre pas trop tard.

Victoire serra les dents. Elle détestait lorsque son frère, qui n'avait que trois ans de plus qu'elle, adoptait ce comportement paternaliste ridicule, mais elle avait appris à ne jamais provoquer une dispute en présence de son père. Elle garda donc ses réflexions pour un face-à-face privé avec Maurice, où généralement le jeune homme faisait moins le fier.

Heureusement, Adémar se chargea de remettre lui-même le petit sous-chef à sa place, en l'arrêtant d'un geste sec de la main.

– Laisse, Maurice, fit-il avant de se tourner vers sa fille. Et toi, dis à ton amie que tu dois rentrer pour six heures.

* * *

Après le repas, Adémar se retira seul avec ses violons, les deux apprentis remontèrent dans l'attique — un grenier aménagé au-dessus de l'atelier, où ils logeaient — et le reste de la famille se prépara pour aller rendre visite à Joseph et à sa femme.

Victoire, avant de partir, monta en vitesse dans sa chambre.

Sur le rebord de sa fenêtre s'alignait une collection de petites sculptures délicates en bois. Certaines étaient peintes de couleurs vives, d'autres recouvertes de vernis teintés, d'autres encore simplement en bois nu. Toutes étaient ses propres créations.

Très jeune, déjà, en voyant ses frères travailler dans l'atelier paternel, Victoire avait essayé de les imiter. Elle n'avait pas douze ans quand elle avait saisi sa première gouge pour sculpter un motif de fleur en bas-relief dans une planche de pin, de celles qu'on utilisait pour presser les pièces de violon pendant le séchage. C'était Joseph qui, le premier, avait eu la patience de montrer à la petite fille comment tenir les outils correctement. Elle s'était amusée une après-midi entière, seule avec son frère dans le silence de l'atelier, jusqu'au moment où leur père était rentré. Il n'avait rien dit, mais il avait jeté un regard un peu méprisant sur le travail que la petite Victoire, toute fière, lui avait montré.

– Ne perds pas ton temps avec cette enfant, avait dit Adémar à son fils aîné d'un ton réprobateur, et concentre-toi plutôt sur tes volutes. Celle que tu as terminée hier est loin d'être satisfaisante, tu m'as encore gâché du bon bois…

Ce jour-là, la fleur maladroitement exécutée avait fini au feu, avec le reste du bois inutilisé de l'atelier. Mais Victoire, jeune et pleine d'enthousiasme, ne s'était pas découragée. Joseph lui avait répété ce qu'il avait appris de son père et elle avait fidèlement reproduit tout ce qu'elle pouvait. Elle avait réclamé un cahier et des crayons, et dessiné pendant des heures les motifs qu'elle voulait sculpter. Elle s'était rapidement désintéressée des bas-reliefs qu'on réalisait dans les planches de pin ou d'érable, qui lui semblaient trop faciles, et s'était attaquée aux sculptures tridimensionnelles. Elle avait même une fois emprunté un couteau de cuisine pour tailler dans un tasseau de bois un morceau de colonne torsadée, un épisode dont elle s'était tirée avec une sérieuse entaille au doigt et une punition pour avoir complètement émoussé la lame du couteau. Persévérante, elle avait pourtant continué.

Elle commençait à peine à apprendre le travail du bois que, déjà, elle y montrait un talent indéniable. Ses frères aînés, Joseph d'abord, puis par la suite Maurice, ne tardèrent pas à reconnaître ce don, avec parfois un peu de jalousie : même si elle ne possédait pas toutes les connaissances qu'Adémar leur transmettait à l'atelier, Victoire avait dans les mains une dextérité naturelle qu'ils devaient, eux, acquérir laborieusement à force de temps et de pratique.

Pour autant, Adémar ne s'intéressa jamais à ce qu'il considérait comme un passe-temps bien étrange pour une demoiselle de cet âge. Il ne le tolérait que dans la mesure où Victoire se tenait à l'écart de l'atelier et ne gênait pas le travail des apprentis. Joseph avait plusieurs fois signalé à leur père qu'elle était bien plus douée avec le bois qu'il l'était lui-même malgré sa plus grande expérience, ce à quoi Adémar avait un jour répondu avec moquerie :

– Ce n'est pas difficile d'être plus doué que toi, mon garçon, étant donné le misérable travail que tu produis. Heureusement que je peux au moins compter sur ton frère…

Joseph avait baissé la tête, mais, avant de se soumettre complètement, il avait fait une dernière tentative.

– Ne voulez-vous pas laisser à Victoire une chance de vous montrer ce dont elle est capable ?

Adémar avait éclaté de rire.

– Et que veux-tu que je fasse d'un tel talent ? Ce n'est qu'une fille, elle n'aura jamais sa place dans mon atelier.

Victoire, qui se trouvait au même moment dans la pièce voisine, n'avait rien perdu de la conversation. Cela avait mis un terme définitif à ses espoirs de voir son père s'intéresser à son travail et confirmé la sensation qu'elle avait toujours eue de passer en dernier dans les préoccupations d'Adémar — bien loin derrière ses quatre frères. Pendant les années de son enfance, elle avait souvent cherché à attirer l'attention de ce père qui ne se souciait pas d'elle ! ; mais à compter de ce jour-là, elle abandonna toute nouvelle tentative et devint de plus en plus secrète.

Elle se vengea du désintérêt paternel à sa façon, en refusant de continuer les leçons de violon qu'Adémar faisait prendre à chacun de ses enfants depuis leur plus jeune âge. Cela ne se fit pas sans heurts, car le luthier supportait mal qu'on lui tienne tête et n'appréciait pas du tout ce qu'il prit pour un caprice d'adolescente. Mais Victoire, astucieuse, avait négocié de remplacer le violon par le piano. De cette façon, son éducation musicale continuait et Adémar ne pouvait plus rien trouver à y redire.

La jeune fille continua donc à griffonner des dessins sur ses cahiers et à sortir ses gouges et ses rabots pour travailler les pièces de bois qu'on l'autorisait à prendre à l'atelier. Elle aimait ce travail un peu masculin qui la distinguait des autres filles de son âge, et elle goûtait particulièrement le fait de tenir tête — quoique de façon indirecte — à son père. Quand elle s'asseyait dehors, sur les marches de la porte arrière de la cuisine, et qu'elle mettait son vieux tablier de luthier pour travailler sur ses genoux un morceau de bois, sa mère ne manquait pas de lever les yeux au ciel, mais elle ne disait rien. La pauvre Sidonie avait compris depuis longtemps que lorsque sa fille avait une idée en tête, rien ne pouvait l'en détourner. Et malgré elle, elle admirait les créations qui sortaient, toutes lisses et toutes polies, des mains de sa fille.

Dans sa chambre, Victoire n'accorda qu'un bref regard à sa collection de statuettes. Elle saisit l'une d'elles, l'enveloppa dans un mouchoir et la fourra dans la poche de sa robe avant de redescendre.

* * *

Joseph avait très vite su qu'il décevrait son père et que son temps à l'atelier était compté.

Il avait pourtant toujours fait preuve d'une désespérante bonne volonté. Docilement, il avait appris tout ce qu'il y avait à apprendre sur la théorie musicale, la qualité des bois, les mesures des instruments. Il connaissait par cœur les soixante et onze petites pièces qui composaient un violon ! ; il ne se trompait jamais sur l'essence à employer pour fabriquer chacune d'elles, mais il n'y avait rien à faire : ses mains restaient malhabiles, son œil ne voyait pas les différences subtiles qui distinguaient un excellent instrument d'un plus ordinaire. Ni son oreille ni son cœur ne ressentaient les sons uniques, aux nuances délicates, qui s'échappaient pour la première fois des violons nouveau-nés.

Adémar s'obstina pendant plusieurs années, convaincu que si son aîné avait fini par apprendre à appliquer convenablement les couches de vernis, il finirait à la longue par acquérir le même œil exercé pour juger du bombé d'une table ou du délié d'une volute. Le temps passa pourtant, envenimant lentement les relations entre père et fils lorsque, au terme d'une discussion houleuse avec Adémar, Joseph finit par raccrocher définitivement son tablier de luthier pour se trouver une autre profession. L'intelligence du jeune homme se trouvait dans sa tête, pas dans ses mains. Un drame pour un apprenti luthier…

Il fit cadeau à Victoire de ses outils de travail. Deux ans plus tard, il épousait Faustine, une fille du pays, et s'installait avec elle à l'autre bout de la ville.

La famille Boivin venait lui rendre visite chaque dimanche, surtout depuis que le petit Adémar était né. C'était un beau bambin qui commençait maintenant à parler et qui trottait partout dans la maison, pour le plus grand désespoir de sa mère, déjà enceinte d'un deuxième enfant. Sidonie, en revanche, ne jurait plus que par son petit-fils, dont elle était folle. Dans la vie monotone qui était la sienne, les dimanches occupaient une place toute particulière, car pendant quelques heures elle pouvait se laisser aller à d'infinis épanchements maternels sur un enfant qui était encore trop petit pour la trouver envahissante, et ce, sans risquer de se faire reprendre par son mari. Maurice, Élias et Nathaël participaient aussi aux visites, moins pour materner que pour voir leur frère, quoique les deux plus jeunes se lassaient assez vite de ces réunions de famille et finissaient généralement par se chamailler dans un coin. Quant à Victoire, elle ne se faisait jamais prier, car elle aimait beaucoup la compagnie de Faustine, pas beaucoup plus âgée qu'elle.

Ce jour-là, pourtant, comme cela lui arrivait parfois, la jeune fille écourta sa visite en rappelant à tous qu'elle avait promis de se rendre chez son amie Célia. Elle laissa donc sa mère et ses frères, planta quelques baisers sur les joues du petit Adémar, puis elle quitta gaiement la maison.

Elle continua alors son chemin jusqu'au bout de la rue Saint-Charles, mais au lieu de prendre à droite, en direction de la maison de son amie Célia, elle bifurqua vers le fleuve. Plusieurs fois, elle mit la main dans la poche de sa robe, comme pour s'assurer machinalement qu'elle n'avait pas oublié la petite sculpture.

En suivant le chemin qui longeait le Saint-Laurent, Victoire finit par dépasser les dernières maisons serrées de la petite bourgade et arriva dans un pré où ruminait un troupeau de vaches. Au bout se trouvait une grange, à demi cachée par les arbres qui bordaient le fleuve et encadraient le pâturage. L'endroit appartenait aux Massicotte, des relations de sa famille que Victoire connaissait depuis toujours. Enfant, elle était souvent venue jouer près de cette grange avec ses frères et les enfants du village, avant que son statut de jeune fille ne lui interdise les jeux en plein air et ne la confine aux robes sages et aux choses raisonnables.

Au lieu de contourner la grange pour passer par l'entrée principale, Victoire resta sur le sentier et passa par la porte arrière, celle qui donnait sur le fleuve. Habituée des lieux, elle tira adroitement vers elle le lourd panneau de bois en évitant ainsi d'en faire grincer les gonds, puis elle se glissa à l'intérieur.

Dehors, les vaches continuaient de ruminer paisiblement. Elles étaient les seules à avoir vu cette jolie demoiselle en habit du dimanche se faufiler comme une voleuse dans la grange presque vide, où l'on n'avait pas encore entreposé le fourrage pour l'hiver.

* * *

Victoire hésita une seconde, le temps que son regard s'habitue à la pénombre. On laissait parfois traîner des outils dans le passage, près de cette porte rarement utilisée, et elle ne tenait pas à arracher son jupon ou à s'écorcher la jambe en s'avançant trop vite.

Une fois que ses yeux se furent adaptés à la faible lumière qui filtrait par le dessous des grandes portes principales et les quelques lucarnes qui trouaient la façade, elle retrouva ses repères et se dirigea sans hésiter vers la grosse échelle qui menait au grenier à foin. Relevant sa jupe d'une main, elle grimpa avec agilité et, une fois le haut atteint, fit résonner ses talons sur le plancher.

Dans le fond du fenil, il ne restait qu'un peu de paille grossière, de celle qu'on ne donne aux bêtes que lorsque l'hiver a été long et que toute la réserve de foin odorant a été consommée.

– Ne me dis pas que tu dors ! s'exclama Victoire, les poings sur les hanches, avec un faux air outré.

– Mmm… Tu as été longue, lui répondit une voix ensommeillée.

La paille s'agita un instant, puis un grand corps apparut et s'étira mollement avant de venir à la rencontre de la jeune fille. Germain avait la silhouette maigre de ces garçons qui ont quitté leur mère depuis trop longtemps.

Il prit Victoire dans ses bras et lui colla quelques baisers sonores dans le cou. La jeune fille sourit, lui vola un baiser à son tour, puis elle se dégagea un peu pour plonger la main dans sa poche.

– Tiens, regarde ce que je t'ai apporté. Je l'ai terminé hier.

Elle tira de sa robe la sculpture qu'elle avait soigneusement enveloppée dans son mouchoir et la tendit à Germain. Celui-ci chercha d'abord un peu de lumière en s'approchant d'une lucarne qui donnait sur le fleuve, puis il ouvrit le mouchoir.

C'était un petit cheval, cabré comme s'il était en train de jouer, les pattes un peu écartées, le cou bien arqué et le museau plongeant avec élégance vers l'avant. La queue et la crinière, stylisées, accentuaient l'impression de mouvement. Quant à la tête, bien que la sculpture complète ne fût pas plus grande que la paume de la main, elle contenait malgré tout assez de détails délicats, avec ses minuscules naseaux et ses deux petits yeux troués.

Un sifflement admiratif s'échappa des lèvres du jeune homme.

– Joli ! Tu as vraiment bien réussi la tête… C'est de l'épicéa ?

– Oui…

– J'aime aussi beaucoup la silhouette, il est très équilibré.

– C'est notre jument qui m'a servi de modèle.

– Vraiment ?

– Oui, je l'ai observée longtemps pour être certaine des muscles et des proportions. Mais la position vient de son poulain, celui qu'elle a eu il y a trois ans et qu'on a vendu à la foire.

– Ma foi, tu as un excellent sens de l'observation !

Victoire rougit de plaisir sous le compliment.

– Est-ce que ton père l'a vue? demanda Germain.

– Non, répondit la jeune fille en pinçant aussitôt les lèvres. Il ne s'intéresse pas à ce que je fais. Et puis il se serait tout de suite rendu compte que j'avais pris ce morceau dans son atelier et il en aurait fait tout un scandale.

– C'est dommage, il admirerait sûrement le travail.

– Il l'admirerait si c'était mon frère ou toi qui l'aviez réalisé. Avec moi, il le mettrait de côté avant de parler d'autre chose…

Sentant que le ton de la jeune fille se faisait plus sombre, Germain préféra changer de sujet.

– Tant pis pour lui, alors. Il est bien bête. Est-ce que tu me le donnes? demanda-t-il, en caressant doucement le petit cheval de bois avant de le remettre dans le mouchoir.

– Oui, c'est pour toi que je l'ai fait.

Germain eut un large sourire et revint vers Victoire pour l'embrasser de nouveau.

– La prochaine fois, j'essaierai de te trouver un beau morceau d'ébène pour que tu essayes. Mais tu verras, c'est beaucoup plus difficile à sculpter.

– C'est un défi? rétorqua-t-elle aussitôt, le regard pétillant.

Le jeune homme eut un sourire et la prit par la taille sans répondre à sa provocation.

– Tu sais que tu es bien jolie, dans cette robe, chuchota-t-il. Je n'arrêtais pas de te regarder, ce matin, à l'église…

Comme chaque fois qu'ils se retrouvaient dans la grange, depuis le début de l'été, Germain ne tarda pas à se montrer un peu plus insistant. Avec son regard clair et sans malice, il ne cherchait pas à mal, il savait que la jeune fille pouvait décider de dire non à tout moment et il ne s'en offusquait pas lorsque cela se produisait.

Germain n'avait toujours pas compris comment il s'y était pris pour obtenir les faveurs de cette jolie jeune fille — qui plus est, la fille de son maître! — qu'il avait regardée de loin pendant près d'un an sans lui adresser autre chose qu'un discret : « Bonjour, mademoiselle ! » lorsqu'il la croisait dans l'atelier. Après tout, Victoire n'était pas de ces paysannes peu farouches qu'on rencontrait dans les foires agricoles et qui, en échange de quelques sourires ou d'une petite pièce, faisaient le bonheur des saisonniers. Elle appartenait à une classe de la population qui se prétendait bourgeoise, même si elle n'avait rien de commun avec les riches bourgeois des grandes villes. De plus, elle était éduquée, bien élevée et jalousement surveillée par sa famille. Elle avait fêté ses dix-sept ans peu de temps auparavant et elle affichait en public les manières caractéristiques des demoiselles de son âge : polie, effacée, baissant les yeux devant le regard des hommes et se tenant le plus souvent dans les environs immédiats de sa mère. Elle était le genre de tourterelle qu'on couvait avec soin et qu'on conduisait, vierge et naïve, jusqu'au mariage avantageux qui ferait la fierté de la famille. Le plus surprenant était sans doute que Victoire, au premier regard, tenait parfaitement son rôle de jeune fille sage. Rien ne laissait soupçonner le tempérament fougueux et l'appétit qui brûlaient en elle et que Germain avait fini par découvrir.

Simon pouvait témoigner, lui aussi, de l'attitude en apparence irréprochable de la jeune fille. Les deux apprentis du maître Boivin, qui passaient ensemble le plus clair de leur temps, ne s'étaient jamais permis le moindre contact avec la fille de leur maître ; celle-ci, en retour, ne leur avait pas accordé d'intérêt particulier. Les apprentis avaient beau être invités le dimanche à la table d'Adémar, ils ne faisaient pas partie de la famille et cette limite était clairement tracée. Les premières fois que Germain avait croisé la fille du maître, elle était généralement concentrée sur un livre ou un ouvrage et elle ne l'avait salué que d'un signe de tête. Il avait fallu du temps pour que le jeune apprenti lui arrache un vrai regard, puis un sourire, puis enfin une réponse intelligible à son salut. Victoire n'avait pas pour habitude de fréquenter les apprentis de son père, mais comme il lui arrivait parfois de traverser l'atelier pour parler au maître ou à Maurice, elle avait fini par s'habituer aux regards insistants de Germain.

Même si rien n'indiquait de prime abord que Victoire trouvait le jeune apprenti à son goût, celui-ci n'avait pourtant pas eu besoin de se démener beaucoup pour la séduire. Un jour qu'il s'était assis en arrière de l'atelier, près de la réserve de bois, et qu'il profitait de son temps libre pour sculpter un petit appeau expérimental à destination du couple de chouettes qui nichaient dans les environs, Victoire s'était approchée de lui. Elle l'avait taquiné sur le son misérable de l'instrument et Germain, vexé, s'était défendu sèchement. Mais le sourire d'excuse de Victoire l'avait bientôt fait changer d'avis. Ils avaient alors échangé quelques mots à propos des appeaux, des chouettes et de la précision des sons — il était si facile de gâter le plus beau morceau de bois lorsqu'on le travaillait mal —, et Germain avait pu constater que Victoire en connaissait plus sur le sujet qu'il ne l'avait soupçonné. C'est avec surprise qu'il avait appris que la jeune fille s'était essayée à la lutherie, à l'époque où son père tentait encore de former Joseph et que ce dernier enseignait à son tour ce qu'il savait à sa petite sœur.

La discussion n'avait duré que quelques minutes. Comme la mère Boivin apparaissait à la fenêtre, Victoire s'était aussitôt sauvée, mais Germain avait profité de ce premier tête-à-tête pour entretenir avec elle un semblant de familiarité. À sa grande surprise, Victoire y avait répondu favorablement.

Il y avait d'abord eu quelques chastes baisers, volés dans l'encadrement d'une porte ou à l'arrière de l'église, là où personne n'allait jamais, tout juste après le sermon du dimanche. Encouragé par l'attitude paisible de la jeune fille, Germain avait osé lui demander un rendez-vous. Elle avait rougi, légèrement, mais elle avait accepté. C'était même elle qui avait proposé de se retrouver dans cette grange, qu'elle connaissait bien. Et elle était venue.

Elle ne s'était pas trémoussée lorsqu'il avait glissé les mains dans son corsage, elle n'avait pas gloussé nerveusement, ne s'était pas non plus mise en colère. Elle avait seulement rougi un peu plus et s'était raidie, visiblement prise au dépourvu, ne sachant pas comment elle devait se comporter, mais sans essayer de le repousser. Sur le moment, Germain n'avait pas osé en demander plus. Après tout, lui aussi se trouvait dans une position délicate : il préférait ne pas songer à ce qui lui arriverait si Adémar apprenait que son apprenti avait caressé les seins de sa fille… Et Germain, malgré la belle assurance qu'il affichait, n'était pas non plus de ces jeunes coqs qui vantent leurs exploits de séducteurs. Âgé d'à peine vingt ans, il n'avait fréquenté qu'une seule autre jeune fille, avant Victoire, et il avait lui-même un peu perdu ses moyens en sentant sous ses doigts un petit téton tendre. Il n'avait donc pas insisté lorsque la jeune fille avait reboutonné son corsage avant de rentrer chez elle sans un mot.

À la suite de cet épisode, Victoire l'avait évité pendant quelques jours et Germain s'était demandé si ses aventures avec la fille du maître s'en tiendraient là. Mais finalement, ils s'étaient revus de nouveau, toujours dans la grange. Sentant bien que la jeune fille hésitait encore à franchir le pas, le jeune apprenti avait pris le temps de l'apprivoiser un peu. Il s'était vite rendu compte que parler de sculpture ou de musique avec elle était un excellent moyen pour la mettre « dans de bonnes dispositions », et les caresses avaient repris. Germain avait alors appris, par essais et erreurs, à produire un savant dosage d'insistance et de douceur. Un jour, il avait finalement renversé la jeune fille sur le plancher couvert de poussière de paille et l'avait déflorée.

Elle s'était montrée plus patiente que lui, supportant sans rien dire les brusqueries et les maladresses du jeune homme. Même si ce dernier ne savait pas bien ce que pensait exactement sa jeune amie, il avait pris ses timides baisers pour des encouragements.

D'une façon ou d'une autre, elle avait dû être satisfaite, car ils avaient continué à se voir.

Et ils avaient recommencé.

* * *

Il la prit debout, contre un des piliers qui soutenaient le toit de bardeaux, avec cette sorte d'urgence qu'ils avaient toujours lorsqu'ils se retrouvaient. Germain aurait préféré coucher la jeune fille dans la paille tiède, là où il dormait encore quelques instants plus tôt en attendant sa venue, mais Victoire ne voulait pas risquer d'abîmer sa robe du dimanche. Adémar n'aurait pas manqué de remarquer un changement dans la mise de sa fille. Germain dut donc se contenter de retrousser ses jupons d'une main et de jouir vite, un peu frustré, sans pouvoir profiter de la chaleur de ce corps auquel il rêvait le jour, dans l'atelier, et plus encore la nuit, lorsqu'il s'étendait sur sa paillasse, bercé par les ronflements de Simon.

Germain ne comprenait pas toujours les exigences de sa jeune amante, mais il s'y pliait sans rechigner. Si elle disait qu'elle viendrait à un rendez-vous, elle le faisait toujours, à moins qu'elle en soit empêchée au tout dernier moment, comme cela était déjà arrivé une ou deux fois. Mais si elle venait, cela ne signifiait pas toujours qu'elle se donnerait. Elle cherchait parfois seulement à se coller contre lui pour bavarder paisiblement. Elle pouvait aussi se montrer très câline et entreprenante, puis changer d'avis en l'espace d'une minute.

Perplexe, le jeune homme avait renoncé à comprendre le comportement de Victoire. Il prenait ce qu'il pouvait au moment où elle l'offrait, mettant ses sautes d'humeur sur le compte du grand mystère féminin. Déjà très conscient de sa chance, il ne voulait pas en demander trop et risquer peut-être de tout perdre.

Cette fois-ci, Victoire rabaissa donc sa jupe et alla s'asseoir au bord de la plateforme à foin, les pieds dans le vide.

– Qu'est-ce que tu feras, quand tu auras terminé ton apprentissage chez mon père ? demanda-t-elle.

Germain acheva de se reboutonner et vint la rejoindre.

– Pourquoi est-ce que tu veux savoir ça ? Tu es bien curieuse, d'un seul coup.

– Je suis *toujours* curieuse, tu sais bien, répliqua-t-elle avec un brin de moquerie. Mais tu n'as pas répondu.

Le jeune homme prit une seconde pour réfléchir.

– Je serai luthier. Je chercherai quelqu'un avec qui m'associer, ou bien j'ouvrirai mon propre atelier.

– Où ça ?

– Je ne sais pas. À Montréal, je suppose. C'est là qu'il y a le plus de travail.

– Alors tu vas choisir l'endroit où tu t'établiras uniquement en fonction du travail que tu vas y trouver ?

– Eh bien… Ça me semble assez logique. Je n'irai pas ouvrir un atelier dans mon village, ça c'est certain !

– Tu n'as jamais eu envie d'aller découvrir l'Europe ?

– Pour quoi faire ?

– Mais tu n'aurais pas envie de voyager ? De voir autre chose ?

– Je serai déjà heureux si j'ai un jour la chance de voir New York. Alors d'ici à ce que j'aille en Europe…

Germain fronça les sourcils. Il sentait qu'il ne répondait pas ce que la jeune fille aurait aimé entendre.

– Et toi, tu voudrais voyager ? demanda-t-il.

– Moi, j'ai l'impression que le monde sera toujours trop grand et que je n'aurai pas assez d'une vie pour voir et faire tout ce que je voudrais. Si j'étais un garçon, si j'étais libre, je partirais sur un bateau et je ne reviendrais plus jamais…

Elle poussa un soupir.

– Mais je sais déjà que je ne pourrai jamais faire tout ça, parce que je vais devoir me marier.

Germain devint soudain blême. C'était la première fois qu'ils discutaient ensemble de la façon dont ils voyaient leur vie, et jusqu'à présent Victoire ne lui avait pas demandé quelle place il comptait lui laisser dans tout cela. Mais ce mot, dans sa bouche, lui fit peur. Était-ce une façon détournée pour la jeune fille de lui dire qu'il devait la demander en mariage ? Était-ce cela qu'elle attendait de lui maintenant qu'ils avaient fait l'amour plusieurs fois ?

Comme il s'agitait, Victoire tourna la tête vers lui et comprit son trouble. Alors elle éclata de rire et se moqua gentiment.

– Oh, ne fais pas cette tête-là, je n'ai pas l'intention de me marier avec toi !

Le jeune homme devint rouge comme une pivoine.

– Je ne sais pas… Je ne sais jamais ce que tu penses…

– Non, continua Victoire. Je t'aime bien, mais je n'ai pas envie de me marier avec un luthier. J'ai déjà assez de mon père.

Germain était perplexe. Il hésitait entre se sentir soulagé et se vexer du fait que la jeune fille ne veuille pas de lui.

– Alors avec qui veux-tu te marier ?

– Je ne sais pas encore. Avec quelqu'un qui me laissera vivre comme j'en ai envie, en tout cas.

– Et si ton père choisit quelqu'un pour toi ? Ou bien s'il refuse celui que toi tu auras choisi ?

– Je n'ai pas besoin de l'autorisation de mon père !

Dans un mouvement d'humeur, Victoire se leva.

– Je dois rentrer, maintenant, dit-elle.

– Attends ! Ne te mets pas dans des états pareils…

– On se reverra à la maison.

Sans un mot de plus, Victoire descendit l'échelle, puis elle quitta la grange par la porte arrière, laissant Germain seul et confus.

* * *

Victoire avait la permission de six heures, et il était encore tôt. Plutôt que de rentrer chez elle — ou de se rendre chez son amie Célia, comme elle l'avait prétendu —, elle préféra profiter de ces rares instants de liberté pour s'installer au bord du fleuve, seule.

La rive était envahie d'arbustes et de hautes herbes parmi lesquels la jeune fille n'eut pas de mal à se ménager un petit espace pour s'asseoir.

Elle songeait à ce qu'elle avait dit à Germain. C'était vrai, elle avait toujours trouvé sa vie à Boucherville beaucoup trop petite et ordinaire à son goût. Sans avoir jamais voyagé, elle avait lu des centaines de livres et rêvé en voyant des illustrations de paysages exotiques. Elle se sentait comme dans une robe trop étriquée ou le vêtement usé d'une sœur ou d'une cousine qu'on lui aurait donné à porter, mais qui n'aurait pas été cousu pour elle. Elle avait d'abord cherché à se conformer à ce qu'on attendait d'elle, mais elle trouvait ce rôle, qui était censé être parfait pour elle, terriblement ennuyeux. Se préoccuper de cuisine, d'enfants, de linge, de tenir une maison et de colporter les ragots des environs, voilà ce qui composait le quotidien des femmes de la ville. Elles semblaient toutes trouver un plaisir particulier à parler entre elles de leurs enfants et de leurs foyers, jour après jour. Victoire, en les écoutant, se demandait toujours ce que cela pouvait bien avoir de si fascinant.

Les jeunes filles de son âge, à qui elle aurait — selon toute logique — dû ressembler, tenaient le même genre de discours. Elles ajoutaient à cela la crainte mêlée de fascination pour ces jeunes garçons qui leur lançaient des coups d'œil obliques à la sortie de l'église ou au croisement d'une rue. Mariage et bonne situation sociale, voilà tout ce qu'elles souhaitaient pour leur avenir.

C'était probablement une des raisons qui faisait que Victoire avait relativement peu d'amis. Elle avait eu plusieurs camarades pendant ses années d'école, mais seule Célia était restée sa confidente année après année. Et encore, elle ne lui disait pas tout. Pour le reste, Victoire ne fréquentait guère que ses frères et ses cousins.

Puisque la jeune fille trouvait les gens de son âge inintéressants, elle s'était plongée dans les livres. C'était là qu'elle trouvait l'espace et la stimulation qui lui faisaient défaut dans sa vie quotidienne. Par les livres, elle accédait à des univers imaginaires qui la faisaient voyager plus loin qu'elle ne saurait jamais aller, mais aussi à des idées qu'on ne lui enseignait pas à l'école. Elle dévorait tout ce qui lui passait sous la main, lisait en cachette les ouvrages dont on lui disait qu'ils n'étaient pas de son âge et passait ensuite des heures à rêvasser sur les découvertes qu'elle avait faites.

C'était le seul moyen qu'elle avait trouvé pour ouvrir son horizon trop étroit.

Assise dans les hautes herbes, cachée par un talus et certaine de n'être pas dérangée, la jeune fille observait les longues îles qui s'étendaient au milieu du fleuve, à peine séparées les unes des autres par quelques bras de rivière, si bien qu'on avait l'impression d'une seule île continue qui longeait le paysage sur près de dix kilomètres. On ne voyait rien de l'autre rive ni du reste du pays, que Victoire n'avait d'ailleurs jamais visité.

Mais Boucherville n'était pas une île. Elle était implantée sur la terre ferme, avec des routes menant vers le sud du pays et ce traversier qui amenait de la grande ville de Montréal quelques riches bourgeois en quête de bon air et de détente. Pourtant, Victoire avait l'impression de vivre dans un univers clos, aussi isolé que si elle avait habité sur une de ces îles allongées dans le fleuve: Grosbois, Charron ou l'île de la Commune. Elle n'était jamais sortie de sa ville natale, pas même pour rendre visite à un parent éloigné. Elle voyait les mêmes visages jour après jour, parcourait des yeux le même paysage, et elle s'entichait d'un apprenti de son père simplement parce qu'il avait la chance d'être né ailleurs, dans une autre partie du pays.

Germain lui avait apporté un nouveau souffle. Elle n'avait jamais envisagé d'entreprendre quoi que ce soit avec lui, jusqu'à ce qu'ils commencent à se parler à l'occasion et qu'elle s'aperçoive que le jeune homme avait une expérience de vie bien différente de la sienne. Parti de chez lui à quatorze ans, il n'y était jamais retourné. Il avait vécu en louant ses bras ici ou là et en s'acoquinant avec des bandes de jeunes esseulés comme lui. Il avait par la suite déniché un emploi un peu plus stable chez un marqueteur, qui lui avait ensuite conseillé de devenir apprenti. Adémar Boivin avait aussitôt reconnu son potentiel et accepté de le prendre chez lui.

Aux yeux de Germain, Boucherville n'était donc qu'une ville de plus parmi celles qu'il avait déjà traversées depuis cinq ans. C'était cela qui avait intrigué, puis attiré Victoire. Elle avait besoin de rêver, de vivre, de voir autre chose que son quotidien monotone, de s'abreuver de nouvelles connaissances apportées par un étranger qui avait vécu autre chose. Le reste était venu tout seul. Germain était assez joli garçon, et Victoire était aventureuse, il n'en fallait pas tellement plus pour que cela se transforme en un été constellé de rendez-vous secrets au fond d'une grange.

Mais voilà que le soleil se faisait moins fort, il était temps de rentrer. La jeune fille se leva.

Le Saint-Laurent, sous ses yeux, continuait sa paisible course vers son estuaire — il n'en était guère qu'au début du voyage. Victoire, elle, n'avait pas de voyage bien excitant à entreprendre, si ce n'était de rentrer chez elle.

* * *

Un jour, je m'en irai d'ici.

J'irai voir ce qu'il y a dans les livres. Tous ces paysages, ces animaux bizarres, tous ces peuples qu'on ne connaît pas... Les gens croient tout savoir, ils parlent avec assurance, comme s'ils avaient tout compris de la vie, ils ne sont jamais sortis de leur petite ville. Ils croisent une ou deux personnes un peu plus renommées qu'eux et ça y est, ils sont satisfaits, ils ont l'impression d'être importants. C'est comme ça que réagit papa, d'ailleurs. Toujours à se rengorger parce que monsieur ou madame Untel est passé par son atelier pour lui commander un violon et lui a fait le grand honneur de lui serrer la main… Tant qu'on le considère bien, papa est content.

Moi, je m'ennuie. Et tout ce qui m'attend, si je reste ici, c'est de m'ennuyer encore plus… Alors je partirai, c'est certain.

Un jour.

Chapitre 2

– Ah, tu ne vas pas recommencer ? s'exclama Célia en voyant Victoire ouvrir le petit plumier qu'elle avait apporté et en sortir un fin cigare.

– Et pourquoi pas ? fit l'autre avec un sourire amusé. Ils sont très bons ! Ils ont un goût de miel.

– Si jamais ton père l'apprend…

– C'est bien pour ça que je viens fumer chez toi, ma chère amie !

La dernière trouvaille de Victoire, c'était de chaparder à son père quelques-uns des cigarillos qui lui avaient été offerts par un client généreux et particulièrement satisfait. La jeune fille était convaincue qu'Adémar s'était déjà rendu compte du larcin — c'était la troisième fois qu'elle se servait dans la boîte —, mais pour le moment il ne lui avait rien dit. Il devait sans doute croire qu'il s'agissait de Maurice, ou d'un de ses plus jeunes. Il n'imaginerait probablement jamais que le voleur puisse être sa fille.

Ce n'était pas la première fois que Victoire testait l'autorité paternelle. Elle n'avait jamais été très soumise de caractère, elle était plutôt farouchement indépendante. Elle pouvait se plier aux règles avec beaucoup de bonne volonté lorsque ces dernières lui semblaient justifiées, mais elle supportait mal l'autorité arbitraire. D'ailleurs, dès qu'on lui interdisait quelque chose sans qu'on lui fournisse de bonnes raisons pour expliquer cette décision, l'esprit libre et curieux de la jeune fille cherchait automatiquement à braver l'interdit.

Ce caractère lui avait appris à faire preuve de délicatesse. Prenant de l'assurance avec les années, Victoire n'hésitait plus à faire en cachette ce qu'on lui interdisait, et elle déployait des trésors d'ingéniosité pour ne pas se faire prendre. Déjà, elle savait mener Sidonie et ses jeunes frères par le bout du nez, inventant des excuses improbables et faisant preuve de beaucoup d'astuce pour se tirer d'ennui. Mais Célia, qui était souvent mise dans la confidence de ces mauvais coups sans grande gravité, lui faisait tout de même la leçon : comment Victoire pouvait-elle braver les interdits avec tant de légèreté, sans se sentir coupable de désobéir à ses parents, sans être destinée à devenir sournoise et mauvaise ? La fille Boivin ne savait que répondre. Pour elle, il ne s'agissait que de curiosité bien innocente. Les limites qu'on lui imposait ne lui semblaient faites que pour déterminer le terrain du connu et de l'inconnu, et elle s'employait à repousser ces limites toujours plus loin.

Les deux filles s'étaient installées dans le jardin des parents de Célia, qui était fait tout en longueur et au bout duquel on avait installé une tonnelle recouverte de végétation. On y avait disposé deux fauteuils. En été, c'était l'endroit idéal pour s'isoler des regards et bavarder en toute tranquillité, ce que faisaient les filles depuis un moment avant que Victoire ne sorte son plumier d'écolière rempli du butin volé.

– Ah, tu m'empestes ! protesta encore Célia, en levant les yeux au ciel et en prenant un air exaspéré, ce qui agrandit encore le sourire de son amie.

Victoire avait appris à fumer lorsque, vers douze ans, elle suivait ses frères dans leurs escapades dans les champs et que l'un d'eux sortait des cigarettes remplies d'un mauvais tabac. Avec des gestes mesurés, comme s'il s'agissait d'un rituel, elle porta le cigarillo à ses lèvres et craqua une allumette. Une petite braise apparut, suivie d'un filament de fumée bleue. La jeune fille avait menti, le cigare n'avait rien de la douceur du miel. Au contraire, il avait un goût un peu âcre qui lui piquait la gorge et lui faisait monter les larmes aux yeux! ; il lui fallait s'habituer à la fumée pendant quelques secondes avant d'apprécier réellement les saveurs grillées qui s'en échappaient. Mais pour rien au monde, Victoire ne se serait laissé aller à avouer son dégoût. Comme les premières bouffées la faisaient toujours grimacer, elle avait pris l'habitude de plisser les yeux d'un air concentré pour se donner une contenance. Le plaisir n'importait pas, tout était dans le geste.

Célia l'observait. Elle n'était pas dupe.

– Tu me fais penser au garçon des Massicotte. Tu sais, le grand Joaquin. Lui aussi fait toujours la grimace quand il fume.

– Je ne fais pas la grimace! protesta Victoire, vexée d'être découverte.

– Tu finiras par te rendre malade…

– Pas si je m'habitue. Il faut bien commencer quelque part, si je veux apprendre à fumer correctement, non?

– Parce que tu as l'intention de continuer?

– Et pourquoi pas? Si j'aime ça!

Célia haussa les épaules.

– Tu es vraiment bizarre, des fois. Si je ne te connaissais pas déjà depuis des années, je ne suis pas sûre que je voudrais être ton amie…

La jeune fille avait un petit ton de reproche dans la voix. Mais au lieu d'inciter Victoire à éteindre son cigare, ce blâme eut exactement l'effet inverse: elle reprit une bouffée en ignorant les protestations de ses poumons, et souffla la fumée en essayant de prendre une attitude élégante.

À Boucherville, les femmes ne fumaient pas, à part peut-être quelques vieilles qui allumaient une pipe sur le perron arrière de leur maison. Fumer était un geste d'homme et c'était précisément ce pour quoi Victoire avait voulu essayer, elle aussi, afin d'explorer autre chose que le rôle de jeune fille qu'on lui demandait de jouer et dans lequel elle ne se reconnaissait pas. Elle se disait parfois qu'elle aurait voulu naître garçon, pour profiter de la même liberté qu'on octroyait à ses frères et vagabonder toute la journée dans les champs sans devoir rendre compte de l'emploi du temps exact de toutes ses journées. Elle aimait la compagnie des autres femmes, la chaude effervescence de la cuisine lorsqu'on préparait les repas, ou la tranquillité du petit salon quand sa mère brodait ou lisait à la fenêtre, mais elle se sentait à l'étroit dans le seul périmètre du foyer familial dont elle n'avait jamais le droit de s'éloigner beaucoup — et encore lui fallait-il demander systématiquement la permission. Elle jalousait ses frères, avec qui elle avait fait les quatre cents coups lorsqu'elle était petite fille et qu'on poussait à devenir autonomes le plus vite possible, alors qu'on la retenait, elle, comme si elle ne pouvait s'occuper d'elle-même et qu'elle devait toujours être supervisée.

Sa famille tolérait déjà comme une étrange singularité son intérêt pour le travail du bois, mais ce n'était pas suffisant. Victoire aspirait à découvrir le monde entier et les livres de la bibliothèque de son père ne lui suffisaient pas. Elle voulait tout expérimenter par elle-même, quand bien même ce serait un goût âcre et désagréable qui lui ferait monter les larmes aux yeux.

Une bouffée de tabac aspirée un peu trop profondément la fit tousser. Victoire, qui sentait déjà la tête lui tourner, reposa sa main sur l'accoudoir du fauteuil où elle était assise, triturant le cigare d'un air faussement décontracté.

– Est-ce que tu continues à voir ton Germain ? demanda Célia.

– Oui, parfois.

– Je ne sais pas ce que tu lui trouves. Il n'est pas très beau…

Victoire eut un sourire. Elle s'était habituée depuis longtemps aux commentaires indélicats de son amie.

– Il me plaît, à moi… répondit-elle simplement.

– Mais il est un peu maigre, non ? Et puis, il ne sait pas s'habiller comme il faut.

Cette fois, Victoire se mit à rire franchement.

– Célia, tu n'es pas croyable ! Tu ne jures que par les garçons des villes, avec leurs petits souliers vernis et leurs cheveux peignés sur le côté ! Dire que tu en es encore à lancer des œillades sur les bancs d'église à ton Monsieur Désilets…

– Hé quoi ? s'offusqua Célia. Parce que tu crois que tu en es beaucoup plus loin, à embrasser ton apprenti en cachette, dans les coins de porte ? Vous n'êtes pas encore fiancés, que je sache !

Victoire ne répondit pas. Les deux jeunes filles avaient une fois de plus atteint les limites de leur amitié. Même si elles avaient le même âge et qu'elles partageaient les mêmes préoccupations, la fille Boivin n'avait jamais fait part à son amie de ses rendez-vous dans la grange avec Germain et de ce qu'ils y faisaient. C'était le genre de choses que Célia n'aurait pas pu garder pour elle. Elle n'aurait probablement pas compris non plus. Là où Victoire voyait plaisir des sens et découverte de l'autre, Célia voyait fiançailles et mariage pour rabattre leur caquet aux autres filles de la ville. Si Victoire lui avait avoué qu'elle se roulait dans la paille avec Germain, Célia l'aurait sans doute considérée avec plus de mépris encore que ces filles de ferme qui étaient arrivées en ville depuis peu pour le temps des moissons, qui riaient fort et qui relevaient toujours leurs jupes trop haut.

Victoire tira de nouveau sur son petit cigare, mais à peine l'avait-elle en bouche qu'elle sut que c'était la bouffée de trop. Elle avala la vague de salive qui montait et ferma les yeux pour étouffer le tournis que la fumée avait provoqué.

– Est-ce que tu vas bien ? demanda Célia, qui avait vu son amie pâlir.

Victoire, prise de nausée, opina de la tête sans desserrer les dents. Elle attendit que le malaise passe, puis elle éteignit le cigare en l'écrasant dans l'herbe.

– Ça t'apprendra, conclut son amie. Pourquoi crois-tu que les femmes ne doivent pas fumer ? Nous n'avons pas la même constitution que les hommes, tu le vois bien !

* * *

Les journées commençaient à raccourcir. Même si la nuit n'était pas encore complètement tombée, le ciel était déjà trop sombre pour que Victoire puisse aller se coucher sans emporter de lumière. La jeune fille posa donc la lampe à pétrole qu'elle avait allumée un instant plus tôt dans la cuisine sur la petite table de toilette de sa chambre, puis elle versa un peu d'eau dans la cuvette de faïence et y trempa un linge pour se nettoyer le visage et les mains. Dans les champs alentour, on avait commencé les moissons, et on aurait dit que la poussière sèche que les hommes brassaient à longueur de journée envahissait les rues de la ville et se collait partout.

Un peu rafraîchie, elle retira sa robe en soupirant d'aise, soulagée de se libérer enfin de ces baleines qui entravaient ses mouvements, mais que sa mère persistait à vouloir lui faire porter. Elle brossa le vêtement du plat de la main, avant de le suspendre sur un cintre et de revenir vers sa table de toilette. Enfin, avec un peu d'appréhension, elle releva son jupon et glissa les doigts dans la fente de sa culotte bouffante.

Elle avait eu un peu mal au ventre aujourd'hui, chose qu'elle avait supportée presque avec plaisir, convaincue qu'il s'agissait de l'arrivée de ses menstruations, qu'elle attendait depuis déjà un petit moment. Sans remarquer qu'elle se mordillait nerveusement la lèvre, Victoire ressortit ses doigts et les observa à la lueur de la lampe. Ils étaient bien un peu visqueux, mais il n'y avait pas la moindre trace de sang. Elle réessaya, enfonçant ses doigts un petit peu plus loin encore, mais rien.

Avec un soupir, elle s'essuya les mains sur sa serviette et se résigna à aller se coucher.

* * *

La jeune fille attendit encore près de dix jours. Elle ne laissait rien transparaître de ses tracas dans ses gestes quotidiens, mais son cerveau commençait à tourner en rond. Depuis leur dernier rendez-vous, Germain lui avait demandé deux fois s'ils pouvaient se revoir à la grange, mais elle avait refusé plus sèchement qu'à son habitude et elle l'avait évité autant que possible, le laissant perplexe. Désormais, elle profitait des menues emplettes de sa mère pour sortir à l'occasion en ville, en sa compagnie uniquement. Le reste du temps, elle lisait dans sa chambre ou bien aidait la servante à la cuisine ou au jardin.

Les jours passaient… et rien n'arrivait.

En désespoir de cause, Victoire eut l'idée de se tourner vers sa belle-sœur, Faustine, pour qui les choses de la maternité n'étaient plus un secret. Elle était suffisamment jeune elle-même — vingt ans à peine — pour ne pas toiser la jeune fille d'un air autoritaire. Faustine pourrait comprendre.

– Je crois que j'ai des ennuis, j'aurais besoin de tes conseils, réussit à lui chuchoter Victoire, une après-midi où une partie des Boivin était venue visiter l'aîné de la famille.

– Qu'est-ce qu'il y a?

– Il faudrait qu'on se parle ailleurs. Tu veux bien?

Faustine ne s'alarma pas tout de suite. Victoire avait le don de minimiser les nouvelles. Si la jeune fille elle-même ne paraissait pas s'affoler, Faustine n'avait pas de raison de s'en faire. Pourtant, lorsque les deux belles-sœurs se furent isolées dans une chambre pour discuter en tête-à-tête, Faustine devint blême en apprenant les craintes de Victoire.

– Qu'est-ce que tu me racontes là ! Tu es… Mais comment peux-tu… Victoire ! Comment peux-tu être…

Elle ne parvenait même pas à prononcer le mot fatidique, comme si, à lui tout seul, il pouvait attirer le malheur sur son toit.

– Tu dois te faire des idées ! continua-t-elle. Enfin quoi, pour être comme ça, il faut bien un garçon, non ?

– Il y a un garçon, avoua Victoire en baissant la tête comme une fillette prise en faute.

Les yeux de Faustine s'ouvrirent encore plus grand.

– Qui ça ?

– Ça n'a pas d'importance, répondit Victoire en se renfrognant. Qu'est-ce que je dois faire, maintenant, à ton avis ?

– Seigneur Dieu !

Malgré son ventre encombrant, Faustine se leva brusquement du lit sur lequel elle et Victoire s'étaient assises, et se mit à aller et venir dans la pièce d'un pas saccadé.

– J'aurais aimé que tu ne m'en parles pas, tu sais ! Te rends-tu compte de ce qui va se passer maintenant ? Mon Dieu, mais à quoi as-tu pensé, Victoire !

– Combien de temps faut-il attendre avant d'être certaine d'être enceinte ?

Malgré son inquiétude, il y avait dans le ton de Victoire une candeur que Faustine trouvait presque choquante.

Machinalement, elle passa la main sur son ventre et ce geste lui fit prendre conscience à quel point la situation de sa jeune belle-sœur pouvait éclabousser sa propre situation. Ce qui se préparait allait être un scandale épouvantable dans la famille Boivin, une famille dont elle-même faisait partie ainsi que son fils et son enfant à naître. Mais elle n'était pas de leur sang. Elle n'avait pas à s'en mêler si elle voulait préserver son propre foyer.

– Tu vas devoir parler à ta mère, acheva-t-elle brièvement. Elle t'emmènera chez le médecin, il n'y a que lui qui puisse confirmer que tu es… enfin…

À nouveau, Faustine jeta à Victoire un regard horrifié.

– Tu ne te rends vraiment pas compte… murmura-t-elle.

Puis, elle sortit en claquant la porte, laissant la jeune fille seule.

* * *

Sidonie n'avait jamais été une grande bavarde. Naturellement réservée, elle avait par malheur épousé un homme au tempérament autoritaire qui avait achevé de la faire se replier sur elle-même. Il n'y avait jamais eu beaucoup d'affection entre les époux Boivin, plutôt un accord tacite qui fonctionnait tant que les deux parties en respectaient les modalités. Adémar, dont l'ambition, au temps de sa jeunesse, n'avait pas de bornes, avait épousé une héritière : l'argent de sa femme lui avait donné à l'époque la possibilité de quitter son maître pour fonder son propre atelier et laisser s'épanouir son talent d'artisan. Sidonie n'avait ensuite eu d'utilité que dans la mesure où elle lui avait donné cinq enfants bien solides. Et puis, un honnête citoyen se devait de se marier, c'était dans l'ordre des choses, et Adémar était un homme de tradition.

C'était aussi le point de vue de Sidonie. Elle avait obéi à son père en épousant l'homme qu'on lui avait choisi et qui lui avait fait la cour pendant quelques mois selon les règles de l'art, mais sans la moindre émotion. Sidonie s'était laissé faire sans rien dire, heureuse de pouvoir rentrer dans le rang et faire ce que faisait toute jeune fille ordinaire de son âge. Elle se serait accommodée de ce mari-là aussi bien que d'un autre, pourvu qu'il se tienne correctement et qu'il ne soit pas trop porté sur la bouteille.

En cela, Adémar Boivin avait été une valeur sûre. Pratique, terre-à-terre et parfaitement organisé, c'était un homme sérieux sur qui l'on pouvait compter pour prendre soin d'une famille. Le fait qu'il n'y ait jamais eu dans leur quotidien la moindre spontanéité n'avait pas été un grand regret pour le couple. Sidonie avait une âme simple et peu exigeante : elle avait vite appris à respecter le tempérament autoritaire de son mari, en s'effaçant constamment derrière lui. Elle se contentait sans rien dire du peu de place qu'il lui laissait.

Avec un époux sans surprise et sans grande passion, elle s'était donc tournée vers ses enfants pour obtenir un peu d'amour. Elle ne vivait que pour eux. Elle aurait certainement été une mère étouffante si elle n'avait pas craint son mari, qui retenait ses débordements d'affection anxieuse. Car Adémar régissait tout, avait son mot à dire sur tout, et entendait se faire obéir sans rechigner. Il traitait sa femme sur le même plan que ses enfants, n'hésitant pas à hausser la voix ou à distribuer quelques taloches si l'un d'eux s'avisait de lui tenir tête. Sidonie, qui redoutait plus que tout les emportements de son mari — rares, mais violents —, était devenue avec le temps experte dans l'art de la dissimulation et de l'esquive, cherchant tous les moyens pour éviter les conflits.

Alors, quand Victoire lui annonça qu'elle pensait être enceinte, ce fut tout son petit monde qui menaça de s'effondrer.

La servante était occupée au potager, si bien qu'à cet instant la mère et la fille se trouvaient seules, en tête-à-tête dans la grande cuisine, assises de part et d'autre d'une montagne de pois à écosser. Il régnait dans la pièce la paix caractéristique de ces fins d'après-midi où le soleil déclinant faisait luire doucement les cuivres bien lustrés des casseroles et les faïences délicates de la vaisselle. Sidonie s'isolait toujours ici pendant un moment avant d'affronter le retour des hommes dans la maison, fatigués par leur journée de travail. Elle semblait si absorbée dans ses petites préoccupations domestiques au sujet du repas du soir qu'elle ne réagit pas à l'annonce de sa fille.

– Maman ? répéta Victoire. Est-ce que tu as entendu ce que je t'ai dit ?

– Va donc mettre de l'eau à bouillir, répondit Sidonie en remuant machinalement la tête. Ah, et puis sors la miche de pain de ce midi : tes frères vont bientôt rentrer et ils ne seront pas capables d'attendre le souper.

– Mais…

– Je me demande si ce rôti sera suffisant. J'ai bien dit au boucher de m'en mettre un peu plus, mais on dirait qu'il n'en a fait qu'à sa tête. Ton père va encore trouver à y redire.

Interloquée, Victoire regardait sa mère aller et venir dans la cuisine. Elle avait répété la même phrase deux fois, mais chaque fois sa mère avait secoué nerveusement la tête et continué à se préoccuper de son menu.

– Maman…

Dans une ultime tentative pour attirer son attention, elle posa la main sur le bras de sa mère, mais celle-ci se dégagea. Elle alla chercher elle-même la miche de pain dont elle parlait à l'instant, avant de sortir sur le pas de la porte arrière pour crier un ordre quelconque à la servante.

Victoire ne sut pas quoi ajouter et se tut.

Ce n'est que le lendemain, vers le milieu de la journée, que la nouvelle frappa Sidonie. Dans l'après-midi paisible de la maisonnée — les hommes étaient tous à leur travail ou à leurs études —, la mère et la fille prenaient le thé sur un coin de la table de la cuisine. Comme le contexte était similaire à leur tête-à-tête de la veille, ce fut comme si Sidonie reprenait le cours de la conversation qu'elle avait éludée avec tant d'obstination. Soudain, elle regarda Victoire avec des yeux immenses. Puis, elle se couvrit la bouche de la main.

– Ma petite fille… fit-elle d'une voix étranglée. Ma pauvre petite fille…

* * *

Victoire ne se rendit pas chez le médecin. Les Boivin étaient connus partout en ville, et le docteur Dubreuil avait soigné jusqu'à la plus petite grippe attrapée par les enfants depuis leur enfance. Jamais la jeune fille n'aurait pu sortir de son cabinet la tête haute après être venue le consulter pour se faire confirmer une éventuelle grossesse.

Au lieu de cela, Sidonie l'envoya chez la Giraude, une veuve sans âge qui vivait en périphérie de la ville, près du fleuve, et qu'on appelait parfois pour les accouchements. Certains disaient qu'on recourait aussi à elle pour ces potions amères qui faisaient disparaître les ennuis, mais ce n'était que des rumeurs que personne n'était jamais parvenu à confirmer. Tant que la Giraude entretenait le doute, on continuait de la saluer respectueusement dans la rue et d'aller la voir pour tous ces petits maux de femmes, même si l'on ne s'en vantait pas. Et puis, il valait mieux se tenir en bons termes avec elle, car on ne savait pas de quoi elle était capable : une maladie était si vite arrivée…

Sidonie, qui ne faisait jamais rien sans l'accord de son mari, était incapable d'accompagner sa fille, et Faustine s'était dérobée ; aussi Victoire se rendit-elle seule chez l'accoucheuse. La visite fut courte et sans appel : après avoir longuement palpé la jeune fille depuis les épaules jusqu'aux genoux, après lui avoir posé quelques questions et lui avoir sans ménagement fait écarter les cuisses sur sa table de cuisine, la Giraude lui confirma qu'elle était bel et bien enceinte, de près de trois mois maintenant.

– Ma petite, fit-elle avec un drôle de rictus, tu t'es mise dans une vilaine situation. Connaissant la réputation de ton père, quelque chose me dit qu'il ne va pas apprécier ce qu'il va apprendre. Je suppose qu'il n'avait pas encore l'intention de te marier, et qu'il aurait préféré choisir lui-même son gendre…

– De quoi parlez-vous ?

La Giraude lança un regard en biais à Victoire, puis elle poussa un soupir et attrapa un pot de tabac dont elle bourra une petite pipe noire, au long bec très fin.

– Ah, ces jeunesses, maugréa-t-elle. Ça veut tout découvrir de la vie, mais ça ne sait pas respecter les règles. Ton bel ami, il sait qu'il t'a mise dans cet état ?

– Pas encore.

– Alors tu devrais le lui dire très vite. Il n'a pas beaucoup de temps pour trouver des arguments qui vont convaincre ton père de vous laisser vous marier.

– Nous marier ?

– Voyons, petite innocente, tu crois peut-être qu'il y a un autre moyen pour te sortir de ce mauvais pas ?

– Mais je n'ai pas envie de me marier avec lui !

L'accoucheuse tira sur sa pipe et laissa échapper un long filet de fumée blanche.

– Il fallait y penser avant. Tu n'as plus vraiment le choix.

Les yeux perçants de la Giraude observèrent un instant Victoire et cette dernière crut qu'elle lui proposerait peut-être une autre solution. Dans cet échange de regards muets, elles pensaient toutes deux à la même chose. Mais la femme n'ajouta rien.

– Dis à ta mère qu'elle me doit trois dollars, conclut-elle en se levant pour ranger sa cuisine.

La visite se termina là.

* * *

En apprenant que l'accoucheuse avait confirmé ce qu'elle redoutait le plus, Sidonie fondit en larmes. Elle repoussa violemment les tentatives de Victoire pour la consoler.

– Tu es perdue, ma fille ! Perdue ! Te rends-tu compte de ce que ça signifie ?

À dire vrai, Victoire ne s'en rendait pas vraiment compte. Mis à part l'absence de ses menstruations ou bien ces odeurs de cuisine qui lui devenaient parfois insoutenables et qui lui donnaient des nausées, rien n'avait vraiment changé dans son quotidien. Si elle parvenait à ignorer l'angoisse qu'elle sentait maintenant chez sa mère et le fait que Faustine ne l'invitait plus chez elle, la jeune fille pouvait encore faire semblant qu'il ne s'était rien passé.

Ce fut Germain qui lui ramena les pieds au sol.

Deux jours après la visite chez la Giraude, il aperçut Victoire dans le jardin derrière la maison, alors que lui-même sortait prendre une petite pause en attendant que le vernis du violon sur lequel il travaillait soit prêt. Elle avait un panier rempli de légumes du potager sous le bras et elle s'apprêtait à rentrer dans la maison.

– Victoire ! appela-t-il assez fort pour qu'elle l'entende, mais sans trop attirer l'attention du reste de la maisonnée.

Cette fois, la jeune fille, qui devait passer près de lui pour rentrer, pouvait difficilement l'ignorer.

– Que veux-tu ? lui demanda-t-elle d'un ton sec.

– Est-ce que j'ai dit ou fait quelque chose qui ne t'a pas plu ? Tu ne m'as pas parlé depuis deux semaines ! Même dimanche dernier, à table, je n'ai pas réussi à avoir un seul regard !

Comme Victoire ne répondait pas, Germain fronça les sourcils.

– Il se passe quelque chose, je le vois bien… insista-t-il doucement. Tu ne veux pas m'en parler ?

– J'attends un enfant, répondit-elle tout de go.

Étrangement, le jeune homme ne réagit pas. Il ne devint ni rouge ni blanc, mais il la fixa longuement des yeux. S'il était surpris, il le cachait bien.

– Depuis quand le sais-tu ?

– C'est confirmé depuis deux jours.

– Et… est-ce que tu avais l'intention de me prévenir ?

– Je ne sais pas.

– Pourtant, je suis plutôt concerné, tu ne crois pas ?

– J'ai dit que je ne savais pas, Germain ! répéta Victoire, agacée.

Le jeune homme se rendait bien compte qu'elle n'avait pas envie de lui parler et qu'elle ne lui répondait que du bout des lèvres. Il préféra ne pas la pousser dans ses retranchements.

– Est-ce que je peux faire quelque chose? demanda-t-il. Si tu as besoin de moi…

Elle hocha la tête, mais son visage fermé parlait pour elle. C'était comme si elle rejetait déjà Germain et toute l'implication qu'il pouvait avoir dans la situation qui était désormais la sienne. Avec son panier sous le bras, elle franchit d'un bond les marches qui menaient à la cuisine et disparut à l'intérieur.

* * *

Chez les Boivin, pendant les quelques jours qui suivirent la visite chez la Giraude, l'atmosphère fut particulièrement tendue. Bien qu'aucun des hommes de la maison ne fût encore au courant de ce qui se tramait, ils captaient confusément la nervosité ambiante et cela s'en ressentait sur leur humeur. Élias et Nathaël, plus belliqueux encore qu'à leur habitude, ne cessaient de se chamailler pour des broutilles. Ils faillirent même en venir aux mains une fois et il fallut l'intervention d'Adémar pour séparer les deux frères. Lui aussi, d'ailleurs, se montrait plus sombre que d'ordinaire, ce qui augmentait d'autant l'angoisse de sa femme.

La pauvre Sidonie, en effet, se rongeait les sangs. Elle ne mangeait plus, ne dormait plus. Ne sachant comment annoncer la nouvelle à son mari sans déclencher le cataclysme du siècle, elle passait ses journées à l'église ou se cachait dans le potager pour pleurer. La crainte que lui suscitait son mari était telle qu'elle poussa même la pauvre femme à sortir de sa réserve naturelle: tour à tour pleurant, criant et suppliant, Sidonie finit par arracher à Victoire le nom du coupable qui l'avait mise dans cet état.

– Il t'a séduite, n'est-ce pas? s'était-elle écriée en secouant sa fille par le bras. Bien sûr qu'il t'a séduite, ne le protège donc pas comme ça! Ce vaurien a toujours eu un air sournois... J'aurais dû dire à ton père de ne pas engager cet apprenti-là. Je le savais bien, moi, qu'il ne nous apporterait que des ennuis!

Dès qu'elle se trouvait seule un moment avec sa fille, Sidonie reprenait ses lamentations. Le plus souvent, il s'agissait de monologues où Victoire n'avait même pas à intervenir. La pauvre femme avait déjà oublié les sourires charmants de Germain, qui lui avait toujours montré beaucoup de respect et qui, pour cela, s'était à l'époque attiré ses bonnes grâces. Cette même Sidonie, qui avait toujours chanté les louanges de ce jeune homme si aimable, n'hésitait plus, maintenant, à lui mettre sur le dos tous les maux de la terre.

Avec un élan d'initiative dont elle ne se serait jamais crue capable, elle monta un soir jusqu'à l'attique, au-dessus de l'atelier, où logeaient les deux apprentis. Elle savait que Simon était sorti et qu'elle trouverait Germain seul.

– Je crois qu'il n'y a qu'une seule solution, jeune homme, commença-t-elle en lui donnant du « jeune homme » là où auparavant elle l'appelait affectueusement « mon garçon ».

Puisque la Giraude — dont on ignorait toujours si cela faisait partie de ses services — n'avait rien proposé au sujet de ces potions qui provoquaient les fausses couches, il ne restait plus qu'à arranger un mariage en catastrophe.

– Voulez-vous de ma fille? demanda Sidonie d'une voix tremblante.

Germain avait eu le temps de réfléchir depuis l'annonce que Victoire lui avait faite, et il avait pris sa décision. On lui avait inculqué un certain sens de l'honneur. Et la jeune fille lui plaisait. Il n'avait peut-être pas envisagé d'épouser Victoire lorsqu'il l'avait basculée dans le foin, mais maintenant qu'il était mis devant le fait accompli, il se disait que sa situation n'était peut-être pas si terrible: en s'unissant à la fille de son patron, il s'assurerait une position à Boucherville et un travail permanent dans l'atelier familial des Boivin. Il n'aurait peut-être pas son propre atelier, mais il serait lié à vie à l'un des plus grands luthiers du pays.

En revanche, il craignait lui aussi la réaction d'Adémar, dont il connaissait le caractère entier et fier. Il se doutait bien que son maître avait d'autres ambitions pour sa fille que de la marier à un simple apprenti. Sans compter que si la grossesse de Victoire était aussi avancée qu'elle le lui avait dit, il ne restait pas beaucoup de temps pour organiser un mariage et sauver les apparences. Boucherville était une petite ville, les rumeurs se répandaient vite…

– Oui, je vais marier votre fille, soyez sans crainte, répondit-il avec plus d'assurance qu'il n'en ressentait réellement. Je suis sûr que votre mari approuvera et que tout rentrera bientôt dans l'ordre.

Sidonie poussa un soupir mêlé d'appréhensions. Elle n'était qu'à demi rassurée.

Rien n'était gagné et ils le savaient tous les deux.

* * *

Tout éclata peu de temps après, un soir où Victoire et ses frères s'étaient assis dehors, après le souper, pour profiter des dernières soirées d'été. La pluie qui était tombée récemment inquiétait les fermiers, qui craignaient de voir leurs blés se coucher, mais elle avait emporté avec elle la fine couche de poussière en suspension dans l'air depuis le début des moissons.

La servante achevait de débarrasser la table du souper et l'on entendait les bruits de vaisselle familiers par la fenêtre ouverte de la cuisine. Victoire, assise par terre, tressait des brins d'herbe, histoire de garder son esprit occupé. Plus que quiconque, elle ressentait la tension palpable de l'air et elle déployait de grands efforts pour n'en rien laisser paraître. Près d'elle, Maurice s'était assis sur une des chaises de la galerie et allumait une vieille pipe

— une de celles qui avaient appartenu à son père — tandis que les deux plus jeunes, Élias et Nathaël, débattaient d'un sujet de politique auquel ni l'un ni l'autre ne comprenaient rien.

Soudain, la voix d'Adémar s'éleva du fond de la maison, entrecoupée de silences pendant lesquels on devinait que la mère lui répondait d'une voix inaudible. Victoire, devenue toute raide, crispait encore ses doigts sur quelques brins d'herbe lorsqu'une cavalcade se fit entendre dans le couloir.

– Voyons, que se passe-t-il encore ? grommela Maurice en tirant sur sa pipe.

– Où est-elle ? rugit Adémar en jaillissant de la maison.

Victoire, qui s'était retournée, eut tout juste le temps de croiser le regard de son père. Et ce qu'elle y vit lui fit peur.

– Viens ici ! hurla-t-il.

Sans attendre que sa fille se lève, Adémar fonça sur elle et l'attrapa par les cheveux pour la traîner à l'intérieur. Victoire hurla à son tour, de douleur, ses mains accrochées à celles de son père qui ne lâchait pas prise. D'abord stupéfaits, ses frères bondirent sur leurs pieds et se précipitèrent.

– Ferme la porte ! cria encore Adémar par-dessus son épaule, sans que l'on sache à qui il s'adressait.

Qu'importe, il fut obéi dans la seconde même et il continua de traîner sa fille jusqu'au salon, où il la jeta sans ménagement sur le tapis. Derrière eux, c'était la débandade : les trois frères, affolés, se bousculaient, criaient, demandaient des explications, repoussaient la servante qui accourait. Sidonie, en pleurs, se griffait le visage en suppliant son mari de ne pas faire de mal à leur fille.

– Notre fille ? *Notre* fille, cette putain ? ragea Adémar. Je n'ai pas de fille !

Victoire, en larmes, voulut se relever, mais son père la frappa si brutalement qu'il la renvoya aussitôt au sol. La jeune fille, étourdie, n'eut pas le réflexe de se retenir et s'effondra lourdement.

– Cette fille-là n'est pas à moi ! cria-t-il encore en pointant vers elle un doigt accusateur.

– Mais enfin, père, qu'est-ce qu'elle a fait ? Que se passe-t-il ? osa demander Maurice, derrière qui se pressaient ses jeunes frères.

– Ce qu'elle a fait ? éructa Adémar, les yeux fous. Elle s'est fait engrosser comme une vulgaire catin, voilà ce qu'elle a fait ! Ma fille ! Ma Victoire ! Une putain !

Dans sa rage, il s'en prit soudain à sa femme.

– Elle est à toi, cette fille-là ! C'est aux mères de savoir comment tenir leurs filles ! C'est ta faute si elle est grosse !

Les larmes de Sidonie redoublèrent et la pauvre femme, défaillante, tomba à genoux. Élias se précipita vers elle pour la relever.

– Victoire, qu'est-ce que tu as fait… murmura Maurice, qui commençait seulement à comprendre ce qui se passait.

Sa sœur lui jeta un regard perdu, à travers ses larmes, mais elle n'osa pas émettre le moindre son. Déjà, son père se tournait de nouveau vers elle.

– Qui est-ce ? Qui ? Réponds ! Qui est l'enfant de putain qui t'a engrossée ?

– Père… implora la jeune fille.

Une nouvelle gifle tomba, qui lui fit voir des étincelles blanches. Adémar ne retenait pas ses coups.

– QUI ? hurla-t-il encore. Je vais le tuer, l'enfant de salaud !

Maurice, suivi de ses frères, tenta de s'interposer pour calmer la colère du père.

– Allons, père, calmez-vous…

– Ne me dis pas ce que je dois faire ! continua Adémar, que rien ne semblait pouvoir arrêter. Parle, toi ! Qui t'a engrossée ? Tu ne veux pas le dire ? Tu ne veux pas le dire ?

Victoire secoua lentement la tête.

– Ah, tu ne veux rien dire ! fulmina son père, en lui lançant une nouvelle gifle. Et tu crois que je tolérerai dans ma maison, sous mon toit, une putain comme toi ? Mais sais-tu seulement ce qu'on leur fait, aux putains ? On les jette à la rue ! C'est de là qu'elles viennent, c'est là qu'elles doivent rester !

Joignant le geste à la parole, il empoigna de nouveau sa fille par les cheveux. Aussitôt, elle se releva en vitesse, trébucha sur sa robe et hurla de plus belle en s'accrochant de nouveau au poignet de fer de son père qui lui arrachait les cheveux. Adémar la traîna cette fois jusqu'à la porte d'entrée de la maison.

– Tu n'es plus ma fille, lui chuchota-t-il à l'oreille d'une voix aigre et sifflante. Ne reviens jamais ici…

Et il la poussa violemment sur le trottoir, où Victoire alla s'étaler de tout son long.

* * *

La nuit était noire. Il n'y avait personne dans la rue.

Une chance.

Adémar, comme toujours, avait eu le réflexe de régler les affaires familiales dans le secret de son foyer, à l'abri des regards indiscrets, et l'honneur était sauf.

Victoire resta de longues minutes sur le trottoir, assise au milieu de sa jupe abîmée, échevelée et en larmes, aussi pitoyable qu'une fleur qui serait passée sous le pas d'un cheval. Son cuir chevelu la brûlait terriblement, mais ce n'était rien en comparaison des coups qu'elle avait reçus au visage. Elle sentait déjà sa pommette et sa tempe enfler.

À l'intérieur, derrière la porte close, elle entendait encore la voix étouffée, mais toujours blanche de rage, de son père. Elle reconnut aussi celle de Maurice, qui essayait encore de calmer le jeu sans se rendre compte que le vieux lion n'était pas d'humeur à se laisser contredire, encore moins amadouer. Une autre gifle partit, suivie d'une exclamation furieuse, puis les pas s'éloignèrent plus loin dans la maison.

Au loin, dans la rue, une charrette passa, on entendit quelques badauds qui riaient. Alors, péniblement, la jeune fille se releva.

Elle lança un regard vers l'unique petite lucarne de l'attique qui donnait sur la rue, et songea à Germain. Il n'y avait aucune lumière. Les deux apprentis, là-haut, faisaient sûrement semblant de dormir. Ils n'avaient probablement rien manqué de la scène qui venait de se dérouler, mais ils connaissaient le tempérament de leur maître et préféraient faire profil bas. Ils avaient bien raison. On ne se mêlait pas des affaires d'Adémar Boivin lorsqu'on n'était qu'un simple apprenti.

Elle savait que Germain, plus que quiconque, allait avoir du mal à fermer l'œil. Il devait se douter qu'il allait tôt ou tard passer un mauvais quart d'heure, car Sidonie, complètement dominée par son mari, ne retiendrait pas bien longtemps son identité. Un instant Victoire hésita à monter le voir, puis elle se ravisa. Avant de se soucier de son compagnon de grange, elle devait d'abord penser à sa propre situation.

Elle n'essaya pas de rentrer chez elle. La colère de son père était telle qu'il valait mieux chercher ailleurs l'hospitalité pour quelques jours, le temps que la tempête se calme. Alors, reniflant et essuyant les larmes qui continuaient de couler sans arrêt, vacillant sur ses jambes, elle se mit en route.

* * *

Germain et Simon n'avaient en effet rien perdu des événements de la soirée, car l'attique où ils logeaient communiquait avec l'arrière-cuisine par un escalier étroit où résonnaient facilement les bruits de la maison.

Dès les premiers cris, Germain avait dressé l'oreille. Lui aussi attendait depuis quelques jours que l'orage éclate, mais la violence dont Adémar Boivin avait fait preuve l'avait tout de même pris au dépourvu. D'ordinaire, son maître n'était pas si colérique : un mot un peu sec ou un regard suffisaient à ce que l'on file doux dans sa maison, sans qu'il ait besoin de recourir aux cris ou aux coups. Les garçons avaient bien pris à l'occasion quelques raclées, mais c'était la première fois que son maître portait la main sur sa fille.

Il entendit qu'on mettait Victoire à la porte. Son premier réflexe avait été de descendre la retrouver, mais Simon l'en avait empêché.

– Ne fais pas ça ! avait-il dit. Si tu descends, le maître te flanquera la volée de ta vie !

Germain s'était alors ravisé, et les deux apprentis avaient éteint leurs lumières et fait semblant de rien. Allongés dans le noir sur leurs paillasses, les yeux grands ouverts, ils écoutèrent les bruits qui s'apaisaient progressivement dans la maison des Boivin, et ils essayèrent de trouver le sommeil sans que ni l'un ni l'autre n'y arrivent.

– Tu crois qu'il sait que c'est toi ? chuchota Simon.

– Je n'en sais rien, répondit Germain.

« Mais ça ne va pas tarder », acheva-t-il pour lui-même.

Et il eut peur.

* * *

Faustine n'apprécia pas du tout de voir sa belle-sœur se présenter à sa porte à une heure aussi tardive. Dès qu'elle entendit résonner le heurtoir de sa porte, elle devina que la nouvelle était parvenue jusqu'à Adémar et que Victoire venait chercher asile, apportant ses ennuis avec elle. Faustine, qui protégeait son foyer avant tout, l'accueillit donc avec une froideur inhabituelle.

Joseph, lui, tomba des nues. D'abord, il s'inquiéta de voir le visage tuméfié de sa sœur, puis, lorsqu'il constata que c'était leur père qui l'avait frappée, il s'affola pour de bon.

– Que s'est-il passé ? Par le ciel, Victoire, que s'est-il passé ? répéta-t-il tandis qu'il la menait vers la cuisine pour lui donner des linges humides et lui verser un remontant.

Victoire, qui avait repris ses esprits sur le chemin, avait de nouveau fondu en larmes lorsqu'elle était entrée chez Joseph et Faustine. Leur petite maison lui était si familière, avec son atmosphère paisible et ses meubles joliment arrangés, comme si Victoire ne faisait que leur rendre une autre de ses joyeuses visites dominicales. Pourtant, la jeune fille savait déjà que, sa vie durant, elle allait se souvenir de ce moment : son quotidien avait inexorablement basculé, et il y aurait toujours un avant et un après cette soirée-là. Rien ne serait plus jamais pareil.

Comme elle n'arrivait qu'à bredouiller des mots incompréhensibles, ce fut Faustine qui annonça finalement avec humeur la mauvaise nouvelle.

– Ta sœur attend un petit, voilà ce qui se passe, jeta-t-elle à son mari.

Joseph devint blême.

Chapitre 3

Dans les jours qui suivirent, la vie s'organisa tant bien que mal.

Par Joseph, qui faisait des allers et retours entre chez lui et la maison de son père, Victoire apprit que la pauvre Sidonie ne quittait plus le lit. Maurice avait fini par se ranger du côté d'Adémar et menaçait maintenant de s'en prendre, lui aussi, à sa sœur si elle osait se présenter de nouveau au domicile familial. Les plus jeunes, Élias et Nathaël, faisaient profil bas et les apprentis, à l'atelier, n'avaient jamais aussi mal travaillé. Quant à Adémar, il était d'une humeur exécrable.

Chez Joseph et Faustine, ce n'était pas beaucoup mieux. L'ambiance était sinistre. Le petit Adémar pleurait beaucoup, sa mère était plus nerveuse et impatiente que jamais, et elle refusait que Victoire s'occupe de l'enfant. La jeune fille passait ainsi le plus clair de ses journées recluse dans la chambre qu'on lui avait donnée, attendant le retour de Joseph pour lui demander des nouvelles. Elle savait qu'elle avait fauté et elle endurait la situation sans se plaindre, attendant patiemment qu'on veuille bien l'accepter de nouveau dans la famille. Connaissant la rigidité de son père, elle savait que cela pourrait prendre longtemps.

Le dimanche suivant, Victoire n'alla pas à la messe pour la première fois de sa vie. Faustine le lui avait interdit.

– Si ton père te voit te montrer en public, il sera capable de tout. Et puis… dans ton état, tu n'as pas ta place dans un lieu sacré. Nous dirons que tu es malade, tout simplement.

À l'église, Joseph et Faustine vinrent s'asseoir sur le même banc qu'Adémar, chose qu'ils ne faisaient pas d'ordinaire. La famille Boivin serrait les rangs. Des voisins s'étonnèrent bien que Victoire soit absente, mais dès qu'ils posaient la question, Adémar, crispé, leur répondait obstinément que sa fille était souffrante, puis il changeait de sujet. Près de lui, Sidonie ne souriait à personne, les garçons se tenaient tranquilles et, pour une fois, on ne s'attarda pas sur le parvis.

Si l'excuse parut faire illusion auprès des voisins, la tension qui régnait au sein de la famille Boivin mit très vite la puce à l'oreille du père Thomas. À force de vivre auprès de ses fidèles, mangeant avec eux et écoutant d'une oreille bienveillante leurs petits tracas, il en était venu à connaître intimement la majorité des habitants de Boucherville et il pouvait déceler leurs moindres changements d'humeur. Toutefois, connaissant bien le caractère d'Adémar, il savait qu'il valait mieux ne pas le prendre de front, aussi préféra-t-il s'adresser à Joseph.

– J'ai vu que Mademoiselle Victoire était absente, dit-il. Est-ce que tout va bien ?

– Oui, mon père. Elle ne se sentait pas très bien, aujourd'hui, mais ce n'est rien de grave. Un peu de fièvre, seulement.

– Je vois… Dans ce cas, peut-être aimerait-elle que j'aille lui porter la communion cette après-midi, pendant ma tournée des malades ?

– Je ne crois pas qu'elle soit en état, répondit Joseph, en s'agitant juste assez pour que le père Thomas comprenne qu'il avait fait mouche. Peut-être dans quelques jours ?

– Bien entendu, bien entendu… conclut le prêtre avec un sourire aimable.

Comme tant d'autres avant lui, le père Thomas considérait que les prêtres étaient les ultimes gardiens de la moralité de leur paroisse et qu'il était de son devoir d'apporter son conseil à tous, même lorsqu'on n'osait pas le lui demander. Que ce soit à travers la confession ou lors de ses visites à domicile, il avait ainsi plusieurs fois été le confident de drames familiaux qu'il avait aidé à résoudre en toute discrétion. La nervosité de Joseph était révélatrice.

Le prêtre n'hésita donc pas à se présenter dès le lendemain chez les Boivin, pour se faire dire cette fois que Victoire n'était pas chez elle, mais qu'elle était partie s'installer quelques jours chez son frère aîné pour aider Faustine, qui commençait à se fatiguer en raison de sa grossesse. De plus en plus convaincu qu'on lui cachait quelque chose, le père Thomas n'hésita pas à aller frapper à la porte de Joseph, où il trouva Faustine en pleine forme et où Victoire, une fois de plus, n'était pas visible.

– Eh bien, dites-lui que je suis passé, voulez-vous ? Vous savez que je suis toujours prêt à apporter du réconfort à mes paroissiens...

* * *

Peu après, Victoire frappait à la porte du presbytère le ventre noué.

Elle avait longtemps hésité. D'abord, elle avait envisagé d'aller voir le père Thomas en confession, comme elle le faisait presque toutes les semaines depuis des années. Puis, elle avait craint les oreilles indiscrètes des bigotes qui arpentaient l'église à toute heure du jour, et leurs commentaires si elles la voyaient sortir du confessionnal plus bouleversée que lorsqu'elle n'y serait entrée. Victoire n'était pas certaine de pouvoir contrôler ses propres réactions devant le père Thomas. Elle n'était pas certaine non plus de ses réactions à lui lorsqu'elle lui aurait appris sa condition.

Pourtant, s'il y avait bien une personne dans toute la ville avec qui elle pourrait se soulager en confiant son secret, c'était bien lui. Pas tellement parce qu'il était un ministre de Dieu, mais parce qu'il était intelligent, tolérant et plein de ressources. Lui, mieux que personne, pouvait comprendre la situation délicate dans laquelle s'était mise la jeune fille et l'aider à trouver des solutions.

Elle finit par se décider à aller le trouver directement au presbytère, une après-midi où elle était à peu près certaine qu'il ne serait pas en visite chez l'un ou l'autre de ses fidèles. Effectivement, il était là. La servante qui ouvrit la porte conduisit poliment la jeune fille jusqu'à un petit salon et proposa du thé en attendant que le jeune prêtre soit prêt à la recevoir. Victoire accepta et resta seule tandis que la servante disparaissait en cuisine.

Elle ne resta pas longtemps assise sur sa chaise. Tout un mur du salon était occupé par une bibliothèque copieusement remplie, et la jeune fille ne résista pas à l'envie de feuilleter quelques-unes des lectures du prêtre. Il y avait là d'innombrables livres de théologie, mais aussi certains de philosophie, d'archéologie et même d'alchimie : les écrits de saint Thomas d'Aquin côtoyaient Socrate et Paracelse aussi bien que les poèmes de Goethe. La plupart de ces noms ne disaient absolument rien à Victoire. Lorsqu'elle ouvrit deux ou trois ouvrages pour en lire quelques lignes, tout cela lui semblait de prime abord bien trop compliqué et hors de sa portée. Précisément le genre de défi qu'elle aimerait relever…

– Mademoiselle Boivin ?

Le père Thomas se tenait dans l'encadrement de la porte. Alors qu'il s'approchait pour saluer la jeune fille, la servante se faufila derrière lui et déposa sur la table un plateau chargé de thé. Puis, elle s'éloigna discrètement dans le couloir.

– Je suis heureux de vous voir, continua le prêtre. Comment vont vos parents ?

Il était un des seuls, en ville, à s'enquérir du couple des Boivin et non pas seulement d'Adémar, comme le faisaient la plupart des gens, influencés par le prestige du luthier. Victoire, qui avait remarqué ce détail depuis bien longtemps, lui en avait toujours été reconnaissante. Sidonie méritait un respect et une considération qu'on ne lui accordait pas souvent.

– Ils vont très bien, merci.

– Je suis ravi de constater que vous allez mieux, vous aussi. J'ai appris que vous séjourniez chez votre frère, en ce moment, fit le prêtre, qui continuait les banalités d'usage pour mettre son invitée à l'aise tandis qu'il s'affairait autour du plateau de thé. Je suppose que votre belle-sœur doit se sentir épuisée, avec ce nouvel enfant qui arrive bientôt. Elle a de la chance de pouvoir compter sur votre aide.

Victoire cacha son malaise derrière un sourire poli et bredouilla une vague réponse pendant que le père Thomas lui servait une tasse de thé.

– Vous vouliez donc me voir, mademoiselle ? finit-il par demander aimablement.

La jeune fille se mordit les lèvres.

– Oui, mon père… Vous avez toujours été de bon conseil avec moi, répondit-elle.

– Je suis flatté, mais je ne fais que guider mes fidèles du mieux que je le peux. En quoi puis-je vous aider ?

Cette fois, Victoire rougit violemment, incapable de cacher plus longtemps son malaise. Elle commençait à regretter d'être venue jusqu'ici et se demanda s'il ne serait pas plus prudent pour elle de se taire. Elle savait qu'elle pouvait compter sur la discrétion du prêtre concernant les révélations qu'elle allait lui faire, mais elle craignait soudain le jugement qu'il allait immanquablement porter sur elle. Peut-être vaudrait-il mieux sauver les apparences et conserver son statut de jeune fille convenable ? Les choses ne finiraient-elles pas forcément par se résoudre d'elles-mêmes ?

– Il s'est passé quelque chose de grave ? demanda doucement le prêtre, habitué à recevoir de la part de ses fidèles des confidences délicates.

– Je vais avoir un enfant, mon père, répondit finalement Victoire entre ses dents.

Il y eut un long silence. Les doigts crispés sur la tasse de thé qu'elle n'avait pas touchée, Victoire n'osait pas lever les yeux pour affronter le regard de son interlocuteur. Elle attendait qu'il réagisse. Un instant, elle se demanda même s'il avait bien compris ce qu'elle lui avait dit.

– Doux Jésus, murmura enfin le père Thomas. Vous voilà bien mal prise, jeune fille…

* * *

Je n'ai jamais vu papa dans un état pareil…

Il s'est déjà mis en colère contre les garçons, quand ils faisaient quelque chose qui ne lui plaisait pas. Je me souviens très bien du jour où Joseph a pris la voiture pour aller voir cette fille — je ne sais plus son nom —, celle qu'il a courtisée pendant quelques mois avant de marier Faustine. Papa lui avait interdit de sortir, mais il l'a fait quand même. Le pauvre s'est pris une de ces raclées quand il est revenu ! J'espère que la fille en valait le coup, parce qu'il a eu des marques au visage pendant des semaines !

Et puis, c'est vrai, il y a eu la fois où Maurice a laissé tomber par terre un violon qui était en train de sécher. On a entendu papa hurler jusqu'au fond du jardin… Le violon était presque terminé, le client devait passer le chercher dans quelques jours. Il a fallu prévenir tout le monde, recommencer le travail à zéro. Des semaines de travail fichues en l'air. Papa était dans un de ces états ! Maurice doit encore s'en souvenir, je pense, parce qu'il est devenu insupportable à force d'être soigneux avec ses affaires. Il n'était pas comme ça avant.

Et quand c'est moi qui ai brisé le grand plat de cristal qu'un client avait offert à papa, c'est Joseph qui a pris les coups de ceinture à ma place. J'avais quoi… huit ans? On tournait autour de la table de la salle à manger et j'ai accroché la nappe sans le faire exprès. C'était la faute de Joseph! Il m'agaçait tellement! Dès qu'on jouait ensemble, il finissait toujours par me taquiner et je n'arrivais jamais à me défendre contre lui! Alors quand le plat a volé en éclats et que papa a voulu savoir qui était responsable, j'ai dit que c'était Joseph… Je ne pensais pas que la punition de papa serait si dure. J'ai compris quand je l'ai vu défaire sa ceinture. Mais c'était trop tard pour lui avouer la vérité.

Joseph n'a jamais rien dit. Je ne sais pas pourquoi. Il aurait dû me dénoncer, plutôt…

Alors, non, papa ne m'a jamais frappée. Oh, peut-être quelques gifles ici et là, mais rien de bien méchant. Ce sont les garçons qui ont pris les grosses punitions.

Enfin, maintenant, je sais ce que c'est. Voir papa me foncer dessus comme ça, je ne comprenais pas ce qui m'arrivait. J'ai eu peur. J'ai figé.

Je savais que ça allait être terrible quand il allait apprendre la nouvelle, mais je ne pensais pas que ce serait à ce point-là. Il m'a traînée par les cheveux! Il ne voulait rien entendre! Pas moyen de lui parler, de lui expliquer!

De toute façon, je me demande ce que j'aurais pu dire. C'est quand même de ma faute, ça, je le reconnais. Il n'y est pour rien, lui, si je suis enceinte.

Enceinte…

Ça me fait bizarre de me dire ça. C'est comme si l'on parlait d'une autre Victoire, d'une autre moi. Comment est-ce que je pourrais être enceinte? Avoir un gros ventre comme celui de Faustine? C'est ça qui m'attend? Pfft… Pour le moment, on dirait qu'il n'y a rien qui se passe. Il y a un bébé dans mon ventre et je ne sens rien.

Si seulement je pouvais retourner dans ma chambre, à la maison. Je pourrais faire comme Faustine, quand le petit Adémar est né. Elle restait en chemise toute la journée, allongée dans son lit comme une grande malade. Tout le monde était aux petits soins pour elle.

Moi aussi, je voudrais m'installer dans mon lit comme une impératrice orientale… Je pourrais lire toute la journée, ou bien dessiner, ou sculpter, sans jamais sortir de la maison. Maman m'apporterait des plateaux avec plein de bonnes choses, comme elle le fait quand je suis malade. On me laisserait me reposer, je pourrais même interdire à Élias et Nathaël de venir chahuter près de ma chambre, j'aurais enfin une paix royale…

Mais non. Pas moyen de rentrer à la maison maintenant, papa est encore bien trop en colère. Il faut attendre.

Il finira par se calmer. Et là, je pourrai rentrer chez moi, et on pourra décider de la suite des choses.

Ça finira bien par s'arranger, cette affaire-là.

* * *

Victoire avait absolument tout raconté au jeune prêtre : Germain, les premières conversations, les premiers baisers, les rendez-vous dans la grange, les doutes sur sa grossesse, la fureur de son père… Le curé avait écouté sans rien dire, sans jeter sur elle de regards épouvantés. Elle y avait plutôt vu une bonté et une compassion qui lui avaient fait monter les larmes aux yeux. Enfin, elle était comprise.

Après l'entretien au presbytère, le père Thomas se rendit plusieurs fois chez Joseph pour la revoir. Étrangement, il ne parlait plus de la situation de la jeune fille, comme si le secret qu'elle lui avait confié avait été enterré quelque part dans sa mémoire de prêtre, noyé parmi toutes les confidences qu'il avait déjà reçues. Il se contentait de lui demander de s'agenouiller près de lui et ils priaient ensemble.

Chaque fois qu'il la bénissait, juste avant de partir, Victoire se sentait plus légère. Elle avait l'impression qu'en partageant la nouvelle elle se déchargeait chaque fois un peu plus de la culpabilité qui pesait sur ses épaules, comme si les gens à qui elle se confiait endossaient un peu de sa charge. En cela, le père Thomas était un confident de choix, car s'il ne parlait plus à Victoire de sa grossesse, il ne restait pas pour autant les bras croisés.

Son premier réflexe fut d'aller trouver Adémar Boivin pour chercher ensemble une solution qui sortirait la jeune fille de ce mauvais pas, mais l'entretien se passa très mal. Avec une froideur épouvantable, Adémar se permit de dire au prêtre de ne pas se mêler des affaires de la famille et il le raccompagna à la porte séance tenante, en omettant presque d'y mettre les formules de politesse. De ce côté-là, il n'y avait donc aucune aide à attendre. Le père Thomas se tourna alors vers Maurice, qu'il croisa un matin au détour de la rue Saint-Charles.

– Je suis prêt à les marier en toute discrétion, offrit le prêtre. Je suis même prêt à affirmer que le mariage a eu lieu il y a déjà plusieurs semaines s'il le faut, pour éviter à cette petite les regards suspicieux et les ragots au sujet de son enfant. Après tout, ce n'est qu'une faute de jeunesse, qui ne mérite pas qu'on la paye une vie entière. Et il faut agir vite…

– Mais qui voulez-vous marier, mon père ? avait demandé Maurice en fronçant les sourcils.

– Victoire et le jeune Germain, bien entendu. C'est la meilleure chose à faire, vu les circonstances.

– Germain ?… Germain, vous dites ?

En voyant l'expression soudain furieuse de Maurice, le père Thomas comprit qu'il venait de commettre une grave erreur. Quand Victoire lui avait raconté ce qui s'était passé, il avait supposé que la famille était déjà au courant, elle aussi, mais ce n'était visiblement pas le cas et il venait de fournir une information qu'il aurait dû garder pour lui.

– Mon fils, attendez !

C'était trop tard. Maurice s'était déjà sauvé et le prêtre ne parvint pas à le rattraper.

* * *

Dans l'atelier du maître luthier, les jours qui avaient suivi le départ de Victoire avaient été particulièrement éprouvants pour les deux apprentis. Ni Germain ni Simon n'étaient censés être au courant du scandale qui frappait la famille, mais les Boivin se doutaient bien que les garçons avaient entendu toute la scène. Pourtant, chacun faisait semblant de rien. On maintenait à tout prix les apparences de normalité.

Pour Germain, l'atmosphère était devenue irrespirable. Chaque fois qu'Adémar ou Maurice s'approchaient de lui, il se crispait, aussitôt prêt à se défendre. Et lorsqu'il réfléchissait à la meilleure façon de présenter les choses à Adémar, il imaginait aussitôt le regard furieux de son maître, ce qui le dissuadait aussitôt. Mais le temps qui passait ne jouait pas en sa faveur. Il aurait dû aller trouver Adémar dès le lendemain pour tout lui avouer, alors que, désormais, chaque jour écoulé rendait la tâche encore plus difficile. Et tandis qu'il cherchait un moyen de se présenter comme un gendre acceptable, la famille Boivin se décomposait lentement.

Alors quand Germain, occupé à travailler sur un alto, vit arriver Maurice avec cet air épouvantable, il comprit.

Le frère de Victoire avait couru tout le long du chemin depuis le coin de rue où il avait croisé le père Thomas, et il ne s'était pas arrêté. Porté par son élan, il fonça sans un mot sur Germain, l'attrapa par le col et le jeta contre le mur.

En quelques secondes, les deux jeunes hommes s'empoignèrent. Il y eut des cris, des outils qui volèrent en tous sens, et l'alto qui était en cours d'assemblage tomba au sol et se brisa en plusieurs morceaux. Un coup, puis un autre firent voler des gouttes de sang sur le plan de travail.

– Maurice ! Non ! cria Simon en essayant de s'interposer.

Mais le fils Boivin lui répondit par un vilain coup de coude au menton qui tint le pauvre apprenti à distance. Maurice ne se contrôlait plus. Il frappait des deux poings et Germain, étourdi, le visage en sang, se défendait difficilement.

– Enfin, que se passe-t-il ? s'écria Sidonie, affolée, en accourant avec la servante.

Il n'y avait personne d'autre dans la maison, car Adémar était en visite chez un voisin et les deux plus jeunes garçons étaient encore à l'école. Maurice eut tout le loisir de frapper sans que personne l'en empêche.

– À qui croyais-tu avoir affaire ? hurla-t-il à l'intention de Germain lorsque celui-ci, à moitié assommé, se laissa tomber au sol sans plus tenter d'esquiver les coups. Tu ne sais pas que tu es chez les Boivin, ici ? Tu ne sais pas qu'on ne touche pas à la fille de son maître ?

Fatigué de cogner avec les poings, Maurice se mit alors à donner des coups de pied pour ponctuer chacune de ses phrases. Sidonie criait, pleurait. Simon, tremblant de peur, s'était recroquevillé dans un coin. La domestique fut celle qui reprit le plus vite ses esprits : elle disparut pour aller chercher Adémar afin que celui-ci mette fin à la bagarre.

Mais lorsque le chef de famille se présenta enfin, Simon avait traîné Germain jusque dans leur attique et Maurice était en train de laver ses mains écorchées dans une cuvette d'eau froide.

Il lança à son père un regard fier.

* * *

Ce soir-là, chez les Boivin, on rameuta tous les fils de la famille — incluant Joseph — pour débattre de ce qu'il fallait faire.

Adémar était furieux d'apprendre que sa fille s'était confiée au père Thomas.

– Avec ces satanés curés, on ne sait jamais ce qui peut arriver. Quelle idée elle a eue, d'aller lui parler ! Les affaires de la famille, ça ne regarde que nous !

Puis, sa colère s'était retournée contre son aîné.

– Joseph, aussi longtemps que tu la gardes sous ton toit, c'est toi qui es responsable d'elle ! Garde-la à la maison. Si j'apprends que cette petite putain a encore parlé ou si je la croise dans les rues de la ville, c'est à toi que je m'en prendrai !

Après quoi, la question principale revint : que faire pour arranger la situation ? Joseph était partisan de marier les deux jeunes fautifs, comme l'avait suggéré le père Thomas, mais Maurice ne décolérait pas et jurait ses grands dieux qu'il tuerait Germain la prochaine fois qu'il le verrait. Quant à Adémar, il ne disait plus rien, mais il serrait les mâchoires si fort que sa femme lui jetait constamment des regards épouvantés.

– Amenez-le-moi, dit-il enfin alors que la discussion tournait court.

Mais lorsqu'on monta à l'attique, on n'y trouva que Simon.

Après avoir pris une telle volée, il n'était plus question pour Germain d'aller demander à Adémar la main de sa fille. À peine remis de ses émotions, le visage et le corps contusionnés, il avait fourré ses maigres affaires dans un sac et il avait quitté les lieux sans demander son reste.

* * *

Le père Thomas, qui n'était que trop conscient de l'erreur qu'il avait commise en révélant l'identité de Germain, vint aux nouvelles dès le lendemain en frappant à la porte de Joseph. Lorsqu'il apprit que l'apprenti s'était enfui, il perdit rapidement son air affable.

Victoire, elle, n'avait presque pas réagi lorsque Joseph lui avait rapporté ce qui s'était passé la veille. Elle n'avait jamais songé à épouser Germain, même pas pour donner un nom à l'enfant qu'elle portait. Oh, bien sûr, elle l'aimait bien, et elle n'aurait probablement pas été plus malheureuse avec lui qu'avec un autre, mais en se mariant elle aurait été forcée de se soumettre à ses décisions. Pour elle, c'était comme de refermer pour de bon la cage dans laquelle elle était née et qu'elle essayait péniblement d'ouvrir.

Alors que tous s'étaient réunis dans la salle à manger et que Faustine servait le café, le prêtre quitta sa chaise un moment et se tourna vers un crucifix qui ornait le mur pour prier en silence. Toujours assise à la table, près de son frère, Victoire ne faisait pas la fière. Si le départ de Germain réglait la question du mariage, cela ne faisait qu'empirer sa situation actuelle. La mine basse, elle attendait le verdict.

– Ce garçon, comme souvent à cet âge, n'a pas su tenir sa place, soupira finalement le prêtre en revenant s'asseoir. Il me semblait pourtant raisonnable…

– Comme quoi on ne peut jamais se fier à personne, répliqua Faustine, en jetant un regard noir à sa belle-sœur.

– Je suis convaincu qu'il voulait sincèrement faire face à ses responsabilités, défendit Joseph. C'est mon frère, Maurice, qui lui aura fait peur. S'il n'avait pas décidé de lui cogner dessus comme ça, on n'en serait peut-être pas là !

Le père Thomas se mordit les lèvres. Il se sentait responsable, mais il garda pour lui ses réflexions. Sans prétendant, il n'était plus question de mariage à la sauvette et Victoire lui apparaissait désormais comme une fille perdue. Il ne voyait pas comment il pourrait la réhabiliter.

– Ce qui compte réellement, reprit-il en essayant de se faire rassurant, c'est ce que nous sommes à l'intérieur et, cela, seul Notre-Seigneur peut le voir. Soyez sans crainte, ma chère petite, je suis sûr qu'Il voit votre désespoir et qu'Il vous soutient dans votre malheur. Quant à ce jeune homme, la vie le punira tôt ou tard.

– Le punir ? Mais de quoi ? Il n'a rien fait de mal ! s'exclama Victoire.

– Vous êtes bonne de vouloir encore le défendre, mais puisqu'il vous a séduite et abandonnée, je crois que vous…

– Mais il ne m'a pas séduite ! protesta-t-elle encore avant de baisser le ton. Enfin, je veux dire… moi aussi, j'aimais ça, être avec lui…

La jeune fille ne savait comment s'exprimer, mais elle voyait bien que, maintenant que le jeune apprenti était parti, tout le monde allait s'entendre pour lui mettre sur le dos l'entière responsabilité de ce qui s'était passé. Absent, Germain devenait le bouc émissaire idéal.

Sidonie, d'abord, puis le père Thomas et les autres, tous étaient convaincus que le jeune apprenti avait été l'instigateur de tout cela, le séducteur machiavélique qui était venu à bout de la faiblesse de la jeune fille. Or, c'était faux, et Victoire — peut-être trop honnête — ne voulait pas se ranger derrière cette explication trop facile.

– C'est moi, en réalité, qui lui ai proposé notre premier rendez-vous, acheva la jeune fille sous les regards effarés de son frère, de sa belle-sœur et du prêtre.

– Mais… pourquoi as-tu fait ça ? demanda Joseph, abasourdi.

– Parce qu'il était gentil, il me plaisait.

– Mais ça ne se fait pas ! Tu le sais bien !

– Je sais. J'étais curieuse, voilà tout.

– « Voilà tout »… souffla Faustine, en répétant les dernières paroles sans avoir l'air de croire à ce qu'elle avait entendu. Et maintenant, tu te retrouves grosse, *voilà tout* ? s'écria-t-elle plus fort. Est-ce que c'est censé excuser ton comportement ?

– Je ne cherche pas d'excuse. Je ne fais qu'expliquer ce qui s'est passé. Germain était gentil et il ne mérite pas qu'on l'accuse de tout.

Autour de la table, il y eut un lourd silence. À l'extrémité de la pièce, on entendit le petit Adémar chahuter avec ses jouets, mais sa mère n'eut pas le réflexe de le rappeler à l'ordre.

– Qu'est-ce qu'on va faire, maintenant? demanda Victoire.

Faustine lui jeta un regard terrible. Depuis que sa belle-sœur vivait sous son toit, elle s'était contentée de tolérer la situation sans rien dire et de prendre ses distances lorsqu'elle le pouvait. Mais cette fois, c'en était trop. La jeune femme s'emporta.

– Qui ça, « on » ? fit-elle en haussant le ton. Est-ce que ce n'est pas à toi de te débrouiller ?

– Faustine… gronda doucement Joseph pour faire taire sa femme.

– Non, Joseph, je ne suis pas d'accord et tu le sais bien ! C'est ta sœur qui s'est mise dans cet état-là, alors pourquoi devrions-nous trouver la solution à sa place ? Est-ce qu'elle ne pouvait pas aller trouver ton père pour le lui dire ? Est-ce qu'elle ne pouvait pas aller chercher son Germain pour se faire épouser avant qu'il ne soit trop tard ? Et, par-dessus tout, est-ce qu'elle ne pouvait pas se tenir tranquille, comme le font les filles convenables, au lieu d'aller courir les garçons ?

– Faustine ! Tu vas trop loin ! s'exclama son mari.

– Je m'en moque ! J'en ai assez de la protéger, Joseph ! C'est à ma famille à moi que je pense ! Sais-tu ce qu'on dira de nous, de nos enfants, quand on apprendra que ta sœur est une traînée ?

Joseph fut sur le point d'envoyer une gifle à sa femme, mais, au lieu de cela, il arrondit le dos et poussa un profond soupir. La présence du prêtre à sa table l'avait retenu au dernier moment.

Faustine, furieuse, se leva.

– Je ne veux plus d'elle sous mon toit, Joseph, fit-elle à son mari. Fais quelque chose !

Puis, elle s'en alla attraper son fils sous un bras et disparut dans le jardin.

– Elle n'a pas tort, Victoire, admit Joseph en se tournant vers sa sœur. C'est toute la famille qui va avoir des ennuis à cause de toi.

Cette fois, la jeune fille fondit en larmes.

– Mais… sanglota-t-elle. Je ne sais pas quoi faire!

Devant l'immense désarroi de sa sœur, Joseph ne sut pas comment réagir. Alors il la laissa pleurer.

* * *

Je suis enceinte.

C'est étrange, je ne sens toujours rien. Quand j'entendais mes tantes et mes grandes cousines parler de leurs grossesses, c'était toujours pour se plaindre des douleurs, des crampes, de la fatigue. Ou alors, elles louaient le ciel d'un air extatique en prétendant vivre les plus beaux jours de leur vie, sous prétexte que le Seigneur les avait bénies d'un enfant qu'elles attendaient depuis longtemps.

À croire qu'il n'y a pas de milieu.

Moi, je pense plutôt qu'elles ont un problème avec ça. Comme si le fait d'avoir un ventre comme une montgolfière était la preuve flagrante qu'elles couchent avec leur mari et qu'il faudrait le nier, soit en maudissant sans arrêt l'enfant qu'elles portent, soit en jouant les Vierge Marie.

Les unes sont aussi ridicules que les autres. J'espère que je ne serai pas comme elles quand mon ventre va grossir. Moi, je veux être comme la jument de papa, quand elle a eu son petit. Ce n'était qu'une bête, elle ne se posait pas de questions, elle ne se plaignait pas toute la journée et elle ne s'extasiait pas non plus. Elle était pleine, c'était comme ça, il n'y avait pas à en faire tout un plat. Et quand son poulain est arrivé, elle s'en est occupée tout naturellement, sans se poser de questions non plus.

Mais moi, je ne m'occuperai pas de mon bébé. Je n'en veux pas. Je ne veux jamais avoir d'enfant.

Quand il viendra au monde, je trouverai bien quelqu'un pour me le prendre et l'élever comme il faut. Je ne lui veux pas de mal, à ce petit, c'est juste que je ne veux pas le garder avec moi. Si je fais ça, je peux tout aussi bien aller m'installer dans une grotte au fond des bois et me retirer du monde pour toujours. Ça sera pareil. Une fille qui n'est pas mariée et qui a un enfant, c'est une fille perdue. Personne ne la regarde, tout le monde la méprise. L'enfant aussi est regardé comme un moins que rien, même s'il n'a rien fait, lui.

Germain voulait m'épouser, paraît-il. Bah, heureusement qu'il est parti, je crois que j'aurais dit non. Je ne veux pas me marier non plus. Il était gentil, Germain, je l'aimais bien, mais je n'aurais pas supporté de vivre près de lui toute ma vie. Il m'aurait sûrement encore fait une ribambelle de bébés, et puis il aurait travaillé dans l'atelier, avec mon père, et je n'aurais jamais rien fait d'autre que ce que ma mère a fait, c'est-à-dire se marier, faire des enfants, et occuper ses journées avec de la couture et la préparation du souper. Ça fait dix-sept ans que je vis dans cette ville et je n'ai encore rien vu du reste du monde. Je veux sortir d'ici et voir ce qui se fait ailleurs. Sinon, comment pourrais-je savoir si je suis au bon endroit, si j'aime la vie que je mène ? Il faut que je puisse comparer, essayer autre chose, et après je choisirai et je m'installerai. Ça me paraît assez logique comme ça, non ?

Alors, cet enfant, c'est sûr, je vais l'abandonner. C'est le plus simple. Personne ne saura qu'il vient de moi, et il aura plus de chances d'avoir une bonne vie.

Et moi aussi.

* * *

Je me souviens de cette fille, il y a trois ou quatre ans. Delphine, qu'elle s'appelait, je crois. Elle vivait avec sa mère et son petit frère.

Elle aussi est tombée enceinte, et tout le monde l'a su, en ville. Je me souviens encore des discours du père Lemelin, à l'époque. Il ne se gênait pas pour faire des commentaires dans ses sermons ! C'est tout juste s'il prenait la peine de déguiser un peu ses accusations, tout le monde savait de qui il parlait ! Et la pauvre Delphine qui restait là, assise sur son banc, rouge comme une tomate, des larmes plein les yeux… Elle me faisait pitié.

Je l'ai croisée, une fois, à la sortie de la messe. Je crois d'ailleurs que c'est une des dernières fois où elle est venue, parce que les gens la regardaient tellement de travers qu'elle a bien compris qu'ils ne voulaient plus d'elle dans l'église. Et puis, elle était tellement grosse qu'elle n'arrivait plus à cacher son ventre sous ses jupes. Elle m'a jeté un regard, en sortant. Un regard que je n'oublierai jamais… On aurait dit qu'elle était conduite au bûcher. Sa mère ne s'asseyait même plus à côté d'elle.

Je crois qu'on n'a jamais su qui était le père de son enfant. Enfin, peut-être que si, mais je ne sais pas, j'étais trop jeune. Quand j'ai eu le malheur de poser la question à maman, elle m'a fait taire comme si j'avais dit une horreur !

Je ne l'ai jamais revue, cette Delphine. Elle a quitté la ville peu après. Sa mère et son frère sont restés encore un peu, mais ils ont fini par s'en aller, eux aussi, et on n'a plus jamais entendu parler d'eux…

Je ne sais pas si elle a gardé son petit avec elle. Moi, je ne le ferai pas. Après tout, c'est l'enfant de Germain, et il n'a pas eu de mal à s'enfuir sans s'en préoccuper, alors pourquoi est-ce que je ne pourrais pas faire la même chose ?

De toute façon, ce bébé, je ne le sens même pas, c'est comme s'il n'était pas là. Il a bien fallu que la Giraude confirme que j'étais enceinte, parce qu'il n'y avait pas moyen que je le sache moi-même. Il n'existe pas vraiment. Pas encore. Et quand il sera né, je le donnerai tout de suite, comme ça l'histoire sera réglée le plus simplement du monde.

Après, je pourrai revenir vivre chez mes parents. Et je pourrai songer à ce que je vais faire de ma vie.

* * *

Victoire eut besoin d'encore quelques jours pour réfléchir à sa situation avant de se résoudre enfin à prendre le taureau par les cornes. Elle allait se sortir elle-même de ce mauvais pas.

Si sa résolution était prise, la mettre en pratique ne s'avéra pas si simple.

Une après-midi, alors que Joseph travaillait et que Faustine s'était rendue chez une voisine avec son fils, Victoire brava l'interdiction qu'on lui avait faite de sortir seule en ville. Afin de ne pas attirer l'attention des passants, elle prit soin de s'habiller de manière irréprochable : robe simple, mais aux plis impeccables, chapeau et léger châle de rigueur, comme si elle se rendait simplement faire une course pour sa mère. On ne l'avait pas vue en ville depuis quelque temps, mais cela n'avait rien d'alarmant en soi. Si elle se montrait avec la même attitude que d'habitude, rien ne pourrait mettre la puce à l'oreille des voisins et trahir l'agitation qui régnait dans la famille Boivin.

La jeune fille allait bon train, d'un pas énergique et décidé. Elle avait beau avoir pris une décision, elle savait que si elle ralentissait l'allure, il ne lui faudrait pas longtemps avant d'hésiter, puis de se troubler pour de bon et de rebrousser chemin. Elle se savait faible. Lorsqu'elle répugnait à faire quelque chose, la moindre excuse était bonne pour se dérober ; aujourd'hui, il n'en aurait pas fallu beaucoup pour qu'elle évite la confrontation avec son père.

Pourtant, elle savait que c'était la seule chose à faire. Les mâchoires serrées, uniquement guidée par une volonté qui relevait plus d'un coup de tête qu'autre chose, elle traversa la ville sans vraiment la voir et se retrouva plus tôt qu'elle ne l'aurait cru devant la porte de la maison familiale.

Ne pas hésiter. Surtout ne pas hésiter, sous peine de tout abandonner…

Elle frappa quelques coups et resta bien raide devant la porte en attendant qu'on lui ouvre. Elle ignora les voisins qui passaient dans la rue, évitant soigneusement de croiser leur regard : elle ne voulait pas avoir à trouver d'excuse qui expliquerait qu'elle attende devant la porte comme une étrangère alors qu'elle était chez elle.

Enfin, après ce qui lui sembla une éternité, des pas résonnèrent dans le couloir de la maison et la porte tourna sur ses gonds. Victoire, qui avait pris sans s'en rendre compte une grande inspiration, se dégonfla d'un seul coup : c'était Maurice.

Il semblait également surpris de la voir, mais bientôt il fronça les sourcils.

– Qu'est-ce que tu fais ici ? demanda-t-il, la mine sombre, jetant aussitôt un coup d'œil dans la rue pour voir si on ne les observait pas.

– Je suis venue parler à papa. Il est là ?

– Non, il est parti à la mairie, il devait voir quelqu'un. Il ne veut pas te parler, de toute façon.

– Et maman ?

– Laisse-la, elle dort.

Victoire s'apprêtait à demander comment allaient les deux plus jeunes, Élias et Nathaël, mais elle se retint au dernier moment. Elle constata douloureusement qu'elle ne les avait pas vus depuis presque trois semaines et que si on lui avait interdit de venir les voir, eux n'avaient pas non plus fait l'effort de venir la trouver chez Joseph. Ce dernier avait tenu seul le rôle d'intermédiaire entre Adémar et sa fille.

Un court instant, Victoire imagina ses frères, rentrant du collège le soir pour s'attabler en réclamant le souper à cor et à cri, comme ils le faisaient toujours. Par la porte ouverte, elle entendait presque les bruits familiers de la cuisine, le plancher de l'étage grincer sous les pas, les soupirs de sa mère s'étendant sur son lit pour la sieste.

Mais non. Maurice se tenait toujours dans l'encadrement, bien campé sur ses pieds, empêchant Victoire d'entrer ou même de jeter un simple coup d'œil. Il n'y avait aucun bruit dans la maison.

– Tu devrais t'en aller. Papa ne veut pas te voir ici, ajouta le jeune homme alors que le silence s'éternisait et que sa sœur ne bougeait pas du perron.

Des gens passèrent dans la rue. Maurice les suivit du regard jusqu'à ce qu'ils dépassent les limites de la maison, puis, sans un mot de plus, il referma la porte.

Il ne la claqua pas rageusement, comme l'avait fait Adémar le soir où il avait jeté sa fille à la rue, mais le grincement du verrou que l'on pousse parut à Victoire aussi terrible. Tous ces bruits, elle les connaissait par cœur, ils la berçaient depuis l'enfance. Et elle se rendait compte que cette fois, ils ne se faisaient entendre que pour mieux la repousser.

Quelque part, à l'étage, sa mère dormait. Ou bien elle faisait semblant, car, dans une maison si calme, elle ne pouvait pas ne pas avoir entendu Victoire frapper à la porte. Il faut croire que Sidonie n'avait pas osé se montrer.

Une fois de plus, on faisait comprendre à Victoire qu'elle était seule.

* * *

La jeune fille reprit son chemin et descendit la rue sur quelques dizaines de mètres, jusqu'à un renfoncement en arrière d'un hangar, où elle savait qu'elle pourrait se soustraire au regard des passants.

Ses yeux brûlaient, sa gorge étouffait à force de ravaler ses larmes. Mais elle ne voulait pas pleurer. Pas maintenant. Si elle se laissait aller, elle ne parviendrait jamais au but qu'elle s'était fixé.

Elle s'adossa un moment au mur de pierre du hangar et se força à prendre de profondes inspirations pour se calmer. À quelques pas, dans la rue, la ville continuait son train-train quotidien sans se préoccuper de cette jeune fille un peu perdue qui se cachait pour reprendre le contrôle d'elle-même. Lorsque la jeune fille ressortit de sa cachette pour prendre la direction de la mairie, la ville ne fit pas attention à elle.

* * *

Je dois absolument parler à papa, je n'ai pas le choix. Faustine a raison : je ne peux pas attendre de Joseph, d'elle ou du père Thomas qu'ils s'occupent de moi tout le temps. C'est ma vie, c'est à moi de m'en charger.

Il me fait peur, maintenant, papa. Avant, je n'avais pas peur de lui, je savais seulement qu'il fallait éviter de lui tenir tête. C'était presque drôle de lui désobéir sans qu'il s'en rende compte. Mais le soir où il a su que j'étais enceinte, il m'a vraiment fait peur. Je ne l'avais jamais vu comme ça.

Pourtant, il faudra bien que j'aille lui parler. Je suis sa fille, non ? Il ne va pas me tuer, tout de même !

Et puis, je le connais, il a surtout peur du scandale. Mais pour le moment, il n'y a aucun scandale, et si l'on se débrouille bien, personne n'apprendra jamais ce qui s'est passé. Je ne serai pas comme Delphine.

Je vais lui dire que je veux abandonner l'enfant. Il n'aura qu'à m'envoyer très loin d'ici pendant quelques mois, on dira que j'ai rendu visite à une vieille tante ou quelque chose dans ce goût-là. Je pourrai finir cette grossesse, sortir cet enfant de mon ventre, le donner à quelqu'un, et revenir. Personne ne saura jamais ce qui s'est passé, on dira à Élias et à Nathaël de tenir leur langue. De toute façon, papa ne peut pas me chasser comme ça : si je disparaissais de la ville, tout le monde se demanderait où je suis passée ! Il est connu, il ne peut pas faire n'importe quoi sans attirer l'attention.

C'est la meilleure solution. Il ne va sans doute pas aimer ça, mais il finira par accepter.

Toute cette histoire devient ridicule.

Ma place est à la maison.

* * *

– Bonjour, papa…

Adémar sortait tout juste de la mairie et faillit passer devant sa fille sans la voir. Après l'interdiction formelle qu'elle avait reçue de ne pas se montrer, il ne s'attendait pas à la voir en plein jour, encore moins sur le trottoir de la mairie.

Il ouvrit d'abord de grands yeux, interloqué de voir avec quelle effronterie sa fille lui désobéissait. Puis, il comprit que s'il haussait le ton on allait très vite les remarquer et que les gens allaient se demander ce qui se passait. Alors Adémar ravala la colère qu'il sentait grimper en lui et se força à serrer les dents.

– Que fais-tu ici ? souffla-t-il. Je croyais t'avoir interdit de sortir de chez ton frère !

– J'avais besoin de vous parler, répondit timidement Victoire.

– Je n'ai rien à te dire. Fiche le camp.

– J'ai une proposition à vous faire, insista la jeune fille. Je ne peux pas passer ma vie entière chez Joseph, c'est ridicule. Je voudrais revenir à la maison.

– Il n'y aura pas de fille grosse sous mon toit ! grinça Adémar, qui retenait mal son emportement.

– Mais je ne veux pas de cet enfant ! Je suis prête à le confier à des gens qui sauront en prendre soin. Il suffirait que je m'absente quelques mois ; quand tout sera fait, je reviendrai et personne ne saura jamais ce qui s'est passé…

Adémar, cette fois, resta sans voix. Il dévisagea sa fille comme s'il ne la reconnaissait pas. Victoire soutint bravement son regard.

– Tu prétends pouvoir réparer ta faute simplement en en faisant disparaître les traces ? reprit le luthier après un instant.

Puis, il eut un rire moqueur, la bouche mauvaise.

– Tu ne manques vraiment pas de culot ! Mais tu ne comprends pas que ce n'est pas la présence de cet enfant qui importe ? C'est toi ! Même sans un mioche pendu à tes jupes, tu n'en restes pas moins une putain !

Victoire rougit violemment. Elle voyait ses espoirs s'effondrer.

Mais alors que son père commençait à s'éloigner, mettant fin à la discussion comme si l'intervention de Victoire était sans importance, il fit volte-face et revint vers elle. Il la saisit par le bras et se pencha à son oreille pour lui murmurer d'un ton terrible :

– Dis à ton frère que si je te trouve encore chez lui demain, c'est à lui que je m'en prendrai. Je ne veux plus te voir chez lui ni nulle part ailleurs. Tu ne fais plus partie de cette famille…

Comme la jeune fille, encore sous le choc, ne réagissait pas, Adémar esquissa un revers de la main, comme s'il allait la frapper encore.

– Disparais ! siffla-t-il.

Puis, il afficha un sourire aimable et se dirigea vers un groupe d'hommes qui bavardaient un peu plus loin.

* * *

Il me chasse encore ? Mais il ne peut pas ! Il n'a pas le droit !
Je suis sa fille !
Papa !

* * *

Comme une automate, Victoire reprit son chemin. Encore stupéfaite que la solution qu'elle avait trouvée, et qui lui paraissait la plus évidente, la seule disponible, n'ait pas été acceptée. Elle ne reconnaissait plus son père derrière ce masque dur et figé qui la regardait comme si elle était la pire immondice sur terre.

Elle quitta la place de la mairie en se fiant à ses automatismes. C'était comme si son cerveau ne fonctionnait plus. Incapable de prendre une décision, elle se mit à marcher. N'importe où, mais marcher, pour trouver un endroit où se cacher, pour se remettre.

C'est complètement par hasard qu'elle aboutit au bord de l'eau. La vue du fleuve, ses longues îles et ses parfums humides l'apaisèrent un peu. Elle ralentit le pas.

– Victoire ?

Elle était passée sans la voir devant une femme qui rentrait par le même chemin, chargée d'un panier. C'était la Giraude.

– Que se passe-t-il ? Tu as l'air d'avoir vu un fantôme…

En croisant le regard de l'accoucheuse, Victoire revit la scène dans sa cuisine, lorsque cette dernière lui avait annoncé sa grossesse. Soudain, elle fondit en larmes. Elle aurait bien aimé ne jamais savoir.

La Giraude réagit aussitôt.

– Cache tes larmes, ma fille, lui souffla-t-elle en lui prenant le bras pour la soutenir fermement. Je te raccompagne. J'ai entendu dire que tu habitais chez ton frère, ces jours-ci ?

Hoquetant à travers ses sanglots, Victoire acquiesça et suivit l'accoucheuse sans un mot, incapable de décider de quoi que ce soit. Les deux femmes marchèrent côte à côte pendant un moment, enfilant sans les voir les rues de la ville. Enfin, elles furent à la porte de la maison de Joseph.

– Ton père est au courant ? demanda doucement la Giraude.

Victoire hocha la tête.

– Et qu'est-ce qu'il a dit ? Il t'a chassée, je suppose ?

– Oui, murmura la jeune fille. Maintenant, il veut que je m'en aille aussi de chez Joseph.

La veuve fronça les sourcils, soucieuse.

– Mmm… Il fallait s'y attendre…

– Mais je ne veux pas partir ! s'exclama la jeune fille. Est-ce que je ne peux pas faire disparaître cet enfant et reprendre ma vie d'avant, comme si rien ne s'était passé ?

– C'est un peu tard pour ça, ma petite fille, répliqua la Giraude d'un air sévère.

– Mais on dit… commença Victoire en s'emballant, avant de baisser brusquement le ton. On dit que vous connaissez certaines plantes, certaines potions…

– On t'aura raconté n'importe quoi, il ne faut pas croire tout ce qu'on te dit, répondit l'autre sans se troubler le moins du monde. Et puis, même si je savais faire ce que tu prétends, est-ce que cet enfant-là n'a pas le droit de vivre, lui aussi ?

Les espoirs de Victoire, qui s'était enflammée pendant quelques secondes en imaginant que la Giraude pourrait la tirer du pétrin, s'éteignirent en un clin d'œil. La veuve avait un air sombre qui n'augurait rien de bon.

– Alors… Qu'est-ce que je peux faire ? demanda la jeune fille.

– Quitte cette ville et va faire ta vie ailleurs. Il n'y a plus rien pour toi, ici.

Après quoi l'accoucheuse frappa à la porte de la maison pour prévenir que Victoire était là, et elle s'éloigna à pas tranquilles.

* * *

Adémar avait poursuivi ses activités de la journée sans laisser paraître quoi que ce soit. Mais intérieurement, il bouillonnait.

En rentrant chez lui, son premier réflexe fut d'aller se réfugier dans son atelier, comme il le faisait toujours lorsque quelque chose le tracassait. Il avait besoin de se retrouver seul.

– Sortez ! cria-t-il à Maurice et à Simon, qui travaillaient à leur poste.

L'ordre avait claqué comme un coup de fouet. Les deux jeunes hommes sursautèrent, mais ils obéirent aussitôt et furent dehors en un clin d'œil. Ils se doutaient que, vu le regard furibond de leur maître, ce dernier ne serait pas d'humeur à entendre quelque commentaire que ce soit.

Adémar ferma la porte derrière eux.

Machinalement, il caressa les violons déjà secs qui pendaient encore à leur corde. Sous ses doigts, le vernis avait encore cette légère adhérence qui allait rapidement se transformer en lustre. Bientôt, on ajouterait le chevalet, on tendrait les cordes, et les instruments muets pourraient enfin faire entendre la voix qui dormait dans leur ventre de bois. À chacun sa couleur, ses nuances. Pour Adémar, c'était chaque fois une nouvelle naissance.

Il en prit un dans ses mains et l'inspecta. La lumière des fenêtres allumait des reflets chauds dans le vernis, révélant une appétissante teinte de miel. Mais Adémar ne se laissa pas impressionner. Un violon, aussi beau soit-il, n'avait d'importance que par le son qu'il produisait. Les violonistes le savaient bien, eux qui se laissaient rarement éblouir par la beauté d'un instrument, préférant en essayer plusieurs pour chercher la combinaison idéale : l'instrument, l'archet, et l'homme.

Adémar suspendit de nouveau le violon sur sa corde. Ses pensées étaient ailleurs.

Il s'assit à son poste de travail, mais au lieu de reprendre ses gouges pour achever la table d'harmonie qu'il avait laissée en cours, il préféra passer ses nerfs sur un vulgaire morceau de pin. Il ne travaillait jamais sous le coup de l'émotion, il n'aurait jamais risqué d'abîmer une de ses œuvres par un mouvement mal contrôlé.

Cette gamine avait un sacré culot. Non seulement elle avait osé braver son autorité, mais elle était venue le trouver dans un espace public, où Adémar avait dû se contenir. Si les gens l'avaient vu s'emporter contre sa fille, cela aurait fait jaser.

Il n'avait jamais bien compris cette enfant. Longtemps elle n'avait guère été plus qu'une bouche supplémentaire à nourrir.

La place des filles était auprès de leurs mères, c'était ainsi depuis toujours, et Adémar ne s'était jamais beaucoup préoccupé d'elle. Mais en grandissant, le caractère de la petite Victoire avait commencé à s'affirmer. Au lieu d'obéir docilement à ce qu'on lui demandait, elle se montrait curieuse, parfois impertinente, elle posait des questions, cherchait à comprendre et remettait sans cesse en question le bien-fondé des décisions de son père. Et c'était sans parler de sa lubie pour la sculpture sur bois… Adémar avait toléré tout cela en se disant que Victoire était probablement influencée par ses frères, mais à dire vrai, il connaissait mal cette fille qui était pourtant la sienne.

Lorsque sa femme lui avait annoncé d'une voix blanche que Victoire était enceinte, Adémar n'avait pas compris. Comment cette gamine avait-elle pu lui faire un coup pareil ? Malgré une certaine insolence, une effronterie qu'Adémar s'était toujours appliqué à corriger, Victoire n'avait jamais dépassé certaines limites, de sorte que son père n'avait pas eu à sévir lourdement. Elle était passée sans transition de quelques bêtises d'enfant sans gravité à l'un des drames les plus graves qui soient !

Car, enfin, il ne pouvait rien arriver de pire à une jeune fille de son âge que de devenir fille-mère !

Et il y avait la réputation de l'atelier… Une fille-mère dans la famille Boivin, c'était un scandale dont on ne se relevait pas, une tache indélébile qui souillerait à jamais le nom de ses parents et de ses frères. Et ça, pour Adémar, c'était inacceptable. Pas après tout le mal qu'il s'était donné pour s'élever dans la société.

Pas un instant il ne se demanda s'il avait failli dans son rôle de père. Cela n'avait pas d'importance. La seule chose qui comptait était de préserver la respectabilité de son nom. Si la nouvelle se répandait, les mauvaises langues iraient bon train et les contrats, immanquablement, diminueraient. On se moquerait de cet ébéniste qui avait voulu s'élever dans la société en devenant luthier et en fricotant avec les familles les plus riches de la région. La faute de

Victoire ne gâcherait pas seulement sa propre vie, mais aussi celle de tous les membres de sa famille, qui devraient répondre de ses actes des années durant. Quant au bâtard qu'elle portait, Adémar ne pouvait tout simplement pas tolérer l'idée de sa présence. Cet enfant sans père ne vivrait jamais dans cette maison.

Quant à envoyer sa fille passer le reste de sa grossesse loin de la ville et abandonner l'enfant — comme elle le lui avait suggéré —, il n'en était pas question. Même si elle réintégrait sa place de fille à marier, sa faute, connue de tous les membres de la famille, ne s'effacerait pas pour autant. Et il faudrait justifier qu'elle ne soit pas vierge le jour de son mariage.

Comme elle n'avait que dix-sept ans, Adémar n'était pas pressé, jusque-là, de la marier. Il ne s'était pas encore posé de questions sur une éventuelle alliance avec une autre famille influente de Boucherville ou peut-être même de Montréal. Si l'idée l'avait effleuré à l'occasion, il s'était toujours dit qu'il avait bien le temps d'y réfléchir et il avait systématiquement remis ce projet à plus tard. Mais il n'était pas question pour lui d'accepter sous la contrainte un gendre qu'il n'aurait pas choisi lui-même : le luthier n'aurait pas fait entrer n'importe qui dans l'arbre généalogique des Boivin en sachant qu'une alliance malheureuse pouvait se répercuter sur les générations à venir.

Très conscient du niveau social qu'il était parvenu à atteindre en l'espace de vingt ans, Adémar tenait à préserver ses acquis à tout prix. Son premier réflexe avait donc été de jeter sa fille à la rue, de l'éloigner du foyer familial comme on éloigne les bêtes contagieuses pour éviter de contaminer les saines. Le fait que la jeune fille aille chercher refuge chez Joseph n'avait fait que compliquer les choses. Si elle avait disparu dans la nuit, Adémar aurait inventé une histoire pour expliquer son absence et il aurait voué sa fille à tous les diables en oubliant qu'il en avait déjà eu une. Mais Victoire ne voulait pas disparaître et Adémar pouvait difficilement reprocher à Joseph l'instinct familial qui le poussait à prendre soin de sa petite sœur.

La jeune fille voulait réintégrer sa place dans la famille. Mais en venant le trouver d'elle-même, aujourd'hui, elle avait aggravé son cas : ce n'était pas le rôle d'une simple fille de décider de son sort, encore moins en bravant l'interdit de son père de se montrer en ville. Si ce dernier la reprenait sous son toit, quelle serait la prochaine limite qu'elle franchirait ?

Non, le choc de la situation de Victoire était trop grand. Il n'y avait plus de retour possible.

Chapitre 4

Adémar avait été catégorique : désormais, sa fille n'existait plus pour lui. Il n'avait plus en tête que de la faire disparaître avant que le temps ne fasse gonfler son ventre et ne révèle son impardonnable faute aux yeux des bonnes gens de Boucherville.

Pour accélérer les choses, le luthier se mit à menacer Joseph de toutes les représailles si ce dernier ne se débarrassait pas rapidement de son indésirable invitée. Tiraillé entre son devoir envers son père, sa sœur et sa propre famille — car Faustine insistait de plus en plus lourdement, elle aussi, pour que la jeune fille quitte leur maison —, Joseph finit par se résoudre. D'une voix d'outre-tombe, il annonça à Victoire qu'elle allait devoir quitter la ville. Elle ne pouvait ni rester ici ni rentrer chez ses parents. Il ne lui restait que l'exil.

Sur le coup, la jeune fille, pas vraiment surprise, prit la nouvelle calmement. Elle se contenta de courber les épaules et de hocher la tête en silence. Elle n'avait de toute façon plus beaucoup d'illusions : après la dernière altercation qu'elle avait eue avec son père, elle savait qu'on en arriverait à cette extrémité. La Giraude avait raison : il n'y avait plus rien pour elle, à Boucherville.

Ce ne fut que le soir venu, lorsqu'elle se retrouva seule dans sa chambre, qu'elle sentit le contrecoup la frapper de plein fouet. Cette fois, elle se rendit compte qu'elle allait se retrouver parfaitement seule, livrée à elle-même alors que l'hiver allait bientôt commencer, et elle sentit la panique la submerger. Où allait-elle aller ? En dehors de sa famille et des voisins, elle ne connaissait personne. Elle avait bien des cousins qui vivaient à Trois-Rivières, mais elle ne les avait pas vus depuis plusieurs années et son père entrerait dans une rage noire si elle osait révéler sa condition au reste de la famille. Allongée sur son lit, le ventre tordu par des crampes d'angoisse, elle étouffait des larmes et des cris inarticulés dans son oreiller. Pour la première fois, l'inconnu lui faisait peur.

* * *

Qu'est-ce que je vais devenir ?

Tout ce que j'ai est ici... Je ne veux pas partir ! Je ne sais pas où aller ! Et je ne sais pas si je serai capable de vivre seule ! Qui m'aidera, si je n'y arrive pas ? Qui va s'occuper de moi ? Loin de ma famille, de mes amis... Et si personne ne veut de moi ? Est-ce que je finirai à demi morte sur le trottoir, abandonnée, sans que personne ne le remarque ? S'il m'arrive quelque chose de grave, est-ce que quelqu'un préviendra mon frère ?

Je ne veux pas me retrouver toute seule !

Je ne veux pas partir !

* * *

Maintenant qu'on la poussait franchement dehors, Victoire eut le réflexe bien naturel de s'accrocher encore plus en essayant de se montrer aussi aimable que possible. Est-ce que quelqu'un n'allait pas finir par la prendre en pitié et s'occuper d'elle ?

Avec Joseph, elle était câline comme elle ne l'avait jamais été. Avec Faustine, elle se montrait la plus douce et la plus docile possible, même si elle voyait bien que leurs liens étaient rompus : Faustine, qui cherchait avant tout à protéger sa famille du déshonneur de sa jeune belle-sœur, traitait Victoire avec une froideur terrible.

– Ah, tu m'agaces, avec tes petites frayeurs ! Ne sois pas si sotte ! s'énerva-t-elle. Tu feras comme toutes les filles sans mari : tu iras en ville et tu chercheras du travail pour subvenir à tes besoins, voilà tout !

– Toute seule ?

– Il y en a eu d'autres comme toi, et elles ne sont pas mortes, répondit Faustine, en haussant les épaules, comme si c'était la chose la plus ordinaire.

– Mais qu'est-ce que je peux faire ? Je n'ai jamais travaillé !

– Eh bien, tu apprendras ! On n'a pas besoin d'être très futée pour blanchir du linge ou laver le sol…

Victoire, qui n'avait rien connu d'autre que les années de collège et les petits travaux ménagers que lui confiait sa mère, s'imaginait mal blanchir toute la journée le linge des autres ou frotter les parquets, à genoux sur le sol. Elle n'était pas une domestique !

Pourtant, elle devait bien admettre que Faustine avait raison. C'était ce que faisaient la plupart des filles de la province, issues de familles de paysans ou de petits artisans, qui cherchaient à se faire une vie meilleure en quittant leur région pour s'installer dans les grandes villes. Victoire prenait conscience qu'elle aurait dû, elle aussi, faire partie de ces filles-là si son père ne s'était pas élevé dans la petite bourgeoisie grâce à sa renommée. Il avait offert à ses enfants un confort que lui-même n'avait pas connu dans sa jeunesse. Pour Victoire, ce n'était donc qu'un petit retour en arrière : puisqu'elle avait refusé le rôle de jeune fille à marier auquel on la destinait, il ne lui restait plus qu'à accepter qu'elle doive désormais travailler tous les jours pour gagner son pain.

Elle imaginait déjà les yeux horrifiés de Célia lorsqu'elle lui apprendrait la nouvelle.

* * *

La mort dans l'âme, Joseph remit le destin de sa sœur entre les mains du père Thomas.

Ce dernier avait proposé d'héberger Victoire au presbytère, en attendant de lui trouver une place à Montréal. Là, au moins, on était certain qu'Adémar ne viendrait pas lui causer de nouveaux ennuis et qu'il ne menacerait plus de s'en prendre à son fils aîné. Mais le jour où le prêtre vint chercher la jeune fille, celle-ci ne retint pas ses larmes : en quittant la maison de son frère, c'était un autre pan de son petit monde qui disparaissait. Elle n'y reviendrait probablement jamais, tout comme elle ne reverrait plus la maison de ses parents, sa chambre d'enfant, l'écurie, la cuisine, et tous ces lieux familiers qui composaient son univers. Elle ne connaissait rien d'autre, et elle avait peur.

La bonne du curé, toute dévouée à son maître, fit semblant de croire à l'excuse qu'on avait inventée lorsque Victoire vint s'installer pour quelques jours au presbytère. Le père Thomas faisait jouer ses contacts à Montréal : il avait écrit à beaucoup de monde et attendait des réponses.

Parmi celles qui lui revinrent, il y avait de bonnes nouvelles.

– Victoire, je vous ai trouvé un travail ! annonça-t-il triomphalement, tout juste deux jours après l'arrivée de la jeune fille, alors qu'ils prenaient leur repas dans le salon.

– Déjà ?

– Oui, on cherche des jeunes femmes comme vous dans les ateliers. Un de mes amis m'a parlé d'un Monsieur Goudreau, qui possède une fabrique de chapeaux et d'accessoires, et il cherche de la main-d'œuvre. Il est d'accord pour vous prendre à l'essai et, si tout se passe bien, il vous engagera.

– Je vous remercie, mon père. C'est une bonne nouvelle.

– J'ai déjà prévenu votre frère. Il ne reste plus qu'à vous trouver un endroit décent pour vous loger, et vous pourrez commencer une nouvelle vie !

Le prêtre semblait ravi, mais son enthousiasme n'était pas des plus contagieux, car la jeune fille se contenta de le remercier d'un sourire un peu forcé. Elle ne trouvait pas particulièrement réjouissant de commencer une nouvelle vie dans ces conditions, sans famille et sans relations pour la soutenir, et avec un ventre qui n'allait pas tarder à gonfler comme un ballon de caoutchouc.

Mais Victoire était tout de même soulagée. Au moins, elle aurait une source de revenus pour se procurer de quoi manger. D'ici là, son instinct lui disait qu'il valait mieux profiter au maximum de ce dont elle disposait, et elle entama son assiette avec bon appétit.

* * *

C'est étrange. Je croyais que je pouvais compter sur le soutien inconditionnel du père Thomas, mais on dirait qu'il prend ses distances. Il remue ciel et terre pour me trouver une place en ville, au point qu'il n'est plus capable de parler d'autre chose. Je ne comprends pas où il veut en venir. Il a accepté de m'accueillir chez lui et, pourtant, il semble pressé que je m'en aille. Il s'occupe de moi, mais c'est à peine s'il me regarde dans les yeux…

Est-ce que c'est toujours à cause de cette discussion avec Joseph et Faustine ? Qu'est-ce que j'ai fait ? Je leur ai simplement dit que Germain n'était pas le seul responsable, mais c'est vrai ! Est-ce qu'on me punit parce que je suis honnête ? Si j'avais voulu, ç'aurait été facile de tout lui mettre sur le dos, maintenant qu'il est parti ! Mais ce n'est pas ce qui s'est passé et je n'aime pas les mesquineries. Si j'ai couché avec Germain, c'est parce que je le voulais bien, c'est tout !

Je n'ai jamais compris pourquoi on ne parle jamais des choses du corps. Les prêtres et les livres passent leur temps à louer les choses de l'esprit, la pureté des sentiments et des âmes. C'est très beau, très noble, tout ça, mais… le corps ? Qu'en fait-on ? Un simple instrument fonctionnel pour manger et se reproduire ? Rien qu'une enveloppe pour abriter l'esprit et l'âme humaine ? Quelque chose que l'on doit nier, ignorer, contre lequel on doit sans cesse se battre pour permettre à l'âme de s'élever ?

On nous dit de ne pas nous comporter comme des animaux, mais pourquoi ? Je les trouve belles, moi, les bêtes… Pourquoi ne devrait-on pas leur ressembler ? Qu'ont-elles de sale ? Est-ce que ce n'est pas naturel, de s'accoupler ? Aussi naturel que de manger, dormir, boire et faire pipi ? On parle bien des « plaisirs de la table », alors pourquoi n'a-t-on jamais le droit de parler des autres formes de plaisir ? S'il y a quelque chose là-dedans de malsain, alors personne ne pourra jamais me l'expliquer parce qu'on n'a tout simplement pas le droit d'en parler.

De toute façon, la curiosité, ici, ce n'est vraiment pas une vertu…

Pourtant, j'étais curieuse, moi, de Germain. Curieuse de voir qui il était, comment il était fait, ce qui fait que les hommes se rapprochent immanquablement des femmes. Je ne sais pas si les parents se rendent compte que leurs filles sont bien moins naïves qu'ils ne le croient. Même si on ne nous dit rien franchement, ça ne nous empêche pas de chercher des réponses. Moi, j'ai lu des livres, et puis j'ai ouvert tout grand mes oreilles quand mes cousines se faisaient des confidences. À la longue, on fait des rapprochements et on comprend de quoi il s'agit…

D'ailleurs, pourquoi est-ce qu'on en fait toute une histoire ? Les caresses de Germain étaient très agréables… J'aimais bien faire l'amour avec lui. Qu'y a-t-il là ? Nous ne faisions de mal à personne, encore moins l'un à l'autre, alors pourquoi se priver ? Bon, je le sais bien, j'ai été naïve de n'avoir pas pensé au fait que je pourrais tomber enceinte et me retrouver dans la situation où je suis aujourd'hui. Coucher avec un garçon, c'est une chose, élever un enfant en est une autre, c'est sûr. Mais au départ, tout ça s'est fait tout naturellement, il n'y avait pas de malice ou de mauvaises pensées…

Alors… Dois-je vraiment avoir le même regard épouvanté qu'avait Delphine quand la ville tout entière s'est liguée contre elle ?

* * *

Comme la jeune fille savait que désormais ses jours à Boucherville étaient comptés, elle en profita pour aller rendre visite à Célia, qu'elle n'avait pas vue depuis plusieurs semaines. C'était comme si elle commençait à préparer son départ, elle aussi, au lieu de simplement accepter ce que Joseph et le père Thomas avaient décidé pour elle. Elle se disait qu'elle devait bien à Célia des explications, même si elle savait au fond qu'il s'agissait surtout de lui faire des adieux en bonne et due forme.

– Eh bien, je me demandais ce que tu devenais ! s'exclama Célia en ouvrant la porte pour découvrir son amie sur le perron. Tu ne répondais pas à mes lettres et tu n'étais jamais chez toi quand je venais aux nouvelles !

– J'étais chez Joseph depuis quelque temps.

– J'en ai entendu parler. Il s'est passé quelque chose ? Une dispute familiale ?

– Qu'est-ce qui te fait croire ça ?

– La tête bornée de Maurice quand j'osais lui demander comment tu allais. Il ne répondait jamais franchement, alors je t'ai tout de suite écrit, mais tu ne répondais pas. Je sentais bien qu'il y avait quelque chose de pas normal… C'est avec lui que tu t'es disputée ?

– Non.

– Alors quoi ?

– Tu veux bien qu'on en parle ailleurs que devant ta porte ?

* * *

Je n'ai jamais raconté à Célia ce que je faisais dans la grange avec Germain.

Il y a plein de choses qu'elle ne sait pas. Je pensais qu'on pouvait tout se confier, mais non. Avec le temps, j'ai compris qu'il y a des limites qu'elle ne veut pas franchir. On dirait que les choses intimes lui font peur. J'aurais bien aimé savoir si elle aussi se donnait du plaisir avec les doigts, comme je le fais, mais quand j'ai eu le malheur de lui poser la question, elle s'est mise en colère.

Ça m'énerve, ça. Il y a tellement de choses dont on n'a pas le droit de parler! Avec Célia comme avec beaucoup d'autres gens. Je peux très bien comprendre qu'on ne parle pas de tout avec tout le monde. Par exemple, je n'irai jamais parler de mes douleurs menstruelles à mes frères. Qu'est-ce qu'ils y connaissent? C'est intime, tout ça. Et je n'irai pas non plus parler à ma mère des hommes qui me lancent des regards et des clins d'œil, parce que je sais qu'elle va s'affoler pour moi. C'est normal.

Mais Célia, quand même... Est-ce qu'on n'est pas censées avoir le même âge? Être des filles? Vivre les mêmes choses? C'est avec elle que je pourrais parler de tout ça, mais c'est impossible. C'est comme s'il y avait des sujets dont elle ne voulait tout simplement pas entendre parler. Et puis, elle m'agace, elle essaye toujours de se conformer à ce que lui disent ses parents. Elle n'a pas encore compris que ses parents ne savent pas tout et qu'ils ne sont pas à sa place pour décider de ce qui est bon pour elle. Pourtant, c'est eux qu'elle écoute. Du coup, quand je lui parle, j'ai l'impression de parler à ses parents: elle a le même discours, les mêmes idées!

Et puis, elle veut toujours faire comme les autres. Ça aussi, ça m'énerve. Elle prétend avoir sa propre opinion, avoir des désirs et des ambitions extraordinaires, tout ce qu'elle fait réellement, c'est répéter ce qu'elle entend autour d'elle et obéir à ce qu'on lui demande. En plus, elle est convaincue qu'elle a trouvé la bonne façon de vivre et que, du coup, je devrais absolument faire comme elle! Elle n'a pas encore compris qu'on est tous différents et qu'il ne peut pas y avoir une seule façon de faire qui convienne à tout le monde. Ce qui est bon pour elle n'est pas obligatoirement bon pour moi... d'autant que ce qu'elle considère comme étant « bon pour elle » n'est qu'une simple répétition de ce qu'on lui a appris.

Alors je l'aime bien, c'est une chic fille, mais il y a des choses que je ne lui raconte pas parce qu'elle ne comprendrait pas.

Des choses que je ne raconte à personne, d'ailleurs.

* * *

Alors que Célia servait le thé, dans le petit salon familial, Victoire se mit à pleurer doucement. Les larmes lui étaient montées aux yeux comme ça, sans qu'aucun événement les déclenche. Peut-être était-ce seulement la quiétude de ce lieu, que Victoire connaissait si bien, qui ravivait des souvenirs et rendait plus déchirante la rupture qui allait inévitablement se produire.

Elle ne savait plus pourquoi elle était venue. Ou plutôt, elle savait trop bien ce qui allait ressortir de cette conversation et elle n'était plus trop certaine de vouloir confier à Célia ce qu'elle était en train de vivre. Son amie ne comprendrait pas. Personne ne pourrait vraiment comprendre.

En fait, personne ne *voulait* comprendre.

Elle avait toujours été curieuse de connaître ces choses mystérieuses que font les femmes avec leurs maris. Ç'avait été une sorte d'instinct naturel qu'elle n'avait jamais remis en question. Les choses du corps la fascinaient. Elle avait désiré Germain. Elle avait aimé ses mains sur elle, ses baisers, ses regards tendres, elle avait aimé sentir la chaleur de son grand corps maigre contre le sien. Elle avait aimé toutes les sensations qu'elle avait ressenties quand il lui faisait l'amour, même trop vite, même avec toutes ses maladresses.

C'était aussi une façon de s'approprier son propre corps, plutôt que de le garder en réserve pour un époux qui aurait eu, seul, le droit d'en disposer. Elle faisait ce qu'elle voulait de ce corps, elle allait naturellement vers ce qu'elle aimait, ce qui lui faisait du bien, et personne ne devrait jamais pouvoir lui dicter ce qu'elle avait le droit de faire ou non. Alors comment pouvait-elle espérer que la docile Célia, fidèle à son éducation, répétant comme un perroquet ce qu'on lui avait appris, puisse jamais la comprendre?

Victoire voyait la fin de leur amitié avant même que son amie ne soit au courant de ce qui la déchirait.

– Qu'est-ce qu'il y a? s'affola Célia en voyant les yeux pleins d'eau de Victoire. Mon Dieu, que se passe-t-il?

– Je suis enceinte, répondit la jeune fille.

Elle avait parlé. Elle savait que sa vie à Boucherville touchait déjà à sa fin, elle n'avait aucune raison de se taire ou de déguiser la vérité pour la rendre moins crue. N'était-elle pas venue chez son amie exprès? Pourquoi l'aurait-elle ménagée? La ménageait-on, elle, Victoire, lorsqu'on la tirait par les cheveux pour la jeter à la rue? Lorsqu'on la chassait inlassablement, où qu'elle aille?

Célia en avait presque échappé sa théière. Elle se laissa tomber sur sa chaise.

– Tu n'es pas sérieuse? murmura-t-elle.

– Mon père le sait. Toute ma famille est au courant. C'est pour cela que j'ai dû quitter la maison.

– C'est… c'est Germain?

– Qui veux-tu que ce soit d'autre!

Célia ne trouvait pas ses mots. Elle regardait son amie comme si elle la voyait pour la première fois.

– Mais alors… Que vas-tu faire? demanda-t-elle enfin, après un long silence.

– Je quitte la ville. Je pars à Montréal.

– Mais tu ne connais personne, là-bas!

– Le père Thomas a des relations. Il m'a déjà trouvé un travail.

– Où ça?

– Dans un atelier de chapeaux.

– Tu vas vraiment travailler?

– Je n'ai pas le choix. Avec quoi est-ce que je vais vivre, sinon?

Cette fois, Célia se mit presque en colère.

– Tu as l'air de prendre la nouvelle plutôt bien! s'exclama-t-elle. À t'entendre, ç'a l'air si évident, tout ça!

– Que veux-tu que j'y fasse? Je n'ai pas trop le choix, il faut bien que je m'accommode de la situation. Ce n'est pas en pleurant dans un coin que je vais m'en sortir.

– Mais quelle idée, aussi, de t'être laissé faire ! Ah, il avait l'air bien gentil, ton Germain, et regarde ce qu'il t'a fait ! Pourquoi est-ce que tu ne lui as pas dit non ?

Victoire serra les lèvres. C'était toujours le même discours, soit celui qu'elle avait entendu dans la bouche de ses proches ces dernières semaines. On lui reprochait toujours d'avoir été trop faible, de n'avoir pas su résister, on accusait Germain dont on faisait un séducteur invétéré.

Comme ils étaient loin de la vérité… Personne ne voulait imaginer que Victoire ait pu agir de son propre chef.

– Tu ne comprends pas, répondit-elle en soupirant. Germain n'y est pour rien.

Tandis que Célia éclatait d'un rire ironique et qu'elle commençait à s'en prendre au jeune homme, Victoire sut que c'était peine perdue. Elle n'essaya même plus de s'expliquer. Fatiguée de devoir sans cesse se justifier, elle laissa son amie pérorer toute seule pendant un moment. Puis, elle prit congé.

Lorsqu'elle se retrouva sur le chemin du presbytère, elle remarqua qu'à aucun moment Célia n'avait saisi qu'elles ne se reverraient probablement jamais.

* * *

Le père Thomas finit par se faire conseiller une petite pension, au loyer modeste, qui avait la réputation d'un établissement honnête et pourrait convenir à une jeune fille seule. On put enfin décider d'une date pour le départ de Victoire.

Pendant le séjour de Victoire au presbytère, Joseph servit encore quelques fois d'intermédiaire entre sa sœur et la maison familiale. Faustine le pressait de laisser sa sœur se débrouiller seule, mais il tenait à l'aider aussi longtemps qu'il le pouvait. Il lui apporta donc les vêtements et les objets personnels qu'elle souhaitait emporter et la conseilla sur l'essentiel dont elle allait avoir besoin — Victoire dut par exemple abandonner les outils d'ébénisterie auxquels elle tenait tant, mais qui ne lui seraient d'aucune utilité dans sa future vie.

Ces visites étaient pourtant pénibles, aussi bien pour lui que pour sa sœur, car ils sentaient tous deux qu'ils avaient franchi une étape sans retour possible. Dans le salon du père Thomas, ils pouvaient presque voir le fossé qui commençait à se creuser et Joseph ne repartait jamais sans que des larmes aient été versées, d'un côté comme de l'autre.

Le dernier jour, il apporta un dernier panier chargé de linge, dans lequel Victoire trouva une petite somme d'argent.

– C'est de la part de maman, dit-il.

– Tu lui as parlé? Que dit-elle?

– Elle te souhaite bonne chance. Elle priera beaucoup pour toi.

– Et c'est... c'est tout?

Devant le regard piteux de son frère, Victoire sentit une fois de plus que les larmes lui venaient aux yeux. Parmi le linge, elle ne trouva rien: aucune lettre, aucun message de sa mère. Elle ne l'avait pas revue depuis la nuit où elle s'était fait jeter dehors et pas une seule fois sa propre mère n'avait essayé d'entrer en contact avec elle...

Victoire s'était fait une raison au sujet des femmes de son entourage qui, comme Faustine, la rejetaient sans pitié aucune alors qu'elles auraient dû être les plus aptes à comprendre et à compatir à sa situation. Mais sa propre mère... C'était un coup dur, accentué par le départ de son frère à la fin de cette journée-là. Elle prenait soudain conscience qu'elle quittait pour de bon sa famille en ignorant si leur chemin se recroiserait.

L'étreinte de Joseph, au moment des adieux, fut déchirante.

* * *

Est-ce que je les reverrai un jour ? Papa, maman, Joseph, Maurice, Élias, Nathaël… Et le petit Adémar ! Je ne le verrai jamais grandir !

Où êtes-vous ? Pourquoi personne ne vient me dire adieu ? Est-ce que je suis déjà devenue à ce point une étrangère pour que personne ne prenne cette peine ?

* * *

Le dernier repas qu'elle prit avec le père Thomas se passa dans un salon aussi silencieux qu'une église. Victoire, qui pensait à sa famille, n'avait rien à dire. Quant au prêtre, elle avait l'impression qu'il était simplement satisfait d'avoir fait son devoir.

– Est-ce que tu as déjà réfléchi au nom que tu lui donneras ?

Comme la jeune fille sortait de ses pensées et qu'elle ne comprit pas tout de suite de qui il parlait, le père Thomas pointa son ventre d'un mouvement de tête.

– Ton enfant, ajouta-t-il.

– Je ne sais pas. Je n'y ai pas encore pensé.

Elle cacha soigneusement le fait qu'elle n'avait pas l'intention de lui donner un nom — pas plus qu'elle ne voulait le prendre dans ses bras — ni même de le regarder. Elle voulait juste le sortir de son ventre et le donner à quelqu'un qui en prendrait soin à sa place. Elle ne serait jamais maman. Ce bébé, qui n'avait encore rien de concret, n'était rien d'autre qu'une entrave dans le nouveau type de vie auquel elle allait devoir s'habituer.

– Il ne faudra pas oublier de le faire baptiser. Même s'il n'a pas de père sur terre, c'est tout de même un enfant de Dieu.

– Mais il a un père ! corrigea aussitôt Victoire.

Le prêtre lui jeta un drôle de regard.

– Ce n'est pas ainsi que fonctionne le monde, tu le sais bien, dit-il doucement. Si toutes les femmes se mettaient à faire des enfants à tort et à travers, ce serait l'anarchie. Ce n'est pas ce que souhaite Notre-Seigneur.

– Et moi je n'ai pas non plus souhaité faire cet enfant, mon père. Je reconnais que j'ai été insouciante, mais je ne pensais pas que c'était un péché capital… rétorqua la jeune fille avec une pointe d'acidité.

Cette fois, le père Thomas pinça les lèvres, comme le faisait Adémar lorsqu'on se comportait d'une manière qu'il n'appréciait pas. C'était la première fois que Victoire faisait preuve d'insolence à son égard et il ne savait visiblement pas comment réagir. Il se ressaisit. Alors qu'il la vouvoyait et la traitait avec les plus grands égards depuis qu'il la connaissait, cette fois il changea d'attitude.

– Ce n'est pas avec un raisonnement comme celui-là que tu arriveras à rectifier ton erreur, ma fille, dit-il d'un ton glacial. J'aurais pu comprendre ta situation si ton ami avait insisté et si tu lui avais cédé par faiblesse, mais je me rends compte maintenant que c'est plutôt toi qui n'as pas su te tenir à ta place. J'ai voulu t'aider, car l'enfant que tu portes est innocent de tout cela, mais ne me fais pas regretter ma décision…

Sur quoi le prêtre quitta la table sans terminer son repas.

Victoire en resta bouche bée.

* * *

Je le croyais différent, plus intelligent. Il vient de la ville et il a fait de longues études. Ses sermons sont passionnants, il dit des choses sur la Bible qui sont belles et bien réfléchies. Je pensais qu'il comprendrait.

Mais au fond, il est comme les autres. Il ne vaut pas mieux que le vieux curé qu'on avait avant. Tout ce qu'ils savent dire c'est : « Tu dois savoir rester à ta place. » Mais c'est quoi, ma place ? C'est passer mes journées à la maison, m'occuper du ménage, marcher dans l'ombre de mon père, accepter sans me plaindre toutes les décisions qu'il prendra pour moi ?

Finalement, j'ai l'impression que ce n'est même pas le fait que je vais avoir un enfant qui les dérange. C'est le fait que j'ai moi-même donné rendez-vous à Germain. Une fille qui pèche par faiblesse, c'est compréhensible — à croire qu'on est toutes des innocentes ou des idiotes. Mais une fille qui aime coucher avec un garçon, ça, décidément, c'est impardonnable...

* * *

Le lendemain, le père Thomas n'accompagna pas Victoire jusqu'au traversier. Malgré leur échange tendu de la veille, il l'avait tout de même bénie une dernière fois avant qu'elle aille se coucher, mais elle quitta la maison à l'aube sans qu'il ait l'occasion de la revoir.

Le jour se levait à peine, Boucherville dormait encore. C'est donc seule que Victoire traversa une dernière fois la ville de son enfance, la tête couverte de son châle pour plus de discrétion.

Sur le quai, les mouettes s'agitaient en criant à travers les brumes qui flottaient sur le fleuve. Quelques vagues silhouettes se mouvaient comme des ombres sur les trottoirs, mais aucune ne faisait attention à la jeune fille.

Comme le traversier avait du retard, il lui fallut patienter pendant près d'une demi-heure sur les bancs de bois de la grande salle d'attente, avec les autres passagers. Lorsqu'on les invita enfin à prendre place sur le bateau, un employé proposa à Victoire de porter ses deux grosses valises, mais elle refusa poliment : puisqu'elle devait quitter sa ville et son foyer, elle préférait le faire sans l'aide de personne.

Une fois sur le bateau, elle s'installa sur le pont. Il y faisait froid et humide, mais elle voulait se remplir les yeux le plus longtemps possible de la silhouette familière de Boucherville, avec ses maisons serrées autour du clocher de zinc, ses champs et ses bateaux amarrés le long du fleuve. Un paysage qu'elle connaissait par cœur et qu'elle voyait peut-être pour la dernière fois.

Elle rabattit en arrière le châle qu'elle avait gardé tout ce temps sur sa tête. À présent qu'elle se trouvait sur le bateau, accoudée au bastingage, elle se moquait qu'on la reconnaisse. Dans peu de temps, elle serait de l'autre côté du fleuve, et son père pourrait bien raconter ce qu'il voulait pour expliquer son absence.

Elle était là depuis un petit moment, observant les gens qui commençaient à grouiller sur les trottoirs à mesure que la ville s'éveillait, lorsqu'une personne s'arrêta en face d'elle et lui fit un petit geste de la main. C'était la Giraude. Comme l'accoucheuse lui faisait signe de descendre, Victoire jeta un dernier regard sur ses valises, s'assura qu'elle disposait encore de quelques minutes avant le départ, puis elle descendit la rampe.

– Alors, ça y est, c'est le grand départ ? demanda la Giraude.

Victoire hocha la tête en se mordant les lèvres.

– Où comptes-tu aller ? continua l'accoucheuse.

– À Montréal. On m'a trouvé une place dans un atelier de chapeaux.

– Est-ce que tu connais des gens, là-bas ?

– Non…

– Est-ce que tu sais où aller ?

– J'ai déjà une petite chambre.

Les épaules de la Giraude s'affaissèrent légèrement, comme sous l'effet du soulagement.

– C'est bien. Je vois que malgré tout on s'est occupé de toi. Et le petit, comment va-t-il ?

– Il va bien, je suppose. Je n'en sais rien.

– Tu comptes le garder ?

Victoire se renfrogna. Les questions incessantes de l'accoucheuse commençaient à la mettre mal à l'aise.

– Tu as de l'argent ? demanda encore cette dernière.

– Oui, ne vous inquiétez pas pour moi. Je dois vous laisser, le bateau va bientôt partir.

Mais alors que Victoire faisait mine de s'éloigner, l'accoucheuse la saisit par le bras et se pencha vers elle.

– Ce n'est pas la fin du monde, tu sais, lui dit-elle. Cela arrive à beaucoup de filles de quitter leur famille pour aller travailler. Même seules, elles se débrouillent. Tu peux voir ça comme une séparation terrible, ou bien comme une chance de vivre ta propre vie sans que personne ne décide pour toi. Ce n'est qu'une question de point de vue.

– Si j'avais eu le choix, je ne serais pas partie dans ces conditions, fit Victoire.

– Si tu avais eu le choix, tu ne serais peut-être pas partie du tout...

La Giraude se pencha encore un peu plus à l'oreille de Victoire.

– J'en ai vu passer, du monde, chez moi, et je les connais les rêves des filles dans ton genre. La plupart ne se réalisent jamais, parce qu'elles ont peur. Alors, fais-toi confiance et tout ira bien.

Enfin, elle lâcha le bras de la jeune fille, qui se hâta de remonter sur le traversier.

Le temps qu'elle rejoigne sa place près de ses valises, sur le quai, la veuve avait disparu.

* * *

Je voulais voyager. Eh bien, m'y voilà.
Et ce n'est pas aussi excitant que je le croyais.

* * *

Lorsque Victoire se réveilla ce matin-là, elle n'eut pas besoin d'ouvrir les yeux pour se rendre compte qu'elle n'était pas chez elle. Les bruits qui montaient jusqu'à elle lui étaient totalement inconnus et créaient une ambiance irréelle qui donnait à la jeune fille l'impression de se trouver dans un autre monde.

Chez elle, à Boucherville, les bruits de la maison lui étaient si familiers qu'elle n'y prêtait aucune attention. C'était comme si elle ne les entendait plus. De sa chambre lui parvenaient généralement les bruits de la cuisine, située juste en dessous, les craquements du plancher de l'étage quand on marchait dessus et le tic-tac berçant de la grosse horloge du salon qui sonnait toutes les heures. Plus loin, dehors, c'étaient les hennissements de la jument et à l'occasion le bruit du bois qu'on coupe, près de l'atelier. Mais à moins que ses frères ne se décident à se chamailler une fois de plus en poussant des cris, ces bruits familiers ne suffisaient pas à réveiller la jeune fille.

Plus récemment, dans la chambre qu'elle avait occupée chez son frère, elle avait profité du calme de la maison, uniquement troublé par les pleurs du petit Adémar et par les talons pointus de Faustine. Sa fenêtre donnait sur le jardin qui, lui-même, donnait sur les champs en arrière, de sorte qu'aucun bruit venant de la rue ne venait l'importuner.

Ici, c'était très différent.

Le père Thomas lui avait trouvé une chambre dans une pension, en plein centre-ville. Le bâtiment était situé si près de la rue Craig qu'en se penchant à la fenêtre Victoire apercevait la rue commerçante, ses passants, ses charrettes remplies de marchandises et ses ouvriers affairés. Même s'il était encore tôt, elle entendait déjà le brouhaha de ces allées et venues incessantes.

L'intérieur de la pension n'était pas tellement plus calme. Elle était constituée d'une huitaine de chambres indépendantes, toutes louées, réparties sur trois niveaux. Comme il n'y avait pas de cuisine, chacun se débrouillait comme il pouvait pour se nourrir. Le poêle à bois qu'on avait installé dans chaque chambre servait aussi bien à chauffer les lieux qu'à faire cuire la soupe, et les armoires à linge, par la force des choses, se remplissaient aussi de vaisselle. Au moins, la maison était reliée à l'égout municipal, un luxe que Victoire ne connaissait pas chez ses parents : il y avait une salle de bain commune à chaque étage, ainsi qu'un robinet dans le couloir pour s'approvisionner en eau. Il y avait aussi l'électricité, mais son utilisation était réglementée : Monsieur Masson, le propriétaire de la pension, désactivait le courant électrique passé une certaine heure pour faire des économies.

La veille, Victoire avait entrevu quelques-uns de ses nouveaux voisins. Comme le loyer était modique, la petite pension attirait beaucoup les travailleurs célibataires, ou les familles pauvres qui ne pouvaient se permettre de louer plus grand. Ainsi, la chambre qui se trouvait juste à gauche de celle de Victoire était occupée par une famille de six enfants dont le plus jeune ne marchait pas encore. Par le raffut qu'ils faisaient de l'autre côté de la cloison malgré l'heure matinale, on devinait qu'ils étaient déjà bien réveillés et affamés. C'était tout un concert de chamailleries d'enfants que seuls la voix de la mère et le bruit des gamelles en fer blanc purent apaiser.

En dessous de la jeune fille, on n'entendait rien. Les gens dormaient peut-être encore, à moins qu'ils ne soient déjà partis. En revanche, au-dessus, le plancher craquait sous les allées et venues. C'était un groupe d'ouvriers qui vivaient là, installés à deux ou trois dans chaque chambre. Ils se préparaient, eux aussi, pour leur journée de travail. Après un moment, Victoire les entendit descendre l'escalier tous ensemble, d'un pas lourd, déjà fatigué. Elle tressaillit lorsque l'un d'eux s'arrêta tout près de sa porte. Sur le moment, la jeune fille imagina qu'il allait essayer d'entrer, mais il devait plutôt être occupé à relacer son soulier ou à reboutonner sa veste, car il repartit très vite pour rejoindre le groupe.

Alors qu'elle écoutait tous ces bruits étrangers, Victoire sentit son ventre se nouer. L'angoisse qui l'avait habitée depuis qu'elle avait quitté la maison de son frère se manifestait de nouveau.

C'était une sensation désagréable à laquelle elle ne s'habituait pas. Elle aurait bien voulu fermer les yeux et se blottir au fond de son lit en faisant abstraction de tout cela, en imaginant qu'elle était de retour dans sa petite chambre d'enfant, mais les bruits étrangers qui lui parvenaient l'empêchaient d'y croire. De l'autre côté de la cloison, les enfants, repus temporairement par quelques cuillérées de bouillie de gruau, reprenaient leurs jeux et leurs disputes. Les plus grands n'allaient pas tarder à quitter la pension pour chercher en ville de quoi gagner quelques sous.

Alors, prenant son courage à deux mains, Victoire sortit du lit.

* * *

En comparaison de Boucherville, Montréal était une ville immense et en pleine expansion. À l'est et à l'ouest, ses faubourgs touchaient déjà les villes voisines, ce qui donnait l'impression qu'elle était encore plus grande. Vue du traversier, elle ressemblait à une belle ville paisible, surplombée par la majestueuse colline du mont Royal. Vue de l'intérieur, c'était plutôt un trafic continu de gens et de voitures, sur des avenues souvent plus larges que la place de l'église de Boucherville.

Victoire avait beaucoup de mal à s'orienter. Les bâtiments trop hauts masquaient le paysage et les avenues étaient si longues qu'elles finissaient par se mélanger : on n'aurait pas su dire à quel niveau on se trouvait.

La jeune fille, qui s'était souvent prétendue aventureuse, se rendit très vite compte qu'elle redoutait de s'éloigner de la pension. La grande Montréal lui faisait un peu peur, elle y trouvait trop de monde, trop de voitures aux chevaux nerveux peu soucieuses des passants. Elle se sentait plus en sécurité dans sa petite chambre, avec ses fissures au plafond et ses rideaux gris de poussière, mais elle n'avait pas vraiment le choix : il fallait bien qu'elle découvre son nouveau lieu de vie.

Elle passa donc la matinée à explorer les environs. D'abord timide, ne quittant pas les environs immédiats de la pension, elle laissa peu à peu sa curiosité l'emporter et se mit à observer avec plus d'attention les bâtiments autour d'elle, les passants dans la rue, les jardins qu'elle longeait au pied de façades imposantes ou le contenu des vitrines des grands magasins. Plus loin, à quelques rues de chez elle, il y avait l'hôtel de ville et la place Jacques-Cartier, où se tenait un grand marché de fruits et de légumes. Alors que ses réflexes habituels prenaient le dessus sur son appréhension, elle se mit à calculer mentalement le prix de la nourriture et des produits d'usage courant dont elle aurait besoin pour vivre, afin d'établir son petit budget. Elle ignorait encore combien lui rapporterait son travail à l'atelier, mais elle savait au moins qu'elle pouvait vivre correctement pendant les trois ou quatre semaines à venir, grâce à l'argent que lui avait fourni Joseph.

Comme elle avait rendez-vous l'après-midi même avec son futur employeur, elle se trouva dans l'obligation de demander son chemin. Elle arrêta un homme dans la rue.

– Excusez-moi, est-ce que vous connaissez l'atelier de Monsieur Goudreau ? commença-t-elle. Savez-vous où il se trouve ?

– Pardon ? fit l'homme, qui semblait avoir mal compris.

– L'atelier de Monsieur Goudreau, répéta Victoire en articulant. C'est une fabrique de chapeaux.

– Oh, tu veux dire une manufacture ? Mais, des manufactures, il y en a des centaines, en ville, ma jolie… Si tu crois que je les connais toutes !

Victoire rougit. Le ton moqueur de cet homme et son attitude familière l'avaient piquée à vif en lui rappelant qu'elle n'était plus à Boucherville : ici, c'était la grande ville et elle allait devoir s'adapter rapidement si elle ne voulait pas qu'on la traite comme une étrangère naïve et facile à berner.

– Dis-moi plutôt à quelle adresse ça se trouve ? reprit l'autre.

– Rue Sainte-Catherine, près de l'avenue Papineau.

– Ce n'est pas à côté, tu vas devoir prendre le tramway. Il y a un arrêt, là-bas, pour la ligne qui va vers l'est.

Puis, considérant que le service était rendu, l'homme la salua et s'en alla, plantant Victoire au milieu du trottoir. Celle-ci se dirigea donc timidement vers l'arrêt du tramway, où patientait déjà un groupe de personnes. N'osant pas demander plus d'information, de peur de passer une fois de plus pour une petite provinciale un peu ridicule, elle attendit que le véhicule apparaisse.

Cela ne tarda pas. Pour la première fois, Victoire allait grimper dans un de ces wagons flambant neufs, qui se propulsaient uniquement à l'électricité. Le service existait depuis à peine un an et pourtant les omnibus ordinaires, tirés par des chevaux, avaient déjà pratiquement disparu de la circulation.

– Excusez-moi, je n'ai pas encore de billet, expliqua Victoire au contrôleur qui poinçonnait les tickets des voyageurs. Comment puis-je en acheter ?

– Jusqu'où allez-vous ?

– L'avenue Papineau.

– Alors voici. Ça fera cinq cents. La prochaine fois, vous pourrez acheter des billets à l'avance dans une des guérites de la compagnie. Il y en a une de l'autre côté de la rue.

Le contrôleur encaissa l'argent que lui tendit Victoire, puis il poinçonna un billet et le lui tendit.

– Allez vous asseoir là-bas, indiqua-t-il en pointant le fond du wagon.

Victoire se demanda pourquoi il lui désignait cet endroit alors qu'il y avait des places libres bien plus près, dans le wagon de tête, mais elle remarqua que ces bancs étaient occupés par des gens richement habillés. Bien que rien n'indiquât que ces sièges étaient réservés, c'était comme si une sélection s'opérait tout naturellement.

La jeune fille s'assit sans un mot sur une des banquettes de bois. Elle constatait avec une grimace que l'atelier se trouvait bien loin et qu'elle allait devoir débourser dix cents par jour pour s'y rendre. Elle aurait préféré trouver un emploi plus près de chez elle, mais puisqu'elle était tout de même bien chanceuse d'avoir trouvé une place, elle allait devoir s'en contenter.

Le tramway s'ébranla. Chassant ces soucis de son esprit, la jeune fille s'intéressa plutôt au décor qui s'était mis à défiler, curieuse de découvrir un autre quartier de la grande ville.

La rue Saint-Catherine était décidément une des grandes artères commerçantes de la ville. En plein essor, elle faisait concurrence aux prestigieuses rues Craig, Saint-Jacques et Notre-Dame. Les vitrines de certains magasins étaient visiblement toutes neuves, brillant encore de dorures et de peinture fraîche, mais elles alternaient avec des bâtiments moins nobles, ce qui montrait que le quartier se développait depuis peu. D'ailleurs, comme Victoire put s'en rendre compte, quelques centaines de mètres plus loin les boutiques se raréfiaient jusqu'à ce qu'on dépasse quelques terrains vagues pour aboutir au quartier ouvrier de Sainte-Marie. Les belles façades avaient disparu pour laisser place aux entrepôts et aux cheminées de briques des usines. Ici, plus de badauds, mais principalement des ouvriers, des charretiers, des mères traînant derrière elles quelques enfants maigrichons.

Victoire surveillait attentivement le nom des rues que dépassait le tramway, mais comme elle craignait de se tromper de chemin, elle finit par se lever pour s'adresser une fois de plus au contrôleur.

– L'avenue Papineau ? fit-il. On y arrive dans quelques minutes…

Effectivement, à peine deux arrêts plus loin, l'homme fit à Victoire un signe de tête pour lui indiquer que c'était là qu'elle devait descendre.

La jeune fille repéra sans mal l'endroit où elle se rendait : le nom apparaissait en grosses lettres blanches, sur une large porte cochère couleur sang de bœuf, ouverte sur une allée qui menait à une large cour.

Là, sur les pavés encombrés de caisses, de cordes, de grosses toiles et de machines que Victoire ne connaissait pas, un groupe d'hommes était occupé à remplir une charrette. L'un d'eux se tourna vers Victoire lorsqu'elle s'approcha.

– Oui ? demanda-t-il.

– Je viens voir Monsieur Goudreau, expliqua la jeune fille. C'est pour un emploi.

L'homme lui indiqua du menton une porte vitrée, au fond de la cour.

– C'est une nouvelle ? demanda un autre gaillard, monté sur la charrette.

– Elle est bien jolie…

– Et alors, je croyais que ta Coralie était la plus belle. Elle ne te suffit déjà plus ?

Les hommes se mirent à rire, tandis que Victoire s'éloignait en ignorant les regards qu'ils lui jetaient.

Ce fut une secrétaire qui lui ouvrit la porte. Elle mena aussitôt Victoire devant le bureau du directeur et la fit asseoir sur une chaise en attendant que celui-ci soit prêt à la recevoir.

Monsieur Goudreau était un homme assez jeune — une trentaine d'années, peut-être — avec des yeux très bleus qu'il cachait derrière les reflets d'une paire de bésicles. Il avait une poignée de main franche, énergique, et un sourire chaleureux.

– Asseyez-vous, mademoiselle… commença-t-il en la faisant entrer dans son bureau.

– Boivin, compléta Victoire en voyant qu'il essayait de se rappeler son nom.

– Ah ! Boivin, c'est ça… J'ai reçu la lettre du père Thomas il y a trois jours seulement, et je ne m'attendais pas à vous voir ici si vite. Mais cela tombe bien, j'ai du travail pour vous.

Il s'assit en face de Victoire et croisa les mains sur sa table de travail, sans quitter son sourire aimable.

– Il me dit que vous n'avez encore jamais travaillé ? Quel âge avez-vous ?

– Bientôt dix-huit ans, monsieur.

– Je paye mes jeunes employés soixante-quinze sous la journée, quel que soit le poste qu'ils occupent, et les dimanches sont fériés. Quand vous travaillerez chez moi depuis plus longtemps, vous gagnerez un peu plus. J'espère que cela vous convient ?

Victoire hocha la tête. Elle n'y connaissait rien en matière de salaire et elle était un peu mal à l'aise de parler si ouvertement d'argent, mais en même temps, elle était ravie de se dire qu'elle allait enfin gagner son propre argent. Soixante-quinze sous par jour, sans les dimanches, cela revenait à près de deux cent quarante dollars par an. Avec une somme pareille, il devait bien y avoir moyen de vivre convenablement.

– Bien. Que savez-vous faire, mademoiselle ? Avez-vous des talents particuliers ?

– Je suis plutôt adroite de mes mains, répondit Victoire. Mon père est luthier et j'ai l'habitude de travailler le bois.

– Plutôt inhabituel pour une jeune fille, remarqua Monsieur Goudreau avec un petit sourire.

Victoire se força à ne pas prendre la mouche.

– Je me débrouille aussi très bien en couture et dans tous les travaux qui demandent des doigts agiles, ajouta-t-elle.

– C'est intéressant… Savez-vous lire, écrire, compter ?…

– Bien entendu ! répondit Victoire, pour qui c'était une évidence.

En notant le petit sourire du directeur, elle se rendit compte que ce n'était probablement pas le cas de tous les gens qui travaillaient pour lui. Peut-être allait-on lui confier un poste de travail dans l'administration ?

Elle n'eut la réponse qu'un petit peu plus tard. Le directeur en avait fini avec elle et se levait pour appeler une de ses secrétaires.

– Conduisez Mademoiselle Boivin à l'atelier. Elle sera sous la responsabilité de Chartrand.

– Est-ce qu'il sait qu'elle doit venir? demanda la secrétaire.

– Oui, il est au courant.

La jeune femme fit alors signe à Victoire de la suivre.

* * *

Lorsque le père Thomas lui avait parlé d'une place dans une fabrique de chapeaux, Victoire s'était imaginé un endroit similaire à l'atelier de son père: une petite salle paisible, où travaillait une demi-douzaine de personnes. Elle s'était vue passant ses journées au chaud, assise sur une chaise, à coudre des fleurs, des drapés et des pompons sur des chapeaux dignes des plus belles gravures de mode. Elle savait broder, elle était une couturière accomplie capable d'exécuter la plupart des points, en plus d'avoir du goût et de soigner son travail. Elle serait donc parfaitement à sa place dans un petit atelier d'artisan, à composer des chapeaux magnifiques pour orner les têtes des belles bourgeoises qui en avaient les moyens.

La jeune fille déchanta rapidement. L'établissement de Monsieur Goudreau était bien loin de tout cela. En fait d'atelier d'artisan, il s'agissait plutôt d'une véritable usine, qui produisait en masse des chapeaux — pour hommes et femmes —, mais aussi plusieurs autres accessoires comme des cols ou des poignets de chemise empesés, des parapluies et des ombrelles, des paniers, bref, tout ce qui nécessitait de la toile, de l'osier ou des attaches métalliques. C'étaient des produits fonctionnels, mais ordinaires, de ceux qui se vendaient à bas prix dans les magasins qui s'adressaient au peuple. Rien à voir avec les boutiques de luxe et leurs articles réalisés sur commande.

La manufacture employait une centaine de personnes, réparties dans plusieurs sections. Au rez-de-chaussée, dans des salles immenses construites tout en longueur et soutenues par une architecture d'acier qu'on n'avait pas pris la peine de camoufler, on trouvait des machines à vapeur, de larges tables de travail, de multiples outils aux formes étranges et des caisses, des boîtes, des emballages. Selon les endroits, on y cardait de la laine ou on la feutrait, et on moulait les ébauches de chapeaux de feutre. À l'étage, on avait aménagé d'autres pièces, plus petites et nettement plus basses de plafond. Là, on traitait la toile pour la blanchir, la teindre ou l'empeser selon les besoins, et c'était là aussi que se trouvait une bonne partie des femmes ouvrières, à qui l'on réservait la couture, l'empesage et le travail de finition.

L'usine entière était divisée en ateliers selon les objets qu'on y fabriquait, et un certain nombre d'hommes étaient dédiés uniquement au transport du matériel d'un endroit à l'autre, grâce à des monte-charges ou des chariots qu'ils poussaient sur des rails encastrés dans le sol. Le tout s'achevait dans la cour où les caisses remplies de marchandises étaient chargées sur les charrettes pour être livrées dans les magasins de la région.

Du matin au soir, les ouvriers s'affairaient comme des fourmis. Chacun avait une tâche précise à accomplir, et c'était la coordination de tous ces efforts qui permettait de produire chaque jour une quantité invraisemblable d'articles. Pour Victoire, qui n'avait jamais connu que l'artisanat précieux de son père — qui montait un violon de ses propres mains depuis le dessin de la table d'harmonie sur une planche de bois jusqu'à l'ultime couche de vernis —, l'usine de Monsieur Goudreau était un univers parfaitement étranger.

Elle dut pourtant s'adapter très vite, car Monsieur Chartrand, le contremaître pour qui elle travaillait, exigeait du rendement. Et le travail de création délicate qu'elle avait imaginé se réduisit à une chose très simple : coudre du matin au soir des rubans sur des hauts-de-forme, tous parfaitement identiques.

Elle avait beau être plus éduquée que la plupart des ouvriers qu'elle côtoyait, cela ne lui servait finalement à rien du tout.

Chapitre 5

Sur les tramways, les wagons ouverts avaient été remplacés par des wagons fermés. Dans les vitrines s'étalaient maintenant de solides bottillons de cuir épais, des châles, des écharpes et des chapeaux en tous genres pour s'emmitoufler jusqu'au nez. Dans les rues, de petites congères s'amoncelaient déjà, nourries par les chutes de neige que les habitants balayaient aussitôt sur le côté.

L'hiver était là, même si le sol n'était pas encore assez gelé pour que la neige soit définitive.

Victoire recevait une avance sur son salaire en milieu de mois, et le solde complet à la fin du mois. Au moins, elle avait la satisfaction de disposer de son propre argent : elle se rendait en personne au marché ou au magasin général pour se procurer de quoi cuisiner, elle payait le tramway qui l'emmenait à la manufacture six jours par semaine, et il lui arrivait même à l'occasion de laisser un peu de monnaie dans la main des gamins errants qui peuplaient les rues du quartier Sainte-Marie. Comme elle avait utilisé les petites économies qu'elle avait emportées de Boucherville pour payer plusieurs mois de loyer d'avance, elle avait l'esprit tranquille pour passer le plus dur de l'hiver.

Victoire s'habituait à son travail, mais le froid l'engourdissait et elle devait se motiver chaque matin pour réussir à sortir de son lit. Même si le bois de chauffage, qu'elle payait à part du prix de la pension, lui coûtait une fortune, elle chauffait beaucoup lorsqu'elle rentrait du travail le soir, pour détendre son corps malmené toute la journée. Enveloppée dans ses couvertures, elle s'asseyait tout près de son poêle et ne pensait plus à rien pendant une heure ou deux, jusqu'à ce que le sommeil l'abrutisse assez pour qu'elle aille se coucher. Elle avait pris froid plusieurs fois, car elle travaillait au rez-de-chaussée, sur un sol de dalles de pierre, et les semelles de ses souliers étaient trop minces pour la protéger efficacement. Mais elle devait se retenir d'acheter de meilleurs souliers, elle n'en avait pas les moyens.

À l'usine, elle avait sympathisé avec quelques personnes, mais elle n'avait pas encore de véritables amis. Elle se contentait de rapports professionnels entre ouvriers et de quelques conversations anodines, préférant sa solitude. Elle n'avait de toute façon pas le temps de bavarder, car Chartrand veillait à ce que les ouvriers qui étaient sous sa responsabilité soient le plus productifs possible. Il arrivait parfois qu'il les retienne plus longtemps le soir si la tâche journalière n'était pas terminée, et il pouvait se montrer sévère si l'on dérogeait aux règles de l'usine, mais dans l'ensemble, c'était un maître juste. Avec Victoire, il était poli, mais ferme : il lui avait rapidement fait comprendre qu'elle n'était pas là pour effectuer un travail d'artiste sur chaque chapeau, mais pour simplement travailler de la manière la plus simple et la plus efficace possible. Installé dans son minuscule bureau sans fenêtres, à l'étage, Chartrand organisait ses équipes, puis il patrouillait dans les salles dont il avait la responsabilité pour surveiller le travail des ouvriers. Rien n'échappait à son regard, et l'on apprenait vite à reconnaître son pas énergique pour cesser instantanément les petits bavardages dès qu'on l'entendait approcher.

Comme toutes les autres jeunes filles célibataires qui travaillaient là, Victoire devait faire face aux œillades que lui lançaient les hommes. La plupart du temps, hommes et femmes étaient affectés à des ateliers différents et se mélangeaient peu, mais ils se croisaient dans le couloir, dans la cour où, lorsqu'il ne faisait pas trop froid, on se retrouvait pour fumer une cigarette ou simplement prendre l'air. Victoire avait alors droit à quelques commentaires grivois, du même genre que ceux qu'elle recevait de la part des ouvriers qui habitaient au-dessus de chez elle. Mais elle ne répondait jamais, elle préférait les ignorer en se disant qu'un jour ou l'autre ils finiraient par se lasser. Pour le moment, elle était encore un visage nouveau qu'on remarquait facilement, mais elle finirait bien par se fondre, elle aussi, dans la masse anonyme des travailleurs.

Elle se trompait. Car, à mesure que les semaines s'écoulaient, son ventre commença à s'arrondir de manière significative.

Au début, emmitouflée qu'elle était dans ses robes et ses châles pour se protéger du froid, sa grossesse passa totalement inaperçue. Puis, elle changea d'atelier, passant des rubans à chapeaux au cardage de la laine, aux grosses machines à vapeur qui étiraient le feutre pour former ce cône typique qui servait de base pour le moulage des chapeaux. C'étaient les salles les plus confortables de toute la manufacture, grâce à la chaleur dégagée par les machines, au point que Victoire se débarrassait de ses multiples couches de vêtements. Les femmes autour d'elle avaient aussitôt remarqué sa grossesse.

Et le fait qu'on continuait de l'appeler « mademoiselle » n'échappa à personne.

Ce ne devait probablement pas être la première fois qu'une fille grosse et non mariée se trouvait parmi eux, mais cela n'empêcha pas les ouvriers de changer de comportement face à Victoire. Les femmes se mirent à l'observer d'un œil suspicieux, tandis que les hommes rendirent plus vulgaires encore les plaisanteries avec lesquelles ils saluaient habituellement son passage. La jeune fille se rendit bien compte de ce changement de traitement, mais puisqu'on ne l'empêchait pas de travailler, elle s'en accommoda. Elle comptait cela comme un désagrément de plus, qui découlait de cet enfant indésiré qu'elle portait comme un boulet ;

elle prenait son mal en patience, convaincue que tout serait plus facile lorsqu'il serait né et qu'elle s'en serait débarrassée pour de bon.

Physiquement, sa grossesse se déroulait bien. La jeune fille ne connut aucun souci de santé particulier, à part quelques pertes de sang occasionnelles et cette fatigue permanente qui la faisait se blottir au coin du feu dès qu'elle rentrait chez elle, incapable de faire quoi que ce soit d'autre. Les dimanches, même lorsque la lumière éclatante du dehors l'appelait, elle ne sortait pratiquement pas. Elle avait l'impression que cet enfant vampirisait toute son énergie et elle faisait tout pour l'ignorer, endurant patiemment les douleurs au dos, les contractions légères, la faim permanente. Étrangement, même si elle n'avait jamais vécu de grossesse auparavant, elle ne s'inquiétait pas beaucoup de toutes les nouvelles sensations qu'elle ressentait. Elle mit un moment à réaliser que les doux effleurements qui agitaient son ventre à l'occasion étaient en réalité les mouvements du bébé. Elle faisait beaucoup d'efforts pour ignorer sa présence ; elle se disait que si l'enfant arrivait plus tôt que prévu ou s'il était mort-né, ce serait d'autant plus facile pour elle.

Ça, c'était pour se rassurer. Car en réalité, à mesure que son ventre grossissait, Victoire commençait à se demander comment elle ferait pour sortir de son corps un bébé de cette taille. Et soudain lui revenaient en tête les histoires dont elle avait entendu parler, la cousine morte en couches, la femme du voisin qui avait crié pendant plus de douze heures pour un bébé qui ne sortait pas, celle qui avait mis au monde des jumeaux dont l'un était mort et qui avait elle-même failli y laisser sa vie. Des récits de ce genre, Victoire en connaissait des dizaines. Elle savait que l'accouchement était un moment dangereux dans la vie des femmes et qu'elle allait devoir s'entourer — d'une sage-femme ? d'une collègue, ou peut-être d'une voisine ? — pour passer au travers.

Autour d'elle, il y avait plusieurs jeunes mères. S'il n'y avait pas chez elles une aïeule pour garder les petits, ou bien s'ils étaient encore au sein, elles emmenaient leurs nourrissons à l'usine et les laissaient toute la journée dans des paniers installés dans un coin de la pièce, s'arrêtant à l'occasion pour les consoler ou pour les nourrir. Monsieur Goudreau tolérait la présence des bébés tant que les mères restaient productives, alors les ouvrières redoublaient généralement d'énergie pour conserver leur place.

Naturellement, Victoire essaya de se rapprocher d'elles, ne serait-ce que pour qu'elles la rassurent et répondent à ses questions au sujet de l'accouchement qui allait inévitablement se produire. Mais l'accueil qu'elle reçut fut glacial. La plupart de ces femmes ne lui répondaient que du bout des lèvres, lui faisant clairement comprendre qu'elles ne tenaient pas à créer de liens particuliers avec la jeune fille.

Une seule d'entre elles, une dénommée Madeline, se montra plus aimable. Elle avait un enfant de presque un an, un gros poupon aux joues rouges qu'elle allaitait encore, et qui lui donnait du fil à retordre parce qu'il commençait à se déplacer partout et qu'il ne voulait décidément pas rester sagement dans son panier.

– Tu l'attends pour quand ? demanda-t-elle à Victoire un jour où les deux jeunes femmes mangeaient ensemble.

– Je ne sais pas exactement. Dans un ou deux mois, je crois.

– Ça se rapproche. J'espère que ça ne sera pas aussi long que pour moi ! J'ai passé huit heures à me tordre sur mon lit à cause de cette fripouille !

Elle se mit à chatouiller le bébé qui, grimpé sur ses deux petites jambes, s'agrippait aux genoux de sa mère. L'enfant éclata de rire, éclairant le visage de sa mère d'un sourire radieux.

– C'est ton premier ? demanda Victoire.

– Non, le troisième. Les autres sont restés à la maison, c'est ma sœur qui les garde. Toi, est-ce que tu as de la famille qui va t'aider à t'en occuper ?

Victoire hocha la tête sans rien dire. Elle préférait ne pas trop s'étendre auprès de sa collègue, car elle savait que sa réputation de fille célibataire au sein de l'usine était déjà délicate à gérer.

Madeline, sans prévenir, posa la main sur le ventre de Victoire.

– Tu le portes haut, je trouve. Ce sera sûrement un garçon.

– Ça m'est égal…

– Vraiment ? Moi, j'ai déjà deux filles, alors je suis contente d'avoir eu un garçon.

Madeline ne retirait pas sa main et Victoire commençait à se troubler. L'enfant, dans son ventre, avait réagi. Il était en train de se tourner comme s'il cherchait à profiter plus longtemps de la caresse que cette main lui offrait. La jeune femme avait une attitude toute maternelle que Victoire elle-même n'avait pas, et cela lui rappelait un peu trop la distance anormale qu'elle avait mise entre elle et l'enfant qu'elle portait.

Elle ne voulait pas savoir si ce serait un garçon ou une fille. Elle ne voulait pas imaginer à quoi — à qui ? — il ressemblerait. Cet enfant allait disparaître de sa vie, elle ne voulait pas risquer de s'y attacher.

Alors, gentiment, mais fermement, Victoire retira la main de Madeline.

* * *

Le jour où Victoire dépensa le dernier dollar que sa mère lui avait donné lorsqu'elle avait quitté Boucherville, elle commença à prendre conscience de la précarité de sa situation.

Au début, son salaire hebdomadaire à la manufacture lui avait paru suffisant. Elle ne faisait pas de grosses dépenses, mais pendant plusieurs mois, elle avait pu se nourrir, se chauffer et se loger convenablement.

Mais la dernière pièce disparut lorsqu'il fallut payer une nouvelle cordée de bois, car les grands froids de la fin du mois de janvier avaient englouti la réserve de la jeune fille. Désormais, elle était entièrement dépendante de son maigre salaire, et elle n'allait pas tarder à se rendre compte que le prix de son loyer était peut-être bien trop élevé pour les moyens dont elle disposait.

– Ici, au moins, on a de la chance, on est payées à la journée, lui avait raconté Madeline. Avant, je travaillais dans une fabrique de jupons et on était payées à la pièce. Là, je peux t'assurer que tu travailles dur!

Victoire apprit que la majorité des ouvrières qui avaient des enfants à nourrir augmentaient leur revenu en travaillant aussi le dimanche: certaines prenaient du travail de blanchisserie chez elles, ou bien des locataires pour partager le prix du loyer, ou alors elles allaient faire des ménages dans des maisons plus nanties. Madeline était de celles-là.

– J'ai deux maisons à tenir le dimanche. Heureusement, elles ne sont pas très loin de chez moi, alors ça ne me prend qu'une demi-journée pour tout faire. Mais je n'ai pas le choix. Sans ça, même avec le salaire de mon mari, on ne s'en sortirait pas. Et puis, ma sœur est invalide, elle ne peut pas travailler, alors il faut bien compenser…

Victoire, qui n'avait fréquenté que des familles aisées à Boucherville, se rendait compte que tous les ouvriers de l'usine partageaient les mêmes petites misères quotidiennes. C'étaient le plus souvent les femmes qui tenaient le budget familial et elles devaient sans cesse faire preuve d'astuces pour terminer le mois. Elles s'échangeaient entre elles de bons conseils, les adresses où la farine était moins chère, les brocantes où l'on trouvait à bas prix du matériel encore bon, le rebouteux qui pouvait remplacer un médecin en cas d'urgence… On était bien loin du quotidien de Sidonie, qui se souciait plutôt de savoir quel type de viande plairait à son mari ou quelle toile serait la plus indiquée pour faire tailler une nouvelle redingote à Maurice.

Alors, la jeune fille rêvait, tandis qu'elle longeait la rue Craig sur le chemin du retour. Elle ne rentrait que très rarement dans les boutiques — les prix étaient bien trop élevés pour son petit salaire —, mais elle admirait les articles exposés dans les vitrines en imaginant qu'un jour, quand elle aurait plus d'argent, elle pourrait s'offrir ce qui lui faisait plaisir.

Ce qui l'attirait le plus, c'étaient les cosmétiques. Chez elle, elle devait se contenter d'un savon ordinaire qui ne coûtait que quelques sous, et qui lui servait aussi bien pour le corps ou les cheveux que pour la lessive et la vaisselle. Elle l'avait même utilisé une fois pour frotter le parquet où elle avait renversé un bol de gruau. C'était un savon qui sentait fort, une odeur de soude et d'humidité, et qui lui faisait regretter les senteurs fleuries des savonnettes de sa mère. Victoire s'attardait donc volontiers devant les vitrines de cosmétiques, remplies de crèmes et de flacons ravissants, aux noms poétiques. Elle se moquait un peu de l'odeur réelle qu'ils pouvaient avoir — et qui était forcément à mille lieues de son vulgaire savon —, seul comptait ce qu'ils évoquaient dans son imaginaire. Ce parfum, par exemple, qui s'appelait *Eau de nuit* et qui se présentait dans une petite bouteille de verre mauve et blanc, ne pouvait être, avec un nom si séduisant, qu'une petite chose exquise et délicate que toute jeune fille rêverait de pouvoir mettre sur sa table de toilette.

Si tant est qu'elle possédât une table de toilette… ce qui n'était plus le cas de Victoire depuis qu'elle vivait à Montréal. Elle avait aimé la sensation d'indépendance que lui avait procurée sa petite chambre de pension, mais à mesure que les mois passaient, elle s'était mise à regretter amèrement le confort de la maison de ses parents. La vie autonome avait perdu de ses charmes, maintenant que la jeune fille constatait ce que cela faisait réellement de redescendre au bas de l'échelle sociale.

Comme tous les ouvriers parmi lesquels elle vivait, elle se rassurait comme elle pouvait en se persuadant que l'avenir lui réservait forcément des jours meilleurs.

* * *

Quand j'aurai plus d'argent, je me souviendrai de tout ça. Je m'offrirai des parfums, de jolies robes et des chapeaux comme j'aime. Moi aussi, je veux ressembler à ces belles dames qu'on voit dans les grands magasins, avoir des souliers confortables, un manteau vraiment chaud, de jolies babioles pour mettre dans mes cheveux. Je ne me rendais pas compte que j'avais la possibilité d'avoir tout ça, avant. Il aurait fallu que j'en réclame un peu à maman et j'aurais sûrement eu tout ce que je voulais, sauf que ça ne m'intéressait pas, je trouvais les filles bêtes de s'occuper seulement de leur petite coquetterie. Mais maintenant, c'est différent : j'aimerais ça pouvoir être un peu coquette, moi aussi. Quand on fait des journées interminables à l'usine, n'importe qui voudrait avoir le temps et les moyens de s'occuper de soi. C'est ça, le vrai luxe.

Ça ne peut pas faire de mal de passer quelque temps « à la dure », ça apprend la valeur de l'argent, ça donne de bonnes leçons qu'on n'oublie jamais.

Mais si ça pouvait ne pas durer trop longtemps, j'aimerais mieux, quand même.

* * *

Victoire faisait partie de ces employés polyvalents que les contremaîtres déplaçaient d'un atelier à l'autre, au gré des commandes et des besoins. Vers la fin de l'hiver, Chartrand la fit une fois de plus changer de poste et l'affecta à l'empesage des cols et des poignets de chemise, pour aider la demi-douzaine d'ouvrières qui travaillaient là à longueur d'année et qui ployaient sous une charge de travail plus lourde que d'ordinaire.

La jeune fille acceptait ces déplacements successifs avec plaisir. Le travail à l'usine était terriblement routinier, de sorte qu'elle commençait à s'ennuyer fermement au bout de deux ou trois semaines, une fois qu'elle avait bien acquis les tâches qu'on lui demandait d'exécuter. Elle se transformait alors en automate uniquement préoccupé par le temps — qui ne passait jamais assez vite —, mettant son esprit en veille jusqu'à ce qu'elle entende Chartrand agiter la clochette qui sonnait la fin de la journée. Au moins, en changeant d'atelier, elle devait apprendre de nouvelles choses et s'adapter rapidement, sans compter qu'elle était bien heureuse de quitter les machines à vapeur et le feutre trop chaud sur lequel elle s'était brûlé les mains pendant plusieurs semaines.

Malheureusement, comme le lui avait indiqué Monsieur Goudreau lorsqu'elle était arrivée à la manufacture, le fait de changer d'atelier n'avait aucune incidence sur son salaire. Un ouvrier restait un ouvrier, on louait ses bras sans aucune considération pour le type de tâche qu'on lui confiait, qu'elle soit simple ou plus difficile. On ne faisait que rémunérer les gens en fonction de leur âge et de leur sexe : les hommes gagnaient presque le double des femmes, et les jeunes en bas de seize ans moitié moins. C'était pour Victoire une injustice flagrante, mais c'était comme cela que fonctionnait l'industrie depuis des années, et les ouvriers s'en accommodaient. Ils n'avaient pas d'autre choix.

Et comme le coût de la vie, à Montréal, était plus élevé qu'ailleurs, il arriva ce qui devait bien finir par arriver : en mars, Victoire, mortifiée, fut incapable de payer la totalité de son loyer à Monsieur Masson.

Elle s'en tira par un compromis. Elle lui paya deux semaines en s'excusant longuement, tout en lui promettant de payer ce qui manquait au prochain mois.

– Est-ce que vous ne pouvez pas me payer d'avance, comme vous l'aviez fait au début ? demanda ce dernier en fronçant les sourcils. Ça vous éviterait de dépenser votre argent ailleurs. Il faut apprendre à tenir les cordons de votre bourse, ma petite demoiselle !

Victoire avait rougi. Elle détestait passer pour une jeune fille dépensière ou tête en l'air, alors qu'elle savait très bien qu'elle n'avait fait aucun écart et qu'elle s'était contentée du minimum. Mais elle laissa Monsieur Masson croire ce qu'il voulait : tant qu'il ne se mettait pas en colère et qu'elle gardait son logement, elle pouvait encore se persuader qu'elle parviendrait à économiser suffisamment pour rembourser ce qu'elle devait.

Malheureusement, le mois suivant fut encore pire. À nouveau, elle ne réussit qu'à payer deux semaines, mais il ne lui restait plus un dollar pour payer le mois entier qu'elle devait. Et Monsieur Masson fronça encore un peu plus les sourcils.

– Je vous préviens, j'ai déjà eu des problèmes avec des locataires qui ne payaient pas, et je peux vous assurer que je finissais toujours par obtenir mon argent. Ne croyez pas que vous allez vous en sortir si facilement, gronda-t-il.

Pour Victoire, ce n'était qu'un début.

* * *

Une épaisse couche de neige était tombée pendant la nuit, de sorte que, ce jour-là, les passants devaient lever haut leurs genoux pour se déplacer sur les trottoirs qu'on n'avait pas eu le temps de déblayer. Le plus urgent était de nettoyer les cours des usines et la route, pour maintenir le trafic des marchandises, et dans toutes les manufactures, on y attela des dizaines de travailleurs. Les trottoirs attendraient.

Comme si ce n'était pas suffisant, Chartrand envoya Victoire lui chercher son repas du midi, comme il lui arrivait de le faire avec la première ouvrière qui passait devant son petit bureau. Il prenait toujours la même chose, un ragoût que préparait la cantinière de l'autre côté de la rue et qu'il fallait lui rapporter sans traîner pour que le repas reste chaud.

Entre son ventre lourd, ses bottillons qui se plantaient tout droit dans la neige molle, sa jupe qui entravait ses pas et le repas du contremaître qu'elle balançait à bout de bras, Victoire peinait autant au retour qu'à l'aller. Pour avancer, elle se dandinait à gauche et à droite comme un canard, ce qui fit beaucoup rire trois ouvriers en train de fumer, accotés à la porte de la manufacture.

– Alors, ma jolie, tu parades ?

– On dirait que ton gros ventre ne t'aide pas beaucoup, hein !

– Il faudrait dire à ton mari qu'il se retienne un peu, la prochaine fois… Oh, mais pardon ! J'oubliais que tu n'avais pas de mari !

– Tu en veux un ? Je ne suis pas marié, moi !

Les trois hommes éclatèrent de rire.

– Attends un peu, Méril… reprit le premier. Avec un ventre pareil, tu aurais du mal à te faire une place. Par contre, quand elle aura fait son rejeton, tu pourras t'essayer ! Là, tu auras toutes tes chances !

– Tu n'auras pas long à patienter, elle a l'air bien pleine…

Ils se mirent à rire de nouveau. Victoire aurait bien aimé leur lancer un regard noir ou une répartie cinglante, mais elle savait d'expérience que cela risquait d'empirer les choses. Elle se contenta donc de poursuivre son chemin pour rentrer dans l'usine quand elle aperçut deux femmes qui sortaient du bureau du directeur et qui avaient probablement tout vu de la scène. Il y avait une femme d'un certain âge, en robe noire, et une autre, plus jeune, qui portait une toilette colorée extrêmement élégante. Alors qu'elle croisait leur regard, Victoire rougit jusqu'aux oreilles, baissa les yeux et se hâta de disparaître dans le couloir qui menait à l'étage.

Il arrivait à l'occasion que des clients viennent visiter la manufacture. Ils annonçaient généralement leur arrivée et, ces jours-là, les contremaîtres exigeaient de leurs employés qu'ils aient une tenue vestimentaire aussi soignée que possible — à défaut d'être irréprochable, car la plupart n'avaient sur le dos que les frusques ordinaires qu'ils pouvaient s'offrir — et qu'ils se montrent disciplinés et concentrés sur leur tâche. Mais ces femmes-là ne ressemblaient pas à des clientes et Victoire, mortifiée, pria le ciel qu'il ne s'agisse pas de membres de la famille Goudreau.

Elle pouvait endurer les insultes des pauvres gens plus facilement que le regard des bourgeois.

* * *

Un soir, Victoire rentra chez elle encore plus exténuée que d'ordinaire. L'usine avait reçu une nouvelle commande à livrer en urgence et tous ses contremaîtres, Chartrand en tête, avaient alourdi la charge de travail. Pour les ouvriers, ç'avait été trois heures de travail supplémentaires, mais qui, malheureusement, ne changeraient rien au salaire journalier qui leur était versé. Goudreau avait été clair : si cela ne plaisait pas, on pouvait toujours aller chercher du travail ailleurs.

Comme ses compagnes, Victoire avait donc arrondi les épaules et travaillé plus longtemps sans se plaindre, en serrant les dents pour supporter les douleurs lancinantes au bas de son dos.

Alors qu'elle gravissait péniblement l'escalier pour se rendre jusqu'à sa chambre, elle tomba sur sa voisine, Rosélina. Cette dernière s'était assise en haut des marches, un de ses enfants entre les genoux. Armée d'un petit peigne, elle profitait de la lumière électrique qui brillait juste au-dessus d'elle pour épouiller le garçon.

– Fatiguée ? demanda-t-elle, en voyant Victoire s'accrocher à la rampe pour grimper.

– Je manque de souffle, répondit cette dernière en haletant. Il prend toute la place, maintenant.

– Je sais ce que c'est. Quand j'étais enceinte de mon premier, j'habitais au quatrième étage. Je peux te dire que je les ai détestés, ces escaliers!

– Au moins, ça a valu la peine, tu en as fait un beau gaillard, de ton Jeannot, fit gentiment Victoire, en songeant au gamin d'une douzaine d'années qu'elle croisait parfois et qui dépassait d'une bonne tête tous ses frères et sœurs.

– Jeannot? Oh non, ce n'était pas lui. Mon premier, je l'ai perdu, il est mort quelques heures après sa naissance.

– Je suis désolée, je ne savais pas…

– Ce n'est pas grave. Ça arrive souvent, alors on s'habitue.

Victoire s'attarda en haut de l'escalier. Elle ne bavardait pas beaucoup avec sa voisine — les deux femmes se contentaient de se saluer et d'échanger à l'occasion quelques mots sur le temps qu'il faisait à l'extérieur ou sur les enfants —, mais elle était curieuse de découvrir quel genre de vie menait Rosélina, qui ne se plaignait jamais de sa petite vie de misère, comme si elle avait le cuir assez dur pour résister à tout.

– Tu en as perdu beaucoup? demanda-t-elle doucement.

– Trois, répondit Rosélina avec le ton paisible de celle qui explique ce qu'elle a mis dans sa soupe du jour. Le premier, comme je te l'ai dit, et puis deux de mes filles au moment où les petits ont attrapé la coqueluche.

Victoire était impressionnée. Rosélina avait l'air robuste, mais elle n'était pas épaisse, en particulier dans cette robe qui flottait un peu sur ses épaules!; étrangement, son corps ne semblait porter aucune trace de ses multiples grossesses. Seul son visage fatigué trahissait les soucis et la vie pénible qu'elle menait. En calculant rapidement l'âge des enfants et le fait qu'elle s'était certainement mariée très jeune, Victoire prit conscience que Rosélina ne devait pas avoir plus de trente ans. Pourtant, elle en paraissait bien dix de plus.

– Mais il m'en reste six bien vivants, alors le ciel est avec moi, ajouta-t-elle en caressant la tête de l'enfant assis entre ses genoux, qui écoutait la conversation sans un mot. Et puis, j'en aurai peut-être bientôt un septième.

– Tu es enceinte?

– Je ne sais pas, on dirait bien. Ça fait un moment que j'ai arrêté de nourrir le dernier au sein, je lui donne de la bouillie, c'est plus facile quand je travaille. Alors ce ne serait pas étonnant, d'autant que mon mari a toujours été assez… vigoureux.

– Est-ce que tu as été consulter un médecin?

Rosélina éclata d'un rire moqueur.

– Payer un docteur pour ça? Seigneur, non! Si je suis vraiment enceinte, je le saurai bien assez tôt!

Victoire se sentit un peu ridicule d'avoir posé la question. Sa voisine n'était pas une jeune fille seule pour qui une grossesse inattendue représentait un bouleversement majeur. Elle était mariée, elle avait déjà une famille nombreuse, et l'expérience des enfants qui naissent et qui meurent; alors, une grossesse de plus faisait partie des événements ordinaires qui composaient son quotidien. Pour elle, il n'y avait qu'à attendre patiemment que la nature fasse les choses, sans se poser de questions.

– Et toi, dis-moi, tu es seule pour élever cet enfant? Ou bien est-ce que tu as un mari, quelque part?

C'était la première fois que Rosélina posait franchement la question. Les deux voisines se connaissaient depuis déjà quelques mois, mais elle avait toujours laissé à Victoire le bénéfice du doute en contournant adroitement le sujet. Après tout, la jeune fille aurait très bien pu être mariée à un ouvrier parti travailler au loin.

Victoire hésita. Devait-elle mentir en échange d'un peu de tranquillité? Non, elle en était incapable. Elle avait toujours trouvé que mentir lui apportait plus d'ennuis que de confort, elle n'aimait pas passer son temps à surveiller ce qu'elle disait pour s'assurer qu'elle restait conforme à ses mensonges. Il fallait vraiment qu'elle ait de bonnes raisons pour mentir, car elle était d'une nature franche et elle entendait bien le rester.

– Non. Je suis seule, dit-elle.

– Ah, alors ce petit n'a pas de père…

La jeune fille ne répondit pas. Elle attendait de voir si Rosélina allait la juger, lui lancer un de ces regards obliques et mauvais comme elle en avait tellement vu ces derniers mois. Mais non, la voisine ne dit rien. Elle s'était penchée sur la tête de son enfant et se remit à le peigner soigneusement, pinçant un pou entre ses ongles lorsqu'elle en trouvait un.

– Bah, ce n'est pas très grave, reprit doucement Rosélina. Tu as la chance d'être très jolie. Même avec un enfant dans tes jupes, il y aura bien un bon gars pour se laisser tenter et vous prendre tous les deux.

Victoire était surprise. Sa voisine, avec son humble vie faite de petites joies et de beaucoup de misère, était la première à ne pas faire tout un drame d'apprendre qu'elle allait avoir un enfant seule. La vie, la mort, la place qu'on occupait dans le monde, et tous ces sujets qui agitaient tellement les esprits étriqués des petits-bourgeois, semblaient rendre Rosélina indifférente. Probablement parce qu'elle était trop occupée à prendre un jour à la fois.

Finalement, n'était-ce pas elle qui avait raison ?

* * *

L'hiver s'étirait inlassablement. Dans sa petite vie monotone, Victoire fonctionnait comme une automate. Son ventre l'encombrait et rendait les gestes du quotidien plus pesants, mais elle avait fini par s'y habituer et elle l'endurait en se contentant de pousser de temps à autre des soupirs fatigués.

Si seulement elle n'avait pas cette sensation constante d'être oppressée, de ne pas pouvoir respirer à son aise…

Au moins, Chartrand avait fait un geste pour la soulager en l'affectant à l'atelier des cols et poignets de chemise. Le travail était toujours aussi monotone, mais au moins elle était à l'étage, sur un plancher de bois où elle ne se gelait plus les pieds, et elle pouvait s'asseoir sur le bord d'un haut tabouret pour badigeonner les cols avec de l'empois. Ici, les autres femmes étaient assez gentilles avec elle. La plupart d'entre elles étaient mariées et mères de famille ! ; elles compatissaient donc aux petites douleurs qui faisaient grincer le corps de Victoire à chaque instant. Le plus difficile, c'était son dos, qui lui arrachait des grimaces du matin au soir.

Son petit logement était en pagaille, mais Victoire s'en moquait éperdument. Lorsqu'elle rentrait chez elle, après ses dix ou douze heures de travail, elle prenait tout juste la peine d'allumer son poêle avant de s'effondrer sur son lit, roulée en boule, emmitouflée sous ses couvertures pour se réchauffer en attendant que le poêle commence à répandre sa chaleur. Elle mangeait mal, le plus souvent tiède, car le foyer ne chauffait pas assez fort pour faire bouillir de l'eau, et même si les journées avaient rallongé et que la sève commençait à s'agiter dans les troncs des érables, elle avait l'impression d'être constamment gelée.

Malgré tout, elle était de retour chez Goudreau tous les jours, fidèle au poste. Elle n'aurait pas su dire comment elle parvenait à trouver assez d'énergie pour se lever chaque matin. La force de l'habitude, sans doute, mais surtout le fait qu'elle ne pouvait pas se permettre de manquer ses soixante-quinze sous quotidiens. Elle pouvait endurer l'ambiance silencieuse avec ses compagnes de travail, les rires gras des ouvriers dans la cour ou les grandes salles du bas, le regard des secrétaires lorsqu'elle passait devant les vitres des bureaux. Elle supportait les interminables heures passées debout ou assise sur le coin d'une fesse, les mains rougies par la vapeur, l'amidon, l'eau froide et le savon. Elle supportait en silence, juste pour pouvoir manger et garder son toit le plus longtemps possible. Elle avait pris du retard dans le paiement de sa pension et elle attendait avec impatience de se débarrasser de son enfant pour pouvoir travailler plus fort, gagner un meilleur salaire et rembourser ce qu'elle devait.

Elle était instruite, elle savait lire, écrire et compter, et elle avait cru qu'elle s'en tirerait mieux, mais la réalité était celle-ci : un seul salaire était bien maigre pour survivre dans la grande ville. Quand elle ne serait plus encombrée par ce ventre qui semblait lui sucer toute son énergie, elle pourrait chercher un meilleur poste. Il y avait certainement moyen pour une jeune fille comme elle de s'en sortir.

* * *

Durant les dernières semaines de sa grossesse, Victoire fut prise de contractions à plusieurs reprises. Deux fois elle se retrouva même accroupie sur le sol, recroquevillée autour de sa douleur, pressant ses cuisses autour de son ventre pour tenter de contenir les vagues qui le traversaient. Les femmes de l'atelier des cols et chemises venaient alors la soutenir, puis elles la ramenaient sur son tabouret en lui disant : « Attends voir, ce n'est peut-être pas pour tout de suite, calme-toi… » Et lorsque le contremaître passait, il fallait continuer de travailler sans rien dire, même avec le visage blême et cette sueur glaciale qui vous dégoulinait lentement dans le dos.

Lorsque ces douleurs se manifestaient, Victoire paniquait. Elle ne voulait pas accoucher, elle avait peur de toutes les histoires d'horreur que racontaient les femmes autour d'elle en pensant la rassurer. La jeune fille se mettait alors à pleurer, ce qui n'arrangeait en rien les contractions et qui la laissait épuisée lorsque la crise se terminait.

Elle savait bien, pourtant, que le temps qui passait la rapprochait inexorablement de l'échéance. Elle n'y couperait pas.

Un jour, alors que Victoire était occupée à aligner des cols pour les faire sécher, une vague de douleur la surprit violemment. Aucune transition, aucun avertissement. Pas de montée progressive de la douleur, juste cette contraction qui arrivait de nulle part et qui fut suivie d'une autre peu après. Et encore d'autres.

Sur les conseils de ses collègues, Victoire patienta — ce n'était peut-être qu'une crise, comme les précédentes —, mais les contractions se rapprochèrent. Alors qu'elle se baissait un peu plus tard pour soulever un panier plein de linge, elle sentit un liquide chaud couler doucement le long de sa jambe, un peu comme cette femme, saoule du soir au matin, qu'elle croisait parfois dans la rue et à qui il arrivait de s'uriner dessus.

La petite flaque qui s'étendait à ses pieds ne passa pas inaperçue.

– Là, ma jolie, il est temps de rentrer chez toi, fit une des femmes de l'étage. C'est ton petit qui arrive.

– Va ! On expliquera au contremaître…

Victoire ne se le fit pas dire deux fois.

Son véritable travail, celui pour lequel les femmes sont faites depuis la nuit des temps, commençait.

Pour maîtriser sa panique, elle se répétait sans cesse de faire confiance à son instinct. Des femmes mettaient des enfants au monde depuis toujours, leur corps était fait pour ça, elle ne devait pas s'inquiéter. Ce n'était qu'un mauvais moment à passer, qui au final allait la débarrasser de cet enfant dont elle ne voulait pas, et elle se concentrait sur la vie qui l'attendait après cela.

Mais c'était plus facile à dire qu'à faire ; elle ne pouvait s'empêcher de craindre le pire, d'autant que la violence des contractions était épouvantable. Elles lui déchiraient le ventre chaque fois qu'elles surgissaient, si bien que la jeune fille, se pliant de douleur dans la rue ou dans le tramway, attirait sur elle tous les regards. Certaines femmes la saisirent par le bras pour l'aider à s'asseoir ou à se relever, à monter ou à descendre du tramway ; on lui demandait si elle se sentait bien quand elle s'arrêtait pour prendre appui sur un mur afin de ne pas tomber, le visage livide, attendant que la douleur s'atténue juste assez pour pouvoir continuer son chemin.

Quelques personnes proposèrent de l'accompagner chez elle — des visages, des voix qu'elle percevait dans le brouillard de sa tête —, mais elle refusa.

– As-tu quelqu'un, chez toi, qui t'attend ? lui demandait-on d'une voix inquiète.

– Oui, oui… répondait-elle. Laissez-moi…

Paniquée, elle se débattait presque, laissant derrière elle des visages perplexes et choqués de l'accueil qu'elle leur réservait. Elle craignait plus que tout qu'on découvre qu'elle était seule, sans famille, sans amis, sans mari, et elle n'avait qu'une hâte : se soustraire à tous ces regards pour s'enfoncer au fond de son lit et souffrir seule. Elle ne voulait pas qu'on l'accuse, qu'on la montre du doigt, qu'on la méprise. Elle préférait se replier dans sa coquille jusqu'à ce qu'elle soit de nouveau assez présentable pour reparaître au grand jour.

Tant bien que mal, Victoire parvint jusqu'à sa pension et grimpa l'étage en courant presque, profitant d'une courte accalmie. Dans sa chambre, elle se sentit à peine soulagée. Elle était seule pour mettre cet enfant au monde et elle ignorait ce qui l'attendait.

Au moins, elle avait rempli son grand broc d'eau avant de partir le matin. Elle en but plusieurs verres et rinça son visage couvert de sueur. Puis, elle se débarrassa de son manteau et de sa robe, ne gardant qu'une chemise et une jupe confortable. Elle eut la présence d'esprit d'étendre sur le lit de vieux draps usés qu'elle avait récupérés quelques semaines auparavant et qu'elle gardait pour cette occasion, puis elle se laissa elle-même tomber sur le lit.

Elle n'avait aucune idée de ce qu'elle devait faire. Alors elle attendit, les yeux agrandis par la peur.

La douleur était presque constante. À peine une contraction s'effaçait-elle, laissant derrière elle une vague sensation nauséeuse, qu'une autre apparaissait. Victoire n'osait pas toucher son ventre : sa peau était si dure qu'elle ne reconnaissait pas son propre corps.

– Maman… Maman !

Couchée sur le côté, haletante, le visage enfoncé dans son oreiller qui sentait l'humidité, Victoire étouffait ses cris. Tout en elle réclamait sa mère, cette femme qui avait connu ces douleurs avant elle et qui était à même de comprendre ce qu'elle vivait. Sa mère, qui l'avait choyée pendant toute son enfance, couverte d'attentions. Sa mère, qui, même si Adémar ne supportait pas ses mièvreries de bonne femme, n'était qu'une maman aimante.

Sidonie avait beau s'effacer constamment derrière son mari, sans caractère, sans volonté, c'était une mère. Elle aurait compris ce que Victoire traversait. Elle aurait su quoi lui dire.

La jeune fille sentait que l'enfant poussait vers le bas pour sortir. On aurait dit une masse énorme et monstrueuse, qui étirait ses chairs à chaque contraction pour se frayer un passage. La douleur était insoutenable et Victoire se mit à paniquer encore plus. Et s'il était trop gros ? Et s'il ne passait pas ? Allait-elle rester prise avec cet enfant coincé contre ses reins et mourir là, seule, dans son lit ? Personne ne la réclamerait.

L'image de Sidonie s'effaça devant ses yeux. La jeune fille devait agir, elle ne se laisserait pas mourir sans avoir essayé de résister, même si c'était en vain.

Soudain, elle songea à Rosélina. Avec sa trâlée d'enfants, sa voisine savait bien, elle aussi, ce que c'était que mettre un petit au monde. Elle saurait quoi faire.

Emportée par une bouffée d'espoir, Victoire trouva l'énergie de se lever de son lit et elle clopina jusqu'à la porte voisine.

– Rosélina ! Ouvre-moi, j'ai besoin d'aide ! cria-t-elle en frappant comme une folle sur la porte.

Mais personne ne lui répondit. Derrière la porte et dans toute la maison, il n'y avait pas un bruit. Tout le monde était parti travailler, personne ne reviendrait avant le soir. Et comme il faisait encore grand jour dehors, cela voulait dire pas avant au moins deux ou trois heures. Victoire avait bien le temps de mourir d'ici là…

Clopinant dans l'autre sens, la jeune fille revint dans sa chambre. Il y avait de la neige sur le bord de la fenêtre et du givre sur les carreaux. Pliée par la douleur, elle n'avait pas songé à allumer le poêle lorsqu'elle était rentrée, mais cela n'avait pas d'importance : le visage rouge, en sueur, elle ne sentait pas le froid.

Elle n'eut pas le temps de se recoucher. Alors qu'elle atteignait le pied du lit, une nouvelle contraction la terrassa et lui fit voir des étoiles : étourdie, nauséeuse, elle perdit l'équilibre et se laissa tomber à genoux par terre.

L'enfant sortait, elle sentait la grosse boule qui forçait toujours pour trouver son chemin entre ses cuisses. Alors, prenant une grande inspiration, elle serra les dents et se mit à pousser.

* * *

Il est là.
Je ne sais pas ce que j'ai fait, mais il est là.
Ça y est, c'est terminé.
… Est-ce que je suis encore vivante ?

* * *

Victoire resta un long moment prostrée sur le sol, à genoux dans sa jupe. Ce fut un bruit inconnu qui la fit sortir de sa torpeur. Elle regarda autour d'elle.

C'était le genre de petit vagissement que font les chiots lorsqu'ils réclament la tétée.

Un autre hoquet du même genre lui fit reprendre ses esprits pour de bon : la jeune fille comprit que quelque part entre ses jambes, sous son vêtement, il y avait un bébé. Aussitôt, elle tira à elle un des draps qu'elle avait étendu sur le lit et, doucement, elle souleva son jupon pour voir.

Sur le plancher, au milieu d'une mare de sang et de matières visqueuses, le nourrisson était tout gris. La jeune fille voulut l'envelopper dans le drap, lorsqu'elle se rendit compte qu'un gros cordon bleu violet, semblable à un intestin, le reliait encore à elle. Avec une grimace de dégoût, ne sachant pas trop comment procéder, elle prit l'enfant et le souleva pour le placer sur le drap. Lui aussi était un peu visqueux, un peu gras, recouvert d'une substance blanchâtre. Il n'avait rien à voir avec le joli poupon rose qu'était le petit Adémar à sa naissance et que Victoire avait si souvent bercé.

L'enfant ouvrit tout grand la bouche, comme s'il allait crier, mais aucun son n'en sortit. Il se contenta de remuer un peu et se laissa faire. Alors Victoire, retenant le devant de sa jupe d'une main et serrant le bébé contre elle de l'autre, se releva péniblement en prenant garde à ce que les étourdissements ne la reprennent pas. Elle eut bien quelques vertiges, mais ils cessèrent très vite.

Elle se dirigea vers l'armoire où elle savait qu'elle rangeait un couteau, le prit, puis elle posa l'enfant sur la table et trancha sans le moindre état d'âme le cordon bleuâtre qui sortait d'entre ses jambes.

Un liquide écarlate se mit à couler. Soudain paniquée à l'idée que le bébé se vide de son sang — étrangement, elle ne pensa pas à elle-même —, elle laissa échapper un petit cri de frayeur. Cherchant du regard un bout de ficelle ou de ruban, n'en trouvant pas, elle déchira un morceau du vieux drap et le noua autour du cordon pour le serrer. Le sang cessa aussitôt. L'enfant, lui, n'avait pas réagi.

Elle ne pouvait pas le laisser là. Victoire reprit alors l'enfant et alla le fourrer dans son lit, où elle était certaine qu'il n'aurait pas froid.

Elle avait déjà vu des bêtes mettre bas. Elle savait que pour elle le travail n'était pas encore terminé, mais elle ne voulait pas retourner se coucher. Encore sous le choc, elle se mit à faire des allées et venues dans la chambre, sans se soucier du cordon qui sortait encore de son corps et qui ballottait doucement contre ses jambes. Se rendant finalement compte qu'elle était épuisée, elle se versa un nouveau verre d'eau et s'assit sur une chaise. Ses jambes ne cessèrent de trembler qu'après une minute ou deux.

La douleur était toujours là. Son dos n'était qu'un énorme amas de nœuds et de tensions, mais il répondait encore quand la jeune fille bougeait. Quant à son ventre, il continuait de se contracter comme s'il ne s'apercevait pas qu'il était désormais vide.

Amorphe, Victoire ne réagissait plus. Elle commençait à ressentir le froid de la pièce, mais ce n'était pas une raison suffisante pour l'inciter à se lever et à allumer le poêle. Alors elle se contenta d'appuyer ses deux bras sur la table en face d'elle et d'y loger son visage bouillant, encore tout plein de l'effort qu'elle avait fourni. Dans cette position, son dos était soulagé par l'étirement, et les contractions se faisaient plus supportables. Elle aurait presque pu s'endormir, épuisée comme elle l'était.

Mais après un moment, alors qu'elle se relevait en soupirant, elle sentit que le reste venait. « Le reste », c'était cette masse informe et sanguinolente qui sortait après chaque petit, et qu'elle avait toujours trouvé un peu écœurante, surtout quand elle voyait les animaux la manger. Elle ne voulait pas de ça dans son lit. Elle chercha des yeux où elle pourrait se vider de cette chose gluante, aperçut le seau qu'elle utilisait pour enlever les cendres du foyer. Alors elle s'accroupit au-dessus du récipient et laissa descendre le tout.

* * *

À la nuit tombée, les ouvriers rentrèrent de leur journée de travail. La pension s'anima peu à peu de toute cette petite vie quotidienne : les hommes fatigués qui grimpent l'escalier en soupirant après leur quinzaine qui n'arrive pas encore, les enfants qui crient et se disputent, les femmes qui distribuent quelques taloches ou quelques louchées de soupe pour rétablir le calme.

De l'autre côté de la cloison, Victoire reconnut la voix de Rosélina. Elle n'avait plus besoin d'elle, à présent. Son enfant était né, elle était encore vivante. Tout était fait.

Non, il lui restait encore une chose à faire…

Le bébé était très calme, il ne pleurait pas. Il avait ouvert les yeux à plusieurs reprises et lancé à la jeune fille de ces regards flous qu'elle n'était pas près d'oublier, mais il n'avait pas pleuré ni réclamé le sein. On aurait dit qu'il attendait, lui aussi, que Victoire veuille bien se décider.

Elle avait mangé un peu, beaucoup bu et enfin rallumé le feu au fond de son petit poêle, et elle tournait en rond dans la chambre, comme absente. Finalement, elle se leva. Elle n'avait aucune idée de l'heure, mais il devait sûrement être assez tard, car les hommes au-dessus dormaient déjà. Elle les entendait ronfler.

Elle enfila son autre robe, son manteau et son châle, et s'approcha de l'enfant. Dans un accès de curiosité, elle ouvrit les draps pour voir le corps du bébé. Il était encore enduit de cette poisse blanchâtre, mais sa peau était toute rose. Sur son ventre, il y avait quelques traces de sang coagulé, laissées par le morceau de cordon toujours fermé par son bout de tissu. Et plus bas, entre ses petites jambes recroquevillées qui remuaient doucement…

Victoire referma le drap, emmaillota tant bien que mal l'enfant avant de l'envelopper dans une couverture de façon à former un gros paquet. Après quoi, elle descendit dans la rue, emportant le paquet dans ses bras.

Elle savait déjà où elle allait. Elle avait repéré les lieux depuis longtemps, lorsqu'elle avait arpenté le quartier pour apprendre à s'orienter. Quant à sa décision, elle était prise depuis si longtemps que Victoire ne faisait que la mettre en œuvre mécaniquement. Il n'était pas question de la remettre en cause.

Le grand mur du couvent apparut au coin d'une rue. Victoire le remonta jusqu'à l'entrée principale. Il y avait un petit perron de quelques marches qui séparait le trottoir de la porte et qu'on avait proprement balayé pour enlever la neige tombée la veille. On était en avril, le printemps n'allait plus tarder à se montrer pour de bon.

La jeune fille jeta un regard autour d'elle, mais la rue était parfaitement déserte et les becs de gaz l'éclairaient mal. Elle ne risquait rien.

Alors, sans un mot, elle posa le paquet sur le sol, devant la porte, et s'éloigna.

* * *

C'est mieux comme ça, tu le sais bien.

* * *

Après une dizaine de pas, la jeune fille se retourna soudain et revint en courant vers le perron. L'enfant choisit cet instant-là pour pousser un autre de ses petits vagissements de chiot, mais Victoire ne lui jeta aucun regard. Elle se contenta d'agiter énergiquement la cloche qui était fixée juste à côté de la porte. Cette fois, effrayé par le bruit, le bébé se mit à pleurer franchement. Et Victoire se remit à courir, laissant les pleurs diminuer dans son dos à mesure qu'elle s'éloignait.

Elle ne s'arrêta qu'une fois parvenue au coin de la rue. Le souffle court, elle s'aplatit dans l'ombre et observa la porte du couvent.

De là où elle était, lorsque le vent ne soufflait pas, les pleurs lui parvenaient encore par intermittence, mais elle distinguait mal la porte et le paquet au sol. Elle craignait que quelqu'un ne passe dans la rue et ne l'oblige à s'en aller avant d'être certaine de ce qu'elle voulait. Le vent, qui portait avec lui une petite brume froide et mouillée, lui refroidissait le visage et la rendait plus impatiente encore.

Enfin, après ce qui lui parut une éternité, la porte du couvent s'ouvrit, livrant passage à une silhouette noire portant une lanterne. La religieuse — car c'en était une — jeta un regard dans la rue avant de poser sa lanterne au sol et de se pencher sur le paquet. Puis, elle l'emporta dans ses bras et referma la porte derrière elle.

Victoire poussa un soupir. Elle pouvait rentrer chez elle, à présent.

Chapitre 6

– Alors, ton bébé ?

– Comment ça s'est passé ?

– C'est un garçon ou une fille ?

Les femmes de l'atelier des cols et des poignets de chemise se précipitèrent sur Victoire dès que celle-ci entra dans la pièce, le lendemain. Elle avait dormi d'un sommeil noir et sans rêves, repliée en chien de fusil, le ventre douloureux. Elle avait trouvé ses draps tachés de sang, mais rien qui l'inquiétait assez pour l'empêcher de venir travailler. Chartrand n'aurait pas aimé qu'elle s'absente plus d'une après-midi, de toute façon.

– Raconte-nous, un peu ! insistèrent les autres.

– Le bébé est mort.

La réponse lui était venue tout naturellement. Après tout, si c'était arrivé pour la première grossesse de Rosélina, cela pouvait tout aussi bien lui arriver à elle. L'effet avait été foudroyant : les autres femmes avaient aussitôt ravalé leurs questions et laissé Victoire s'installer dans son silence.

Le visage sombre de la jeune fille dut faire le même effet aux hommes qu'elle croisa dans la cour, car leurs commentaires en voyant son ventre dégonflé se répandirent aussi vite qu'ils se turent. Pour une fois, les provocations de mauvais goût cessèrent d'elles-mêmes.

* * *

Et qu'est-ce que j'aurais dû faire ? Le garder ?

Si j'avais gardé ce bébé avec moi, on m'aurait traitée de mauvaise fille. Si j'avais dit que je l'avais abandonné pour qu'une autre famille s'en occupe mieux que moi, on m'aurait traitée de mauvaise mère. Au moins, si les gens pensent qu'il est mort, ça résout la question. Plus de bébé, plus de problème.

* * *

Le temps passa et les mauvaises langues qui murmuraient sur le passage de Victoire finirent par se taire pour de bon. La ville avait la mémoire courte : la jeune fille était redevenue une petite ouvrière comme les autres, on avait déjà oublié son ventre rond.

Pour elle, par contre, l'oubli ne fut pas si facile. Si sa tête faisait de gros efforts pour occulter le passage de cet enfant, son corps, en revanche, n'oubliait pas. Pendant quelques semaines, elle saigna, supporta son ventre douloureux et ses seins gonflés, tout prêts à se répandre dans une petite bouche goulue qui ne s'était jamais présentée. Le soir, elle s'endormait comme une masse, épuisée.

Comme si son corps relâchait d'un seul coup toute la tension, la jeune fille fut prise un soir d'une forte fièvre. Le lendemain, encore fiévreuse, suante et frissonnante, elle se présenta malgré tout au travail, mais elle tenait à peine debout. Inquiètes de la voir dans cet état, ses collègues lui conseillèrent de se rendre à l'Hôpital général des Sœurs Grises.

Là, les religieuses s'occupèrent d'elle avec gentillesse et efficacité. Une aile entière de l'hôpital était consacrée aux pauvres gens, et c'est là qu'elles envoyèrent Victoire, quoi que l'orgueil de la jeune fille veuille bien en penser. On la fit allonger sur un lit et on la garda toute une nuit pour faire baisser la fièvre, sans que personne ne sache exactement ce qui l'avait provoquée.

Victoire se garda bien de dire qu'elle avait accouché quelques semaines plus tôt, mais son petit secret fut percé par le médecin qui l'examina. Selon lui, la fièvre venait probablement de là.

À part des compresses fraîches et des médicaments pour faire baisser la température, les religieuses ne pouvaient pas faire grand-chose d'autre qu'attendre que Victoire se remette d'elle-même. Le lendemain, toute blanche et encore fébrile, elle quitta l'hôpital.

– Rentrez chez vous, et surtout restez bien au chaud, lui conseilla une des sœurs. Vous êtes jeune et en bonne santé : dans quelques jours, vous serez tirée d'affaire.

Victoire avait plutôt l'intention de se rendre à la manufacture pour travailler — Chartrand ne payait pas ses heures d'absence, et elle avait plus que jamais besoin de son salaire pour payer son loyer —, mais elle ne put faire ni l'un ni l'autre. Elle avait à peine franchi la porte de l'hôpital qu'elle fut prise de vertiges et dut s'asseoir sur un des bancs de la petite place d'Youville, incapable de faire un pas de plus sans risquer de tomber.

Par chance, le temps était beau. S'il restait encore un peu de neige fondue au sol, le soleil brillant réchauffait la jeune fille, de sorte qu'elle put rester un moment sur son banc en attendant que le malaise se dissipe.

– Ma pauvre demoiselle, fit une dame en s'asseyant à côté d'elle. Vous êtes toute pâle ! Avez-vous besoin d'aide ?

Victoire, la tête encore brumeuse, ouvrit un œil et se tourna vers sa voisine. C'était une femme d'une cinquantaine d'années, très bien habillée d'une robe de laine fine toute noire et d'un manteau orné d'un col en fourrure. Victoire se souvenait plus ou moins l'avoir croisée dans le hall de l'hôpital. À moins que… ? Ne l'avait-elle pas déjà vue ailleurs ?

– Non, merci, ça va aller, répondit-elle. Je vais rentrer chez moi…

– Est-ce que vous habitez loin ? Je peux peut-être vous aider à prendre un tramway… Cela me fend le cœur de vous voir si faible, on dirait que vous allez tomber par terre rien qu'en faisant un pas.

Elle n'était pas loin de la vérité.

– Je vous remercie, madame, dit Victoire.

Des passants dans la rue lui avaient parfois offert de l'aide lorsqu'ils l'avaient vue se déplacer avec son gros ventre, encombrée de paquets ou manquant de glisser sur les trottoirs glacés, mais elle ne s'attendait pas à ce qu'une belle dame comme celle-ci se préoccupe du sort d'une jeune ouvrière comme elle.

– Tenez, prenez mon bras, vous ne tenez pas debout… Je suis Madame Rainville, se présenta l'inconnue. J'étais à l'hôpital tout à l'heure et je vous ai vue en sortir. Mais je vous reconnais, je crois. Ne travaillez-vous pas chez Monsieur Goudreau ?

Victoire se rappelait maintenant où elle avait vu ce visage. C'était la dame en noir qu'elle avait croisée dans l'entrée de la manufacture, un midi où elle rapportait son repas à Chartrand. Elle aurait préféré que la dame ne s'en souvienne pas, car ce n'était pas un moment très glorieux…

– Et comment vous appelez-vous, mademoiselle ? continua cette dernière.

– Victoire… Letellier, répondit la jeune fille.

– Victoire ! C'est ravissant. C'est un prénom parfait pour une demoiselle aussi jolie que vous. Vous habitez en ville depuis longtemps ?

– Quelques mois.

– Vraiment ? Et d'où venez-vous ?

– De Magog.

Même si Madame Rainville la regardait toujours avec un air aimable et inoffensif, au dernier moment un réflexe avait empêché Victoire de révéler sa véritable origine. Elle avait changé de nom — c'était celui d'une vieille cousine de ses parents — et bifurqué pour une autre ville, bien loin à l'est de Boucherville. Elle se souciait peu de se cacher aux yeux des petites gens qu'elle fréquentait au quotidien, car ils vivaient dans un monde bien à part, mais Madame Rainville, elle, appartenait à la bourgeoisie qui composait l'essentiel des clients d'Adémar : elle aurait très bien pu entendre parler du célèbre luthier, et pour Victoire il n'était pas question qu'on apprenne un jour que celui-ci avait une fille honteuse, qui avait abandonné un enfant illégitime. Le regard qu'on faisait peser sur elle était déjà bien assez lourd, ce serait pire si l'on apprenait qu'en plus elle venait d'une famille respectable.

– Vous me voyez désolée de vous voir dans cet état, reprit Madame Rainville. Généralement, on espère toujours ressortir en meilleure santé d'un hôpital que lorsqu'on y est entré.

– Ce n'est qu'un peu de fièvre. Les sœurs ont dit que je serai remise dans quelques jours.

– C'est une bonne nouvelle, car j'imagine que votre bébé a besoin de vous.

Victoire jeta à la femme un regard surpris.

– Je vous demande pardon, je suis terriblement curieuse, s'excusa aussitôt Madame Rainville, mais n'étiez-vous pas enceinte lorsque je vous ai croisée chez Monsieur Goudreau ?

– C'est vrai, répondit la jeune fille. Malheureusement, l'enfant est mort.

– Oh, Seigneur ! Je suis désolée ! Ça m'apprendra à être aussi indiscrète…

– Ce n'est rien.

Comme elles arrivaient à l'arrêt du tramway, Madame Rainville proposa à Victoire de l'accompagner jusque chez elle, mais cette dernière refusa.

– Il y a quelqu'un pour s'occuper de vous, n'est-ce pas ? J'espère que vous ne vivez pas seule !

– Si, mais c'est sans importance. Les vertiges ont passé, maintenant, je vais pouvoir me débrouiller.

– Alors, je vous en prie, prenez ma carte, dit la femme en fouillant dans le ravissant sac à main accroché à son bras pour en sortir une carte de visite. Je ne voudrais pas causer de tort à Monsieur Goudreau, mais comme vous me semblez être une personne de confiance… Enfin, voilà : si jamais vous décidiez de chercher du travail ailleurs, n'hésitez pas à me contacter ! J'aurais peut-être bien quelque chose pour vous !

Victoire la remercia et, comme le tramway arrivait, Madame Rainville prit congé en lui souhaitant encore un bon rétablissement.

* * *

La fièvre dura quelques jours, bien qu'elle eût considérablement baissé. Après une autre période de grande fatigue, Victoire se remit tout à fait, mais cet épisode avait creusé un peu plus les dettes qui s'accumulaient déjà franchement. Il avait fallu payer le trajet, la nuit à l'hôpital et les médicaments prescrits, ce qui retira à Victoire plus d'une semaine de salaire.

– On ne va pas à l'hôpital quand on n'en a pas les moyens, la gronda gentiment Rosélina. Il faut que tu oublies tes habitudes de demoiselle qui n'a jamais manqué de rien et que tu te concentres sur l'essentiel.

– Mais… j'étais pleine de fièvre ! protesta Victoire.

– La fièvre, ça passe avec le temps. Le plus important, c'est d'abord de garder un toit au-dessus de ta tête.

Rosélina avait raison, mais pour Victoire, c'était déjà trop tard. Son salaire de misère ne lui suffisait pas à payer à la fois son transport, sa nourriture et son loyer, sans compter que l'hiver achevait à peine et qu'elle avait payé cher le bois avec lequel elle s'était chauffée. Même si avec l'arrivée des beaux jours Victoire pourrait sans doute faire quelques économies en se rendant à la manufacture à pied plutôt qu'en tramway, cela ne l'aiderait pas à rembourser les mois de loyer qu'elle devait déjà. Et lorsqu'elle n'avait plus assez d'argent pour se rendre jusqu'à la fin du mois, elle diminuait les portions de ses repas. De toute façon, avec cet enfant qui lui volait tout, elle avait l'impression qu'elle pouvait bien manger ce qu'elle voulait, elle ne gardait rien pour elle.

Il lui fallut donc se résoudre à vendre les vêtements et objets les moins essentiels dont elle pouvait se priver. Dans son quartier, les brocantes ne manquaient pas, et les quelques piécettes qu'elle put en tirer lui permirent au moins de manger un peu plus convenablement pendant quelques semaines.

Mais Monsieur Masson se faisait de plus en plus pressant.

– Mademoiselle Boivin ! criait-il quand il l'entendait grimper les escaliers. Quand allez-vous me payer ce que vous me devez ?

– Bientôt, monsieur, je vous le promets !

– Je me moque de vos promesses ! Je veux mon argent ! Votre ardoise s'allonge, vous savez !

Il était parfois venu frapper à sa porte, l'air furieux, mais Victoire n'avait pas osé ouvrir. Elle avait préféré faire semblant qu'elle n'était pas là — une ruse qui ne fonctionnait visiblement pas et qui avait au contraire tendance à énerver encore plus le logeur.

– Vous vous moquez de moi, je sais que vous êtes ici ! Ouvrez !

Il finissait par partir et Victoire, tremblante, reprenait ses activités en faisant le moins de bruit possible, comme pour maintenir encore l'illusion. Mais le temps passait, Masson réclamait et Victoire, malgré son train de vie réduit au plus strict minimum, ne savait plus quoi faire pour se sortir de cette situation.

Elle voyait toujours Madeline, à l'usine. Même si les deux femmes ne travaillaient plus dans le même atelier, elles se retrouvaient le midi pour partager un repas frugal — si frugal, même, que la faim revenait seulement une heure ou deux après l'avoir englouti. Lorsqu'elle parla de ses soucis financiers à son amie, celle-ci hocha gravement la tête.

– Je comprends, moi aussi j'ai eu une période difficile, où je n'arrivais plus à vivre.

– Comment as-tu fait pour t'en sortir ?

– Je me suis mariée. Deux salaires, forcément, ça rend les choses plus faciles.

Victoire sentit ses épaules s'abaisser sous le poids du découragement. Elle n'avait pas voulu se marier lorsqu'elle était à Boucherville, elle n'en avait pas plus envie désormais. Fallait-il vraiment qu'elle suive cette voie-là simplement pour pouvoir manger tous les jours ?

– Tu sais… reprit Madeline, en baissant soudain le ton, jolie comme tu es, tu pourrais t'arranger…

– De quoi parles-tu ?

Madeline se pencha un peu plus près, oubliant pour un instant de surveiller son bébé, qui jouait avec des cailloux à quelques pieds de là.

– Quand j'avais du mal à terminer le mois, il m'arrivait de prendre des hommes chez moi, le soir.

Victoire ouvrit de grands yeux, et son amie lui fit tout de suite signe de se taire.

– Ça n'est pas arrivé souvent, juste quelques fois. D'ailleurs, c'est comme ça que j'ai rencontré mon mari… Après, bien sûr, j'ai arrêté, mais je connais une voisine qui continue à le faire de temps en temps, quand son homme n'est pas à la maison. Il faut ce qu'il faut, tu sais ! On n'a pas toujours le choix quand on a des enfants à nourrir !

– Es-tu folle ? s'exclama Victoire. Tu ne trouves pas que la façon dont les gars d'ici me traitent quand ils me voient passer n'est pas suffisante ? Ils se comportent déjà comme si j'étais une putain, je ne vais pas en plus leur donner raison !

– Oh, ça va, ne prends pas cet air dégoûté, je comprends. C'est sûr que si tu arrives à te débrouiller autrement, c'est mieux… Je disais ça pour t'aider…

Elle se leva alors pour aller chercher son bébé sur la joue duquel elle planta un gros baiser avant de le serrer contre elle.

– Je dois retourner au travail, reprit-elle de son air le plus naturel. On se revoit demain, comme d'habitude ?

Et le sujet ne fut plus jamais abordé.

* * *

Avec le retour des beaux jours, Victoire alla passer ses dimanches dans les parcs de la ville. Après avoir passé tout son temps libre enfermée chez elle à cause du froid hivernal, elle sortait à la première occasion qui lui était donnée pour revoir le soleil. Dans le quartier, il régnait partout la même effervescence qui faisait un peu oublier la dureté du quotidien ! ; même si la jeune fille avait considérablement maigri, elle était encore vigoureuse et le grand air lui faisait le plus grand bien.

Lorsqu'elle rentrait, elle trouvait souvent les enfants de Rosélina éparpillés dans la rue, jouant entre eux ou avec les autres gamins alentour, quémandant quelques pièces à toute personne bien habillée qui passait, cherchant des bouts de bois ou des chiffons pour fabriquer des poupées informes auxquelles ils s'attachaient comme si elles étaient les plus belles choses sur terre. Dès qu'ils voyaient Victoire, ils l'accueillaient à grands cris : depuis qu'elle leur avait sculpté à chacun une petite figurine de bois, elle était devenue leur héroïne.

Mais cette après-midi-là, aucun des enfants ne réagit à son approche. Ils jouaient en silence sur le trottoir, près de leur mère.

En voyant le visage de Rosélina, Victoire comprit qu'il était arrivé quelque chose.

– Est-ce que tout va bien ? demanda-t-elle en s'approchant.

Rosélina, assise sur une chaise branlante devant la porte de la pension, avait fermé les yeux et tendait son visage vers le soleil comme pour profiter de sa chaleur bienfaisante. En entendant Victoire, elle cligna des yeux et se tourna vers elle.

– Justin, le petit…

– Oui ? Qu'est-il arrivé ? s'inquiéta Victoire.

– Il était malade depuis quelques jours. Il est mort…

Victoire resta sans voix.

Une diarrhée, provoquée par on ne sait trop quelle maladie. L'enfant ne buvait plus, ne mangeait plus et, au fil des jours, il s'était affaibli. C'est son père qui l'avait trouvé sans vie au petit matin.

Rosélina avait l'air épuisée. Deux des enfants qui lui restaient se pressaient autour d'elle en silence, comme pour la consoler de leur présence. Et alors que Victoire, désolée, cherchait quelques mots consolateurs, sa voisine l'interrompit :

– Ce n'est pas grave, dit-elle avant de passer sa main sur son ventre. Avec l'autre qui arrive, bientôt je n'aurai plus le temps d'y penser.

Le jour même, on fit dire une messe à la mémoire de l'enfant, à l'église du quartier. On l'avait simplement enveloppé d'un linge blanc et placé dans une petite boîte en bois, si petite qu'elle aurait pu passer pour une vulgaire caisse de bouteilles de bière.

Mais c'est quand elle vit ses voisins revenir en silence vers la pension que Victoire sentit véritablement leur misère. La ville ne comptait qu'un seul cimetière, celui de Notre-Dame-des-Neiges, qui se trouvait bien loin, de l'autre côté du mont Royal, et Rosélina n'avait pas assez d'argent pour se rendre jusque-là afin de mettre son bébé en terre. Elle avait dû se résoudre à le confier au prêtre de la paroisse. La dépouille de l'enfant serait emmenée à la tombée de la nuit, avec les corps d'autres pauvres gens dans la même situation, et placée dans une fosse commune. Peut-être — s'il avait de la chance — un prêtre pour réciter quelques prières. Mais aucun de ses proches ne pourrait l'accompagner.

Rosélina disait souvent qu'il fallait garder son argent pour les choses vraiment prioritaires. Aujourd'hui, c'étaient les vivants qui étaient prioritaires, et c'était à eux qu'elle se consacrait une fois de plus, toujours patiente, toujours paisible. Elle n'avait pas encore rejoint les murs de la pension qu'elle avait déjà enfoui au plus profond d'elle-même ce petit mort supplémentaire.

* * *

– Mademoiselle Boivin !

C'était Chartrand. Victoire avait à peine enfilé son tablier qu'il l'appelait en passant la tête par la porte de son petit bureau, en lui faisant signe de venir le rejoindre.

– Oui, monsieur ? fit la jeune fille.

– Inutile d'enfiler votre tablier, mademoiselle. Vous ne travaillez pas aujourd'hui.

– Comment cela ?

– J'ai reçu des ordres de Monsieur Goudreau. Nous attendions une grosse commande qui a finalement été annulée, donc nous réduisons nos effectifs pour le moment. Revenez dans trois ou quatre semaines, les choses se seront certainement arrangées d'ici là. Voici votre solde pour les jours que vous avez travaillés depuis votre dernier salaire.

Il lui tendit quelques billets et quelques pièces de monnaie. Victoire restait bouche bée. Droite comme un « i », aussi raide que les cols qu'elle empesait toute la journée, elle ne fit pas un geste.

– Eh bien ? reprit Chartrand, en agitant l'argent pour faire signe à Victoire de le prendre.

– Monsieur… Vous me chassez ?

– Je vous renvoie, mademoiselle, en effet.

– Mais… Je croyais que vous étiez satisfait de mon travail…

– C'est le cas, vous êtes une bonne ouvrière et, dans l'absolu, il me faudra toujours des gens polyvalents comme vous, mais la question n'est pas là. Je vous dis que nous devons réduire nos effectifs.

Comme la jeune fille ne semblait toujours pas comprendre, Chartrand reformula.

– Nous n'avons plus assez de travail pour vous aujourd'hui, c'est tout. Dans quelques semaines, nous aurons certainement d'autres commandes, et à ce moment-là, nous pourrons vous réembaucher.

– Mais que vais-je faire en attendant ?

– Je n'en sais rien. Vous trouverez du travail ailleurs, j'imagine.

Considérant que l'entretien était terminé, le contremaître s'assit derrière sa minuscule table de travail. Puis, il leva le nez vers Victoire.

– Allons ! Sortez d'ici ! Rendez votre tablier et rentrez chez vous…

Alors, Victoire serra très fort les dollars qu'elle avait en main et elle quitta les lieux. Elle n'eut même pas l'occasion d'aller dire au revoir à Madeline.

* * *

– Cette fois, je te tiens !

Victoire poussa un cri de frayeur. Monsieur Masson l'avait attendue dans l'ombre tandis qu'elle rentrait chez elle, et il l'avait saisie par le bras.

– Où est mon argent ? s'exclama-t-il. Tu me dois plus de cinquante dollars !

– Lâchez-moi ! Vous me faites mal !

– Où est mon argent ? Je te préviens, si tu ne me payes pas, je mets tes affaires dehors et je loue la chambre à quelqu'un d'autre !

Soudain, il s'en prit à la petite bourse de tissu brodé que la jeune fille portait à son bras, accrochée à une lanière de cuir. Il la lui arracha et en renversa le contenu sur le sol, sans ménagement.

Les pièces que Chartrand avait données à la jeune fille le matin même roulèrent par terre.

– Six dollars et soixante-quinze sous ? C'est tout ce que tu as ?

Victoire, tétanisée, hocha la tête.

– Alors c'est à moi. Ça ne paye même pas le mois, mais c'est déjà ça. Débrouille-toi pour m'apporter le reste ou je te mets dehors !

– Non ! Vous ne pouvez pas me prendre cet argent ! Avec quoi est-ce que je vais manger ?

– C'est la question que je me pose souvent moi-même, figure-toi ! rétorqua l'autre avec un rire mauvais.

Et il dégringola l'escalier, tandis que Victoire éclatait en sanglots.

* * *

Cette fois, c'est terminé. D'abord, je perds ma place à la manufacture et voilà Masson qui m'enlève le peu d'argent qu'il me reste.

Qu'est-ce que je vais devenir ? Avec quoi est-ce que je vais payer mon loyer ? Si Masson me jette à la rue — et il aurait le droit de le faire —, où est-ce que je vais aller ? Qu'est-ce que je vais manger ? J'ai faim tous les jours depuis des semaines, et voilà qu'il ne me reste plus le moindre sou !

Je n'ai plus grand-chose à vendre. Peut-être ma paire de bottines à talons, si quelqu'un en veut, mais elles sont déjà très usées. De toute façon, les brocanteurs ne me donnent en général qu'une poignée de cents qui suffisent à peine à acheter un peu de pain ou quelques légumes. C'est à pleurer.

Alors, qu'est-ce que je peux faire ? Aller frapper à la porte des autres manufactures de Sainte-Marie et recommencer la même chose ? Elles ne me paieront pas mieux que Goudreau…

* * *

Il ne fallut pas longtemps à Victoire pour songer à cette Madame Rainville qu'elle avait revue à sa sortie de l'Hôpital des Sœurs Grises. La jeune fille n'avait pas oublié qu'elle lui avait proposé du travail.

Elle lui écrivit donc une lettre très simple, mais très poliment formulée, où elle disait qu'elle était toute prête à écouter sa proposition et qu'elle se tenait à sa disposition. Étant donné que Victoire n'avait plus le moindre sou depuis que Masson lui avait pris de force tout ce qui lui restait, elle alla la porter elle-même à l'adresse indiquée sur la carte.

Madame Rainville habitait un quartier chic, au pied de la colline du mont Royal. Comme elle n'était pas chez elle lorsque Victoire se présenta, cette dernière laissa la lettre au domestique qui lui avait ouvert et tourna les talons en espérant de tout cœur que Madame Rainville ne mettrait pas une semaine à lui répondre.

La jeune fille ne savait pas comment elle pourrait vivre d'ici là.

Pour commencer, elle allait devoir rationner au maximum sa nourriture. Elle se limitait déjà depuis plusieurs semaines — sa soupe se faisait de plus en plus claire, elle n'avait pas mangé de viande depuis son accouchement et elle avait perdu du poids —, et il ne lui restait dans son armoire qu'un peu de farine, quelques fruits et noix, et un restant de fromage sec et du pain. C'était suffisant pour quelque temps si elle se limitait à un seul repas par jour. Elle maigrirait encore un peu plus, mais elle n'en mourrait pas.

Victoire rentra donc chez elle et attendit. Par chance, Madame Rainville répondit dès le surlendemain, en lui envoyant son domestique pour lui donner rendez-vous.

Les deux femmes se retrouvèrent à l'heure convenue, dans un petit salon de thé, près de la cathédrale. Madame Rainville était toujours d'une élégance recherchée qui indiquait qu'elle venait d'un milieu aisé, ce à quoi Victoire avait essayé de faire honneur en se présentant dans ses plus beaux habits. Il lui restait encore sa robe du dimanche couleur prune, qu'elle avait emportée de Boucherville et qu'elle n'avait pas osé revendre, mais qui avait tout de même un peu souffert pendant l'hiver — contrainte de réduire sa garde-robe, Victoire usait plus vite ses vêtements. En comparaison de la toilette parfaite de Madame Rainville, la jeune fille ressemblait plus que jamais à une petite campagnarde tâchant de faire bonne figure.

Madame Rainville l'invita à s'asseoir dans un coin reculé et tranquille, et commanda du thé et des gâteaux. Au début, elle ne parla que de choses légères, pour mettre son invitée à l'aise ; Victoire en profita pour piocher dans la généreuse assiette de gâteaux et se remplir l'estomac. Elle n'avait pas encore mangé de la journée.

– Vous disiez que vous aviez un travail pour moi ? demanda-t-elle au bout d'un moment pour amener franchement le sujet dans la conversation.

– Peut-être bien, en effet, mais avant j'aimerais en savoir plus sur vous. J'ai d'abord cru que vous étiez une jeune ouvrière toute simple, mais lorsque vous m'avez écrit… Est-ce bien vous qui m'avez écrit, mademoiselle ?

– Bien sûr. Je sais parfaitement lire, écrire et compter, madame. Je sais aussi faire de la musique, dessiner, coudre, et même sculpter le bois.

– Je ne savais pas que vous aviez été si bien instruite, fit Madame Rainville en ouvrant des yeux étonnés.

– J'ai passé ma jeunesse dans un collège.

Victoire avait l'impression de se retrouver dans la même situation que lors de son entretien avec Monsieur Goudreau, sauf que cette fois son interlocutrice semblait réellement intéressée par l'éducation que la jeune fille avait reçue.

— Vous n'êtes vraiment pas d'un milieu aussi humble que je le pensais, continua la dame. Comment se fait-il que vous ayez abouti à un simple travail en usine ? Que font vos parents ?

— Mon père est musicien. Il joue du violon et donne des leçons, répondit la jeune fille, qui continuait à modifier la réalité pour qu'on ne la relie pas à Adémar. Mais vous ne m'avez toujours pas dit de quel genre de travail il s'agit. Je pourrais peut-être mieux vous dire si je suis compétente pour cela...

Madame Rainville eut un petit sourire.

– C'est un peu délicat, commença-t-elle. Disons qu'il s'agit de tenir compagnie à des gens bien éduqués, dans le cadre de soirées de divertissement. Vous seriez logée, nourrie et habillée, dans une maison très chic.

Victoire fronça les sourcils, sans comprendre.

– Tenir compagnie?

– Oui. Vous êtes ravissante, visiblement bien éduquée et capable de tenir une conversation agréable. C'est précisément le genre de jeunes filles qu'on recherche, dans les maisons qui organisent ces divertissements. Et comme vous semblez — pardonnez mon indiscrétion — avoir terriblement besoin d'un travail, je me suis dit que cela pourrait vous intéresser.

– Je ne suis pas certaine de comprendre ce que vous me proposez. Dans ces maisons, s'agit-il de recevoir... des hommes?

Madame Rainville acquiesça d'un petit sourire entendu. Victoire sentit alors son cœur s'emballer. Elle voyait très bien, maintenant, ce qu'on lui offrait. Mais alors qu'elle remuait sur sa banquette, prête à bondir hors du salon de thé avec un air scandalisé, Madame Rainville posa une main sur son bras et s'approcha comme pour lui faire une confidence.

– Si mon instinct ne me trompe pas, je crois bien que tu n'es plus une petite demoiselle innocente, chuchota-t-elle en se mettant soudain à la tutoyer familièrement. N'étais-tu pas seule pour élever cet enfant que tu as perdu?

Alors que Victoire, qui sentait la colère monter en elle, commençait à protester, la dame serra les doigts un peu plus fort pour la retenir encore un instant.

– Je comprends mieux pourquoi une fille qui a reçu une si bonne éducation a pu se retrouver à travailler comme une miséreuse chez Monsieur Goudreau… Mais tu n'es pas la première à qui cela arrive, et la maison que je te propose pourrait te permettre de te sortir de ce mauvais pas. Les hommes qui viennent là sont des gens très riches, des gens « de la haute ». Certes, c'est un métier un peu particulier, mais tu serais bien traitée et tu pourrais gagner très vite beaucoup d'argent. Que dirais-tu de travailler là un mois ou deux, juste le temps de te remettre d'aplomb ?

– Merci, madame, répliqua Victoire sèchement, mais je ne suis pas intéressée. Laissez-moi partir, voulez-vous ?

Madame Rainville la relâcha, sans se départir de son sourire aimable.

– Tu sais où me joindre si tu changes d'avis, conclut-elle.

* * *

Victoire était sortie du salon de thé furieuse. Elle avait l'impression d'avoir été dupée et rejetait avec dégoût la proposition de Madame Rainville. Cela n'avait rien à voir avec les confidences sous le manteau de Madeline. Cette fois, c'en était injurieux : comment cette femme, avec ses belles robes élégantes et son sourire de circonstance, pouvait-elle juger Victoire à ce point et croire qu'elle s'abaisserait à faire la putain ? La jeune fille n'était pas née dans le ruisseau, elle avait une famille, une éducation, des valeurs ! Même si elle n'allait plus à la messe aussi régulièrement qu'auparavant, elle tenait à gagner sa vie de manière honnête et sans jamais avoir à rougir de ses actes !

Enfin… Ça, c'était pour les principes.

* * *

Parce que, quand même, pour être tout à fait honnête, tu es tombée enceinte et tu as abandonné ton enfant. Tu n'es pas l'innocente demoiselle dont tu voudrais bien avoir l'air, alors ce n'est pas la peine de jouer les offensées... Madame Rainville ne t'a fait qu'une simple proposition, qui mérite au moins que tu l'étudies un peu avant de te décider.

* * *

L'hésitation de la jeune fille dura trois semaines. Trois semaines pendant lesquelles elle hésita entre indignation et curiosité.

Et pendant lesquelles elle connut plus que jamais la faim et l'angoisse de retrouver son logement occupé par un nouveau locataire lorsqu'elle rentrait le soir.

Depuis son accouchement, elle avait souvent manqué des repas, se contentant de bouts de pain trempés dans de la soupe, avec parfois un fruit ou une poignée de graines. Elle finissait jusqu'à la dernière miette ces miches de pain qui séchaient trop vite et qu'elle trempait dans du thé pour les ramollir, sans beurre, sans pâté ni confiture, simplement pour se gonfler l'estomac et se donner la sensation d'être repue. Le pain nu fonctionnait à merveille, mais il avait son prix, lui aussi. Et si Rosélina, le cœur sur la main, lui offrait gentiment un peu de cette bouillie de gruau qu'elle préparait chaque matin pour ses enfants, Victoire ne pouvait pas abuser de sa voisine : elle aussi avait ses propres soucis.

La jeune fille vendit donc sa paire de bottines pour douze cents. Comme son armoire s'était vidée de son contenu et que les douze cents furent engloutis en quelques repas, elle se mit à voler.

Cela commença avec un petit pain au lait, facile à attraper sur le rebord de la charrette où il était exposé, en plein milieu du marché de la place Jacques-Cartier. Spontanément, sans préméditation, Victoire l'avait chapardé en une seconde et glissé sous son châle, passant totalement inaperçue aux yeux de la vendeuse et des autres clients qui se trouvaient là.

D'abord peu fière de ce qu'elle avait fait, elle mit très vite ses scrupules de côté. La faim était la plus forte.

Enhardie par son succès, elle recommença quelques jours plus tard sur un autre étalage, avec un pain un peu plus gros. Une nouvelle fois, ce fut un succès et Victoire put se caler l'estomac pendant quelques jours. Elle se disait qu'elle ne faisait que gagner du temps, juste de quoi dénicher un nouvel emploi, car elle ne restait pas les bras ballants : chaque jour, elle se rendait à pied dans le quartier Sainte-Marie et frappait aux portes. Elle retourna plusieurs fois à la manufacture de Goudreau, mais on lui répondit toujours qu'on n'embauchait pas pour le moment, qu'il fallait revenir plus tard. Elle s'essaya dans les manufactures voisines, mais il s'agissait plutôt de chaussures ou de fonderies d'acier qui demandaient un savoir-faire qu'elle ne possédait pas. On lui répondait avec un peu de mépris que pour trouver un travail de femme il fallait chercher dans l'industrie textile.

Et toujours, lorsqu'elle se retrouvait seule chez elle, blottie sur son lit pour essayer de dormir en oubliant qu'elle n'avait pas soupé, son esprit se mettait à tourner à toute vitesse. La curiosité commençait à l'emporter sur l'indignation.

Victoire songeait à ce que lui avait raconté Madeline. Quel effet cela faisait-il de se laisser prendre par un homme qu'elle ne connaissait pas, en échange de quelques pièces ? Ce n'était que l'affaire de quelques minutes, il n'y avait sûrement pas de quoi fouetter un chat…

Puis, elle commença à se demander à quoi ressemblait la vie dans ces maisons qui ne laissaient rien paraître de ce qui se jouait à l'intérieur. Ça ne pouvait pas être pire que les horaires et le travail pénible de la manufacture. Qui étaient les hommes qui fréquentaient ces endroits ? Madame Rainville avait parlé de gens riches — sûrement des patrons, des avocats ou des notaires, des grands commerçants… Et qui étaient les filles qui vivaient là ? De pauvres affamées, comme elle, en quête d'un foyer ? Des vicieuses, l'œil provocant et la bouche vulgaire, qui prenaient un plaisir malsain à vider les hommes de leur argent ? Non, Madame Rainville avait aussi parlé de maison chic et bien tenue, de filles éduquées, bien habillées, bien nourries…

Chaque fois qu'elle se levait le matin, la proposition de Madame Rainville lui donnait une rage supplémentaire pour retrouver un travail honnête. Et chaque soir, en se couchant, après avoir essuyé des refus et contemplé son armoire vide, l'idée faisait tranquillement son chemin.

* * *

Un matin, alors qu'elle rôdait une fois de plus au marché pour saisir une occasion d'attraper un légume tombé d'une charrette — et se donner ainsi l'impression qu'elle ne volait pas —, elle se laissa tenter par un œuf. C'était petit, facile à cacher, et elle n'en avait pas mangé depuis des semaines. Mais alors qu'elle saisissait discrètement un œuf exposé avec une vingtaine d'autres dans un panier, le vendeur l'aperçut.

– Hé, toi ! Repose ça tout de suite !

Prise de panique, la jeune fille détala. Seulement la foule, au marché, était compacte. Comme elle n'arrivait pas à forcer son chemin, elle bouscula les silhouettes, craignant plus que tout que le vendeur ne la rattrape. Et alors qu'elle fonçait tête baissée, parmi les cris et les protestations des passants, elle sentit l'œuf se briser dans sa main.

Le cœur bondissant dans sa poitrine, elle serra le poing, s'extirpa enfin de la foule et se réfugia sous une porte cochère, loin des regards. Là, elle suça et aspira ce qu'elle put du jaune d'œuf brisé qui lui dégoulinait entre les doigts, et lécha même le tablier contre lequel il s'était écrasé.

C'est ce jour-là que Victoire ouvrit les yeux sur sa réalité. Elle en avait assez d'avoir faim et de faire n'importe quoi simplement pour parvenir à apaiser un peu ses crampes à l'estomac. Elle savait qu'elle devait à Masson une soixantaine de dollars — une fortune! — et qu'elle ne parviendrait jamais à rembourser une telle somme, même si elle trouvait dès demain une autre place dans une manufacture. Si le logeur ne devenait pas plus violent avec elle comme elle le redoutait, il finirait de toute façon par la mettre à la porte.

Retourner à Boucherville? Il ne fallait pas y compter. Elle savait qu'elle pouvait prendre au sérieux les déclarations de son père: plus personne ne l'attendait, là-bas. De toute façon, elle n'avait même pas assez d'argent pour prendre le traversier.

La proposition de Madame Rainville devenait terriblement tentante.

* * *

Après tout, pourquoi pas? Madeline faisait bien ça de temps en temps, pour arrondir ses fins de mois, alors pourquoi pas moi? Madame Rainville prétend que c'est une maison magnifique, ce sera toujours mieux que cette pauvre chambre. Et puis, je n'y resterai pas longtemps, juste le temps de gagner assez d'argent pour rembourser Monsieur Masson. J'aurai un toit, des vêtements, de quoi manger, je ne serai plus obligée de me lever à l'aube pour aller passer douze heures debout dans une manufacture. Je n'aurai plus besoin de m'inquiéter tout le temps de savoir où je serai demain et ce que je pourrai manger.

* * *

Victoire écrivit de nouveau à Madame Rainville pour lui dire, dans des termes très neutres, qu'elle était finalement d'accord, au moins pour un essai. La dame en noir lui fixa aussitôt un nouveau rendez-vous, cette fois pour l'emmener voir la maîtresse d'une maison qu'elle connaissait et qui serait susceptible de l'employer.

– Je suis contente que tu sois venue, Victoire, l'accueillit Madame Rainville avec un sourire, lorsque les deux femmes se retrouvèrent à l'endroit convenu. La maison de Madame Angèle ne se trouve pas loin d'ici. Est-ce que tu as apporté tes affaires, comme je te l'ai suggéré ?

Victoire montra la petite valise qu'elle tenait à la main et qui contenait le peu de vêtements qui lui restaient. Elle constata avec amertume que ses bagages avaient drastiquement diminué depuis le jour où elle avait pris le traversier à Boucherville. Elle avait vendu tout ce dont elle avait pu se priver et elle portait de nouveau sa robe prune, la seule qui fût assez convenable.

– Tu verras, je suis certaine que tu te plairas, là-bas, continuait Madame Rainville d'un ton bienveillant, ayant visiblement oublié la petite altercation qu'elle avait eue avec Victoire dans le salon de thé.

– Je n'ai pas l'intention d'y rester très longtemps, rétorqua aussitôt Victoire, sur la défensive. Je veux juste travailler le temps de rembourser l'argent que je dois à mon logeur, et ensuite j'irai travailler ailleurs.

– Bien entendu, répondit doucement Madame Rainville, qui ne s'étonna pas le moins du monde que Victoire puisse avoir contracté des dettes. C'est souvent ce que font les jeunes filles qui vivent dans ce genre de maison.

Le Magnolia, l'établissement de Madame Angèle, se situait sur la rue Clark, au nord du centre-ville. C'était une petite rue étroite, discrète, qui desservait uniquement des maisons résidentielles, dans un quartier visiblement très chic. On était loin de la rue animée et populaire où Victoire avait vécu depuis son arrivée en ville. Ici, il n'y avait que d'élégantes façades de briques, des jardinets ornés de buissons et de fleurs bien entretenus, et assez peu de passants. Ici et là, un chien aboyait dans un jardin, une domestique apparaissait à l'entrée d'une maison, des enfants couraient en riant dans une allée, dans une ambiance des plus paisibles.

Madame Rainville se dirigea sans hésiter vers une grosse maison un peu en retrait du trottoir, derrière une rangée de cèdres impeccablement taillés. Une petite allée de sable menait à quatre marches de pierre et à un vaste perron cerclé d'une balustrade blanche. Près de la porte, comme une lanterne, était accroché un large globe de verre rouge sang qui luisait doucement sous les rayons du soleil.

Madame Rainville tira sur la clochette de la porte. Elle sourit à Victoire tandis que toutes les deux patientaient qu'on vienne leur ouvrir.

– Êtes-vous sûre qu'il y a quelqu'un ? demanda Victoire.

– Certaine. Il y a toujours quelqu'un…

Finalement, on entendit derrière la porte de petits pas pressés qui se rapprochaient. Le battant s'ouvrit pour laisser place à une domestique brune, au visage tout rond, piqué de petits yeux bruns et de quelques taches de rousseur.

– Vous désirez ? Oh ! Bonjour, madame, salua-t-elle.

– Nous avons rendez-vous avec Madame Angèle, elle nous attend, indiqua Madame Rainville.

– Bien sûr, entrez, je vous en prie.

Victoire hésita. Était-elle en train de prendre une mauvaise décision ?

– Eh bien, vous me suivez, mademoiselle ? demanda Madame Rainville, qui était déjà entrée.

Rappelée à l'ordre, Victoire hocha la tête et se dépêcha d'entrer à son tour.

Derrière elle, la porte se referma avec un bruit sec.

Chapitre 7

Le bureau de la maîtresse de maison était une petite pièce confortable et feutrée. Par l'unique fenêtre, on apercevait une partie de la rue Clark, en contrebas, mais dont les bruits étaient complètement étouffés par de lourds rideaux. Dans cette pièce, la plupart des surfaces étaient couvertes de tapisseries aux couleurs chatoyantes qui donnaient à l'ensemble un aspect de boudoir très chic, accentué par le luxe des objets et des meubles.

Derrière son bureau, Madame Angèle était occupée à rédiger des papiers. Elle prit le temps de terminer ce qu'elle était en train de faire avant de se lever pour accueillir ses visiteuses.

La tenancière était une grande et belle femme d'une quarantaine d'années, vêtue d'une robe élégante aux plis impeccables, qui soulignait une taille extraordinairement mince pour son âge. Elle salua Madame Rainville comme une vieille amie, et ce ne fut qu'après avoir échangé avec elle quelques politesses que Madame Angèle se tourna enfin vers Victoire. Dans ce visage aux traits distingués, les deux yeux noirs s'allumèrent tandis qu'elle détaillait la nouvelle arrivée des pieds à la tête.

– Ainsi, c'est elle, la jeune recrue dont vous m'avez parlé, constata-t-elle en s'adressant à Madame Rainville. Vous aviez raison, elle est vraiment jolie. Les hommes aiment toujours les belles brunes aux yeux clairs. Comment t'appelles-tu, jeune fille ?

– Victoire Letellier, répondit cette dernière.

– Tu es de Montréal ?

– Non. Je suis née à Magog.

– Et pourquoi veux-tu faire ce métier ?

Victoire se sentit rougir. Elle n'avait pas prévu qu'on lui pose la question si vite et de façon si abrupte, aussi bredouilla-t-elle quelques secondes avant de parvenir à formuler une phrase intelligible.

– Je suis seule, madame. J'ai besoin d'argent pour vivre.

– Tu n'as pas de parents ? de famille ?

Victoire secoua la tête sans répondre. Surprise par l'intensité du regard de la tenancière et rendue mal à l'aise par ses questions, elle se demandait déjà si elle avait bien fait en acceptant de suivre Madame Rainville, mais il était trop tard pour se remettre en question.

Madame Angèle plissa les yeux, cherchant visiblement à deviner quelle histoire misérable se cachait derrière ce refus obstiné de répondre, mais elle n'insista pas. Les filles qui entraient dans son bureau pour lui demander du travail avaient toutes leurs secrets, et la tenancière les respectait tant que cela n'avait pas d'impact sur la tenue de sa maison. Elle recherchait des filles belles, éduquées et qui ne rechignaient pas à la tâche, le reste ne la concernait pas.

– Est-ce que Madame Rainville t'a expliqué comment nous fonctionnons, ici ? demanda-t-elle.

– Je sais ce que je dois faire, madame, répondit Victoire en se renfrognant.

– Il ne s'agit pas que d'écarter les jambes devant les hommes que je te présenterai, ma petite, rétorqua la tenancière d'un ton sec. C'est une maison très bien, ici, et j'attends de mes filles qu'elles soient d'agréable compagnie. Lorsqu'elles passent la soirée au salon en compagnie de ces messieurs, elles doivent être capables de les divertir, de les faire rire, de se montrer instruites et vives d'esprit. Les hommes que je reçois ici sont plutôt haut placés, vois-tu…

C'est alors que Madame Rainville intervint.

– Mademoiselle Letellier est la fille d'un musicien, expliqua-t-elle. Sa famille l'a jetée dehors lorsqu'elle a appris qu'elle s'était laissé séduire par un garçon des environs.

Victoire lança un regard surpris à la dame en noir. Elle ne lui avait jamais rien raconté au sujet de Germain, mais Madame Rainville avait visiblement tiré ses propres conclusions des quelques informations qu'elle avait récoltées. Et elle avait visé juste.

– Vraiment ? continua Madame Angèle. Est-ce que tu joues de la musique ?

Au grand soulagement de Victoire, la tenancière ne semblait faire aucun cas du fait que la jeune fille avait été reniée par les siens.

– Oui, madame. Du violon et du piano.

– Intéressant... Que sais-tu faire d'autre ?

– Je sais chanter, un peu. Et dessiner, aussi.

– Cela pourrait amuser certains de mes clients de se faire faire leur portrait. En serais-tu capable ?

– Je suppose, répondit Victoire.

Madame Angèle resta songeuse une seconde. Elle revint vers son bureau et saisit un fume-cigarette et un boîtier d'argent qui y étaient posés.

– Nous verrons cela plus tard, reprit-elle. En attendant, je dois voir comment tu es faite.

Alors que les deux femmes observaient Victoire d'un air insistant, attendant visiblement d'elle quelque chose, la jeune fille se troubla.

– Que voulez-vous que je fasse, madame ?

– Eh bien, enlève-moi cette robe ! fit la tenancière avec un geste d'impatience. J'ai dit que je devais voir comment tu es faite...

Victoire se mordit les lèvres en se traitant intérieurement de sotte. Elle devait bien se douter qu'il lui faudrait passer par là. Lentement, elle commença donc à dégrafer le corsage de sa robe qu'elle retira et alla poser sur un fauteuil tout près, puis ce fut au tour de sa jupe et de son jupon. Enfin, un peu tremblante, elle se déshabilla totalement, ne gardant que ses bottines.

Durant tout le processus, les deux autres ne l'avaient pas quittée des yeux, ce qui avait ajouté au malaise de la jeune fille. Elle se sentait observée et jugée comme cela ne lui était encore jamais arrivé auparavant, même pas avec les regards lourds de désir de Germain. N'ayant pas eu de sœur, avec qui elle aurait pu partager des moments de toilette en commun, elle n'était pas habituée à cette intimité que peuvent parfois avoir les femmes entre elles et elle trouvait désagréable de se faire ainsi dévisager. D'autant plus que les sourcils froncés de Madame Angèle ne lui donnaient aucun indice : Victoire n'aurait pas su dire si elle approuvait ou non ce qu'elle voyait.

Lorsque la jeune fille fut totalement nue, la matrone s'approcha de nouveau. Elle lui demanda de tourner sur elle-même, l'examina avec soin, lui fit ouvrir la bouche et lui pinça même une fesse pour tester la fermeté et l'élasticité de sa chair. Par chance, au cours des derniers mois, le ventre de la jeune fille s'était bien remis et ne portait maintenant plus aucune trace de sa grossesse.

– C'est bien, tu as une assez jolie peau, déclara finalement Madame Angèle. Tu n'as pas de cicatrices ou de taches qui t'enlaidissent. Mais je te trouve un peu maigre… Il va falloir que tu manges, ici, car les hommes que je reçois aiment avoir des demoiselles avec des formes.

– Moi je la trouve bien faite, remarqua Madame Rainville. Elle pourrait être un peu plus potelée, c'est vrai, mais elle a de bonnes dents, la taille fine, de jolis seins et des fesses là où il en faut. Et ses cheveux ont l'air magnifiques…

– Détache-les, ordonna Madame Angèle.

Victoire retira une dizaine d'épingles et laissa retomber sur ses épaules une masse de cheveux brun foncé qui ondulaient doucement. La matrone les caressa du bout des doigts.

– C'est vrai, ils sont très beaux, je vois que tu en prends soin. Et puis, tu as l'air propre. Est-ce que tu te laves souvent ?

– Presque tous les jours.

– C'est bien. Ici, je veux que mes filles soient impeccables. Tu te laveras soigneusement et tu te parfumeras tous les soirs avant de descendre au salon.

Madame Angèle revint à son bureau, alluma la cigarette qu'elle avait préparée, puis elle s'assit.

– Tu peux te rhabiller, fit-elle.

Victoire ne se fit pas prier. Elle ne respira complètement que lorsqu'elle eut passé sa chemise et qu'elle se fut soustraite au regard toujours indiscret de Madame Rainville. Quant à la tenancière, elle avait débouché un flacon d'encre et ouvert une nouvelle page du grand cahier qui trônait sur le bureau.

– Combien as-tu connu d'hommes, dis-moi ?

Victoire avait longtemps réfléchi à la réponse qu'elle devrait donner à une telle question. Madame Rainville lui avait dit que les maîtresses de maison n'aimaient pas les filles trop « innocentes », et Victoire ne voulait pas paraître naïve ou inexpérimentée. Elle avait donc envisagé de s'inventer trois ou quatre amants fougueux, mais au moment de répondre, sous le regard inquisiteur de Madame Angèle, elle hésita.

– Un seul, madame, répondit-elle en baissant la tête.

– Ne prends pas cette petite voix d'enfant coupable, répondit la tenancière avec un léger rire. Il n'y en a eu qu'un seul jusqu'à présent, mais tu peux me croire, il y en aura beaucoup d'autres dans les mois à venir !

Elle posa sa cigarette sur le rebord d'un cendrier de verre, trempa sa plume dans l'encre et commença à écrire.

– Quel âge as-tu ?

– Dix-huit ans.

La tenancière fronça les sourcils.

– Tu es encore mineure. As-tu l'autorisation de tes parents ?

Comme Victoire ne répondait pas, Madame Angèle lui jeta un regard en coin. Puis, elle poussa un petit soupir.

– Non, bien sûr, puisqu'ils t'ont mise dehors... Crois-tu qu'ils pourraient un jour te réclamer?

– Je suis sûre que non.

Madame Angèle hésita. Elle se pinça les lèvres, prit une bouffée de la cigarette qu'elle avait laissée allumée, puis elle inscrivit une note dans son registre.

– Ton jeune ami, est-ce qu'il t'a mise enceinte? reprit-elle.

– Oui, madame, mais l'enfant est mort-né, mentit Victoire.

– Comme c'est triste, répondit mécaniquement Madame Angèle, sans la moindre réelle compassion dans la voix. Quand l'as-tu mis au monde?

– En avril dernier.

La tenancière inscrivit encore quelque chose, puis changea de sujet.

– Madame Rainville me dit que tu as contracté une dette envers ton logeur? Que s'est-il passé?

– J'ai perdu mon emploi. Je n'avais plus de quoi payer mon loyer.

– Tu n'avais pas d'amis, de gens qui auraient pu t'aider?

– Non, madame, je n'ai personne.

– Combien dois-tu?

Victoire jeta un regard à Madame Rainville, qui opina de la tête pour l'encourager à répondre sans détour.

– Soixante-quatre dollars.

– C'est une sacrée somme...

La tenancière reposa sa plume un instant et se tourna vers Victoire. Elle prit le temps d'aspirer une nouvelle bouffée de sa cigarette avant de reprendre.

– Voici ce que nous allons faire, expliqua-t-elle. Je vais payer cette dette pour toi, donc désormais c'est à moi que tu devras cet argent. Tu vas travailler sous mon toit jusqu'à ce que tu m'aies remboursé ce montant, auquel j'ajoute quinze pour cent d'intérêt. Quand ce sera fait, tu auras le choix : ou bien de partir vivre où bon te semblera, ou bien de continuer à travailler ici si tu le souhaites. Est-ce que c'est entendu ?

– Oui, madame.

– Bien, alors viens signer ici.

Victoire s'avança et signa au bas de la page que lui indiquait Madame Angèle, là où elle avait soigneusement inscrit toutes les informations fournies par la jeune fille.

– C'est parfait. Je te souhaite la bienvenue au Magnolia, ma petite, félicita alors la tenancière avec un large sourire.

Elle referma le registre et se leva, signifiant par là que l'entretien était terminé. Madame Rainville se leva à son tour.

– Laissez-moi vous raccompagner, chère amie, fit Madame Angèle.

En sortant du bureau, elle interpella une jeune fille aux cheveux d'un roux flamboyant qui passait au même instant.

– Ninon, je te présente Victoire, notre nouvelle pensionnaire. Je compte sur toi et les autres filles pour lui expliquer le fonctionnement de la maison. Conduis-la à sa chambre, elle dormira avec Toinette.

– Maintenant ? s'étonna Victoire.

– Mais oui, jeune fille, où voulais-tu aller ? Tu travailles pour moi, maintenant, alors à partir d'aujourd'hui, cette maison est la tienne…

Madame Rainville salua Victoire d'un simple sourire et se dirigea vers la porte de la maison, suivie par la tenancière.

– Viens, chuchota Ninon à sa nouvelle compagne, en l'entraînant dans l'escalier.

Tandis que les deux filles grimpaient les marches, Victoire jeta un dernier coup d'œil dans l'entrée et aperçut Madame Rainville qui fourrait dans la poche de sa robe une liasse de billets que la tenancière venait de lui donner.

* * *

Le haut de l'escalier menait à un large corridor qui desservait une demi-douzaine de chambres. L'étage était aussi luxueux que le rez-de-chaussée, avec des boiseries lustrées qui couraient des sols aux plafonds, ponctuées ici et là de luminaires aux breloques scintillantes et de rideaux de tissus chamarrés qui faisaient un contraste étonnant avec la simplicité de la tenue que portait la jeune Ninon.

En effet, si Madame Angèle était vêtue avec l'élégance recherchée d'une vraie bourgeoise, il n'en était pas de même pour la jeune prostituée aux cheveux roux, qui ne portait qu'une simple chemise sans ornements et une jupe de coton comme celles des paysannes pauvres de Boucherville. Avec ses cheveux mal noués et son attitude trop familière, Ninon aurait pu passer pour une vulgaire domestique, mais elle se déplaçait avec une grâce charmante qui créait un contraste surprenant.

– C'est la première fois que tu travailles dans une maison ?

– Oui…

– Oh, alors il va vraiment falloir tout t'expliquer depuis le début !

Sans faire plus de manières, elle présentait les lieux à Victoire.

– En bas, il y a les salons où nous recevons les visiteurs, je te les montrerai plus tard. À l'étage, ce sont les chambres principales. Par exemple, ici, c'est la chambre orientale, annonça Ninon en ouvrant la première porte.

Comme les rideaux étaient tirés et que la pièce était plongée dans l'ombre, elle tourna un bouton pour allumer l'ampoule électrique du plafond. Les yeux de Victoire s'ouvrirent tout grand en découvrant le luxe du décor.

Il s'agissait d'une pièce richement décorée de soieries et d'objets exotiques. Il y avait là des lampes de cuivre délicatement ajourées comme Victoire n'en avait jamais vu, des coussins brodés de fil d'or, une peau de léopard au sol et un lit en bois noir sculpté de bas-reliefs et rehaussé de fines dorures. Les murs, eux, étaient recouverts d'un papier sombre constellé de petites étoiles. S'il n'y avait pas eu la cheminée en pierre, semblable à toutes celles des maisons victoriennes de la ville, on se serait cru dans un palais des *Mille et Une Nuits*.

– C'est beau, n'est-ce pas? remarqua Ninon avec un sourire qui ne manquait pas de fierté. Ça donne envie de voyager…

Victoire, les yeux émerveillés, approuva vigoureusement. Elle n'était pourtant pas au bout de ses surprises.

La seconde porte, à demi masquée par un rideau de velours damassé blanc crème, révéla une pièce un peu plus grande encore, dont un angle, pavé de larges dalles de marbre blanc, mettait en valeur une large baignoire sur pieds alimentée en eau par un col de cygne. Là aussi, le lit — tendu de draps immaculés — occupait la place centrale, monté sur un petit podium qui le surélevait à une hauteur inhabituelle et auquel on accédait par trois petites marches recouvertes de tapis. Quelques grands vases antiques posés au sol et des plantes vertes mettaient en valeur les trois grandes peintures qui ornaient un des murs et qui représentaient trois naïades nues prenant leur bain.

La chambre suivante, quoique toujours aussi richement ornée, était plus classique avec son lit bateau recouvert d'un édredon brodé, ses multiples petites tables et consoles, et son confortable sofa de velours. On aurait pu se croire dans le salon d'une riche bigote, il ne manquait guère qu'un service à thé en porcelaine sur un des guéridons et un petit chien endormi.

Il y avait encore trois autres chambres — l'africaine, la campagnarde et la japonaise — ainsi qu'une grande salle de bain tout émaillée de blanc, avec plusieurs lavabos et une immense baignoire, ainsi que des coiffeuses.

– Il y a l'eau courante à tous les lavabos, ici? s'étonna Victoire. Et l'égout?

– Bien sûr ! C'est une maison « de la haute », tu sais. Elle est équipée avec tout le confort moderne…

Cela paraissait une telle évidence pour Ninon que Victoire se sentit aussitôt comme une petite campagnarde. À part la fontaine dans la cuisine de ses parents et les robinets de la pension, elle n'avait jamais eu l'eau courante dans une vraie salle de bain — pas plus que l'électricité : à Boucherville, elle n'était pas encore installée dans toutes les maisons, et à la pension elle était faiblarde et rationnée.

– Elles sont toutes magnifiques, déclara Victoire lorsque la visite s'acheva par un retour dans le couloir. Dans quelle chambre dors-tu ?

Ninon la regarda d'un air surpris, cherchant sur le visage de la nouvelle arrivée une trace de moquerie, mais comme elle n'en trouva pas, elle éclata de rire.

– Tu ne crois quand même pas que je dors ici ! C'est là que nous travaillons, avec les autres filles, mais nous ne dormons jamais ici, Dieu nous en préserve !

Victoire se sentit soudain ridicule et rougit jusqu'à la racine des cheveux. Mais Ninon n'essaya pas de la taquiner.

– Tu commences dans le métier, j'imagine ? demanda-t-elle gentiment.

Victoire hocha la tête.

– Alors tu as de la chance, continua l'autre, car ici c'est une bonne maison. Madame n'est pas trop dure avec nous, au moins tant que nous restons obéissantes. Et puis, les clients ont une certaine tenue.

– Que veux-tu dire ?

Ninon se pinça les lèvres.

– Avant, je travaillais dans une maison beaucoup moins chic que celle-là, et je peux t'assurer que certains clients n'étaient pas tendres. Ici, au moins, ils ont des manières ; de toute façon, nous sommes surveillées.

La jeune prostituée s'approcha alors d'un rideau et le souleva, découvrant une petite ouverture qui donnait directement sur la chambre japonaise.

– C'est un miroir sans tain, expliqua-t-elle. Le soir, quand nous travaillons, Madame vient régulièrement vérifier que tout se passe bien. Elle peut jeter un coup d'œil dans la chambre sans déranger les clients et, s'il y a un problème, elle n'hésitera pas à faire jeter le client à la porte. Comme tu vois, elle nous fait travailler fort, mais elle s'assure aussi que nous restions en sécurité.

– Je ne savais pas qu'on pouvait voir à travers les miroirs, fit Victoire, en s'approchant avec curiosité pour jeter un œil par la lucarne.

– De l'autre côté du mur, dans la chambre, c'est un vrai miroir, expliqua Ninon. Par contre, de ce côté-ci, on peut voir à travers. Il y a d'ailleurs des clients qui aiment beaucoup ça. Ils viennent passer la soirée ici, mais, lorsqu'ils montent, ce n'est pas pour aller avec une fille, c'est juste pour regarder. Ces clients-là, on les appelle les « curieux »...

La jolie rouquine eut un petit rire moqueur, mais Victoire fronça les sourcils.

– Je ne pensais pas qu'il y avait autant de monde pour nous observer pendant que nous... pendant que nous faisons...

– Oh, tu sais, il y a des yeux partout, ici, répondit Ninon. D'ailleurs, je te conseille de toujours jouer franc-jeu, car tu n'arriveras jamais à garder tes cachotteries pour toi pendant très longtemps. Viens, je vais te montrer les véritables chambres où nous dormons.

Tout au fond du couloir, dans un recoin, il y avait une petite porte de service.

– C'est la porte qui mène au dortoir, expliqua Ninon. Le soir, Madame la ferme à clé pour être certaine que toutes les filles travaillent et ne viennent pas se réfugier là. Ça empêche aussi les clients un peu trop entreprenants de monter chez nous.

La jolie rouquine ouvrit ensuite la porte et les deux filles grimpèrent par un petit escalier étroit jusqu'au dortoir proprement dit. Il s'agissait d'un grenier où l'on avait aménagé plusieurs petites chambres. Ici, pas de décoration luxueuse, juste le strict nécessaire. Chaque chambrette était éclairée par une petite lucarne donnant sur le jardin et contenait une armoire et une petite table, ainsi qu'un lit de fer, confortable mais simple, où Madame Angèle faisait dormir deux filles à la fois. Les murs, minces, étaient recouverts de plâtre grossièrement appliqué et le mobilier était complété par une commode avec un broc d'eau et une cuvette en fer-blanc, ainsi qu'un pot de chambre.

Il faisait chaud et les portes étaient toutes ouvertes pour laisser passer un maigre courant d'air. Alors qu'elle s'avançait, Victoire aperçut quelques-unes des pensionnaires du Magnolia : une faisait la sieste sur son lit, deux autres lisaient et fumaient à la fenêtre.

– Ça, c'est ma chambre, fit Ninon en pointant une porte. Et ça, ce sera la tienne. Tu vas dormir avec Toinette. Tu verras, elle est gentille.

– Combien y a-t-il de filles en tout ? demanda Victoire.

– En ce moment, nous sommes huit. Avec toi, ça fera neuf.

Au même instant, une jeune femme apparut à la porte de la chambrette.

– Qu'est-ce qu'il y a ?

– C'est Victoire, une nouvelle, présenta Ninon. Madame a dit qu'elle allait dormir avec toi.

La jeune femme — qui était ladite Toinette — ne se montra pas le moins du monde surprise de voir arriver une nouvelle fille au *Magnolia*. Elle se contenta de hausser les épaules et d'ouvrir la porte un peu plus grand, dans un geste d'accueil.

* * *

Victoire passa la fin de l'après-midi dans la petite chambre qui allait désormais être la sienne. Il ne lui avait pas fallu beaucoup de temps pour vider la maigre valise qu'elle avait apportée et pour placer ses effets personnels dans l'armoire, où Toinette lui avait laissé un peu de place.

À l'heure du souper, Victoire suivit les autres filles et descendit l'escalier de service jusqu'en bas — cette fois, sans passer par les appartements principaux de la maison. Elle aboutit dans la cuisine, où une grande table était dressée.

– Où est Madame Angèle? demanda Victoire en s'asseyant près de Toinette.

– Elle ne mange jamais avec nous, répondit cette dernière. Madame a ses propres appartements, où elle vit avec son fils et où nous n'avons pas le droit d'aller.

– Je ne savais pas qu'elle avait un fils…

– Il s'appelle Henri. Il est en déplacement en ce moment, mais tu vas très vite apprendre à le connaître. D'ailleurs, tu ferais bien de te méfier, c'est le genre de commerçant qui goûte à sa propre marchandise, si tu vois ce que je veux dire…

Devant l'air circonspect de Victoire, une autre jeune femme, une belle blonde assise en face, prit part à la conversation et expliqua plus clairement:

– Henri nous culbute quand ça lui chante. Et malheureusement, ce n'est pas un client qui paye… Tu vas devoir apprendre à le garder à distance, si tu en es capable.

– Ou si tu en as envie! objecta une autre fille. Moi je l'aime bien, il n'est pas méchant.

– Bah, tu le tolères seulement parce que c'est le fils de la patronne, répliqua la première. En ce qui me concerne, j'aime autant qu'il m'approche le moins possible.

– Ça tombe bien, tu n'es pas du tout son genre, dit ironiquement Ninon, assise un peu plus loin.

L'autre haussa les épaules et ne répondit rien. De toute façon, la cuisinière arrivait avec le potage du jour et, pendant un moment, les filles ne s'occupèrent que de vider leur assiette. Victoire, qui n'avait presque pas mangé depuis trois jours, fit descendre le potage en quelques coups de cuillère.

– Comment est-ce que tu t'appelles ? demanda-t-on enfin à la nouvelle venue.

– Victoire.

– Et tu viens d'où ? lui demanda une autre.

– De Magog. Cela fait quelques mois que je vis à Montréal.

– C'est la première fois qu'elle travaille dans une maison, expliqua alors Ninon, alors soyez gentilles avec elle.

– On n'est pas méchantes, s'exclama une autre avec un petit rire.

– Ah, c'est Charles qui va être content ! Il adore les petites nouvelles !

Au cours du repas, Victoire fit plus ample connaissance avec ses compagnes. Elle connaissait déjà Ninon, la jolie rousse, et Toinette, dont elle partageait la chambre. Il y avait aussi Clémence, pulpeuse et blonde comme les blés, Éloïse et Joséphine, qui jouaient à se faire passer pour des sœurs à cause d'une vague ressemblance, ainsi que deux filles à la peau brune : Fatima venait de loin — quelque part en Afrique du Nord — tandis qu'Olivia était une Métisse des îles françaises. Pour Victoire, qui n'avait jamais quitté sa petite localité de Boucherville, elles étaient les premières étrangères qu'elle rencontrait. Mais ni l'une ni l'autre ne réagissait face aux regards en biais que leur lançait la jeune fille, et celle-ci se rendit vite compte que dans cette maison, pour le moment, c'était elle l'étrangère.

– Est-ce que tu travailles ce soir ? demanda Clémence alors qu'on apportait les desserts.

Victoire s'apprêtait à répondre, mais Toinette la devança.

– Tu sais bien que non, on ne travaille jamais le premier soir.

– Moi, si, objecta l'autre.

– C'est parce que tu avais déjà ta carte, alors que Victoire est toute nouvelle dans le métier.

– Qu'est-ce que c'est qu'une carte ? demanda cette dernière. Est-ce qu'il m'en faut une ?

– Oui, c'est obligatoire. Mais tu n'as pas à t'inquiéter, Madame va s'occuper de tout pour toi…

De fait, alors que les filles s'apprêtaient à s'éparpiller un peu partout dans la maison une fois les dernières miettes de gâteaux avalées, la petite bonne qui avait accueilli Victoire à son arrivée dans la maison vint la chercher dans la cuisine. Madame Angèle souhaitait lui parler.

La jeune fille se présenta donc pour la seconde fois dans le bureau de la tenancière.

– Comment trouves-tu la maison ? demanda Madame Angèle. Tu es bien installée ?

– Oui, madame, je vous remercie, répondit Victoire.

– Je suis contente de l'entendre. Je voulais simplement te dire que ce soir tu pourras rester dans ta chambre. J'ai envoyé un mot au médecin, il viendra te voir demain.

– Mais je ne suis pas malade, s'étonna la jeune fille.

– Non, j'en suis persuadée, mais tu le seras peut-être un jour, et je dois m'assurer que tu es saine avant de travailler pour moi. Les filles ne t'ont pas expliqué comment fonctionne le métier ?

– Pas encore, avoua Victoire d'un air un peu penaud.

– Ce n'est pas très compliqué. Comme je te l'ai déjà dit, c'est une maison très bien, ici, et nous y faisons les choses correctement. Tu vas donc devoir te faire examiner par le médecin pour qu'il puisse établir une carte de santé à ton nom, qui atteste que tu ne portes aucune maladie. Quand ce sera fait, tu pourras commencer à travailler. Oh ! je ferai aussi venir la couturière afin qu'elle prenne tes mesures. C'est moi qui paye tes robes et tes coiffures, et je me rembourse ensuite sur l'argent que tu rapportes par ton travail.

La tenancière pointa une petite pile de pièces en bronze sur le coin de son bureau.

– Tu vois ces jetons? C'est en quelque sorte la monnaie de ma maison. Les clients qui viennent chez moi me les achètent et les utilisent pour payer les filles une fois qu'ils ont fait affaire avec elles. Quand tu auras reçu tes premiers jetons, tu pourras me les rapporter et j'inscrirai à ton compte le montant d'argent équivalent que tu auras gagné. Si tu travailles bien, tu pourras rembourser ta dette en quelques mois.

Victoire sentit sa gorge se nouer. Elle n'avait pas prévu rester dans un tel endroit pendant si longtemps, mais elle appréciait l'honnêteté de Madame Angèle. Au moins, elle pouvait se préparer à endurer son sort pendant le temps qui lui serait nécessaire.

– Est-ce que tu as des questions?

– Que se passe-t-il pendant la journée? demanda Victoire. Je veux dire… Que faisons-nous quand les clients ne sont pas là?

– Tu peux faire ce que tu veux, ma petite. La maison et le jardin sont à toi. En revanche, tu n'as pas le droit de sortir sans autorisation. Il m'arrive d'accorder exceptionnellement des sorties à mes filles, mais c'est toujours en compagnie de quelqu'un de la maison, comme mon fils Henri ou moi-même. Une fille ne doit jamais sortir seule, c'est la loi qui veut ça.

Victoire acquiesça.

– Vais-je devoir travailler tous les soirs? demanda-t-elle encore.

– Tu travailleras tous les soirs de la semaine sauf un. Ce sera ton seul jour de repos.

La tenancière consulta son registre.

– Pour toi, ce sera le jeudi soir. Mais le reste du temps, j'attends de toi que tu passes la soirée en bas, au salon principal, et que tu montes avec tous les clients qui te le demanderont.

– Et si aucun client ne le fait?

– Alors, ma petite, tu ne rembourseras jamais ta dette… Est-ce tout ?

Victoire hocha la tête pour montrer qu'elle avait bien compris. Madame Angèle lui indiqua alors d'un geste de la main qu'elle pouvait quitter le bureau et se pencha de nouveau sur son grand registre.

* * *

Le Magnolia ouvrait ses portes à huit heures du soir. La toilette des filles commençait bien avant cela.

Pendant tout le début de la soirée, la grande salle de bain de l'étage principal fut envahie de filles à demi nues qui se préparaient pour leur étrange travail. Tel que Madame Angèle l'exigeait, elles se lavaient soigneusement, passaient un long moment à créer des coiffures compliquées, se parfumaient et enfilaient les robes élégantes que la tenancière choisissait pour elles chaque soir.

Victoire, qui ne pouvait pas encore les imiter, s'était mise dans un coin de la pièce pour les observer avec curiosité. Elle put constater que Madame Angèle se comportait envers ses filles avec familiarité, mais fermeté. Lorsque Madame disait quelque chose, on lui obéissait sans rechigner. Cela n'empêchait pas l'ambiance d'être détendue. Les filles fumaient et bavardaient paisiblement, parlant chiffons, cosmétiques et autres petites préoccupations féminines, s'aidant mutuellement lorsqu'elles en avaient besoin. Lorsqu'elles furent enfin prêtes, et qu'elles s'alignèrent dans le couloir de l'étage pour un dernier contrôle de leur patronne, Victoire ne put s'empêcher de les admirer : elles ressemblaient à des gravures de mode.

– Bien, il est l'heure ! s'exclama Madame Angèle, en frappant dans ses mains pour demander le silence. Victoire, tu peux remonter dans ta chambre. Quant à vous, mesdemoiselles, vous connaissez le chemin…

Victoire grimpa donc de nouveau l'escalier de service et la tenancière verrouilla la porte du grenier derrière elle.

* * *

Seule et désœuvrée, la jeune fille erra un moment à l'étage sans savoir à quoi s'occuper. Plus curieuse que jamais de découvrir ce qui se passait au Magnolia pendant les soirées, elle faisait de constants allers-retours vers la porte du grenier. Elle y resta même un long moment debout, l'oreille collée contre le battant, mais elle ne perçut que quelques rires ou de furtives allées et venues étouffées par les tapis. Elle entendit bien des voix d'hommes, mais sans parvenir à distinguer ce qu'ils racontaient. Finalement, déçue, elle finit par rejoindre son lit de fer et par s'endormir.

Elle fut réveillée au milieu de la nuit, lorsque Toinette vint se coucher près d'elle. Dans sa simple chemise de batiste, la prostituée n'avait plus rien à voir avec l'élégante dame qu'elle était au début de la soirée. Elle se laissa tomber lourdement sur le lit et s'endormit dans la minute qui suivit. Quant à Victoire, qui n'osait pas encore poser toutes les questions qui lui trottaient dans la tête, elle ne réussit à se rendormir qu'après un long moment.

* * *

Lorsqu'elle se réveilla au petit matin, les autres filles dormaient encore.

La porte du grenier n'étant plus fermée à clé, Victoire descendit sur la pointe des pieds, et sa curiosité la poussa jusque dans les salons du rez-de-chaussée. La bonne n'y avait visiblement pas encore fait le ménage, car les lourds rideaux de velours étaient fermés et on voyait encore partout les traces de la soirée de la veille.

Dans ces salons — trois larges pièces qui se suivaient en enfilade —, des verres de toutes les tailles et de toutes les formes étaient éparpillés un peu partout sur les tables, les tablettes des bibliothèques ou le bord de la cheminée. Il y en avait même par terre. On avait abandonné sur le rebord d'une fenêtre une assiette garnie de quelques biscuits et de fruits confits ! ; des paquets de cartes encombraient encore une table de jeu. Une bonne partie des coussins étaient tombés des fauteuils, à moins qu'une des jeunes filles ne les ait utilisés pour s'allonger sur le tapis. Un bas de soie chiffonné traînait sur un accoudoir. Plus loin, dans une coupelle de fruits, une poire était enveloppée de rubans et plantée d'une grosse plume d'autruche, comme si elle avait été l'objet d'un jeu ou d'une plaisanterie. Le piano avait certainement servi, car le couvercle était relevé, mais le petit banc, lui, avait été tiré à une table de backgammon, où quelqu'un s'était visiblement assis. Une bouteille de champagne vide était renversée au sol, une autre attendait encore dans un seau à glace. Un nœud de cravate avait été oublié sur une étagère, une robe de soie rejetée sur le dossier d'une chaise. Les cendriers étaient pleins et il flottait dans l'air une odeur caractéristique de tabac froid et de bougies éteintes.

Rendue encore plus curieuse par tous ces relents d'une fête à laquelle elle n'avait pas participé, Victoire s'attarda un moment avant de se diriger finalement vers la cuisine, où elle entendait s'activer la petite bonne.

– Oh, bonjour ! fit celle-ci en voyant la jeune fille entrer. Je ne pensais pas que tu serais déjà levée…

– Tout le monde dort encore, en haut.

– C'est normal, les filles se sont couchées très tard, comme toujours. Elles ne sont pas près de se lever. D'ailleurs, le déjeuner n'est servi qu'à dix heures, ici. Tu as peut-être faim ?

Victoire fit signe que oui.

– Assieds-toi, je vais te trouver quelque chose pour te faire patienter.

La domestique — celle qui avait ouvert la porte de la maison, la veille — devait avoir à peu près l'âge de Victoire. Elle avait un visage ingrat mais rond comme une pleine lune, et il émanait d'elle une vivacité et une bonne humeur contagieuses.

– Comment t'appelles-tu ? demanda Victoire.

– Anne, répondit la bonne tandis qu'elle s'affairait dans un placard. Et toi, tu es Victoire, n'est-ce pas ?

En un clin d'œil, elle posa sur la grande table, devant Victoire, une assiette de brioches avec un pot de confiture et un verre de lait.

– Tu n'as pas travaillé hier soir, je suppose ?

– Non. Madame Angèle dit que je dois d'abord voir le médecin.

– Oui, c'est normal. C'est toujours comme ça que ça se passe.

La bonne retourna à ses activités et laissa Victoire entamer paisiblement son déjeuner. La cuisinière avait fait des merveilles : les brioches étaient délicieuses, tout comme l'avait été le souper de la veille, et Victoire, vite repue, soupira d'aise en parcourant du regard la cuisine bien ordonnée, avec ses rangées de casseroles lustrées et son gros poêle à bois en fonte émaillée qui chauffait doucement.

Elle se trouvait bien chanceuse de pouvoir vivre désormais dans une demeure si élégante. Elle avait un toit au-dessus de sa tête, un lit simple, mais propre et confortable, et de la nourriture à volonté dans son assiette. Et plus que tout, on l'accueillait gentiment, on se souciait de son bien-être. À cet instant précis, cette maison lui apparaissait comme un foyer chaleureux qui aurait pu faire oublier sa mystérieuse vocation nocturne.

Elle ne savait pas encore à quoi allait ressembler son travail — elle préférait ne pas trop y penser pour le moment —, mais les nuits qu'elle avait passées dehors lui semblaient presque oubliées. Déjà la vie ne lui semblait plus aussi noire que lorsqu'elle s'était fait jeter dehors par son logeur.

* * *

Les filles, déjà languissantes alors qu'elles se levaient à peine, s'égrenèrent le long de l'escalier de service tout au long de la matinée. Contrairement au souper, il était rare que les filles mangent toutes ensemble dans la journée, car certaines se levaient plus tard que d'autres et chacune faisait de son temps ce qu'elle voulait. On mangeait la plupart du temps dans la cuisine, mais il arrivait aussi qu'une fille ne descende que pour se remplir une assiette avant de retourner s'installer où bon lui semblerait.

C'est en errant dans la maison que Victoire croisa par hasard Toinette, qui sortait d'un des salons, un livre à la main.

– Comment s'est passée la soirée d'hier ? demanda Victoire.

– Oh, comme d'habitude, répondit Toinette d'un ton neutre. Tu verras ce soir, si jamais tu travailles.

– Je pense que oui. Madame Angèle a dit que je pourrais travailler après la visite du médecin et il doit venir tout à l'heure.

– Ce n'est pas suffisant. Madame doit aussi te faire enregistrer au poste de police et ce n'est pas certain qu'elle ait le temps de le faire aujourd'hui.

– Au poste de police ? s'affola soudain Victoire.

Elle ignorait qu'elle devait passer par cette formalité et elle redoutait déjà qu'on lui demande de justifier son identité. Que se passerait-il si Madame Angèle apprenait qu'elle avait menti sur son nom et sa ville d'origine ?

– Ma pauvre, soupira Toinette, on ne t'a donc vraiment rien expliqué du métier ? Toutes les prostituées sont enregistrées dans les dossiers de la police. Ta carte indique ton état de santé et ton aptitude à travailler, mais c'est aussi un moyen pour que la police garde un œil sur nous. Les filles n'ont pas le droit de travailler sans avoir une carte en règle. Si Madame te faisait prendre des clients avant que tu ne sois inscrite au registre de la police, elle risquerait de gros ennuis…

– Et si jamais le médecin décide que je suis malade et que je ne peux plus travailler ?

Toinette lui jeta un regard plein d'effroi.

– Je ne te le souhaite vraiment pas… chuchota-t-elle. Est-ce que tu sais au moins ce que tu risques, en couchant avec des clients ?

– De tomber enceinte, répondit Victoire avec assurance, c'est évident !

– Si ne n'était que ça ! Non, ma belle, tu peux te retrouver avec bien pire qu'un enfant, crois-moi. Tu n'as jamais entendu parler de la syphilis ?

Comme Victoire ne répondait pas, Toinette leva les yeux au ciel et soupira.

– Ma pauvre, tu ne peux pas commencer ce travail en étant si innocente. Il faut te préparer. Viens, je vais te montrer…

Elle entraîna alors la jeune fille jusque dans la grande salle de bain qui était à l'étage et lui montra différents flacons sur les étagères.

– Le mieux est d'avoir des clients réguliers, toujours les mêmes, parce que tu finis par bien les connaître, tu peux t'adapter à leurs habitudes et te préparer à l'avance. Ça permet aussi de limiter les risques d'attraper une maladie. La syphilis est mortelle, c'est la pire d'entre toutes, mais il y a aussi un certain nombre d'autres cochonneries moins graves, mais dont on se passerait bien…

Elle indiqua un flacon en verre bleu.

– Ça, c'est une teinture à l'alcool. Après chaque client, tu dois revenir ici pour te laver à l'eau et au savon, et ensuite tu te désinfectes avec ça. En général, les hommes n'aiment pas sentir qu'un autre est passé avant eux, alors débrouille-toi pour être toujours bien propre. Il y en a quelques-uns que ça excite de sentir le sperme des autres hommes et qui préfèrent quand tu ne te laves pas, mais c'est rare, et c'est toujours une demande spéciale qu'ils font à l'avance.

Victoire ouvrit tout grand ses oreilles et ne broncha pas. Elle n'était pas naïve, elle savait bien qu'elle ignorait énormément de choses sur les activités qui se déroulaient dans une maison comme celle-là ; alors elle faisait semblant de savoir déjà de quoi on lui parlait… et elle mémorisait.

Toinette continua ses explications en pointant le reste du matériel aligné sur les tablettes de la salle de bain. Certains flacons étaient destinés à toutes, d'autres étaient achetés par une des filles ; Toinette fut très claire : on respectait scrupuleusement les affaires des autres, il n'était pas question d'emprunter quoi que ce soit sans en avoir la permission.

– On a toutes nos petits trucs pour vérifier qu'on n'est pas malades. Fais toujours très attention à ton corps et à ton hygiène. Si jamais tu remarques un bouton, une tache ou bien un endroit qui te gratte, il faut que tu en parles à l'une de nous. Si c'est grave, tu devras te faire examiner par le médecin. Mais des fois, on se soigne nous-mêmes, on est plusieurs à avoir attrapé certaines maladies et à en reconnaître les symptômes, alors on s'entraide… Pour les clients, c'est pareil. Quand ils se déshabillent, regarde comment ils sont, s'ils ont l'air en bonne santé ou s'ils ont aussi des boutons ou des taches. Si tu as le moindre doute, tu ne couches pas.

– J'ai le droit de refuser ?

Toinette pinça les lèvres.

– Ce n'est pas toujours facile de refuser, ça dépend de l'humeur du client. Mais ici, la plupart sont des habitués, ils savent que c'est une maison très bien tenue et ils sont prêts à payer plus cher justement pour éviter d'attraper une cochonnerie. Alors s'il y a le moindre problème, tu en parles à Madame et c'est elle qui s'en occupera.

Le ton ordinaire avec lequel Toinette parlait de toutes ces choses intimes était surprenant, mais Victoire s'appliquait à retenir tous ses conseils sans faire de commentaires.

– Et pour éviter de tomber enceinte, qu'est-ce que je peux faire ? demanda-t-elle.

– Quand tu seras à l'aise avec les clients, tu pourras peut-être leur proposer des jeux ou des positions différentes pour les faire jouir en dehors de toi, c'est ce qu'il y a de mieux. Mais c'est toujours le client qui décide de ce qu'il veut, alors il faut être subtile…

Toinette attrapa une petite boîte de faïence sur une autre étagère et l'ouvrit pour en montrer le contenu à Victoire.

– Dans tous les cas, tu peux prendre une petite éponge comme celles-là. Tu la trempes dans le vinaigre qui est là, et tu la mets à l'intérieur. Le client ne la sent pratiquement pas et le vinaigre rend le sperme inefficace. On n'échange pas nos éponges, tu dois avoir les tiennes et les garder. Et, bien sûr, tu les laves et tu les fais sécher dans la journée.

– Mais… le vinaigre… ça doit piquer, non ?

– Ça chauffe un peu au début, mais on s'habitue vite, ce n'est pas si mal. C'est mieux que d'avoir à se débarrasser d'un bébé… Surtout, fais bien attention à tes règles, pour savoir le plus tôt possible si tu es enceinte ou pas. C'est le genre de questions que va te poser le docteur pendant les visites médicales.

– Et si jamais je finis quand même par tomber enceinte ?

Toinette se tut un instant.

– On s'arrangera, dit-elle enfin. Il y a des solutions.

* * *

Le médecin se présenta en début d'après-midi. On vint aussitôt chercher Victoire.

L'examen eut lieu dans la cuisine, où l'on avait débarrassé la grande table pour en recouvrir une des extrémités d'un drap blanc. Madame Angèle était présente et s'entretenait aimablement avec le médecin lorsque Victoire se présenta. Quant à la cuisinière et à la petite Anne, elles s'étaient éclipsées.

– Ah, Victoire, fit-elle. Voici le docteur Hémon, qui va vous examiner.

– Approchez, ma petite, et enlevez cette robe. Vous pouvez rester en chemise.

La jeune fille obéit et se déshabilla avant de s'approcher de la table où le médecin avait ouvert sa trousse. Il en sortait des instruments qu'il alignait consciencieusement sur la nappe.

C'était un homme d'un certain âge, au costume gris impeccable, aux cheveux poivre et sel et à la petite barbe pointue, mais qui avait dans le visage une expression maussade bien loin de la bonhomie du docteur Dubreuil que Victoire connaissait à Boucherville.

Il avait en revanche dans les gestes le même professionnalisme et il commença par faire à Victoire un examen ordinaire avec le savoir-faire que donne une longue expérience. Il posa des questions pour savoir comment elle se sentait en général, vérifia ses yeux, sa gorge, ses oreilles, écouta ses poumons et palpa son abdomen.

– Cette petite semble en bonne santé, commenta-t-il à l'adresse de Madame Angèle. Elle n'est pas tuberculeuse, en tout cas…

Puis, il rangea son stéthoscope, changea l'ordre de ses outils toujours impeccablement alignés, et se tourna de nouveau vers Victoire.

– Allongez-vous, mademoiselle.

Interdite, la jeune fille ne comprenait pas ce qu'il lui demandait. Madame Angèle intervint :

– Sur la table. Assieds-toi ici, au bord, et allonge-toi.

– Mais, madame… protesta Victoire.

– Allons, fais ce que je te dis ! reprit l'autre en durcissant le ton.

La jeune fille obéit alors, se demandant ce que le médecin allait bien lui faire. Elle comprit rapidement lorsqu'il lui écarta les jambes en les plaçant chacune sur un tabouret, qu'il releva sa chemise sur son ventre et qu'il saisit un de ses instruments. Victoire se crispa lorsqu'elle sentit l'objet s'enfoncer en elle. Le métal froid et la sensation d'intrusion étaient particulièrement désagréables, mais elle se mordit les lèvres et ne dit rien. Si cet examen était bien autre chose que les doigts habiles de la Giraude lorsqu'elle avait confirmé la grossesse de Victoire, au moins il était rapide.

Tandis que le médecin auscultait la jeune fille, Madame Angèle observait, elle aussi, cette dernière d'un œil soucieux.

De toute évidence, Victoire ne connaissait rien au métier de prostituée et à leurs conditions de travail. Une fois de plus, c'était une petite oie blanche qui avait franchi la porte en pensant tout savoir de la vie sous prétexte qu'elle s'était laissé déflorer un peu plus tôt qu'elle n'aurait dû.

La tenancière se méfiait de ce genre de filles. Il n'était jamais aisé, pour une demoiselle convenablement éduquée, de franchir le pas ; il leur fallait un temps d'adaptation plus long. Parfois, elles ne supportaient pas leur nouveau métier : elles se mettaient alors à boire plus que de raison, à moins que par malheur elles ne découvrent les vertus de l'opium. Ces filles-là, Madame Angèle était obligée de s'en défaire. Ses clients aimaient que leurs putains aient la « chair joyeuse », il leur fallait des filles gaies et pleines de vie, pas des fantômes aux yeux vides.

Malgré tout, la tenancière était prête à prendre le risque. Elle avait l'instinct que lui conférait une longue expérience ; elle savait reconnaître les bonnes recrues et Victoire lui inspirait confiance, même si elle était encore timide. Il y avait chez cette fille une sorte de force tranquille qui la ferait certainement passer au travers des épreuves qui l'attendaient sans trop de dommages. Pour preuve de sa bonne volonté, Victoire s'était d'ailleurs déjà soumise à l'autorité du médecin et Madame Angèle espérait bien qu'il en serait de même avec les clients.

Dans l'immédiat, elle ne redoutait pas le verdict médical. Victoire, de toute évidence, sortait tout juste de chez ses parents et ne pouvait guère avoir attrapé grand-chose. À n'en pas douter, elle ferait fureur demain soir lorsqu'elle descendrait au salon pour y commencer son métier. Déjà, Madame Angèle songeait à Monsieur Langevin — que les filles connaissaient uniquement sous son prénom, Charles —, qui demandait toujours à essayer en premier les nouvelles pensionnaires. Il y avait aussi Étienne Bourget, qui n'avait d'yeux que pour les jolies brunes dans le genre de Victoire, ou bien Simon-Pierre Beaulieu. Et si par le plus grand des hasards Victoire se montrait aussi vive d'esprit qu'elle était belle, elle aurait également toutes les chances de plaire à Laurent Dagenais.

Apercevant Dorine, la cuisinière, qui venait d'entrer dans l'arrière-cuisine, Madame Angèle laissa le docteur poursuivre son travail et elle s'éclipsa un court instant.

– Demain soir, dit-elle à la cuisinière, il faudra servir ces petites brioches fourrées que vous nous aviez préparées pour la fête de Pâques. Et aussi du rôti froid.

– Vraiment, madame? s'étonna la cuisinière. Je croyais que nous devions réserver tout cela pour les fêtes.

– Justement, ce sera fête demain. La petite Victoire va faire son entrée au salon, et je tiens à souligner l'événement.

Dorine, habituée à se soumettre sans rien dire aux demandes de sa maîtresse, hocha la tête et retourna à ses activités, tandis que Madame Angèle regagnait la cuisine, où s'achevait l'examen.

Le médecin avait autorisé sa patiente à se relever et à se rhabiller.

– Alors? demanda Madame Angèle.

– Cette petite est parfaitement saine, répondit le Dr Hémon, en allant nettoyer ses instruments dans l'évier de la cuisine. Vous allez pouvoir la faire travailler.

– Ah! C'est bien, répondit la tenancière, soulagée.

– Espérons qu'elle le reste le plus longtemps possible… ajouta le médecin dans sa barbe.

Madame Angèle ne releva pas le commentaire. Elle adressa à Victoire un petit sourire.

* * *

Plus tard dans l'après-midi, la couturière passa prendre les mesures de Victoire. Là encore, Madame Angèle fut présente pour veiller aux moindres détails.

Ce fut l'occasion pour Victoire de découvrir une autre partie de la maison. En effet, au premier étage, juste en face de la porte de service qui menait au grenier, se trouvait un accès vers les appartements privés de Madame Angèle.

Elle y avait aménagé une petite pièce pour entreposer toutes les robes et les tenues affriolantes qu'elle destinait à ses pensionnaires. Chacune avait sa petite étiquette, en dessous de laquelle étaient suspendues les différentes robes qu'elle pouvait porter. Madame Angèle gérait sa maison d'une main de maître : elle commandait toujours ses robes dans des boutiques de renom, mais elle les faisait faire avec assez de marge pour que l'on puisse les rétrécir un peu afin de s'adapter aux besoins des différentes filles qui venaient travailler au Magnolia.

Dans un angle de la pièce se trouvait un autre groupe de robes qui n'avait pas pour le moment de propriétaire désignée et c'est là que Madame Angèle se mit en devoir de chercher la tenue idéale pour le lendemain. Avec un petit gloussement satisfait, elle finit par sortir une robe d'un rose pâle finement rayé de noir et de blanc, avec un décolleté vertigineux sur la poitrine et le dos.

– Je veux celle-ci pour demain, dit-elle à la couturière.

Puis, elle tira deux ou trois autres toilettes tout aussi ravissantes, qu'elle accrocha à une patère en ajoutant :

– … et celles-ci seront pour les soirs suivants.

Victoire ouvrait de grands yeux impressionnés. Ces robes luxueuses étaient dignes des sorties à l'opéra des plus grandes aristocrates de la ville, et c'était à elle, petite fille de la campagne, qu'elles étaient destinées ? Elle songeait aux gravures de mode vivantes qu'elle avait vu s'aligner dans le couloir la veille au soir, mais elle avait encore du mal à imaginer qu'elle en ferait bientôt partie.

En la voyant, Madame Angèle sourit.

– Ce ne sont que les robes, petite, tu n'as pas encore vu les bijoux que je vais te prêter…

* * *

Victoire s'inquiéta beaucoup au sujet de son enregistrement au poste de police. Elle savait qu'en tant que mineure, elle devait normalement disposer d'une autorisation de ses parents avant de pouvoir travailler au *Magnolia,* et elle craignait que la police ne cherche à les contacter.

Il y avait un monde entre sa vie actuelle et celle qu'elle avait vécue à Boucherville, et elle aurait difficilement pu affronter le regard de ceux qui l'avaient connue « avant ». Si elle ne devait plus compter sur le soutien de son père, elle savait que son frère Joseph, en apprenant dans quelle situation elle se trouvait, remuerait ciel et terre pour lui venir en aide, chose qu'elle ne supporterait pas. Comment avouer qu'elle avait menti et volé pour survivre, et qu'elle était prête à coucher avec des hommes pour de l'argent ? Il n'y avait pas de quoi être fière… Elle mourrait certainement de honte si les siens la surprenaient dans une telle maison.

Par chance, ses inquiétudes ne se concrétisèrent pas. Madame Angèle, qui l'avait emmenée, était visiblement connue et respectée, car à peine les deux femmes étaient-elles entrées dans le hall du poste de police qu'on les fit aussitôt passer, avec la plus grande serviabilité, dans le bureau de l'adjoint qui s'occupait de l'administration.

Ce dernier se contenta de poser quelques questions de routine à Victoire. L'essentiel pour lui était d'inscrire son nom sur le registre et d'y adjoindre une description physique sommaire — taille, couleur des cheveux et des yeux — ainsi que le numéro de la carte de santé remplie par le Dr Hémon. D'un ton morne, il lui posa le même genre de questions que Madame Angèle lors de leur premier entretien, à savoir : depuis combien de temps Victoire était à Montréal, si elle s'était déjà prostituée avant, si elle avait un mari ou des enfants à charge, ou bien de la famille qui pourrait chercher à la contacter. Il lui demanda aussi si elle avait déjà eu des maladies vénériennes, et si elle avait déjà été arrêtée par la police ; Victoire, en voyant l'air obtus et le peu de réactions de l'officier devant ses réponses, se dit avec ironie qu'il n'aurait probablement pas plus réagi si elle lui avait répondu par l'affirmative.

Malgré toutes ces questions, le policier n'eut aucun commentaire suggérant qu'il allait vérifier la véracité de ces informations. Il se contentait d'inscrire mécaniquement les réponses qu'on lui fournissait. Elle fut donc enregistrée sous le nom de Victoire Letellier, dix-huit ans, née à Magog.

– Tout est en ordre, madame, déclara-t-il enfin. Cette jeune fille peut commencer à travailler.

Il enduisit alors un large tampon d'encre et le laissa retomber lourdement sur le papier avec un bruit qui fit sursauter Victoire.

Chapitre 8

Arriva le grand soir.

Dès cinq heures de l'après-midi, Victoire fut prise en main. Madame Angèle avait donné des ordres pour s'assurer que sa « petite nouvelle » ferait sur ses clients le plus bel effet.

La jeune fille commença par prendre un bain et par se laver soigneusement les cheveux. Après quoi, elle s'enduisit le corps d'une huile parfumée. Autour d'elles, les autres filles se préparaient, elles aussi, s'entraidant volontiers les unes les autres.

– Puisque tu n'as pas encore de parfum, tu peux utiliser le mien, proposa gentiment Léontine à Victoire en lui tendant un ravissant flacon. N'en prends pas trop quand même, ça coûte cher…

– Tu achèteras le tien quand la vendeuse à la toilette viendra, la semaine prochaine, ajouta Ninon. Tu verras, elle nous apporte toujours de petites merveilles !

Victoire songea alors à la ravissante boutique devant laquelle elle passait tous les jours lorsqu'elle se rendait à l'atelier de chapeaux, et à toutes ces belles choses qu'elle aurait aimé y acheter. Maintenant qu'elle allait travailler et gagner de l'argent, elle allait pouvoir se faire plaisir un petit peu. Si elle veillait toujours à rembourser régulièrement sa dette, elle pourrait bien se permettre un peu de confort.

– Je connais une boutique, sur la rue Craig, qui vend aussi toutes sortes de belles choses, dit-elle en se remémorant les articles qui l'avaient tentée. Je pourrais sûrement y trouver mon bonheur…

Ses compagnes eurent un sourire indulgent.

– Désolée, ma jolie, tu vas devoir te contenter de ce qu'apporte la vendeuse ici, corrigea Léontine. Tu n'as pas le droit de sortir de la maison.

– Même pas pour faire quelques achats ?

– Non. Si tu sors, c'est du racolage, tu peux finir en prison. Alors tu ne sors pas, c'est comme ça. Si tu as besoin de quelque chose en particulier, demande à Madame et elle le fera venir ici.

– Mais alors… on ne sort jamais ? s'étonna Victoire.

– Ça arrive parfois, quand Madame organise une journée à l'extérieur. Mais sinon, non, on ne sort jamais. On se contente du jardin.

Une chance que la maison soit dotée d'un jardin, justement. Il était de taille moyenne, mais agréablement aménagé, avec quelques sentiers de gravier et, le long de la maison, des rangées de grands bacs de bois plantés de magnolias aux fleurs blanches. C'étaient eux qui donnaient leur nom à la maison.

On accédait au jardin depuis le hall du rez-de-chaussée par une grande porte-fenêtre barrée de lourds rideaux, qu'on ouvrait dans la journée et qu'on fermait systématiquement le soir. Mais même s'il offrait une ouverture sur le ciel, le terrain était entièrement tourné vers la maison, délimité par de grands murs qui le séparaient totalement des bâtiments voisins. Et une fois que l'établissement de Madame Angèle ouvrait ses portes, on occultait les fenêtres et on ne vivait plus que dans l'intimité des salons et des chambres, à la seule lumière des bougies et des luminaires électriques.

Victoire ne se rendait pas encore compte à quel point cette maison était isolée de la vie extérieure.

* * *

On était vendredi, c'était une des soirées les plus chargées de la semaine. En comparaison des autres jours, il y avait souvent près du double de clients et l'ambiance, dans la grande salle de bain du premier étage où s'activaient les filles, était survoltée.

Les vendredis, samedis et dimanches, Madame Angèle faisait venir un coiffeur, Antoine, qui apportait avec lui différents types de fers à friser et qui faisait des miracles avec les chevelures les plus rebelles, y compris les cheveux crépus d'Olivia. Le visage franc et rieur, Antoine était visiblement adoré des filles, qui se précipitaient autour de lui pour l'embrasser familièrement et pour lui demander des nouvelles de la ville. La tenancière dut intervenir à quelques reprises pour interrompre les fous rires et rappeler tout le monde à l'ordre afin que chaque fille soit prête à temps.

Après être passée, elle aussi, entre les mains expertes d'Antoine — qui fit à la jeune fille un chignon compliqué planté de plumes et de bijoux et d'où dégringolaient de longues boucles —, Victoire s'habilla.

On commença par lui faire revêtir les sous-vêtements les plus affriolants qu'elle eût jamais vus, à part peut-être sur le catalogue que les grands magasins de la ville livraient parfois dans les merceries de Boucherville. Madame Angèle lui avait fait apporter une petite chemise translucide bordée de dentelle délicate qui découvrait généreusement les épaules et la gorge et qui se combinait avec un corset étroitement serré pour mettre sa poitrine en valeur. Quant à la culotte fendue, elle était bordée de petits nœuds de ruban rose, et on lui ajouta une paire de bas noirs ajourés. Victoire hésita. Elle n'avait jamais porté de bas noirs de ce genre, si fins, avec cette indécente bordure de dentelle et ce ruban rose qui fixait le tout au-dessus du genou. Pourtant, elle devait bien admettre qu'avec les petits souliers rose poudre que Madame Angèle lui avait fournis, l'effet était des plus réussis.

La tenancière, qui surveillait les préparatifs d'un œil avisé, approuva. Elle vint lacer elle-même le corset de sa nouvelle recrue, tirant sans aucune pitié sur les lacets pour lui faire une taille exquise, puis elle l'aida à passer la robe qu'elle avait choisie et s'assura que le vêtement tombait parfaitement. Enfin, elle appela la bonne, Anne, qui apporta aussitôt un coffret précieux d'où Madame Angèle tira quelques rangs de perles, des bagues et des bracelets.

– Tu es très belle, ma petite Victoire, dit la tenancière alors qu'elle lui attachait les perles autour du cou. Tu vas faire sensation, ce soir…

Elle habillait Victoire comme si cette dernière avait été une poupée, la scrutant d'un œil critique jusqu'à ce que tout lui semble parfait. Puis, jugeant, avec un petit soupir satisfait, que la jeune fille était prête, elle la quitta enfin pour s'occuper des autres.

Victoire se regarda alors dans le miroir. Elle eut du mal à se reconnaître. Elle ne s'était jamais vue si belle, si élégante, et elle ne put retenir un sourire admiratif.

Elle n'avait jamais rien porté d'aussi beau. En comparaison, sa jolie robe prune du dimanche — qui était ce qu'elle avait de plus habillé — lui paraissait déjà bien loin.

En deux heures, Victoire était passée du statut de demoiselle à celui de toute jeune femme. Dans cette robe, elle n'avait décidément plus rien à voir avec la sage petite provinciale que Germain avait culbutée dans le foin, et déjà cela se ressentait dans ses gestes : vêtue d'une telle robe, elle ne pouvait faire autrement que de se tenir très droite, se déplacer avec grâce et élégance, et prendre toutes ces petites manières délicates qu'avaient les grandes dames.

– Dis, si tu es déjà prête, est-ce que tu peux m'aider à attacher ça ? demanda Léontine.

Victoire sortit de ses songes et s'approcha de la jeune femme pour agrafer à son cou un impressionnant collier d'or et d'émeraudes.

– Oh, c'est joli ce que t'a fait Antoine, remarqua-t-elle.

– C'est la même coiffure qu'Éloïse. En bas, les clients aiment bien croire que nous sommes des sœurs, alors on essaye d'accentuer la ressemblance. Quand il y en a un qui veut nous prendre toutes les deux en même temps, on fait plus d'argent.

Léontine et Éloïse avaient en effet les mêmes yeux bleus et une couleur de cheveux très proche. La ressemblance, toutefois, s'arrêtait là. C'était à l'imagination des hommes de faire le reste et c'est là que celle de Victoire atteignait ses limites. Que pouvait bien faire un seul homme avec deux femmes en même temps ?

– Mais vous n'êtes pas de véritables sœurs, si ? demanda-t-elle innocemment.

L'autre éclata de rire.

– Oh non, rien à voir ! Éloïse était danseuse dans un cabaret à Québec, avant. Moi, je viens de Repentigny.

– Comment est-ce que tu t'es retrouvée ici ?

– Ah... La vie, tu sais... On ne choisit pas toujours.

Sentant qu'elle s'aventurait en terrain délicat, mais heureuse de commencer à recueillir quelques confidences qui lui donnaient la sensation qu'elle prenait tranquillement sa place dans le groupe de filles, Victoire n'insista pas. Au lieu de cela, comme elle était prête avant les autres, elle se mit dans un coin de la salle pour ne pas déranger les allées et venues, et elle les observa.

Physiquement, il y en avait pour tous les goûts. Madame Angèle proposait à ses clients un bel équilibre de brunes, de blondes et de rousses piquantes, auxquelles elle avait ajouté l'orientale et la mulâtre qui apportaient l'indispensable touche exotique. Des rôles que Fatima et Olivia remplissaient d'ailleurs à merveille, en portant de somptueuses robes pâles qui faisaient ressortir la couleur de leur peau, ainsi que de gros bijoux en or et des fleurs fraîches dans les cheveux.

Fatima, en particulier, ressemblait à une princesse arabe qui se serait égarée dans un pays étranger. Fascinée, Victoire la regardait se noircir les yeux. Alors que la plupart du temps les femmes se maquillaient avec un morceau d'allumette brûlée, Fatima, elle, disposait d'un tout petit pot joliment décoré, d'où elle tirait un bâtonnet enduit d'une poudre d'un noir intense, qu'elle frottait entre ses paupières fermées. Le résultat, lorsque la jeune Orientale ouvrait les yeux, était à couper le souffle: cela lui donnait un regard d'une intensité déroutante.

Comme quelques grains de poudre noire étaient tombés sur son décolleté, Fatima saisit un linge humide et les essuya délicatement. Puis, elle remarqua, dans son miroir, que Victoire l'observait et elle lui sourit.

– Ça tache terriblement, j'ai un mal fou à l'enlever, fit-elle. Heureusement, c'était seulement sur la peau. Si j'avais le malheur d'en mettre sur ma robe, elle serait fichue...

Cela expliquait la raison pour laquelle la jeune Marocaine avait en permanence les yeux coulants de noir, y compris dans la journée. Cela lui donnait aussi un air mystérieux tout en accentuant son statut d'étrangère.

Ninon s'approcha, une houppette dans une main et un boîtier dans l'autre, et elle appliqua sur le nez de Victoire une généreuse quantité de poudre de riz.

– Voilà! fit-elle avec satisfaction. Veux-tu aussi un peu de rouge sur les joues?

Victoire refusa. Elle avait déjà du mal à se reconnaître dans cette robe somptueuse qui ne lui ressemblait pas, et elle avait largement atteint ce qu'elle pouvait assimiler de ces démonstrations de féminité. Ninon haussa alors les épaules et s'éloigna sans insister, avec la même paisible nonchalance dont toutes les prostituées avaient fait preuve jusqu'à présent envers leur nouvelle compagne.

Toinette, à qui Madame Angèle venait de toucher un mot, s'approcha alors.

– Est-ce qu'on t'a expliqué les prix? demanda-t-elle.

– Les prix?

– Oui, les prix. Combien tu dois te faire payer pour chaque service.

– Euh… Non…

Une fois de plus, Toinette soupira.

– Madame devrait prendre un peu plus de temps avec les nouvelles comme toi. Je n'ai pas envie d'être la grande sœur de tout le monde, ici !

Puis, elle prit Victoire par le bras et l'entraîna un peu à l'écart.

– Bon, c'est très simple. Tout le monde pratique les mêmes tarifs, ici, tu n'as pas le droit de demander à te faire payer plus cher pour quelque chose qu'une autre fille ferait aussi. C'est Madame qui fixe les prix de la maison. Un jeton vaut un dollar. Le client paye un jeton pour les jeux sexuels sans pénétration, deux jetons pour te trousser tout habillée, trois s'il veut t'avoir entièrement nue et quatre pour les trucs un peu moins ordinaires. Tu vas bien retenir tout ça ?

– Oui…

– De toute façon, ne t'en fais pas, les clients connaissent déjà les tarifs, ils sont habitués. Et puis, ils vont savoir que tu es nouvelle, alors ils ne devraient pas être trop difficiles.

Alors que Toinette allait s'éloigner, elle se ravisa et revint.

– Une dernière chose… Quand tu montes avec un client, tu peux prendre n'importe quelle chambre, mais seulement si la porte est entrouverte. Si la porte est fermée, c'est que la chambre est déjà occupée.

– Mais qu'est-ce que je dois faire, quand je suis seule avec le client ? Je veux dire… Je commence par lui parler ? Je dois faire quelque chose de spécial ?

– Tu le laisses décider, c'est lui qui dirige. Parfois, ils ont juste besoin de compagnie et ils te parlent pendant longtemps avant de se décider. Parfois, c'est l'inverse, ils te prennent en vitesse et ils s'en vont. Alors tu dois être souple, tu dois t'adapter, tout simplement. Mais ne t'inquiète pas, ça va très bien se passer… Rappelle-toi que tu n'es pas toute seule, dans cette maison, alors si tu as besoin d'aide, fais-nous signe.

Toinette eut un sourire encourageant auquel Victoire répondit en se contentant de hocher mécaniquement la tête. L'intérêt qu'elle avait pu porter à toutes ces belles toilettes et à ces filles qui l'accueillaient parmi elles venait de disparaître.

Elle réalisait que pour la première fois elle allait se laisser toucher par un homme qui ne serait pas Germain et qu'elle n'aurait pas choisi. Ce soir, elle allait devoir se vendre.

Et elle n'irait pas se coucher tant que ce ne serait pas fait.

* * *

C'est la peur au ventre que Victoire descendit le grand escalier. Elle manqua de trébucher deux fois dans cette robe luxueuse dont elle n'avait pas l'habitude.

En bas, il n'y avait personne. Comme des automates, chaque fille alla prendre place sur un des fauteuils du premier salon tout en continuant de bavarder. Quelques-unes allumèrent une cigarette, Clémence joua quelques notes sur les touches du piano. Les jambes croisées sous les robes de taffetas ou de soie commencèrent à s'agiter nerveusement — celles de Victoire plus que toutes les autres.

– Il y a une autre bonne? demanda-t-elle en apercevant une domestique qu'elle n'avait encore jamais vue.

– C'est Thelma, répondit Éloïse, qui était assise tout près. Elle ne travaille que le soir, pour accueillir les clients et s'assurer que les chambres sont toujours bien en ordre.

Depuis le salon, les filles entendirent le bruit caractéristique de la clé dans la serrure et de la porte qui s'ouvre. Puis, la bonne se chargea d'allumer la grosse lanterne en verre rouge suspendue sur le perron: pour le voisinage, c'était le signal qui indiquait quel type d'activité se tenait dans cette maison ; pour les clients potentiels, cela indiquait que le commerce était ouvert.

En quelques minutes, deux hommes se présentèrent. Ils devaient probablement attendre depuis un moment dans leurs voitures que Madame Angèle ouvre les festivités.

De là où elle se trouvait, Victoire entendit la tenancière accueillir ses visiteurs. Ils échangèrent quelques banalités pendant que les deux hommes se débarrassaient de leurs chapeaux, cannes et manteaux.

Joséphine, sur son fauteuil, eut un sourire.

– Tu les connais ? lui demanda Victoire.

– Ce sont Georges et Lucien, répondit l'autre.

– Joséphine est la favorite de Georges, chuchota Ninon avec un petit rire un peu moqueur. Il est très riche… et surtout très généreux. La dernière fois, il lui a même offert une broche en or !

– Vraiment ?

Victoire n'eut pas le temps de demander plus de détails : les deux visiteurs venaient d'entrer dans la pièce.

Georges — puisque ici on appelait visiblement les clients par leur prénom — était un assez bel homme d'une cinquantaine d'années, aux cheveux bouclés grisonnants et dont le nœud de cravate était orné d'une épingle si grosse qu'on ne pouvait manquer de la voir au premier coup d'œil. Son compagnon, Lucien, était nettement plus âgé, peut-être soixante-dix ans. Sa chevelure blanche se raréfiait sur le sommet de son crâne, un manque qu'il compensait par une majestueuse moustache qui lui donnait un air de colonel des Indes.

Très à l'aise dans cette maison qu'ils fréquentaient visiblement depuis longtemps, les deux hommes s'installèrent au salon, le premier auprès de Joséphine, qu'il embrassa familièrement, et le second entre les fausses sœurs, Éloïse et Léontine. Avant que les conversations ne commencent, Madame Angèle attira leur attention un instant.

– Permettez-moi de vous présenter notre nouvelle pensionnaire, fit-elle en posant une main affectueuse sur l'épaule de Victoire. Cette jeune fille nous arrive tout droit de Magog.

– Une nouvelle! s'exclama Georges avec un large sourire. Et une petite campagnarde, en plus... C'est une beauté. Je ne sais quel talent vous avez, Madame, pour attirer près de vous les plus belles filles du pays.

– Comment vous appelez-vous, jeune demoiselle? demanda Lucien.

– Victoire, monsieur, répondit cette dernière en rougissant légèrement.

Elle se sentait mal à l'aise à l'idée de parler pour la première fois à un client et elle craignait de dire une sottise. Madame Angèle avait assez montré son autorité et son niveau d'exigence, si bien que la jeune fille redoutait de commettre un impair qui la ferait se faire à nouveau jeter dehors.

– Est-ce votre surnom?

Comme Victoire ne savait pas de quoi il était question et qu'elle rougissait encore plus, Madame Angèle intervint.

– Elle n'a pas encore de surnom, elle vient seulement d'arriver. Mais je vous laisse le soin de lui en trouver un...

– Ce sera amusant, répondit Georges. J'aime beaucoup baptiser les putains.

Victoire frémit en entendant ce mot, mais elle parvint à se contrôler et conserva son sourire aimable. Par chance, la bonne Thelma fit diversion en apportant un plateau chargé de coupes de vin et d'assiettes de brioches et de petits fruits.

Tandis que ces messieurs tendaient la main vers les assiettes que leur faisaient circuler les filles, Clémence, toujours assise au piano, se mit à jouer un air très gai qui mit tout le monde de bonne humeur. Puis, la bonne ouvrit la porte à d'autres visiteurs et bientôt il y eut au salon une demi-douzaine d'hommes élégants qui s'éparpillèrent parmi les filles. Tous étaient des habitués qui ne manquèrent pas de noter la présence de la petite nouvelle et de la saluer sans cacher leur curiosité.

– Qu'est-ce que c'est que cette histoire de surnom ? demanda Victoire à Toinette.

– Nous en avons toutes un, c'est plus facile pour les clients de s'y retrouver. Par exemple, moi, je m'appelle Camélia. Ninon, c'est Fanfreluche, Fatima, elle, c'est la Sultane.

– Et Clémence ? fit Victoire en pointant la jeune femme qui jouait toujours au piano.

– Porcelaine.

– Et moi, qui va me trouver un surnom ?

– Ne t'en fais pas, les clients vont s'amuser à t'en trouver un, ça va les occuper un petit moment. En attendant, tu es juste « la petite nouvelle ».

* * *

Victoire avait beaucoup appréhendé sa première soirée dans les salons du *Magnolia,* mais au bout d'une heure, elle finit par se rassurer et le nœud dans son ventre disparut tout à fait.

Elle s'était beaucoup demandé à quoi ressemblaient les hommes qui fréquentaient cette maison. Avaient-ils un visage particulier, un regard plus vicieux ? Elle se rendit très vite compte qu'ils n'étaient en réalité pas différents des riches clients que recevait son père dans son atelier de Boucherville : de belles manières, des costumes impeccablement coupés, des yeux rieurs et des visages détendus, ils saluaient les filles de la maison avec une courtoisie exquise et se mettaient rapidement à l'aise. On aurait même dit qu'ils avaient pour la plupart leur favorite, car les visages des clients et des filles qui se retrouvaient s'illuminaient parfois comme s'ils étaient de vieux amis.

Les salons étaient très richement ornés, entre les fauteuils et les divans en tous genres recouverts de velours colorés, les coussins brodés, les breloques de cristal suspendues aux lustres ou aux lampes des tables, les ornements de plumes et de fleurs. Dans ce décor chatoyant, les filles évoluaient avec grâce, avec dans les gestes cette petite coquetterie qui les rendait visiblement délicieuses aux regards de leurs visiteurs. Les femmes d'ici n'étaient pas aussi guindées que celles que Victoire avait pu apercevoir dans les grands restaurants de la ville lorsqu'elle était chapelière. Familières, affectueuses, elles embrassaient leurs visiteurs sur les joues ou les lèvres, souriaient de toutes leurs dents et se blottissaient contre les hommes comme des chattes, sans jamais perdre leur élégance. La vulgarité n'avait pas sa place dans un tel endroit.

La soirée avait commencé dans le premier salon, le plus proche de l'entrée, mais à mesure que les visiteurs arrivaient, on s'installa aussi dans les pièces voisines. Madame Angèle, en parfaite hôtesse, allait et venait en permanence, accueillait ses visiteurs, les faisait installer confortablement et s'assurait qu'ils ne manquaient de rien en leur proposant à tout instant des cigarettes, des pâtisseries ou du vin. Elle avait toujours un sourire ou un mot aimable pour chacun, et elle se comportait de manière bienveillante envers ses filles.

Très vite, on sortit les tables de jeu et les paquets de cartes ou de dominos, et l'on fit couler à flots le vin et le champagne. On parlait de tout et de rien sur un ton badin, les filles éclataient de rire lorsqu'un homme lançait une plaisanterie et elles leur répondaient parfois avec une impertinence qui n'aurait été tolérée nulle part ailleurs, mais qui, ici, faisait le bonheur des hommes.

Victoire fut au centre d'une bonne partie des conversations, car les hommes, curieux de découvrir cette appétissante petite nouvelle, lui demandaient régulièrement d'où elle venait et si elle se plaisait bien au *Magnolia.* Ils lui offraient à la première occasion du vin ou du champagne que la jeune fille buvait de bon cœur.

– Ne monte pas tout de suite, vint lui chuchoter Madame Angèle en se penchant discrètement vers elle. J'ai un client qui t'a réservée.

Victoire n'en avait pas l'intention. On l'avait conviée à une partie de cartes où elle s'amusa follement. Il faut dire que les verres de champagne qu'elle avait vidés commençaient à lui monter à la tête… Elle sentait peser sur elle les regards masculins et commençait à y prendre goût. Consciente de l'image qu'elle projetait, elle faisait plus attention à ses gestes et à ses paroles, et prenait de temps à autre de petits airs affectés qu'elle jugeait d'une élégance parfaite. À Boucherville, on ne l'avait jamais regardée de la sorte, mais ici l'ambiance était à la fête et elle se prenait au jeu plus facilement qu'elle ne l'aurait cru.

Elle n'avait même pas remarqué que trois filles avaient déjà disparu des salons, lorsque Madame Angèle se pencha sur son épaule pour lui chuchoter à l'oreille :

– Charles est arrivé. Il a payé très cher pour t'avoir le premier. Il t'attend dans la chambre africaine.

D'un seul coup, Victoire se sentit frémir. Elle eut la sensation que les petites bulles de champagne qui pétillaient dans sa tête depuis un moment éclataient toutes en même temps. Prise au beau milieu de cette soirée festive, elle s'était volontiers laissé étourdir pour oublier le fait qu'il lui faudrait, à un moment ou à un autre, monter le grand escalier en compagnie d'un de ces hommes, mais le temps l'avait rattrapée : ce soir, elle allait devoir ouvrir les cuisses pour un homme qu'elle ne connaissait pas.

Elle ne se rappelait même pas qui était ce Charles, perdu dans tous les visages et les prénoms qui tournoyaient autour d'elle depuis le début de la soirée. L'avait-elle seulement aperçu ?

– Maintenant ? demanda-t-elle à Madame Angèle.

– Oui, maintenant. Dépêche-toi, il est déjà en haut.

La jeune fille se leva alors comme une automate et s'excusa auprès de ses compagnons de jeu. Toinette, qui était assise tout près, proposa aussitôt de continuer à sa place. Victoire acquiesça et s'éloigna vers l'escalier.

Madame Angèle se tourna alors vers Toinette et lui lança discrètement :

– Lorsqu'elle aura fini, va la voir et assure-toi que tout s'est bien passé…

La jeune femme fit un hochement de tête. Elle jeta un dernier regard à Victoire qui disparaissait, et soupira. Elle aussi était passée par là, six ans auparavant. Une nuit qu'elle n'était pas près d'oublier.

* * *

Dans le couloir, à l'étage, il n'y avait personne. Quelques portes étaient fermées, mais on n'entendait pas encore les gémissements qui indiquaient ce qui s'y passait.

Victoire s'arrêta une seconde devant un grand miroir fixé au centre du couloir, autant pour vérifier sa tenue que pour se donner une contenance. Malgré le champagne qui lui faisait encore tourner la tête, elle mobilisa tout ce qu'elle avait de volonté pour affronter bravement ce qui l'attendait.

La porte de la chambre africaine était fermée, ce qui indiquait qu'elle était occupée. Victoire frappa deux petits coups, attendit qu'on lui fasse signe, puis elle entra.

Les murs de cette chambre mettaient en évidence une collection de masques grimaçants, faits de bois peint, de fer et de crins, qui étaient certainement très exotiques, mais qui n'étaient pas pour autant rassurants. Des peaux de bêtes étaient étendues sur le sol, une tête d'antilope aux cornes torsadées était accrochée en évidence, et il y avait aussi des fauteuils en cuir, de grosses bougies, des plats de cuivre et d'argent. Quant au lit, il était entièrement entouré de voiles blancs, suspendus au-dessus comme un dôme.

Victoire reconnut aussitôt le fameux Charles. C'était un homme d'une cinquantaine d'années, avec un front immense et une moustache poivre et sel qui soulignait sa ressemblance avec l'ancien chancelier allemand von Bismarck. Il était venu parler à Victoire peu de temps auparavant, pendant la partie de cartes, et il s'était montré très poli, mais la jeune fille n'avait pas aimé les regards concupiscents dont il l'avait couverte. Pour l'heure, ces mêmes yeux pétillaient de satisfaction alors qu'il regardait la jeune fille s'avancer vers lui.

– Tu es décidément très jolie, ma petite Victoire, dit-il en tapotant le lit sur lequel il se trouvait pour lui demander de venir s'asseoir près de lui.

Victoire obtempéra de bonne grâce et se força à sourire. Elle avait du mal à imaginer que cet homme, qui pouvait avoir l'âge de son père, allait bientôt se coucher sur elle. Massif, sentant fort l'eau de Cologne, Charles n'avait décidément rien du grand corps maigre de Germain que Victoire avait aimé sentir contre elle.

– Est-ce que c'est ta première fois dans une maison comme celle-ci ? demanda-t-il en caressant la joue de la jeune fille.

Cette dernière aurait bien aimé mentir, ne serait-ce que pour contrarier un peu ce regard plein de désir qu'elle trouvait choquant, mais elle n'en eut pas le courage. Elle hocha la tête. Aussitôt, le sourire de Charles s'agrandit.

– Une innocente demoiselle tout juste sortie de chez ses parents, murmura-t-il. Je ne pouvais pas rêver mieux…

Ses doigts, qui continuaient à caresser la joue, l'oreille et les cheveux de la jeune fille, descendirent soudain le long de son décolleté pour s'attarder sur ses seins.

– Tu es vraiment très belle, murmura-t-il encore.

Il voulut saisir un sein à pleine main, mais il en fut empêché par le corset qui le recouvrait à moitié. Alors son souffle se fit plus lourd et il entreprit de dégrafer le corsage de la robe rose, en pestant silencieusement contre ses doigts trop épais et malhabiles pour les fines attaches métalliques.

– Vous êtes toutes belles, ici, ajouta-t-il, mais Madame Angèle vous habille trop…

Victoire ne répondit pas. Elle ne savait que faire et préféra attendre sans rien dire, soumise. Elle n'osa même pas préciser au client qu'il lui faudrait payer plus cher s'il voulait la voir entièrement nue et elle pria pour que celui-ci ne fasse pas de manières au moment de payer. Elle avait parfaitement mémorisé les différents tarifs pratiqués par la maison pour les « prestations » des filles, et elle comptait bien gagner son argent le plus vite possible, mais elle n'avait jamais pris conscience que face à un homme plus âgé et plus influent elle n'aurait pas grand pouvoir s'il décidait de n'en faire qu'à sa tête. Il ne lui restait donc qu'à lui être le plus agréable possible pour le mettre dans de bonnes dispositions, et espérer que tout se passe bien.

Il n'empêche. Le nœud dans son ventre avait réapparu.

– Lève-toi, dit Charles, qui s'énervait toujours contre le vêtement. Enlève cette jupe, je veux te voir.

Obéissante, la jeune fille se leva et dénoua les rubans de sa jupe et de son jupon, révélant la culotte bouffante en dentelle et les bas noirs noués à ses cuisses. Charles, de son côté, s'attaqua à sa cravate trop serrée, le visage rouge.

– Garde tes bas, dit-il. Enlève le reste.

Victoire obéit encore, en essayant de ne pas trop regarder le torse couvert de poils gris et le ventre bedonnant qui sortaient maintenant de la chemise ouverte de l'homme en face d'elle. Lorsqu'elle se releva après avoir fait passer sa culotte autour de ses chevilles et l'avoir abandonnée sur le sol, par-dessus la jupe froissée, Charles ne l'avait pas quittée des yeux un seul instant. Il avait empoigné son membre à travers le tissu de son pantalon et l'agitait frénétiquement.

– Allonge-toi, ordonna-t-il d'une voix rauque, en se décalant sur le lit pour lui laisser toute la place.

La jeune fille portait toujours, en plus de ses bas noirs, ses ravissants souliers roses, mais elle grimpa sur le lit sans se soucier de les enlever. Elle s'étendit comme une morte, les bras et les jambes alignés bien droit.

– Ne sois pas si raide, détends-toi, fit Charles.

Tandis que d'une main il branlait toujours la bosse de son pantalon, de l'autre il se mit à caresser les cuisses de Victoire. D'abord sur une hanche, allant de la fesse au genou, qu'il écarta légèrement, puis en remontant par l'intérieur, jusqu'à son sexe qu'il se mit à explorer doucement du bout du doigt. Victoire, les yeux grands ouverts et les lèvres serrées, se mit à fixer sans le voir le dôme de voiles blancs qui surplombait le lit.

Charles, toujours assis au bord du lit, commença à s'agiter. Lâchant son membre, il se mit à caresser la poitrine de la jeune fille et à l'embrasser à petits coups, sans se soucier de la piquer avec sa grosse moustache. Enfin, il grimpa à son tour sur le lit, écarta du genou les jambes de Victoire pour se faire une place entre ses cuisses, ouvrit son pantalon d'une main fébrile et la pénétra sans plus attendre.

La jeune fille, les mâchoires contractées, fixait toujours le dôme de voiles blancs. Elle se sentait incapable de regarder Charles dans les yeux maintenant qu'elle sentait son sexe en elle et le poids de son corps peser sur le sien. Étrangement, si elle faisait abstraction des grognements que poussait cet homme et qu'elle trouvait repoussants, les sensations qu'elle ressentait étaient assez semblables à celles qu'elle avait connues avec Germain. Si sa tête devait faire un effort conscient pour retenir ses élans de dégoût, son corps, en revanche, avait l'air de s'accommoder assez bien de ce qu'on lui faisait subir. Un homme restait un homme.

Par chance, celui-ci ne s'attarda pas trop. Visiblement très excité par la situation, il jouit assez vite, en poussant un soupir profond qui vint chatouiller Victoire dans le creux de l'oreille. Charles ne s'attarda pas. Il se retira et resta allongé près de la jeune fille en continuant de lui caresser les seins, comme s'il voulait prolonger ce moment de plaisir trop vite consommé.

– Tu as aimé ça ? murmura-t-il après un moment.

Victoire, incapable de parler, lui répondit en hochant la tête et tenta un vague sourire.

– C'est bien, acheva l'autre en se satisfaisant de cette réponse. Tu es une bonne petite.

Comme il ne semblait pas pressé de quitter le lit, Victoire resta allongée près de lui encore un long moment, se laissant malaxer la poitrine sans rien dire, les mains croisées sur le ventre.

Ainsi, c'était cela, coucher avec un client. Au moins, Charles avait été plutôt gentil, il n'était pas brusque dans ses gestes, même si Victoire, à cet instant précis, n'avait qu'une idée en tête : s'éloigner de ce corps trop gros pour elle et de cette toison grise un peu moite qui lui chatouillait les flancs.

Elle attendit encore un peu, puis elle dit tout bas :

– Je vais devoir redescendre, Madame Angèle doit m'attendre.

C'était la phrase la plus banale qu'elle ait pu trouver, mais Charles ne s'en formalisa pas. Sans autre commentaire, il se releva et commença à renouer son pantalon et sa chemise, ce que la jeune fille prit pour une autorisation à remettre, elle aussi, ses vêtements.

Alors qu'elle se débattait avec son corset, Charles vint gentiment l'aider, non sans en profiter une dernière fois pour lui caresser un téton. Elle achevait de s'habiller lorsqu'elle entendit sonner les pièces de bronze qui étaient la monnaie de la maison. Charles lui tendit trois jetons — Victoire fut rassurée de constater que le compte était bon —, mais alors qu'elle le remerciait poliment et qu'elle s'apprêtait à sortir, il la rappela une dernière fois. Il avait à la main de vrais billets.

– Ça, dit-il, c'est pour te remercier. J'espère que je te reverrai souvent…

Avec un petit sourire, il fourra les billets dans le décolleté de Victoire, bien cachés entre ses deux seins, et lui vola un baiser avant de la laisser enfin quitter la chambre.

* * *

À peine fut-elle dans le couloir, encore toute tremblante après ce qui s'était passé, que Victoire se précipita en courant presque dans la grande salle de bain. Par chance, il n'y avait personne.

Elle commença par retirer les billets de son décolleté et elle les glissa dans la poche de la jupe ordinaire qu'elle avait portée toute la journée et qui était suspendue à une patère, au fond de la pièce, avec les vêtements de jour des autres filles. Ninon lui avait expliqué, sur le ton de la confidence, qu'elle n'avait pas le droit d'accepter de pourboires de la part des clients, mais que toutes les filles le faisaient discrètement. Même si Madame Angèle les mettait à l'amende si elles se faisaient prendre, la tentation de gagner plus d'argent était toujours la plus forte. Victoire allait devoir, comme les autres, trouver très vite une cachette sûre pour y dissimuler son petit butin.

Ce ne fut qu'après s'être départie de cet argent qu'elle osa se regarder enfin dans le grand miroir, au-dessus des lavabos. Son regard, encore brouillé par le champagne qu'elle avait bu, était un peu fixe. Elle ne reconnaissait pas non plus cette coiffure ni ces vêtements, mais c'était bien elle qui la fixait dans ce miroir. Elle se détendit imperceptiblement et aussitôt elle sentit un liquide tiède couler le long de sa cuisse. Crispée, elle avait retenu en elle le sperme de son client sans s'en rendre compte.

Pressée de s'en débarrasser, elle s'assit alors à califourchon sur la cuvette prévue à cet effet et laissa couler tout ce qu'elle pouvait. Après quoi elle se savonna soigneusement et se rinça à l'eau claire, puis appliqua la teinture que Toinette lui avait montrée. Ses muqueuses se mirent aussitôt à brûler, mais la jeune fille, reconnaissant les effets désinfectants de l'alcool, accueillit cette sensation avec soulagement.

Elle vérifia machinalement l'état de sa robe, enleva de ses cheveux une fleur froissée et redescendit au salon.

* * *

Les clients qui la virent entrer l'apostrophèrent en riant comme si elle n'était jamais partie, mais à peine s'était-elle assise sur une chaise que Toinette, sortie de nulle part, se matérialisa à ses côtés et se pencha à son oreille.

– Tout s'est bien passé ? chuchota-t-elle.

Victoire hocha la tête. Au loin, elle remarqua le regard perçant de Madame Angèle, occupée à ouvrir une bouteille de champagne, et qui poussa un léger soupir lorsque leurs regards se croisèrent.

– Est-ce que tu t'es lavée comme on t'a dit ? chuchota encore Toinette.

– Oui, tout va bien, répondit Victoire sur le même ton. Dis-moi, est-ce que c'est de la liqueur, que tu bois ? J'en prendrais bien un peu, ajouta-t-elle en pointant le verre que sa compagne de chambre avait à la main.

Avec un sourire, Toinette offrit son verre à Victoire qui plongea les lèvres dedans sans demander son reste. L'alcool fort qui coula dans sa gorge lui fit beaucoup de bien.

– Charles est gentil, non ?

– Oui… répondit faiblement Victoire.

– Tu verras, il essaye toujours les nouvelles, et ensuite il retourne vers celles auxquelles il est habitué… Tiens, je crois que tu as un nouvel admirateur !

En effet, le retour de Victoire dans les salons du rez-de-chaussée n'était pas passé inaperçu. Cette soirée était la sienne : la petite nouvelle était le centre de toutes les attentions, et l'on aurait dit que les hommes, pendant tout le temps où elle était avec Charles, n'avaient rien fait d'autre qu'attendre patiemment qu'elle redescende pour qu'ils puissent à leur tour profiter d'elle.

– Viens t'asseoir ici, ma jolie, fit un homme aux cheveux gominés, en désignant la place libre à côté de lui sur le sofa.

Victoire coula un regard vers Toinette, auquel celle-ci répondit en soufflant :

– Allons, la soirée ne fait que commencer. Souris un peu !

Alors Victoire, pour le plus grand plaisir du client, afficha son plus joli sourire et vint s'asseoir près de lui. Aussitôt, il passa un bras autour de ses épaules et la serra contre lui, avec la plus grande familiarité.

– Je m'appelle Simon-Pierre, dit-il. Quel âge as-tu, dis-moi ?

– Dix-huit ans, monsieur.

– Oh, pas de « monsieur » ici ! répondit l'homme en éclatant de rire. Appelle-moi Simon-Pierre, je t'en supplie, ou sinon j'aurai l'impression de n'avoir jamais quitté ma femme. Quand elle parle de moi, c'est toujours avec des « monsieur » par-ci et des « monsieur » par-là, c'est épuisant !

– Alors, viens te reposer avec moi, mon chéri, intervint Clémence, qui venait de s'asseoir sur l'accoudoir du sofa, un verre à la main.

L'homme lui baisa la main et soupira avant de tourner de nouveau la tête vers Victoire.

– Non, pas ce soir, ma toute belle. J'ai plutôt envie de goûter à cette petite chair tendre, fit-il en prenant le bras de Victoire pour y déposer de petits baisers avant de faire mine de la mordre.

Puis, il releva la tête et lança un clin d'œil à Clémence.

– À moins que je ne puisse vous avoir toutes les deux ? suggéra-t-il.

Clémence eut un sourire ironique et se pencha vers Simon-Pierre pour lui susurrer à l'oreille:

– Pas ce soir, je ne suis pas d'humeur...

Puis, elle déposa un baiser sur sa joue et se leva prestement pour s'approcher d'un autre groupe, sans cacher sa mine un peu vexée.

– Ne m'en veux pas, ma petite Porcelaine! lui lança une dernière fois Simon-Pierre. Tu sais bien que je ne pourrais jamais me passer de toi!

Clémence ne répondit même pas. Elle s'était déjà installée sur les genoux d'un autre homme et ignora délibérément le commentaire.

– Ah! Ces femmes! soupira Simon-Pierre, faussement attristé, en s'adressant cette fois à son plus proche voisin. On vient chez les putains pour éviter les scandales domestiques, mais il n'y a rien à faire, elles sont bien toutes les mêmes!

Les deux hommes rirent un moment, puis Simon-Pierre se tourna brusquement vers Victoire, qu'il n'avait pas lâchée, et lui fit un grand sourire.

– Dis-moi, petite Victoire, que dirais-tu de monter avec moi?

* * *

Ce deuxième client ne fut pas très différent du premier, si ce n'est qu'il fut plus long à prendre son plaisir. Victoire, qui n'avait pas eu l'occasion de faire sa connaissance — pas plus qu'avec Charles —, ne savait pas trop à quoi s'attendre et se contentait d'exécuter passivement tout ce qu'il lui demandait.

La jeune fille s'éclipsa aussitôt la chose terminée, pour aller se laver dans la salle de bain. Elle y croisa Léontine.

Cette dernière n'avait pas pris la peine de remettre la belle robe vert bouteille qu'elle portait au début de la soirée. Elle avait simplement jeté sur ses épaules un ravissant déshabillé de soie qu'elle avait noué à la va-vite. Les hommes du rez-de-chaussée allaient pouvoir se délecter à la vue de ses seins nus, maintenus par son corset, et de ses cuisses blanches découvertes par son jupon fendu.

– Tu redescends comme ça ? s'étonna Victoire.

– Oh, je n'ai pas le courage de me rhabiller chaque fois, répondit Léontine d'un air las. À quoi bon ?

Victoire, surprise, ne répondit rien et fila se débarrasser de la poisse que la cire pour cheveux de Simon-Pierre avait laissée sur sa peau.

* * *

Comme Victoire put le constater tout au long de la soirée, Léontine n'était pas la seule à redescendre dans les salons à moitié dévêtue. Il n'était pas rare qu'après un ou deux clients les filles abandonnent leurs belles robes du soir pour se montrer uniquement dans des sous-vêtements savamment arrangés. Montrer un peu de chair ne pouvait qu'aider leur commerce.

Entre ces hommes en costume et ces jeunes femmes lascives et à demi nues, le contraste était étrangement beau. Clémence, en particulier, était magnifique. Elle avait dénoué ses cheveux, qui retombaient maintenant dans son dos en grosses boucles blondes mêlées de rubans et d'un collier de perles qu'elle avait enroulé sur son front. Elle ne portait plus qu'un jupon long, mais à demi transparent, et un corsage tellement lâche qu'il ne parvenait à tenir encore que par la grâce de deux magnifiques seins blancs qui pointaient gracieusement vers l'avant, soulignés d'un corset aux rayures rouges et noires. Elle était si potelée qu'elle en avait des plis aux poignets, comme ceux d'un bébé, et ses grands yeux bleus très vifs roulaient au milieu de son visage comme des billes de verre. Elle ressemblait tellement à une poupée de porcelaine qu'on pouvait difficilement la baptiser d'un autre surnom.

L'ambiance, d'ailleurs, avait considérablement changé. Dans la journée, le Magnolia était une demeure cossue et tranquille, où les filles alanguies et désœuvrées s'ennuyaient. En début de soirée, lorsque les premiers clients apparaissaient et que les costumes de drap fin se mêlaient aux robes scintillantes, cela devenait un salon mondain où l'on parlait politique, femmes, arts — parfois même, il arrivait qu'on y fasse des affaires. Puis, à mesure que la soirée avançait et que l'alcool coulait dans les gorges, tout le monde perdait sa belle élégance au profit d'une attitude plus naturelle : les hommes dénouaient leurs cravates ou déboutonnaient un peu leurs gilets, on partait dans des éclats de rire généralisés lorsque quelqu'un plaçait un bon mot, les filles se montraient gaies et les yeux pétillaient comme les bulles de champagne dans les verres.

La température, dans les pièces, grimpait rapidement, sans qu'aucun recours aux cheminées ne soit nécessaire : la chaleur des corps et de l'alcool suffisait amplement à faire rougir les joues des filles et à faire tomber les vestes des hommes. Ça sentait le parfum chic, le tabac de qualité, l'odeur des chevaux et de la ville. Des voix de basse résonnaient loin à travers les salons, et des pas lourds et tranquilles martelaient les planchers, à moins qu'ils ne s'estompent brusquement, avalés par le tapis de l'escalier qu'on monte, au bras d'une demoiselle.

* * *

Ce soir-là, il y eut dans les salons près d'une quarantaine d'hommes qui entrèrent et sortirent à toute heure de la nuit. Victoire redoutait chacun d'eux.

Après s'être laissé griser par le champagne au début de la soirée, elle avait dû grimper à l'étage plusieurs fois et elle n'y trouvait déjà plus aucun mystère, seulement de l'appréhension. Ces hommes lui étaient tous inconnus et elle ne savait pas à quoi s'attendre une fois en tête-à-tête avec eux dans la chambre. Malgré les discrets encouragements qu'elle reçut de la part de ses compagnes, la besogne restait pour le moins déconcertante. Si aucun de ces hommes ne l'avait brutalisée, les sentir en elle était une intrusion à laquelle Victoire n'était pas habituée et qu'elle ne trouvait pas des plus agréables. Sans compter que c'étaient des hommes plus âgés qui la dominaient avec l'aisance de ceux qui ont l'habitude et entre les bras desquels elle se sentait démunie. Les douces maladresses de Germain lui manquaient.

Au bout de sa quatrième passe, la jeune fille commença à trouver la nuit longue. Elle se montrait encore joyeuse et amicale, mais pas trop familière, de crainte qu'un nouveau client ne la réclame. Elle avait hâte d'en finir. Elle aurait voulu ne remonter l'escalier que pour se faufiler jusqu'à la porte de service et retrouver son lit… Mais comme elle était nouvelle et que Madame Angèle la présentait à tout le monde en faisant son éloge… Une petite nouvelle apportait forcément dans la maison un vent de fraîcheur et d'inédit qui excitait les esprits. Ainsi, malgré les efforts de Victoire pour ne pas trop se faire remarquer, elle ne restait jamais bien longtemps dans les salons, il lui fallait toujours remonter très vite avec un nouveau client.

Parmi eux, elle repéra rapidement un homme qui ne cessait de la regarder avec insistance, mais sans jamais tenter de lui adresser la parole. C'était un homme assez jeune — trente ans, peut-être —, grand et mince, avec des cheveux châtains, une courte barbe et un visage rond qui lui donnait un air un peu enfantin. En revanche, son regard gris et perçant était assez dur et il détaillait Victoire avec une telle obstination qu'il la mettait mal à l'aise. Elle espéra de tout son cœur que cet homme-là ne tenterait pas de réclamer ses services.

– Qui est-ce ? osa-t-elle demander à Ninon, qui avait passé une partie de la soirée aux côtés de l'homme en question.

– Lui ? Oh, c'est Laurent, répondit la jolie rousse. C'est drôle que tu me parles de lui, parce qu'il m'a posé des questions sur toi. Je pense que tu l'intéresses.

– J'espère que non ! réagit Victoire avec un mouvement d'humeur. Je ne le trouve pas très rassurant !

– Je sais, il fait cet effet-là à tout le monde. Il n'est pas méchant, juste un peu froid. Mais tu es probablement tranquille pour ce soir, il met toujours beaucoup de temps avant de se décider à monter avec une fille. Et puis, je crois qu'il a déjà eu Olivia, tout à l'heure…

Victoire, en entendant cela, soupira de soulagement et jeta un coup d'œil par-dessus son épaule, en direction du fameux Laurent.

Elle regretta aussitôt son geste. Il avait encore les yeux rivés sur elle.

* * *

La soirée n'en finissait plus. Vers trois heures du matin, la majorité des clients avaient quitté les lieux, mais il en restait encore quelques-uns dans les salons et dans les chambres.

Madame Angèle interdisait à qui que ce soit d'aller se coucher tant qu'un client était encore dans la place. Elle n'avait pas d'horaire : c'était toujours le dernier à partir qui déclenchait la fermeture de la maison.

Les filles à moitié nues, mortes de fatigue, se collaient les unes sur les autres pour se tenir un peu chaud. L'alcool avait fini de pétiller dans les veines et ne laissait plus que de la brume dans les regards. Seule la tenancière, qui ne buvait que très peu pour rester alerte jusqu'à la fin de la nuit, continuait ses allées et venues. Grimpant plusieurs fois l'escalier, elle s'assurait que tout se déroulait bien dans les chambres. Et si, en redescendant, elle surprenait une des filles en train de s'endormir sur le bras d'un fauteuil, elle ne manquait pas de la réveiller prestement.

Victoire était exténuée. Les autres filles l'avaient prévenue qu'elle ferait sensation en tant que petite nouvelle, mais elle ne se serait jamais attendue à devoir faire l'amour huit fois dans la même nuit ! C'en était au point qu'elle se sentait transformée en automate : tout lui était égal pourvu qu'on la laisse aller se coucher.

Elle finit par demander à Toinette, affalée sur un divan, si la soirée allait bientôt se terminer.

– Je pense que oui, répondit celle-ci. Regarde Madame, elle commence à s'impatienter. Elle va se charger de mettre tranquillement Étienne et Lucien à la porte, en attendant que les autres filles redescendent.

Victoire jeta un coup d'œil autour d'elle et se mit à compter les filles. Fatima et Clémence manquaient à l'appel. Quant à Joséphine, elle s'était assise sur une des marches du grand escalier et elle somnolait, la tête appuyée contre la rampe, hors de la vue de Madame Angèle, qui n'aurait pas manqué de la reprendre. Quant au fameux Laurent, qui impressionnait tant Victoire, il avait demandé son manteau un peu plus tôt. La jeune fille était soulagée : au moins, ce soir, elle l'avait évité.

Enfin, un client redescendit, bientôt suivi par Fatima, entièrement nue sous une camisole de dentelle qui lui couvrait à peine les fesses, avec ses longs cheveux noirs tout emmêlés. Une dizaine de minutes plus tard, ce fut au tour de Clémence.

Madame Angèle se chargea alors de réveiller gentiment Lucien, qui ronflait sur un divan, la main posée sur la tête de Toinette, allongée près de lui. Concernant le dernier client, Étienne, qui avait payé pour la nuit et qui était déjà monté avec deux filles différentes — dont Victoire —, il termina son verre de cognac et se décida lui aussi à quitter les lieux, repus, les yeux pleins d'alcool et de sommeil.

Lorsque les deux hommes furent dehors, Madame Angèle verrouilla la porte principale, puis elle monta à l'étage d'un pas lent afin d'ouvrir la porte de service qui menait au grenier, tandis que les filles, en bas, se secouaient de leur torpeur pour se traîner jusqu'à leur lit. Comme elles, Victoire se laissa lourdement tomber sur son matelas et s'endormit comme une masse.

Il serait bien temps, demain, de songer à tout ce qui s'était passé pendant cette première nuit au *Magnolia.*

Chapitre 9

En se levant le lendemain matin, Victoire grimaça : ses jambes étaient pleines de courbatures. Sur le moment, elle se demanda d'où cela venait avant de réaliser qu'elle avait passé une bonne partie de la nuit précédente à écarter les cuisses.

Cette douleur inhabituelle, quoique peu handicapante, lui rappelait impitoyablement sa nouvelle condition et cela lui laissa dans la bouche une amertume que le déjeuner — quoique copieux et délicieux — ne parvint pas à faire passer.

Autour de la table, les quelques filles qui s'étaient levées en même temps qu'elle l'assaillirent de questions.

– Alors ? Comment s'est passée ta première nuit ?

– Tu as eu qui ?

– Ils ne t'ont pas trop bousculée ?

– Tu en as fait combien, finalement ?

Il n'y avait aucune curiosité malsaine dans leur empressement. Derrière leur ton enjoué — le même qu'auraient pris les commères d'un village pour discuter du dernier fait divers —, Victoire les sentait sincèrement concernées par ce qu'elle avait vécu la nuit précédente.

Il faut dire que la plupart de ces filles avaient commencé à se prostituer de façon progressive, soit en se faisant entretenir par un ou plusieurs hommes, soit en suivant un proxénète qui les avait livrées à des clients de passage. Il était assez peu ordinaire d'entrer directement dans une maison sans jamais avoir fait l'expérience de la prostitution auparavant ou sans avoir connu au moins un certain nombre d'amants différents. Les filles avaient très vite reconnu en Victoire l'innocente mal préparée à la dure réalité des maisons closes, et elles compatissaient. Ce baptême du feu avait dû être une bien lourde expérience pour la jeune fille, sur qui étaient passés pas moins de huit hommes différents en une seule nuit.

– Tu verras, tu auras sûrement moins de monde la prochaine fois, rassura Olivia.

– C'est parce que tu es nouvelle. Ils veulent tous t'essayer, mais ils finiront par se lasser et tu ne garderas que quelques réguliers… ajouta Ninon.

– C'est toujours la même chose. Les hommes se fatiguent vite, tu sais…

– Et heureusement !

La solidarité qui régnait entre les pensionnaires, même si elle ne s'exprimait pour le moment que par de petits gestes, rassura beaucoup Victoire. Arrivée depuis seulement quelques jours, elle était encore une étrangère, mais les autres semblaient déjà l'avoir adoptée. Ici, les amitiés n'obéissaient pas aux mêmes codes que ceux que la jeune fille avait connus à Boucherville, où l'on se méfiait de la nouveauté jusqu'à ce qu'assez de temps ait passé. Les filles ne s'embarrassaient pas des classes sociales ou de la lignée familiale : puisqu'elles partageaient le même métier, elles appartenaient au même groupe, et elles reconnaissaient Victoire comme l'une des leurs.

C'était encore plus vrai maintenant que la jeune fille avait travaillé toute une nuit à leurs côtés.

– De toute façon, tant qu'on fait semblant de jouir comme des damnées avec eux, ils sont contents, poursuivit Olivia.

– Qu'est-ce qu'ils peuvent être naïfs ! enchaîna Ninon.

– C'est bête, un homme, tu n'avais pas encore compris ça? lança Clémence avec ironie.

Autour de la table, toutes les filles éclatèrent de rire.

– Avec eux, vous faites toujours semblant? demanda naïvement Victoire lorsque le calme fut revenu.

– Bien sûr qu'on fait semblant! Tu n'imagines quand même pas qu'on va jouir pour de vrai avec des clients? Réserve ça à ton amoureux, si tu en as un!

– Tu as fait comment, hier soir? demanda Ninon à Victoire. Ne me dis pas que tu as aimé ça!

– Non, sûrement pas! protesta la jeune fille en rougissant. Enfin, je ne sais pas… Je n'ai rien fait de spécial, je les ai juste laissé faire ce qu'ils voulaient.

– Ah, tu as fait la planche, alors!

– C'est normal pour un premier soir, d'autant plus que tu commences le métier, commenta Clémence.

– Par contre, ne le fais pas trop souvent sinon les clients vont finir par s'ennuyer et le dire à Madame, avertit Léontine. Olivia avait raison, tout à l'heure: les hommes aiment se dire qu'ils nous ont fait jouir. N'oublie pas qu'ils payent pour ça, alors il faut leur donner ce qu'ils veulent.

* * *

Ce n'est quand même pas si terrible…

On nous dit tellement que c'est une vie d'horreur et de honte, mais ce n'est pas si épouvantable, au fond. Les hommes sont tous les mêmes, ils ne sont pas si difficiles à satisfaire. Une fois qu'ils ont terminé, ils payent, et on n'en parle plus. Une demi-heure ou une heure couchée dans un lit, au lieu de passer ses journées à blanchir du linge, faire le ménage ou travailler dans une usine, c'est de l'argent facilement gagné!

Mais étrangement, ça épuise. Pas que le travail en soi soit très fatigant, non, c'est sûr, mais quand même : devoir se laisser prendre par autant d'hommes, les uns après les autres ! Monter, faire son affaire, se laver, redescendre, remonter et recommencer… J'ai presque passé ma soirée dans l'escalier.

Ce que je n'aime pas, surtout, c'est de me déshabiller, comme ça, devant ces hommes que je ne connais pas. Ils me touchent sans la moindre hésitation, comme si je leur appartenais, comme si eux me connaissaient depuis toujours, comme s'ils étaient chez eux. Germain n'était pas comme ça. Il attendait toujours de voir si j'allais le laisser faire, si j'allais l'autoriser à me toucher. Mais eux… Ils arrivent comme ça, ils me tripotent, me font m'asseoir, me coucher, me relever, sur le dos, sur le ventre, sur la chaise… Fais ceci, fais cela… J'ai l'impression d'être leur poupée.

Mais au moins, ils payent ce qu'ils me doivent sans faire de manières. Et puis, les autres filles sont là, ça c'est vraiment bien. Je ne suis pas toute seule, il y a toujours du monde dans le couloir, derrière la porte, alors si jamais j'ai des ennuis, je n'ai qu'à appeler à l'aide.

Les filles sont gentilles avec moi. La maison est belle et on est bien traitées.

Alors ce n'est pas si mal, en fin de compte. De toute façon, c'est l'affaire de quelques mois, après je trouverai un autre travail.

* * *

Madame Angèle recevait ses pensionnaires tous les jours, entre onze heures et midi. Pendant ce laps de temps, elles étaient libres de frapper à tout moment à la porte du bureau afin d'échanger leurs jetons contre de l'argent, qu'elles gardaient ensuite pour leurs menues dépenses ou bien qu'elles remettaient pour s'acquitter d'une partie de la dette qu'elles devaient à leur tenancière. Car le cas de Victoire était aussi celui de toutes les autres filles : chacune avait envers Madame Angèle une dette plus ou moins grande qu'elle s'appliquait à rembourser.

Lorsque Victoire se présenta, confiante, serrant bien fort ses vingt-deux jetons dans sa main, Madame Angèle l'accueillit d'un sourire.

– Tu as bien travaillé, hier soir, la félicita-t-elle. Dans l'ensemble, ces messieurs étaient très contents de toi. François t'a bien trouvée un peu passive, mais je lui ai expliqué que c'était ta première nuit et que tu allais t'adapter très vite. J'espère que je peux compter sur toi ?

– Oui, madame, fit la jeune fille, en essayant de se rappeler qui pouvait bien être ce François parmi tous les visages qu'elle avait croisés.

– C'est bien. Combien as-tu gagné ?

Victoire déposa alors ses jetons sur le bureau et observa Madame Angèle pendant qu'elle les comptait pour s'assurer que la tenancière n'en oubliait aucun.

– Vingt-deux ? s'étonna cette dernière. Seigneur ! Mais combien as-tu pris de clients ?

– Huit.

Madame Angèle ouvrit de grands yeux. Elle avait l'air d'apprécier la performance.

– Ça ne sera pas tous les soirs comme ça, je préfère te prévenir, ajouta-t-elle sans que Victoire sache si c'était pour la rassurer ou pour la mettre en garde. Mais tu es une bonne fille, tu pourras vite te faire de l'argent.

– Je l'espère. Plus vite je vous aurai remboursé ma dette et mieux ce sera. Je n'ai pas l'intention de sortir de cette maison, si c'est pour retrouver Monsieur Masson à mes trousses…

– Ne t'en fais pas, il ne se préoccupe déjà plus de toi, affirma Madame Angèle. J'ai envoyé Anne lui porter un chèque pour lui payer tout ce que tu lui devais, et il l'a encaissé. Tu n'as plus aucun compte à lui rendre, c'est à moi, désormais, que tu dois cet argent.

Après quoi la tenancière ouvrit son grand registre.

– Cela fait donc vingt-deux dollars, compta-t-elle à voix haute, tout en inscrivant ses chiffres sur le papier, auxquels j'enlève sept dollars pour l'hébergement et la nourriture de la semaine qui vient. Je t'enlève aussi trois autres dollars pour les jours que tu as passés ici sans travailler, et cinq pour ma commission. Il nous reste sept dollars.

Elle posa sa plume un instant et leva la tête en direction de Victoire.

– Les veux-tu en argent, ou est-ce que je les porte à ton compte ?

Victoire fronça les sourcils. Elle avait soudain cette désagréable impression de se faire duper. Une commission ? Des frais d'hébergement exorbitants ? Madame Angèle ne lui avait visiblement pas tout dit.

– Excusez-moi, je n'avais pas compris que je devais payer si cher pour l'hébergement… commença-t-elle.

– Bien évidemment ! répondit la tenancière sans se démonter. Cela me coûte une fortune de vous nourrir et de vous habiller. Tu ne crois quand même pas que tout cela est gratuit ? Je peux mettre ces sept dollars sur ta dette, mais n'oublie pas que tu auras aussi toujours besoin d'un peu d'argent liquide pour acheter ton parfum ou tes cigarettes… Alors ? Que décides-tu ?

Victoire réfléchit une seconde. Elle se mordillait la lèvre nerveusement sans s'en rendre compte.

– Je préfère tout mettre sur ma dette, répondit-elle enfin.

– Comme il te plaira.

La tenancière fit une rapide soustraction et inscrivit le nouveau montant de la dette.

– C'est parfait, tout est en ordre. Un dernier conseil : profite bien de tes premières soirées ici. Les clients ne sont pas encore habitués à te voir, ça les rend curieux ! ; et si tu es futée, tu comprendras qu'il faut profiter de l'occasion pour travailler le plus possible. En te débrouillant bien, tu pourrais très vite gagner beaucoup d'argent…

La bouche pincée sur un sourire forcé, Victoire remonta dans sa chambre. Malgré les belles promesses de sa patronne, elle avait encore en travers de la gorge tous ces frais inattendus qui lui avaient grugé les deux tiers de ce qu'elle avait gagné. Même si, au final, elle avait fait en une nuit beaucoup plus que le salaire d'une semaine à la manufacture de Goudreau, le montant d'argent qu'elle avait à l'origine était, lui, une véritable fortune…

Fortune qui venait de s'envoler sous son nez.

Elle pensa aux billets que lui avait donnés Charles pour la récompenser et qu'elle était parvenue à glisser sous la housse de son matelas par une fente décousue. Elle allait devoir trouver une autre solution si jamais son petit magot grossissait avec d'autres pourboires. Ce n'était pas une somme faramineuse — Charles lui avait donné trois dollars, il avait simplement doublé le prix payé pour coucher avec elle —, mais elle avait au moins, dans un premier temps, de quoi s'acheter les quelques chemises qui lui manquaient et le parfum obligatoire qu'elle devait porter pour travailler.

Et cela serait toujours de l'argent que Madame Angèle ne pourrait pas lui prendre.

* * *

Tout au long de la journée, qui s'étira mollement entre une promenade au jardin et quelques heures à rôder autour des livres de la bibliothèque, la jeune fille songea à ce qui s'était passé la veille. Elle avait besoin de temps pour s'habituer à sa nouvelle situation.

Contrairement à ce que lui avaient promis ses parents, les prêtres de son enfance et Boucherville au grand complet, les foudres du ciel ne s'étaient pas abattues sur elle parce qu'elle s'était prostituée. Elle avait d'ailleurs encore du mal à réaliser que c'était le cas. Physiquement, elle ne se sentait pas différente, il n'y avait guère que les courbatures dans ses cuisses pour lui rappeler ses activités nocturnes. Elle ne se sentait ni salie ni dégradée, elle reconnaissait toujours son corps et sa personnalité. En revanche, elle avait maintenant en mémoire un certain nombre de souvenirs auxquels elle n'aurait jamais cru être confrontée un jour.

– Tu as eu beaucoup d'hommes, avant ? demanda Toinette au détour d'une conversation dans le jardin.

– Un seulement. Un employé de mon père.

– Jeune ?

– Il avait vingt ans.

– Oh, alors c'était juste un amoureux…

– On peut dire ça.

Tout comme les filles, le matin, Toinette lui jeta alors un regard plein de compassion.

– Tu es passée d'un seul amoureux à huit clients en une seule nuit ? Madame n'aurait pas dû te laisser travailler autant pour une première fois… Et comment as-tu trouvé ça ?

– Je ne sais pas, avoua Victoire. C'était bizarre de laisser tous ces hommes me toucher. Je n'étais pas vraiment moi-même, je crois.

– C'est la meilleure chose à faire. Enferme-toi dans un rôle, imagine que tu es quelqu'un d'autre. Ça aide…

– Bah, je ne sais pas. Quand on est en dehors de tout ça, on a l'impression que c'est un métier épouvantable. Mais c'est assez facile, finalement.

– C'est vrai que lorsqu'on commence, c'est pas si mal. On mange bien, on a de belles robes et un toit au-dessus de la tête. Et puis on se fait de l'argent très vite. Mais c'est un métier où il ne faut pas durer… Plus les années passent et plus ça devient difficile d'arrêter.

Victoire, sur le point de demander à Toinette depuis combien de temps elle travaillait ici, se retint au dernier moment. En voyant évoluer ses nouvelles compagnes, elle avait déjà compris que, dans cette maison, chacune avait ses propres secrets et qu'il valait mieux ne pas se montrer trop curieuse. Les confidences se gagnaient à force d'amitié et de respect, et elle était encore trop nouvelle pour y avoir droit.

* * *

Les soirées qui suivirent se déroulèrent comme la première. Victoire commençait progressivement à se familiariser avec le rythme quotidien de son nouveau foyer.

Pour la jeune fille, à qui la vie de bordel était totalement étrangère, il y avait beaucoup à apprendre. Elle se mettait le plus possible en retrait — une tâche toujours difficile, car son statut de petite nouvelle dirigeait sur elle tous les regards — afin de comprendre comment fonctionnait la maison, et d'identifier les clients réguliers et les relations qui les liaient aux filles.

Alors qu'elle s'était posé beaucoup de questions sur les raisons qui poussaient ces hommes ordinaires à franchir la porte de la maison pour basculer une fille dans un lit puis repartir presque aussitôt après, elle comprit que la plupart d'entre eux se rendaient au bordel de la même façon qu'ils fréquentaient les clubs pour hommes, les cafés ou les théâtres. À part quelques originaux qui se montraient au hasard de leurs envies, une bonne partie des clients considéraient le bordel comme une des activités ordinaires qui rythmaient leur quotidien. Ils avaient leurs habitudes. Si Jean venait exclusivement les lundis et les jeudis, pour Wilfrid c'était seulement un vendredi sur deux lorsqu'il quittait sa maison de campagne pour venir suivre ses affaires en ville, tandis qu'Arthur ou Charles passaient systématiquement le samedi. Il arrivait parfois qu'ils réservent une fille à l'avance, mais la plupart du temps ils se présentaient avec une totale décontraction, retrouvaient leurs favorites au salon, et passaient un moment à bavarder et à boire avant de monter dans les chambres. En général, les filles savaient, d'un soir à l'autre, qui serait là. Et lorsqu'un client qu'elles n'avaient pas vu depuis un moment se montrait à nouveau, elles se jetaient à son cou avec de joyeuses effusions.

Le bordel était pour ces hommes un moyen de socialiser, de se retrouver entre gens de bonne compagnie pour passer quelques heures de détente avant de retrouver leur foyer et leur rôle social. Lorsqu'ils ne venaient pas déjà en groupes d'amis, ils retrouvaient sur place d'autres habitués avec qui des liens se nouaient au fil du temps. Comme ils appartenaient tous à la même classe sociale, celle des riches bourgeois ayant fait fortune grâce au développement industriel, il y avait entre eux une sorte de respect mutuel qui faisait que les conflits apparaissaient très rarement. Lorsque deux clients voulaient la même fille comme favorite, il s'en trouvait toujours un pour changer de soir, afin que chacun puisse en disposer.

L'ambiance décontractée qui régnait dans les salons évoluait tout au long de la soirée. On commençait par d'élégantes discussions autour d'un premier verre, on se dirigeait à l'occasion sur des sujets hautement intellectuels, mais à mesure que l'alcool échauffait les corps, la solennité des conversations retombait, et l'on finissait généralement avec des jeux naïfs et des fous rires incontrôlés. Entre le champagne et les tables de jeu, c'était chaque soir la fête.

On pouvait aussi mesurer, rien qu'en observant la tenue des filles, à quel moment de la soirée on se trouvait. Impeccablement coiffées et corsetées lorsqu'elles descendaient le grand escalier dans leurs belles robes du soir juste avant l'ouverture des portes, elles finissaient immanquablement en jupons et corsages dénoués, parfois pieds nus sur les tapis, toujours échevelées. Les hommes semblaient apprécier ce déshabillage progressif. L'étalage de peau nue favorisait le rapprochement des corps et rendait les mains plus fébriles, mais Madame Angèle ne tolérait pas les préliminaires dans les salons. Il s'agissait de respecter un subtil équilibre entre les caresses familières et la véritable excitation sexuelle. Lorsqu'un client, excité par un flirt plus ou moins prolongé avec l'une des jeunes femmes, se permettait de glisser ses mains dans un corsage ou de prolonger un baiser de manière indécente, c'est qu'il était temps de se trouver une chambre. L'obscénité pouvait se dérouler à l'étage, jamais dans les salons.

Préservés de ces démonstrations inconvenantes, les hommes pouvaient ainsi continuer de croire qu'ils étaient les premiers à s'attirer les faveurs d'une fille, même si en réalité elle avait déjà eu trois ou quatre clients avant eux. Il y avait d'ailleurs une discrétion toute particulière qui entourait l'escalier, avec ces gens qui montaient et qui descendaient. Lorsqu'on s'y croisait, on évitait de se dévisager afin de respecter une sorte d'intimité. C'était aussi valable pour les chambres, où l'on occultait véritablement le fait que d'autres couples étaient venus s'ébattre peu de temps auparavant, laissant derrière eux des draps défaits et des odeurs capiteuses de sueur et de sexe. Lorsque les preuves de ces ébats étaient trop évidentes, on appelait la bonne, Thelma, qui venait refaire le lit en un tour de main et remettre un peu d'ordre.

Aussi longtemps que chacun respectait les règles de la maison, le commerce de Madame Angèle pouvait se dérouler sans accroc, soir après soir.

* * *

Pendant les jours qui suivirent son arrivée, Victoire eut à peine moins de clients que le premier soir. Il s'en présentait tout de même six ou sept chaque fois.

La jeune fille serrait les dents et endurait sans broncher.

Parmi eux, elle retrouva Simon-Pierre, qui, lorsqu'il était là, ne la quittait plus. Il semblait beaucoup aimer sa fraîcheur de demoiselle facile à effaroucher, et il s'amusait à l'embarrasser en lui faisant des suggestions déplacées, pour le simple plaisir de la voir se troubler. Car Victoire était loin d'avoir l'aisance de ses camarades. Elle aimait observer de loin la foule des clients et des filles, et elle se laissait charmer par les conversations, mais dès qu'un homme lui mettait la main sur la cuisse ou se montrait plus entreprenant, elle se figeait complètement. Elle se soumettait, bien sûr, mais elle ne faisait preuve d'aucune initiative et baissait les yeux en rougissant face aux regards concupiscents qui pesaient sur elle — ce qui avait pour effet d'en exciter certains plus encore.

Lorsqu'elle montait à l'étage, les tête-à-tête n'étaient pas mieux. Devant ces hommes inconnus qui s'imposaient à elle, elle ne retrouvait pas le plaisir des joyeuses culbutes qu'elle avait faites dans le foin avec Germain, et elle se contentait de s'allonger et d'écarter les jambes sans rien dire. Elle savait qu'elle devrait faire des efforts pour se montrer plus « accueillante », comme le lui avait suggéré Madame Angèle, mais pour l'heure elle s'en sentait incapable.

Cela n'empêchait pas les hommes de prendre leur plaisir avec elle. La simple vue de ses jeunes seins et de ses cuisses blanches semblait leur faire un effet fou.

– Tu es tellement belle…

– Ça faisait longtemps qu'il n'y avait pas eu de nouvelle fille, ici. Ta patronne t'a bien choisie.

– Laisse-toi faire, je ne te ferai pas de mal…

Ils avaient tous leurs petits mots pour mettre la jeune fille à l'aise, mais elle avait l'impression que ces hommes s'adressaient à eux-mêmes plutôt qu'à elle. D'une certaine façon, cela lui rendait les choses plus faciles, car, se sentant moins concernée, elle n'était pas obligée de leur répondre directement. Elle n'aurait pas su quoi leur dire.

Les nuits qui passaient confirmèrent chaque fois un peu plus ce que Victoire avait entrevu le premier soir des subtiles relations qui sous-tendaient l'ensemble des prostituées et de leurs clients. Chacune des filles semblait avoir sa place, un rôle bien assigné dans un ordre établi, que l'arrivée de la petite nouvelle bouleversait sans conteste. En effet, certains clients délaissaient sans hésitation leurs favorites pour monter avec Victoire, et elle sentait que ça ne faisait pas toujours le bonheur des filles, tout comme Clémence le lui avait déjà fait sentir. Ce fut d'ailleurs encore Clémence qui lui jeta un regard noir lorsque la jeune fille s'éclipsa un soir avec un bel homme du nom de Louis.

– Je ne fais pas exprès de prendre vos clients préférés ! se défendit Victoire. Je n'ai aucune idée de qui appartient à qui ; de toute façon, je n'ai pas le droit de refuser un client qui me réclame… Clémence ne cesse de me faire les gros yeux, mais qu'est-ce que j'y peux ?

– Ne t'inquiète pas, la rassura Toinette, ça passera. Clémence a toujours été la préférée, ici, et elle n'apprécie pas beaucoup la concurrence, mais elle sait bien comment ça marche. Tout ça va se régler avec le temps…

– Est-ce qu'il arrive que le client change de favorite ? demanda Victoire.

– Oui, ça arrive. D'ailleurs, si un client est toujours après toi, mais que tu ne l'aimes pas, tu peux toujours essayer de le refiler à quelqu'un d'autre, il y a des hommes qui se laissent faire. Le reste du temps, c'est lui qui décide : s'il se fatigue de toi, il n'y a plus rien à faire.

Heureusement, même si elle trouvait les soirées bien longues lorsque les clients se mettaient à se succéder à une vitesse folle, sans même lui laisser le temps de se reposer un peu au salon, elle gagnait plus d'argent qu'elle n'en avait jamais possédé. Cela la consolait.

* * *

Je ne ferai pas ce métier toute ma vie. À ce rythme, le temps de rembourser ma dette et de gagner un peu d'argent pour m'installer ailleurs, c'est l'affaire de quelques mois. Au pire, j'en aurai peut-être pour un an. Mais qu'est-ce que c'est qu'un an, dans toute une vie? Avant que je m'en rende compte, ce sera terminé.

Toinette a raison: il ne fait pas bon traîner dans le métier trop longtemps.

* * *

La vendeuse à la toilette passait tous les mardis après-midi.

Madame Grenon était une vieille veuve toute sèche, au visage impénétrable et aux mains veinées de bleu. Dans ses vêtements noirs, très sobres, elle ressemblait presque à une religieuse.

Malgré sa maigre silhouette, elle faisait preuve d'une force étonnante. Elle était capable de soulever ses paniers de marchandises sans effort apparent et sans s'essouffler. Elle commençait par installer sa charrette dans la rue, sonnait à la porte, puis elle effectuait seule une demi-douzaine d'allers-retours pour installer son matériel dans l'antichambre du rez-de-chaussée. Après quoi, elle s'assurait que son cheval ne manquait de rien et le laissait sous la surveillance d'un gamin du quartier en échange de quelques piécettes.

Une fois installée dans l'antichambre, la vendeuse commençait à étaler ses trésors sur les tables et les fauteuils. De ses malles en osier ou en cuir, elle sortait des chemises translucides, des dentelles et des tissus exquis, des fils délicats à tricoter ou à crocheter, et tout le matériel nécessaire aux couturières avisées. Elle avait aussi des journaux, des cigarettes, des bouteilles de rhum ou de whisky, des pastilles de menthe ou de réglisse, de petites douceurs à grignoter, tous les catalogues des grands magasins et même de petites fioles de laudanum pour soulager la douleur ou aider à dormir. Mais le cœur de son commerce, c'étaient les cosmétiques. Elle en avait de toutes sortes : des crèmes pour pâlir le teint, des fards allant du rose pâle au carmin vif, des dentifrices mentholés, des huiles pour les cheveux, des poudres et des parfums… Et Madame Grenon en parlait si bien qu'on aurait dit qu'elle les avait tous testés elle-même, ce qui paraissait comique lorsqu'on observait la triste mine de la vieille femme.

Prévenues de son arrivée, les filles de la maison se précipitèrent pour découvrir ce que la vendeuse pouvait bien avoir de nouveau à proposer cette semaine. Il y en avait toujours une pour avoir besoin de cigarettes ou d'une nouvelle chemise de corps, et elle finissait bien souvent par se laisser tenter par une boîte de chocolats ou une crème qui promettait des merveilles.

– C'est le moment de te choisir un parfum, Victoire, fit Toinette. Et ne prends pas le *Rose de Chiraz*, c'est moi qui le porte, ici !

Madame Grenon avait disposé sur une table tout un tas de flacons aux formes et aux couleurs des plus attrayantes. Victoire avait déjà reconnu *Eau de Nuit*, le petit flacon mauve et blanc qui l'avait tellement fait rêver lorsqu'elle le regardait dans les vitrines de la rue Craig, et le saisit sans hésiter. Elle le déboucha pour le respirer, mais au fond elle se moquait presque du parfum lui-même — une odeur fraîche de violette et de fleurs blanches —, ce qui lui importait était de pouvoir s'acheter enfin un objet qui lui avait fait tellement envie au temps, pas si lointain, où elle errait dans les rues de son quartier sans un sou en poche.

Elle prit le temps de regarder les autres produits, admira les dentelles fines et les tissus soyeux en imaginant les jolies choses qu'elle pourrait en faire avec un peu de fil et des aiguilles. Victoire avait toujours été douée de ses mains ; des travaux de couture pourraient toujours l'occuper pendant les longues après-midi où il n'y avait rien à faire. Pour l'heure, elle s'empressa surtout de prendre les chemises neuves dont elle avait vraiment besoin — son linge de corps était dans un état pitoyable.

– Avez-vous choisi, mademoiselle ? s'enquit la vendeuse, en voyant que Victoire avait plusieurs objets en main.

Ce fut au moment de payer que la jeune fille eut une vilaine surprise.

– Huit dollars et cinquante sous ? s'exclama-t-elle. Il doit y avoir une erreur !

– Non, le compte est bon. Un dollar pièce pour les chemises, vingt sous pour les cigarettes, et cinq dollars et trente sous pour le parfum.

– Mais c'est bien trop cher ! Ces chemises ne valent pas vingt sous chacune !

– Ce sont les prix que j'ai toujours pratiqués, mademoiselle, répondit la vendeuse, le regard sévère et la bouche pincée. Demandez à vos amies, elles vous diront la même chose.

– Non, non, ça ira… répondit Victoire, qui ne voulait pas passer pour une fille cherchant les problèmes. Mais dans ce cas, je ne prendrai que le parfum, vous pouvez garder le reste.

– Comme vous voudrez, mademoiselle.

La jeune fille paya en maugréant. Le parfum qu'on lui demandait de se procurer à ses frais venait d'engloutir le pourboire de Charles, et plus encore. Elle ne pouvait pas attendre de l'acheter ailleurs, car elle ne voulait pas abuser de la gentillesse de ses nouvelles compagnes, qui lui avaient déjà plusieurs fois prêté leurs propres parfums.

Elle quitta la pièce, monta déposer le flacon sur l'étagère de la salle de bain qui lui était dédiée, puis redescendit passer ses nerfs dans le jardin.

Elle était furieuse.

– Comment peut-elle vendre si cher de simples chemises ? s'exclama-t-elle lorsque Toinette l'eut rejointe pour lui demander ce qui n'allait pas. Elles sont bien jolies, mais en magasin elles ne coûtent pas plus de vingt sous ! Et ses cigarettes à trente sous le paquet ? C'est presque trois fois le prix ! Pour de simples cigarettes !

– Je sais, mais c'est comme ça que ça fonctionne, ici. Madame Grenon n'est pas la pire vendeuse à la toilette que nous ayons eue. Celle qui venait avant était encore plus chère.

– Mais c'est ridicule ! Si c'est ça, il n'y a qu'à aller chercher soi-même ses chemises dans les grands magasins !

– Tu ne peux pas.

– Comment ça ?

– Tu n'as pas le droit de sortir seule.

– Mais je croyais que nous pouvions sortir accompagnées ? Qu'il y avait des sorties organisées régulièrement ?

– Pour passer de temps en temps une journée à la campagne, oui, mais pas pour aller dans les magasins.

– Alors… Si j'ai besoin de quelque chose ?

– Tu devras te contenter de Madame Grenon et de ses prix. C'est comme ça.

Victoire était stupéfaite par ce qu'elle apprenait.

– Et tu étais au courant ? Mais… C'est injuste !

– C'est vrai. Qui a dit que la vie des putains était idéale ? Nous ne pouvons pas faire grand-chose d'autre que vivre avec les conditions qu'on nous propose…

L'annonce de Toinette porta un coup au moral de Victoire. Elle savait qu'elle allait devoir prendre son parti des conditions de vie qu'on lui proposait, même si celles-ci ne lui convenaient pas toutes, et elle avait déjà accepté le fait qu'elle ne décidait pas de tout, le soir, face aux clients. Mais elle comprenait maintenant qu'il en était aussi de même dans la journée et cela lui laissait la désagréable sensation d'être dépendante, une fois de plus.

Combattant cette morosité, la jeune femme choisit de s'enfermer loin dans ses pensées et de faire tout de même bonne figure. Elle se rassurait en se disant qu'elle n'aurait à endurer tout cela que pour quelques mois et qu'après tout, c'était aussi cela, faire l'expérience de la vie. Le mieux pour elle était de chercher tous les avantages qu'elle pouvait trouver, et de s'accommoder tant bien que mal des inconvénients.

* * *

– Où est ce fichu peigne ? grogna Olivia, qui fouillait dans la salle de bain depuis un moment.

– Lequel ?

– Celui en forme de papillon, avec les petites pierres bleues.

– Tu l'as peut-être laissé dans une chambre ?

– Je suis sûre que non. Et puis, Thelma l'aurait forcément trouvé en allant faire les lits… Ninon, tu n'aurais pas vu le peigne bleu que j'avais dans les cheveux, hier soir ?

– Non… Tu l'as peut-être oublié en bas ?

Les filles se préparaient pour une nouvelle soirée et il régnait, dans la grande salle de bain de l'étage, une atmosphère typiquement féminine, faite de menus soucis cosmétiques et d'entraide, une ambiance que Victoire commençait à beaucoup apprécier. Comme elle était déjà prête, elle se proposa gentiment.

– Veux-tu que j'aille vérifier pour toi ? demanda-t-elle à Olivia.

– Oh oui, merci, tu es un amour…

Victoire descendit donc l'escalier, encore surprise de voir à quel point sa démarche devenait élégante sitôt qu'elle endossait une robe du soir et qui lui donnait l'air d'une reine, même si personne n'était là pour en profiter.

Elle passa en revue les trois salons afin de dénicher le fameux peigne bleu. La petite Anne, qui travaillait pendant la journée, était d'une efficacité redoutable : les trois salons, envahis tout l'après-midi par le joyeux désordre des filles de la maison qui passaient le temps en jouant aux cartes ou en bavardant, avaient en un clin d'œil retrouvé l'ordre et le luxe propres à des salons mondains. Les vases débordaient de fleurs fraîches, les bouteilles s'alignaient sur les consoles le long des murs, et les assiettes de viandes froides et de gourmandises trônaient déjà au centre des nappes immaculées. La domestique avait visiblement trouvé le peigne quelque part, car elle l'avait déposé bien en évidence sur le coin d'une table, au cas où sa propriétaire le chercherait.

Alors que Victoire s'en emparait, elle sursauta en voyant un homme entrer dans le salon. Assez jeune, il portait un costume bien coupé en drap gris clair et gardait ses mains dans ses poches d'un air décontracté. On aurait dit que la maison lui appartenait.

Prise au dépourvu, la jeune fille lui sourit poliment.

– Pardon, monsieur, mais nous n'ouvrons qu'à huit heures.

– Mais oui, je le sais bien… fit l'autre en éclatant de rire.

Comme la jeune fille le regardait avec des yeux ronds, il s'amusa du fait qu'elle ne le connaissait pas et laissa planer l'hésitation.

– Tu dois être la petite nouvelle, je suppose ? Comment t'appelles-tu ?

– Victoire, monsieur.

– Alors, remonte te préparer, ce n'est pas encore l'heure de descendre.

Victoire obéit. Ce ne fut qu'en haut, de retour dans la salle de bain, qu'elle obtint une réponse.

– Il y a un client en bas, dit-elle en posant le peigne sur la table à coiffer où Olivia était assise, toujours occupée à discipliner ses cheveux crépus.

– À cette heure-là ? Impossible, les portes ne sont pas encore ouvertes…

– Pourtant, il y a bien un homme en bas, dans les salons !

– Ce doit être Henri, fit Joséphine qui se tenait tout près. J'ai entendu dire qu'il était rentré de son séjour chez ses cousins.

– Henri ? demanda encore Victoire, qui ne comprenait toujours pas.

– Le fils de Madame.

C'est vrai. On lui avait dit, à son arrivée, que Madame Angèle tenait la maison en compagnie de son fils, mais comme Victoire ne l'avait encore jamais vu, elle avait fini par l'oublier.

– Garde tes distances, ma belle, l'avertit Joséphine, assise juste à côté. Henri n'est pas vilain garçon, mais rappelle-toi qu'il ne paye jamais pour ce qu'il prend !

* * *

La semaine suivante, il y eut parmi les clients quelques nouvelles têtes qu'aucune fille n'avait encore jamais vues. Gustave, un client régulier à la figure rubiconde, amena pour la première fois son neveu, qu'il était bien décidé à déniaiser. Les filles éclatèrent de rire. Face à un client aussi inoffensif que Théodène, un timide garçon de dix-sept ans, elles se précipitaient toutes, certaines de pouvoir gagner un peu d'argent en faisant une passe facile, ce qui n'arrangeait pas la timidité du jeune en question, cramoisi devant tant d'attentions à son égard. Ce fut finalement la belle Fanfreluche, Ninon, qui l'emporta, traînant littéralement le jeune homme après elle pour l'emmener à l'étage.

Victoire, elle, redescendait l'escalier. Toujours aussi populaire, elle en était déjà à son sixième client, qu'elle avait laissé dans la chambre alors qu'il se rhabillait. La jeune femme était une fois de plus passée par son petit rituel hygiénique dans la grande salle de bain de l'étage, mais elle n'avait plus le courage de se rhabiller ni de se recoiffer correctement. Son dos et son décolleté luisaient de transpiration, ses cheveux tombaient sur ses épaules en grosses masses ébouriffées et il ne restait déjà plus grand-chose du rose de ses lèvres. Mais elle s'en moquait. Elle ne cherchait plus à paraître belle, elle voulait juste qu'on lui fiche un peu la paix.

Il était pourtant encore bien trop tôt et, dans les salons, la fête battait son plein. Les autres filles, qui, pour la plupart, n'avaient pas encore eu plus de deux ou trois clients, portaient toujours leurs fleurs fraîches dans les cheveux et embaumaient le parfum de luxe. Rendues gaies par l'alcool — le champagne et le vin coulaient à flots —, elles éclataient de rire à tout instant, flirtaient avec les clients et se lançaient avec enthousiasme dans toute nouvelle activité qui pourrait les divertir. Près d'elles, les hommes se laissaient emporter, sourire aux lèvres et verre à la main.

Victoire se laissa littéralement tomber sur un sofa en soupirant et mendia une cigarette auprès d'un client. Ses désirs furent aussitôt exaucés. À demi allongée, elle ferma alors les yeux et se concentra un moment sur la saveur de la cigarette qu'on lui avait offerte — un tabac blond, très doux, du genre de celui que les filles achetaient à Madame Grenon.

Comme s'ils avaient compris qu'elle avait besoin d'un peu de tranquillité, les clients ne tentèrent pas de lui parler et se rabattirent sur les autres filles, plus disponibles. Quant à Madame Angèle, occupée à l'autre extrémité du salon, elle lui jeta un regard sévère, mais ne dit rien. Depuis que son fils était revenu de voyage, la tenancière se montrait moins nerveuse. Une présence masculine était toujours souhaitable dans un établissement comme le sien, et même si Henri passait en réalité la plupart de son temps dans leurs appartements privés, sa mère savait qu'elle pourrait compter sur lui en cas de problème avec un client ou une fille récalcitrante. De toute façon, elle ne pouvait guère se plaindre du comportement de Victoire, qui, pour le moment, faisait plus de clients que toutes les autres.

Pour une fois qu'on lui laissait un petit moment de répit, Victoire en profita pour s'assoupir, cigarette aux lèvres. Pas longtemps, malheureusement, car à peine quelques instants plus tard, dans le brouhaha des conversations et de la musique, le rire strident de Clémence la força à sortir de sa torpeur. En voyant Victoire ouvrir les yeux, Fatima, qui était assise sur l'accoudoir du sofa, se pencha vers elle.

– Debout, ma belle, lui chuchota-t-elle. Madame ne dit rien pour le moment, mais elle t'a à l'œil depuis tout à l'heure, alors tu ferais bien de ne pas t'endormir…

Fatima reçut un grognement agacé pour toute réponse, mais Victoire obéit malgré tout. Et alors qu'elle se redressait en soupirant, elle croisa le regard d'un homme, qui venait vraisemblablement d'arriver, car elle ne l'avait pas remarqué de toute la soirée.

Il était plutôt beau garçon, avec des yeux aussi noirs que ses cheveux et un teint basané qui s'alliait parfaitement avec sa chemise blanche et son costume couleur olive. Debout, accoté à une bibliothèque, il l'observait avec intensité en savourant de temps à autre ce qui devait être un cognac. Il devait certainement la regarder dormir depuis un petit moment.

Mal à l'aise, Victoire lui adressa un vague sourire et se redressa complètement pour remettre un peu d'ordre dans sa tenue. C'était un réflexe typiquement féminin que de vouloir paraître à son avantage sous le regard d'un homme qui pourrait lui plaire, mais c'était peine perdue : avec ses cheveux emmêlés, sa chemise qui tombait n'importe comment sur ses épaules et son corset qui avait disparu Dieu sait où, elle se sentait plutôt comme une pauvresse mal fagotée.

Malgré tout, les yeux noirs ne la quittaient pas, ce qui ajouta à son trouble. Elle fut heureusement distraite par un autre client qui, la voyant se réveiller, en profita pour s'installer près d'elle et engager la conversation. Pendant de longues minutes, alors qu'elle faisait mine de s'intéresser à ce que lui disait son voisin, la jeune femme se sentit dévisagée. Chaque fois qu'elle levait les yeux, c'était pour croiser le regard du jeune inconnu ; elle s'attendait à ce qu'il vienne lui parler d'un instant à l'autre.

Ce ne fut pourtant pas le cas. L'inconnu n'esquissait pas le moindre geste envers elle, il alla plutôt bavarder avec un groupe de clients installés autour d'une table de jeu. Victoire avait beau chercher parmi les filles qui se trouvaient là un geste ou un mot qui pourrait expliquer s'il attendait une demoiselle en particulier, elle n'en trouva aucun. Au contraire, Madame Angèle s'approcha de lui, ayant soin de lui remplir son verre et de lui toucher quelques mots pour le mettre à l'aise, comme elle le faisait avec les nouveaux clients qui venaient pour la première fois. Elle attrapa même le bras d'Éloïse, qui passait à l'instant, et la présenta à l'inconnu. Ils bavardèrent quelques minutes, puis la jeune femme s'éloigna.

Victoire était confuse. Par chance, Éloïse venait dans sa direction.

– Tu sais qui c'est? lui demanda-t-elle.

– Qui?

– L'homme à qui tu viens de parler.

– Oh, lui! Il s'appelle Benoît.

– C'est un habitué?

– Non, c'est la première fois qu'il vient ici. J'ai cru comprendre qu'il était de la famille de Joseph.

Puis elle ajouta, mutine:

– Il est bel homme, non? C'est le genre de client que j'aimerais bien avoir… Mais il n'a pas voulu de moi. Tu n'as qu'à tenter ta chance, si tu veux!

Victoire rougit. De loin, le fameux Benoît l'observait toujours et semblait deviner que les deux filles parlaient de lui. Pour toute réponse, il afficha un léger sourire.

* * *

Est-ce que je peux vraiment choisir moi-même mes clients?

On dirait bien que oui. Il suffirait de faire comme les autres filles, d'aller les voir directement et d'essayer de les séduire. Si ça fonctionne, le client est à moi.

Plusieurs filles, ici, ont leurs clients réguliers et ça ne serait pas loyal de les leur prendre. Mais celui-là, ce Benoît, il n'est jamais venu avant, donc il n'appartient à personne! Alors pourquoi est-ce que je ne pourrais pas l'avoir, moi, plutôt qu'une autre? Il est séduisant et il passe son temps à me regarder... Tant qu'à coucher avec un client, j'aimerais autant que ce soit lui...

* * *

Depuis qu'elle était arrivée au Magnolia, Victoire n'avait jamais choisi elle-même ses clients. Passive, disciplinée, elle s'était contentée de subir ceux qui se présentaient et avait concentré tous ses efforts à en faire l'expérience la plus agréable possible — le plus souvent en essayant de faire abstraction de la situation.

Mais maintenant qu'elle commençait à s'habituer aux clients et à ce qui se passait avec eux dans les chambres, elle se disait qu'elle était peut-être bien en train de devenir maîtresse de sa propre vie. Elle ne dépendait plus de l'autorité de ses parents, gagnait son propre argent, vivait dans une maison luxueuse parmi des gens bien nés. Même si elle n'avait pas le droit de refuser un client qui la demandait, elle pouvait en revanche aller d'elle-même vers ceux qui lui plaisaient.

Prendre conscience de cela avait quelque chose d'excitant, presque d'euphorique. Découvrir cette liberté qu'elle avait ignorée jusqu'à présent contrebalançait agréablement les autres contraintes auxquelles elle se heurtait. Benoît la tentait. Tout ce qui lui vint en tête — alors que les yeux noirs du jeune homme, à l'autre bout de la pièce, se posaient sur elle une fois de plus — fut: «Après tout, pourquoi pas?»

Elle lui adressa alors un sourire espiègle, puis elle posa son verre et traversa le salon pour le rejoindre.

Selon toute apparence, il n'y avait pas qu'à Victoire que Benoît faisait de l'effet. Assis sur un sofa, il était entouré de Clémence,

Fatima et Joséphine, qui riaient et minaudaient autour de lui, rivalisant de coquetterie pour attirer son attention.

Malgré cette concurrence, Benoît n'avait toujours d'yeux que pour Victoire. Lorsqu'il la vit approcher, son sourire s'agrandit, gonflant instantanément la confiance de la jeune fille. Cette fois, elle était convaincue que Benoît n'attendait qu'un geste de sa part, aussi se pencha-t-elle à son oreille pour lui murmurer avec effronterie :

– Est-ce que tu veux monter ?

Benoît lui renvoya un regard pétillant.

– Avec grand plaisir, jolie demoiselle… répondit-il.

En une seconde, il se leva et lui présenta son bras sans même prendre le temps de s'excuser auprès de celles qu'il délaissait. Victoire les entendit protester dans son dos, mais elle ne se retourna pas. Très fière d'avoir gagné, elle se dirigea vers l'escalier avec un enthousiasme qu'elle n'avait pas ressenti depuis longtemps.

Mais à peine étaient-ils sortis du salon que Benoît changea de direction. Il entraîna la jeune femme dans un recoin du couloir, derrière une tenture de velours, la plaqua brusquement contre le mur, la saisit par la taille et l'embrassa sans aucune manière. Victoire, lorsqu'il la laissa reprendre son souffle, se mit à rire. Ce second baiser était bien doux, et il était agréable de se sentir serrée si fort après les étreintes molles et impersonnelles de ses clients du début de la soirée.

– Je me demandais si je pouvais me permettre de t'aborder, lui dit Benoît, sans la lâcher d'un pouce.

– J'ai donc l'air si inaccessible ?

Le jeune homme lui répondit avec un petit sourire moqueur.

– Disons seulement que tu as l'air de savoir ce que tu veux. J'aime ça… Comment tu t'appelles ?

– Victoire.

– C'est un joli nom. Eh bien, je suis enchanté de te connaître, charmante Victoire…

Il l'embrassa de nouveau, cachés derrière la tenture, soustraits au brouhaha des salons qui parvenait jusqu'à eux. La situation avait quelque chose de bien plus séduisant que le banal contrat verbal que la jeune femme passait d'ordinaire avec ses clients et qui faisait qu'en quelques mots ils grimpaient l'escalier. Benoît n'était pas tellement plus âgé qu'elle — quatre ou cinq ans tout au plus — et il lui faisait penser à ce que Germain aurait pu être s'il avait été moins docile. À cet instant précis, blottie contre ce corps nerveux et puissant, sous ce regard noir qui la dévorait d'envie, Victoire se sentait redevenir l'adolescente mutine qui donnait des rendez-vous secrets dans les granges.

Benoît semblait être du même avis. Car lorsque la jeune fille esquissa un geste vers l'escalier, il la retint par la main.

– Non, attends ! chuchota-t-il.

Comme un client descendait les marches à cet instant, suivi de Joséphine avec qui il bavardait paisiblement, Benoît tira Victoire un peu plus loin, le long de la paroi de l'escalier, pour échapper à leurs regards. Joséphine et son compagnon passèrent en effet sans les voir.

– Qu'est-ce qu'il y a, là ? demanda alors Benoît en désignant du menton la grande porte qui menait au jardin et qui, comme chaque soir, était bardée de lourds rideaux bleu nuit.

– Le jardin, répondit Victoire.

– Viens !

Pouffant de rire, s'amusant comme des enfants bravant les interdits, ils se faufilèrent dehors.

* * *

La nuit n'était pas très chaude, la brume s'était déjà levée sur le jardin, mais Victoire s'en moquait. Les velours qui masquaient les moindres interstices de la maison dès la nuit tombée remplissaient parfaitement leur office, car, d'ici, les rires et la musique leur parvenaient de manière complètement étouffée. Il n'y avait ni lune ni lumière, seulement une lueur diffuse qui venait de la ville alentour et qui empêchait tout juste les deux jeunes gens de se cogner contre les chaises et les pots de fleurs. Victoire, de toute façon, connaissait les lieux. Sans hésiter, elle emmena son compagnon vers un recoin tranquille, derrière un buisson qui poussait contre la façade.

Benoît ne l'avait pas lâchée. À peine s'était-elle arrêtée qu'il la saisissait de nouveau par la taille pour la serrer contre lui, prenant ses lèvres à pleine bouche ou égrenant des baisers le long de son cou. Frémissante, tout excitée par ce traitement inhabituel, Victoire fermait les yeux et se laissait faire avec délice. Elle avait l'impression d'être ailleurs. Les souffles devenaient de plus en plus courts, les mains de plus en plus nerveuses, et lorsque Benoît chercha à relever les jupes de la jeune femme, elle fut la première à l'y aider.

Comme elle n'avait toujours que sa fine chemise sur les épaules, avec les pierres froides de la maison et l'humidité ambiante, elle se collait contre son compagnon pour se réchauffer. Alors quand les mains toutes chaudes du jeune homme se faufilèrent sous sa jupe pour lui caresser les cuisses et les fesses, elle se sentit parcourue de longs frissons délicieux. Elle laissa échapper un soupir de bien-être auquel Benoît répondit aussitôt par un baiser.

La jeune femme avait déjà oublié les six autres hommes qui l'avaient prise ce soir. Elle se moquait bien de ses cheveux et de ses vêtements en bataille. À cet instant précis, il n'existait rien d'autre dans sa vie que ce beau garçon aux yeux noirs et au teint foncé, qui respirait fort et ne savait plus où mettre ses mains à force de vouloir tout prendre en même temps. Accotée au mur froid, elle posa un pied sur le bac dans lequel poussait le buisson qui leur servait d'abri, offrant son sexe avec impatience. Benoît répondit sans se faire prier. D'un bras il la saisit une fois de plus par la taille pour la presser contre lui, de l'autre il s'assura un équilibre contre le mur, et enfin il la pénétra d'un coup. Victoire se mordit les lèvres, mais pas assez vite pour retenir le gémissement qui lui avait échappé.

C'était cela qu'elle avait cherché dans ses rencontres secrètes avec Germain. C'était cette urgence, ce plaisir, cette énergie, cette vie qu'elle sentait couler en elle et à laquelle elle s'abandonnait totalement. Face à elle, Benoît haletait et le fait de le sentir si excité avait sur elle un effet extraordinaire. Elle s'agrippait à ses épaules pour mieux s'offrir, pour le sentir venir plus loin encore en elle, cherchant les sensations, la chaleur, le contact.

Après quelques instants, le jeune homme ralentit le rythme, épuisé. La position quelque peu acrobatique qu'ils avaient adoptée était certes très excitante, mais pas des plus confortables. Alors, sans dire un mot, Victoire laissa glisser le sexe de son amant hors d'elle et elle se retourna pour faire face au mur, s'y appuyant des deux mains. Elle ferma les yeux.

Pendant quelques secondes, il ne se passa plus rien. Elle entendait Benoît respirer fort derrière elle, cherchant visiblement à reprendre à la fois son souffle et le contrôle de lui-même. La jeune femme attendit patiemment. Puis, elle sentit sa jupe remonter tout doucement jusqu'à ses hanches, l'haleine de Benoît lui frôla la nuque et la fit se hérisser.

Il la prit une deuxième fois, s'appuyant sur elle de tout son poids pour la plaquer contre le mur, prenant ses seins à pleines mains ou l'attrapant par les hanches pour se donner de l'élan. Et cette fois, alors que Victoire, tremblante, glissait une main entre ses cuisses pour multiplier son propre plaisir, le jeune homme ne s'arrêta pas avant d'avoir joui.

* * *

Les filles disent qu'avec les clients il faut faire semblant. Pourquoi ?

Si j'ai envie d'avoir du plaisir et que l'occasion se présente, pourquoi est-ce que je devrais m'en empêcher ?

La vie se charge déjà bien assez de nous frustrer, de nous contraindre, alors on ne devrait jamais se priver volontairement de quelque chose qui est si bon. Les filles peuvent bien dire ce qu'elles veulent : c'est mon corps, c'est moi qui décide de ce que je veux en faire.

* * *

Tandis qu'ils revenaient vers la maison, Benoît passa un bras autour des épaules de Victoire, comme l'aurait fait n'importe quel amoureux. La jeune fille, encore tout émoustillée, ne parvenait pas à contrôler le sourire qui lui venait aux lèvres.

Ils se faufilaient de nouveau dans la maison lorsque Ninon, qui descendait l'escalier, les surprit. Elle ouvrit de grands yeux effarés, auxquels Victoire répondit par un sourire un peu niais.

– Merci, ma belle amie, chuchota Benoît en déposant un baiser dans son cou. J'aimerais te revoir…

– Tu sais où j'habite, répondit la jeune fille d'un ton espiègle.

Benoît eut un petit sourire. Puis, il lui glissa quelques pièces dans la main avant de tourner les talons vers le hall, où Thelma alla aussitôt chercher son manteau.

– Mais tu es complètement folle ! s'écria alors Ninon en dégringolant les dernières marches pour rejoindre sa compagne. Vous avez fait ça dans le jardin ?

Victoire, qui regardait Benoît s'habiller pour sortir en espérant un dernier geste de la main, hocha la tête.

– Ne refais plus jamais ça ! s'exclama Ninon. Ne sors jamais dehors avec un client, tu m'entends ?

– Qu'y a-t-il de mal ? Nous n'étions pas dans la rue, nous étions dans le jardin.

– Mais c'est du pareil au même ! Quand la nuit est tombée et que le commerce est ouvert, nous n'avons surtout pas le droit de sortir ni de nous montrer à la fenêtre. Rien ne doit transparaître de ce qui se passe à l'intérieur de la maison, c'est la loi. Si jamais Madame apprend que tu as fait l'amour dehors, elle te mettra à la porte !

– Ne t'énerve pas tant, voyons. Personne ne nous a vus...

– Et encore heureux ! Ce n'est pas pour rien si les voisins ne peuvent à peu près rien voir de notre jardin. On est déjà assez chanceuses d'en avoir un pour sortir prendre un peu l'air ! La plupart des maisons n'en ont même pas et les filles sont enfermées à longueur de journée. Crois-moi, ce n'est pas drôle ! Alors si tu ne veux pas que Madame revende ta dette à une autre maison pour se débarrasser de toi, tu ferais bien de faire un peu attention !

Ninon verrouilla la porte du jardin et tira de nouveau les rideaux pour être bien certaine de masquer la poignée et la porte au complet.

– La nuit, personne ne sort, c'est tout ! Ne fais plus jamais ça !

Et alors que Fatima, qui avait visiblement entendu qu'une conversation animée se tenait tout près, sortait une tête intriguée du salon le plus proche, Ninon s'éclipsa.

Victoire se tourna alors de nouveau vers le hall d'entrée, cherchant Benoît des yeux.

Il était parti.

Chapitre 10

Ce matin-là, Victoire s'était levée tôt pour profiter du calme de la maison avant que les filles ne se lèvent et se dispersent un peu partout. Elle se dirigeait vers la bibliothèque pour y chercher un livre lorsqu'elle se fit siffler, avec aussi peu de manières que si un ouvrier mal élevé l'avait surprise dans la rue. Stupéfaite, elle se retourna.

C'était Henri, le fils de la tenancière. Il était installé dans un fauteuil du salon et Victoire était passée devant lui sans le voir. Il avait un sourire narquois sur les lèvres.

– C'est joli, ce jupon défait… On voit ta culotte qui dépasse.

Victoire, qui s'était habituée à vivre dans une maison de femmes, faisait comme les autres filles et ne se donnait plus la peine de s'habiller convenablement avant de descendre de sa petite chambre. Effectivement, elle avait mal noué son jupon de sorte qu'un peu de dentelle s'en échappait.

– Je suis désolée, répondit-elle en rougissant et en fourrant aussitôt le livre sous son bras pour renouer ses rubans.

Henri se leva et s'approcha d'elle.

– Ne sois surtout pas désolée. Je te trouve bien jolie, comme ça… Rappelle-moi ton prénom ?

– Victoire.

– Mmm… Ravissant.

On n'aurait su dire de quoi il parlait, car tandis qu'il prononçait ces mots, il passa une main sur la poitrine de la jeune femme et pressa doucement un de ses seins.

Victoire se figea. On était en plein jour, la matinée commençait à peine, et il y avait longtemps que les filles ne faisaient plus commerce. Mais Henri était le fils de la patronne et la jeune fille ne savait pas comment réagir. De plus, c'était un homme grand et costaud, qui la dominait d'une bonne tête, et contre qui elle ne pourrait pas faire grand-chose, même si elle le voulait. Alors elle se laissa faire sans rien dire.

Comme s'il ne cherchait qu'à tester son caractère, Henri finit par la lâcher. Il chercha dans la poche de son veston un petit boîtier d'argent et en sortit un cigarillo qu'il planta entre ses lèvres.

– Allez, file, lâcha-t-il enfin.

Victoire décampa aussitôt, non sans se faire administrer une joyeuse claque sur les fesses. Alors qu'elle disparaissait dans la bibliothèque, elle entendit Henri éclater de rire, visiblement très content de l'effet qu'il avait produit.

La jeune fille, rendue toute nerveuse, attrapa le premier livre qui lui tomba sous la main et remonta en vitesse jusqu'au grenier, où elle était certaine qu'Henri ne viendrait pas l'ennuyer. Mais alors qu'elle s'allongeait de nouveau sous les draps, près du corps endormi de Toinette, cette dernière se mit à bouger.

– Alors ? Il paraît que tu as emmené un client dans le jardin, hier ? demanda-t-elle d'une voix encore ensommeillée.

Victoire se recroquevilla dans son lit. Décidément, elle n'aurait pas la paix ce matin.

– C'est Ninon qui te l'a dit, je suppose ? répondit-elle en fronçant les sourcils, à nouveau sur la défensive.

– Oui. Et tu as de la chance qu'elle n'en ait parlé qu'à moi…

Victoire haussa les épaules, de l'air de celle qui s'en moque. Elle avait encore en tête le souvenir éblouissant que lui avait laissé son aventure avec Benoît, et elle ne laisserait pas les réprimandes ternir ce beau moment. Mais Toinette n'avait pas l'intention d'abandonner. Elle s'assit, parfaitement réveillée cette fois et bien décidée à poursuivre.

– Ne prends surtout pas ça à la légère ! C'est grave, ce que tu as fait !

– Et alors ? Madame va me donner une amende ? Si ce n'est que ça, ça valait bien le coup de prendre le risque, tu peux me croire ! railla Victoire.

– Mais tu es folle ou quoi ? La police a fait fermer des maisons pour moins que ça ! C'est nous toutes que tu mets en danger quand tu enfreins les règles de la maison ! Si c'est le client qui insiste pour sortir, tu dois refuser. S'il le faut, va voir Madame ou Henri pour leur demander de régler la question.

– Ça va, j'ai compris ! soupira Victoire en faisant mine de se concentrer sur son livre, exaspérée que les reproches s'éternisent encore. La prochaine fois que Benoît viendra, on ira dans une chambre, et puis c'est tout…

Ce fut au tour de Toinette de froncer les sourcils tandis qu'elle observait attentivement sa compagne de chambre.

– Tu as l'air d'avoir hâte…

– Qu'est-ce que ça peut faire ? Pour une fois que ça me ferait plaisir de revoir un client, j'ai bien le droit, non ?

– Bien sûr. Mais méfie-toi quand même.

– De quoi ?

– Ne l'attends pas trop. Les clients ne restent toujours que des clients.

– Ah, fiche-moi la paix !

Toinette n'insista pas. Elle se leva en soupirant et quitta la chambre, laissant Victoire boudeuse.

* * *

Qu'est-ce qu'elles ont toutes ? Pour une fois que le travail devenait agréable !

C'est vrai que j'aimerais ça, avoir Benoît comme client régulier. S'il me fait chaque fois ce qu'il m'a fait dans le jardin…

Enfin, quoi, je ne peux pas croire qu'aucune des filles de la maison ne prend pas de temps en temps un peu de plaisir avec un client ! On n'est pas faites en bois ! Si l'on nous demande d'être sans arrêt aimables, agréables, et de donner l'impression qu'on prend un plaisir fou au lit, il faut bien que de temps en temps ça nous arrive pour de vrai, non ?

Alors je veux bien qu'on me reproche d'avoir fait une erreur en allant dans le jardin. Soit. Ça ne se reproduira pas.

Mais qu'on me laisse profiter tranquillement de Benoît.

* * *

Madame Angèle, ravie du succès de sa petite nouvelle, était la première à l'encourager. Mais elle n'était pas dupe sur les éventuels pourboires que celle-ci devait probablement toucher et Victoire faillit se faire prendre à l'improviste.

Un matin où celle-ci était venue échanger les jetons gagnés la veille, Madame Angèle lui demanda tout de go :

– Dis-moi, est-ce que les clients te payent exactement ce qu'ils te doivent ?

– Je n'ai jamais eu de problème. Ils payent bien, sans marchander.

– T'ont-ils déjà donné plus que ce qu'ils te devaient ?

– Non…

Victoire avait eu la présence d'esprit de répondre sans hésiter, mais le regard de Madame Angèle était soupçonneux.

– Tu sais que tu n'as pas le droit d'accepter de cadeaux de leur part ? rappela la tenancière. S'ils veulent t'en faire, c'est à moi qu'ils doivent s'adresser.

– Je sais, madame. Mais je n'ai rien reçu.

– Alors, n'en parlons plus. Est-ce que je porte tout ça à ta note ?

– Je vais garder cinq dollars, pour la prochaine visite de Madame Grenon…

Madame Angèle fit semblant de croire ce qu'on lui disait et inscrivit le montant dans ses comptes comme à son habitude. Elle se doutait bien que de l'argent circulait de la main à la main entre les filles et les clients, malgré tous les efforts qu'elle faisait pour empêcher que cela se produise. Mais elle savait que si elle voulait maintenir une ambiance de travail efficace, elle ne devait pas non plus tenir ses pensionnaires de trop près. Il lui fallait manier la carotte et le bâton avec souplesse, car une putain révoltée contre sa maîtresse pouvait avoir un impact néfaste sur les revenus de la maison. Et puis, c'était aussi le souhait des clients que de récompenser eux-mêmes une fille dont ils étaient contents, alors la tenancière était bien forcée, parfois, de laisser filer un peu d'argent entre ses doigts. Pour aujourd'hui, elle dut donc se contenter d'un léger rappel à l'ordre pour que Victoire n'oublie pas les risques auxquels elle s'exposait : si Madame Angèle la surprenait un jour à accepter le pourboire d'un client, la jeune fille ne pourrait pas déclarer qu'elle n'était pas au courant…

Victoire, de son côté, ne respira que lorsqu'elle eut quitté le bureau. Elle avait effectivement reçu quelques pourboires supplémentaires, mais elle avait bien compris que son intérêt à elle était justement de ne pas trop se soumettre aux intérêts de sa patronne. Madame Angèle touchait une commission sur chaque soir de travail, probablement aussi sur les bénéfices de la vendeuse à la toilette, sans compter les rabatteuses comme Madame Rainville, et elle facturait en outre un bon prix pour l'hébergement et la nourriture. C'était dans son bureau que circulait l'argent que lui versaient les clients et qu'elle redonnait ensuite aux filles selon leur travail. C'était elle qui maîtrisait le fameux livre de comptes où la dette, crevée de dépenses supplémentaires, ne se remboursait que trop lentement.

Victoire n'était pas naïve, elle se rendait bien compte qu'en faisant de Madame Angèle la seule détentrice de son argent, elle se mettait entièrement sous sa domination. C'était presque une question de survie que de faire comme toutes les autres pensionnaires de la maison, c'est-à-dire de se trouver une petite cachette sûre pour y loger son propre argent. Et tant pis pour les risques d'amende!

La couture dans l'enveloppe de son matelas avait été temporaire. Victoire, adroite de ses mains, était parvenue à fabriquer une petite tablette sous l'armoire de sa chambre, comme un double fond partiel, parfaitement invisible derrière la frise décorative qui ornait le bas du meuble, et tout juste assez grande pour maintenir une bourse de cuir.

Elle avait travaillé avec beaucoup de précautions, si bien que Toinette elle-même n'était au courant de rien. Et c'est là qu'elle avait commencé à amasser son petit magot.

* * *

Les semaines passèrent sans que Benoît revienne au *Magnolia.* Victoire savait qu'il n'était pas un habitué, mais il était venu en compagnie de son oncle, Joseph. Aussi, les soirs où Joseph était là, elle restait vigilante, tressaillant à chaque nouveau visage qui entrait dans les salons. Mais rien. Benoît ne se montrait pas.

Il lui avait pourtant dit qu'il aimerait la revoir.

Un soir, la jeune fille se dirigea volontairement vers Joseph. L'homme marquait une nette préférence envers la belle Lucrèce — le surnom d'Éloïse — avec qui il couchait régulièrement, mais comme pour l'instant celle-ci était occupée avec un autre client, il fit bon accueil à Victoire.

Ils bavardèrent un moment, puis Victoire lui proposa de monter.

– J'attends ma Lucrèce, protesta-t-il faiblement.

– Elle en a encore pour un moment, vous savez, objecta Victoire en prenant une petite moue déçue. C'est comme vous voulez.

L'homme ne se fit pas prier très longtemps. Il hésita à peine, juste pour la forme.

– Non, tu as raison. Je peux bien changer un peu de temps en temps, elle ne m'en voudra pas…

Ils grimpèrent à l'étage bras dessus, bras dessous, et allèrent s'enfermer dans la chambre africaine. Victoire se montra très douce, supportant sans broncher les baisers humides que Joseph s'appliqua à disperser sur tout son corps pendant un temps interminable et qui la laissaient complètement froide. Convaincu que de telles caresses avaient amené la jeune femme à un insoutenable point d'ébullition, Joseph se mit en devoir de la travailler vigoureusement, sans se rendre compte qu'il l'écrasait de tout son poids et qu'il l'étouffait presque.

Une fois son affaire terminée, il s'allongea près d'elle pour se reposer un moment, une large main posée sur le sein de la jeune femme, qu'il malaxait sans la moindre délicatesse. Victoire, patiente, attendit l'instant adéquat.

– Votre neveu n'est pas avec vous, aujourd'hui ? demanda-t-elle peu après, tandis que son client se rhabillait.

– Mon neveu ?

– Oui, celui qui est venu avec vous, la dernière fois. Benoît, je crois. C'est bien votre neveu ?

– Ah ! Oui, oui… Mais il ne risque pas de revenir, il est reparti en Argentine depuis un moment déjà.

Victoire se figea.

– Vraiment ? dit-elle en contrôlant l'émotion qu'elle sentait grimper dans sa voix.

– Il n'était ici que pour régler ses affaires. Un deuil dans la famille. Mais cela fait bien longtemps qu'il vit là-bas, avec son père. Ils font de la laine, ils ont un très gros cheptel de moutons, dans le sud du pays…

Victoire n'écoutait plus.

L'Argentine… Autant dire l'autre bout du monde.

* * *

Dans la salle de bain, alors qu'elle mouillait une serviette pour nettoyer le sperme qui dégoulinait le long de ses cuisses, la jeune fille se mit à pleurer.

Les larmes étaient venues d'un seul coup, sans qu'elle s'y attende, et elle fut presque surprise de croiser son regard inondé dans le miroir.

Ainsi, Toinette avait raison. Benoît, comme tous les autres, n'était venu que pour quelques instants de plaisir, puis il était reparti vers d'autres affaires, d'autres soucis, d'autres engagements. Il avait sa vie, tout simplement. Et pour Victoire, il n'aurait jamais dû être autre chose qu'un client ordinaire.

Mais la jeune fille n'avait pas pu faire autrement que de s'y attacher. Elle ne le connaissait pas, mais son imagination avait pris le relais, repassant longuement les plus petits moments en sa compagnie, les détails les plus insignifiants, pour les transformer en instants inoubliables. C'était un Benoît idéalisé que Victoire s'était mise à attendre, soir après soir.

Prise d'une lubie, elle avait d'ailleurs soigneusement conservé les jetons qu'il lui avait laissés, au lieu de les échanger avec Madame Angèle. Elle avait caché les petites pièces de bronze sous l'armoire de sa chambre, avec ses autres biens précieux. En refusant de se faire payer pour avoir couché avec Benoît, elle entretenait l'illusion que le jeune homme l'avait troussée comme l'aurait fait Germain, dans le plaisir fugace d'une rencontre interdite, comme si Victoire était redevenue la petite insouciante qu'elle était auparavant, et non pas cette putain qui vendait maintenant ses charmes au Magnolia. Littéralement galvanisée par ces instants volés en compagnie d'un si beau garçon, elle s'était convaincue qu'elle avait été choisie pour elle-même et non pour le corps vide sur lequel ses autres clients projetaient leurs fantasmes. Elle avait imaginé faire de Benoît un véritable amant, prête à se consacrer à lui de toute son âme, pourvu qu'il lui fasse encore croire qu'il pourrait l'emmener ailleurs, même en rêve.

La réalité l'avait rattrapée. Benoît ne reviendrait pas. Il ne restait plus, dans le miroir, que la putain qui vendait ses charmes au *Magnolia* et dont les larmes dégoulinaient.

* * *

Les jours qui suivirent furent encore plus mornes. Victoire s'ennuyait à mourir et passait le plus clair de son temps dans le jardin, ou bien le nez à la fenêtre, occupée à regarder les gens et les voitures qui allaient et venaient dans la rue.

Une après-midi, alors que plusieurs filles s'étaient rassemblées au salon pour passer le temps en jouant une partie de cartes, Joséphine les rejoignit. Elle était vêtue d'une ravissante tenue de ville et avait le sourire aux lèvres.

– L'une de vous peut m'aider à épingler mon chapeau correctement ? Je n'arrive à rien toute seule…

– Tu sors ? lui demanda Ninon en se levant pour l'aider.

– Oui, Maxime m'emmène souper !

Victoire, qui s'était installée sur un sofa près de la fenêtre, bondit sur ses pieds et s'approcha.

– Depuis quand les clients peuvent nous emmener à l'extérieur ? demanda-t-elle.

– Oh, ça arrive, répondit Clémence, impassible. Quelques fois, ils veulent de la compagnie pour aller au restaurant ou au théâtre, alors ils nous font passer pour une nièce ou une lointaine cousine.

– Mais ça ne fait jamais vraiment illusion. Le plus souvent, ils nous emmènent dans les endroits où ils sont les moins susceptibles de croiser des gens qui les reconnaissent, ajouta Éloïse.

– Et ce soir, Maxime et moi allons à Outremont ! s'exclama Joséphine, ravie. Un restaurant très chic, d'après ce qu'il m'a dit…

– Alors, amuse-toi bien et ne reviens surtout pas avant le petit matin ! fit joyeusement Ninon qui avait achevé de fixer le chapeau.

Victoire soupira, envieuse.

– J'aimerais bien qu'un client me sorte d'ici de temps en temps, moi aussi, fit-elle.

– Ça finira bien par t'arriver, ne t'en fais pas, la consola Joséphine avec un grand sourire. Regarde comme je m'y suis prise avec Maxime : cela fait un an que je suis sa favorite et maintenant il me sort comme une grande dame. On pourrait presque croire qu'il me prend pour sa femme !

La plaisanterie fit rire tout le monde et Joséphine quitta le salon, les yeux pétillants. Mais alors que les autres revenaient à leur jeu, Victoire, de son côté, resta songeuse.

Lorsqu'elle avait quitté Boucherville, elle s'était consolée de ses malheurs en se disant que ce serait peut-être pour elle l'occasion de voir du pays, ce dont elle avait toujours rêvé. Mais au final, elle n'avait passé que quelques mois dans la grande ville avant de se retrouver de nouveau enfermée dans une maison. Le Magnolia avait beau voir passer tous les soirs une quantité de visages étrangers, il n'en restait pas moins plus étriqué encore que ne l'était la petite localité de Boucherville.

Et puis… Victoire n'imaginait pas devoir investir une année de sa vie pour gagner la maigre récompense de souper au restaurant une fois de temps en temps. Elle se rendait compte avec amertume que dehors la vie continuait de foisonner et qu'elle devait se contenter de regarder le train passer sans avoir le droit d'y monter.

Bloquée malgré elle dans cette maison cossue de la rue Clark, elle ne rêvait même plus de simplement parcourir Montréal : elle voulait voir le monde tout entier.

Et elle savait déjà qu'elle n'aurait jamais assez d'une vie pour le faire.

* * *

Pour se remettre de sa déception vis-à-vis de Benoît, Victoire compensa en jouant les séductrices. L'expérience lui avait au moins appris qu'elle pouvait faire preuve d'initiative pour mettre la main sur des clients intéressants au lieu de simplement se laisser choisir par eux : lorsqu'un homme lui plaisait, elle se permettait maintenant d'aller lui parler directement.

Elle ne ressentit malheureusement jamais le frisson qui l'avait à ce point bouleversée lorsqu'elle s'était donnée à Benoît. Elle aurait voulu se venger en laissant libre cours à ses sens sans se soucier d'y mettre les formes, en s'autorisant à faire l'amour avec qui elle voulait puisqu'elle était précisément dans une maison où personne n'y trouverait à redire, mais elle n'y éprouvait aucun plaisir. Même si elle les choisissait elle-même, les clients restaient des clients.

En revanche, elle gagnait de plus en plus en assurance, ce qui ramenait à elle des hommes qui l'avaient essayée une ou deux fois et qui se laissaient maintenant charmer par la personnalité qui commençait à poindre. On ne pouvait pas encore parler de vrais clients réguliers, puisque pour le moment elle ne retenait personne de manière vraiment exclusive, mais elle prenait bel et bien sa place dans la maison, parmi les autres filles.

Victoire attirait en particulier les hommes un peu plus timides, probablement parce qu'elle était d'une nature plus calme que la pétillante Ninon ou la capricieuse Clémence. Si elle essayait de tourner adroitement les choses en sa faveur, elle ne confrontait jamais directement un client, pas même sur le ton de la plaisanterie. Contrairement à la plupart de ses compagnes, Victoire ne minaudait pas auprès des hommes : elle préférait garder une certaine simplicité, presque une pudeur qui s'exprimait dans ses gestes et ses paroles, à défaut de le faire dans son habillement.

C'est ainsi qu'elle avait apprivoisé Jean-Baptiste, un pauvre garçon au physique ingrat et sans beaucoup de caractère qui, lorsqu'il venait, longeait les murs et mettait une éternité avant d'oser proposer à l'une des filles de monter. Il n'avait qu'à s'asseoir près de Victoire pour qu'elle lui sourie gentiment et lui laisse le temps de se mettre à l'aise. Quand elle le sentait détendu, elle lui proposait alors de se rendre à l'étage en prenant soin de formuler ses phrases de manière détournée, afin de ne jamais le choquer par des propos trop crus.

Avec ce type de clients, Victoire prenait son temps. Elle les trouvait reposants. Elle pouvait être certaine qu'ils n'allaient pas lui suggérer des positions ou des caresses qui sortent de l'ordinaire et elle se sentait en confiance. Mais le plus surprenant, avec Jean-Baptiste, c'est qu'elle devait recommencer chaque soir le même lent travail d'apprivoisement, comme si le jeune homme oubliait systématiquement d'un jour à l'autre ce qui s'était passé la fois précédente.

– J'étouffe, ici, il y a trop de monde, chuchota-t-elle à son oreille. Tu viens avec moi ? On se cherche un endroit plus tranquille ?

Jean-Baptiste hocha la tête et se laissa docilement conduire à l'étage. Ils croisèrent Madame Angèle, qui effectuait sa ronde pour vérifier que tout se passait bien dans les chambres et qui eut la présence d'esprit de se contenter d'un sourire aimable envers son invité : elle aussi gérait à la perfection la réserve de certains de ses clients en évitant de les mettre dans des situations où ils se sentiraient mal à l'aise.

Derrière la porte d'une des chambres tout près, on entendit soudain des gémissements de plaisir qui ne laissaient aucun doute sur ce qui s'y passait. Victoire reconnut même la voix de Fatima. Mais comme Jean-Baptiste n'avait jamais laissé entendre qu'il avait des penchants voyeurs, elle préféra ne pas s'attarder et poussa plutôt la porte de la somptueuse chambre orientale, qui était libre. Une fois à l'intérieur, les gémissements voisins s'atténuèrent, mais sans disparaître tout à fait.

Dans la chambre, la seule petite entorse au décor arabe était un plateau chargé de bouteilles de champagne et de coupes. Victoire, très à l'aise, en offrit une à Jean-Baptiste pour l'aider à se détendre tout à fait. Puis, alors que celui-ci se mettait à admirer une grosse lampe de cuivre ajouré pour se donner une contenance, elle s'étendit sur le lit, parmi les coussins. Elle avait calculé son effet avec précision, car lorsque Jean-Baptiste se retourna, il ne put retenir un soupir admiratif: dans son déshabillé translucide, ses cheveux dénoués encore piqués d'une fleur pas tout à fait fanée, une main passée sous sa tête et l'autre abandonnée nonchalamment sur son ventre et ses cuisses serrées par une pudeur délicieuse, la jeune femme ressemblait à une de ces odalisques que peignaient les impressionnistes d'Europe.

En voyant la réaction de son client, Victoire se laissa remplir d'un sentiment de puissance. Elle se savait belle et elle s'enorgueillissait de pouvoir utiliser à son avantage la séduction qu'elle exerçait sur les hommes. Dans des moments comme celui-là, elle se sentait pleinement en contrôle de la situation.

– Tu es magnifique, murmura Jean-Baptiste avant de s'asseoir près d'elle et de lui tendre sa coupe de champagne.

Victoire se dressa sur un coude pour boire une gorgée ou deux, mais elle reposa rapidement la coupe sur la petite table près du lit. Elle avait déjà trop bu ce soir.

– J'ai quelque chose pour toi, ajouta Jean-Baptiste.

Il glissa la main dans la poche de son gilet et en sortit un petit étui de velours. C'était la première fois qu'on offrait à Victoire un cadeau avant même qu'elle n'ait ouvert les jambes, et celle-ci en resta tout ébahie.

Le « oh » de sa bouche s'arrondit encore lorsque, dans l'étui, elle découvrit des boucles d'oreilles : deux ravissantes petites fleurs en or, incrustées de minuscules diamants.

– C'est pour moi ? fit-elle. C'est bien trop beau !

– Ça fait longtemps que je voulais te les offrir. Elles sont à toi.

Sourire aux lèvres, Victoire se jeta spontanément au cou de Jean-Baptiste et le remercia d'un baiser. Mais aussitôt après, elle réalisa que c'était un cadeau qu'elle n'était pas censée accepter ; elle jeta alors un coup d'œil craintif vers le miroir orné de décorations mauresques suspendu près de la porte et qui était en réalité la vitre sans tain par laquelle on pouvait surveiller l'intérieur des chambres. De crainte que Madame Angèle ne soit encore à l'étage et n'ait assisté à la scène, Victoire glissa en vitesse l'étui sous l'oreiller et ramena Jean-Baptiste tout contre elle.

* * *

Le jeudi, c'était la soirée de repos de Victoire. C'était aussi celle de Fatima, et les deux filles — qui s'entendaient bien — se retrouvaient souvent ensemble pour bavarder un moment autour d'une assiette de gourmandises qu'elles prenaient à la cuisine avant de se faire enfermer au grenier.

Ces petits tête-à-tête étaient souvent l'occasion de se faire des confidences et c'est après quelques semaines que Victoire en apprit un peu plus sur ce qui avait amené Fatima à choisir ce métier. Comme elle put le constater, on ne choisissait pas la prostitution : c'était un ensemble de facteurs qui nous y conduisaient et il ne restait plus qu'à s'y soumettre.

Pour Fatima, ces facteurs avaient été un père implacable et un mariage forcé avec un homme de son pays qui s'était avéré proxénète. Le mariage, quoique légal, n'avait été qu'un prétexte pour soutirer la trop belle Fatima à sa famille dès l'âge de quatorze ans, car son « mari » n'avait fait aucun cas de leur statut conjugal : dans le bouge où ils vivaient, à Casablanca, il avait très vite exigé d'elle qu'elle couche avec d'autres hommes, prétextant qu'en tant que mari il avait tous les droits sur elle. Étrangement, il avait aussitôt cessé de la toucher lui-même, ce que Fatima n'avait jamais regretté, car il se montrait plus violent comme époux que comme souteneur.

Pendant deux ans, il avait vendu la jeune fille à des marins ou à de riches commerçants européens, le temps d'une nuit, parfois quelques jours d'affilée. Impossible pour Fatima de se dérober : il était son mari légal et l'avait menacée de telles représailles sur sa famille qu'elle s'était soumise sans rien dire. De toute façon, une fois marquée comme putain, elle ne pouvait plus espérer réintégrer un jour une vie normale.

Finalement, son mari s'était fait prendre dans une affaire de vol de marchandises et Fatima avait profité de son séjour en prison pour se mettre sous la protection d'un de ses clients réguliers, un diplomate anglais. C'est lui qui lui avait fait quitter le pays, l'emmenant d'abord en Angleterre, où elle avait logé dans une petite garçonnière qu'il possédait en ville. Plus tard, l'homme était venu travailler au Canada et c'est ainsi que Fatima avait découvert Halifax, puis Montréal. Mais après quelque temps, l'homme se lassa d'elle. Comme il lui réclamait une partie de l'argent qu'il avait investi pour son voyage, il finit par la vendre à une maison close.

– Madame Angèle a racheté tes dettes, à toi aussi ? avait demandé Victoire.

– Pas cette fois-là. J'ai travaillé dans deux autres maisons, avant d'arriver ici… Mais il faut croire que je suis incorrigiblement dépensière, parce que chaque fois que je change de maison, c'est avec une dette encore un peu plus grosse!

Fatima était bien la seule à rire d'une telle situation.

– Heureusement que les clients m'aiment bien, au fond, ils m'ont déjà aidée à me sortir un peu de toutes ces histoires d'argent. C'est déjà arrivé que l'un d'entre eux paye une amende pour moi. Ou alors je réussissais à revendre un cadeau qu'ils m'avaient donné.

Victoire tendit aussitôt une oreille intéressée.

– Des cadeaux de quel genre? Est-ce que des clients t'offrent des bijoux, par exemple? demanda-t-elle innocemment.

– Bien sûr! Le problème, c'est que je n'arrive pas à les garder! répondit Fatima en riant encore. Ni les bijoux ni les clients, d'ailleurs! Un jour, il y a même un homme qui m'a offert une bague magnifique, il était complètement fou de moi, et j'étais à deux doigts de lui faire racheter ma dette!; mais je crois que sa famille a dû intervenir, parce qu'au dernier moment il a disparu et je ne l'ai plus jamais revu. Ah, je peux te dire que je l'ai regretté, celui-là! Je l'aimais bien, en plus…

– Tu crois vraiment qu'un client pourrait épouser une fille comme nous?

Fatima se pinça les lèvres, cherchant ses mots.

– Ça arrive, mais c'est très rare. En fait, je crois que ça arrive plus souvent dans les maisons installées à la campagne, ou alors près des ports et des usines. Tu sais, les gars qui ont moins d'argent connaissent la valeur d'une femme solide pour travailler dur et leur faire de beaux enfants!; alors quand ils ont le béguin pour une putain et qu'ils sont sûrs qu'elle arrêtera de travailler après, ils payent ses dettes pour la libérer et en faire une femme bien. Mais avec les gens de la haute, comme ici, c'est même pas la peine d'y penser! Eux, ils veulent épouser une fille vierge, avec une dot confortable ou une lignée familiale irréprochable, de préférence les deux ! Que veux-tu… Les bourgeois, c'est comme les aristos, au fond…

Cette déclaration fut suivie d'un long silence. Ces paroles faisaient résonner pour chacune d'elles l'espoir tout autant que la désillusion : mener une vie simple et honnête n'était pas à leur portée.

– C'est quand même bizarre, d'imaginer qu'un homme puisse tomber amoureux d'une putain. Il ne peut pas ignorer qu'elle doit écarter les jambes toutes les nuits, remarqua Victoire d'un ton lugubre.

– Bah, je suppose que certains hommes s'en moquent pour autant que la fille leur plaise, répondit Fatima en haussant les épaules. Ça ne me paraît pas si extraordinaire, quand on pense que pour certains célibataires, la putain est peut-être la seule femme régulière qu'ils ont dans leur vie. À la longue, on s'attache, on veut la garder pour soi tout seul… et le pas n'est pas si difficile à franchir.

– J'en reviens au sujet des bijoux : si un client nous offre une bague, est-ce qu'on doit considérer ça comme une demande en mariage ?

– Peut-être. Ça dépend du genre de relation que tu as avec ce client. Mais dans tous les cas, une chose est sûre : si le client commence à offrir des bijoux, c'est qu'il s'attache. Et là, c'est à toi de voir si tu veux l'encourager dans cette voie-là ou pas.

Victoire songea à Jean-Baptiste. Devait-elle s'attendre à ce que le jeune homme se prenne d'une passion dévorante pour elle ? Ou bien les petites boucles d'oreilles n'étaient-elles qu'une marque de reconnaissance ? Seul le temps apporterait la réponse.

* * *

Victoire se réveilla le matin suivant avec le ventre lourd et une douleur caractéristique au bas des reins. Lorsqu'elle se rendit aux toilettes, elle en eut la confirmation : elle était menstruée.

Cela faisait plusieurs semaines qu'elle était entrée au *Magnolia* et, jusqu'à présent, elle ne s'était pas posé la question de ce qui arriverait lorsqu'elle aurait ses règles. Elle imaginait plus ou moins que cela lui ferait passer quelques soirées de congé, mais comme son cycle était devenu très irrégulier depuis sa grossesse, elle avait fini par ne plus trop y penser.

Malheureusement, Toinette la fit rapidement déchanter.

– Parce que tu crois que Madame va se passer de tes services à cause de ça ? se moqua-t-elle gentiment.

– Je ne vois pas bien ce que je pourrais faire avec les clients, rétorqua Victoire en se renfrognant.

– Ah, ma chérie, il te reste beaucoup de choses à apprendre… soupira Toinette. Est-ce que tu as déjà vu une des filles, ici, prendre trois ou quatre soirs de congé à cause de ses règles ?

Victoire dut bien admettre qu'effectivement elle n'avait jamais vu aucune de ses compagnes s'absenter autrement que pour son soir de congé hebdomadaire.

– Mais les clients ne vont pas aimer ça…

– Détrompe-toi, il y a des clients que cela fascine. Je me souviens d'un gars avec qui je suis montée, une fois, qui a passé la moitié du temps à regarder entre mes jambes sans même me toucher. Le sang, l'odeur… Visiblement, ça lui faisait beaucoup d'effet !

Alors que Victoire esquissait une grimace, Toinette continua.

– Le plus simple est généralement de te laver à l'eau avant et après un client, pour avoir le moins de sang possible. Et puis, il y a d'autres façons de faire l'amour. Utilise tes mains ou ta bouche, sois imaginative !

Victoire était perplexe. En dehors du fait que pour l'instant son imagination se bornait aux quelques caresses que les clients lui avaient réclamées, elle se voyait mal passer une soirée complète à sourire et à se tenir droite alors que son ventre lui pesait comme une pierre et que son dos la tiraillait.

– Profite de la journée pour te reposer, lui conseilla alors Toinette, qui se faisait rassurante. Et puis, détends-toi : après tout, c'est justement quand tu as tes règles que tu es certaine de ne jamais tomber enceinte ! Ça a quand même des avantages, tout ça, non ?

* * *

Malgré les paroles apaisantes de son amie, Victoire passa une soirée désagréable. Elle avait l'impression que ses organes étaient descendus plus bas que d'habitude et que son sexe était tout enflé, ce qui ne rendait pas la pénétration facile. C'est pourquoi, après le troisième client, elle commença à faire traîner un peu les choses. Elle pouvait bien se permettre, une fois de temps en temps, de faire moins de clients : si elle ne pouvait pas les refuser, elle pouvait au moins se montrer le moins aguichante possible et les embourber dans des conversations et des jeux interminables pour faire reculer l'échéance.

Il était bien évident que, dans les salons, plus les filles se déshabillaient et plus les clients se montraient empressés. Les soirées s'écoulaient toujours en suivant le même rythme. Les filles, pas pressées de se faire grimper dessus, commençaient par bavarder pendant des heures, louvoyant entre les clients pour retrouver leurs habitués ou tenter d'éviter avec diplomatie ceux dont elles ne voulaient pas. Puis, une fois que la soirée s'étirait et que les hommes imbibés d'alcool commençaient à fatiguer, elles se hâtaient au contraire de faire quelques clients de plus pour se faire de l'argent avec des passes plus faciles. À moins qu'il ne devienne violent, il valait toujours mieux un homme un peu saoul qui allait jouir vite pour s'endormir, qu'un amant fougueux et pas pressé de clore les ébats.

Il n'était pas tout à fait minuit et Victoire était déjà lasse. Si les douleurs de son ventre s'étaient calmées, elle se sentait encore toute bouffie et le dernier lavage qu'elle s'était fait n'avait fait qu'agresser un peu plus ses muqueuses. Elle se serait bien faufilée en douce dans son lit, mais Madame Angèle fermait systématiquement à clé la porte du grenier de sorte que la jeune femme n'avait pas d'autre choix que de redescendre. Toutefois, au lieu de se montrer vêtue comme les autres d'un savant arrangement de corsets satinés, de jupons translucides et de dentelles affriolantes, elle remit sa robe du soir et se couvrit les épaules d'une jolie écharpe en prétendant avoir un peu froid — un argument qui se tenait, car l'automne était bien installé et les nuits se faisaient fraîches. Ces menus détails lui faisaient espérer que les clients la trouveraient moins appétissante que ses compagnes et la réclameraient moins.

Comme on avait installé des tables de jeu près de la cheminée avec un petit feu, la jeune femme se joignit à une partie de cartes avec Léontine et deux clients, Victor et Guillaume. Ce dernier, un homme d'une trentaine d'années à la peau rose et aux cheveux pâles, lui servit un porto tandis qu'elle allumait une cigarette. Au moins, le jeu et la compagnie la distrayaient un peu de sa fatigue.

La partie avait commencé depuis quelques minutes lorsqu'elle remarqua que Guillaume lui lançait des regards insistants. Elle y répondit tout d'abord par quelques sourires automatiques avant de constater qu'il ne la regardait même pas dans les yeux : il observait ses lèvres.

C'en était au point de le distraire de son jeu.

Victoire se souvint alors qu'elle avait maquillé ses lèvres d'un carmin profond, presque violet. Elle coula alors un regard vers le grand miroir suspendu au-dessus de la cheminée, qui était juste assez incliné pour qu'elle puisse y voir son reflet : le maquillage n'avait pas bougé, il lui conférait toujours cette allure d'actrice de théâtre un peu dramatique qui lui donnait l'impression d'être une autre. Mais elle surprit de nouveau les yeux de Guillaume rivés sur elle et comprit enfin que ce qui le fascinait tant, c'était ce petit geste délicat qu'elle avait lorsqu'elle portait la cigarette à ses lèvres.

La bouche entrouverte, cette couleur sombre qui faisait ressortir ses dents blanches, ses lèvres un peu mouillées par le porto qu'elle buvait à petites gorgées et qui s'entrouvraient juste assez pour saisir la fine cigarette avant d'en aspirer une bouffée et de la laisser s'échapper en un petit filet vaporeux, c'était pour Guillaume un spectacle hypnotisant.

Amusée, Victoire se mit à jouer le jeu, juste pour voir jusqu'où elle pourrait mener cet homme. Elle fit exprès d'accentuer la sensualité de son geste, se permettant même un petit claquement de langue qui eut l'air de faire à Guillaume un effet singulier. La jeune fille se mit à rire intérieurement de le voir réagir aussi facilement.

Ainsi, c'était cela, séduire un homme… Plier le poignet avec élégance, jouer avec ses ongles tout en serrant doucement une cigarette immaculée, puis entrouvrir les lèvres avec gourmandise, faire rougeoyer la petite braise incandescente et fermer à demi les yeux comme sous l'effet d'un plaisir intense avant de relâcher un mince filet de fumée. En poussant le vice, on pouvait même oser se lécher un peu le bord des lèvres. Voilà, l'homme était conquis.

Victoire riait toujours. Elle se trouvait ridicule. Plus encore, elle se moquait de Guillaume qui se laissait emporter pour si peu. Les cartes qu'elle avait en main avaient perdu de leur intérêt ; le jeu, maintenant, se jouait bien au-dessus de la table.

Et même au-delà.

Car, debout près de la cheminée, occupé à bavarder à mi-voix avec Léontine, Laurent n'avait rien perdu de la scène. Lorsque Victoire croisa son regard, elle sut que, contrairement au pauvre Guillaume, lui l'avait percée à jour.

Cet homme-là la rendait toujours méfiante. Elle n'arrivait pas bien à saisir son caractère derrière tout le secret et toute la froideur dont il faisait preuve. Elle s'en serait éperdument moquée si elle ne s'était pas autant sentie dévisagée. Depuis le premier soir où Victoire l'avait croisé, Laurent était revenu quelques fois, mais il ne lui avait encore jamais parlé. Il n'avait même pas répondu aux quelques saluts polis qu'elle lui avait adressés, de sorte qu'elle avait bien vite cessé ses efforts pour se montrer aimable. Elle préférait l'ignorer. Il ne venait pas pour elle, et c'était tant mieux. La plupart du temps, il bavardait un moment avec les autres hommes qui fréquentaient le Magnolia, puis il montait une heure ou deux avec Toinette ou Joséphine — jamais les autres — avant de disparaître jusqu'à la semaine suivante. Mais Victoire, chaque fois qu'il était là, se sentait presque auscultée par ses imperturbables yeux gris, comme s'il cherchait à trouver chez elle une faille, une faiblesse dans laquelle il pourrait s'engouffrer. Elle le pensait calculateur et, même si elle tentait de ne pas en tenir compte, elle ne pouvait s'empêcher de se sentir mise à nu lorsqu'il se trouvait dans les environs.

Alors qu'elle commençait à se troubler sous ce regard insistant, Guillaume vint à son secours. Il abattit son jeu sur la table.

– Je déclare forfait ! s'exclama-t-il. Je n'ai pas de chance avec les cartes, ce soir…

Madame Angèle, occupée à verser du champagne à un autre client, réagit en l'entendant.

– Peut-être en aurez-vous un peu plus avec une de mes filles ? fit-elle avec un sourire engageant. J'en vois quelques-unes sans cavaliers…

– Eh bien, puisque vous le suggérez, je me lancerais volontiers avec ma charmante voisine, répondit Guillaume, en prenant la main de Victoire dans la sienne.

Victoire se mordit les lèvres en se traitant intérieurement de sotte : la jeune fille ne pouvait guère refuser ce client en présence de sa patronne, d'autant qu'elle avait elle-même mis le feu aux poudres avec sa cigarette. Elle s'en mordait les doigts à présent, mais il ne lui restait qu'à faire bonne figure.

– Alors, venez, cher monsieur, déclara-t-elle en se levant. Il y a sûrement de la place pour nous, là-haut…

Elle sortit du salon en emmenant derrière elle son nouveau client, tout en essayant d'ignorer que Laurent la suivait encore des yeux.

* * *

Victoire n'aurait jamais imaginé que le simple fait de s'amuser à flirter avec cette cigarette la mènerait dans une situation pareille. Si Guillaume, avec son air inoffensif de grand enfant rose un peu balourd, donnait l'impression de ne pouvoir rien accomplir d'autre qu'un coït banal et mou, il en fut tout autrement.

Dans la chambre, Victoire sentit très vite que l'énergie dégagée par son nouveau client s'était considérablement transformée. Il était très excité, cela se sentait à la façon dont il respirait et à son regard devenu vitreux.

Il arrangea quelques coussins contre le dossier du lit, puis il demanda à Victoire de s'y étendre. Alors qu'elle s'installait, il lui retira la fine écharpe dont elle avait drapé ses épaules et il la noua autour de son poignet avant d'en fixer l'extrémité à la tête du lit. Après quoi il enleva la cravate blanche qu'il portait et attacha l'autre bras de la jeune femme de la même manière. Victoire se laissa faire docilement, se demandant où il voulait en venir.

Après avoir échangé ensemble quelques mots dans l'escalier et le couloir, voilà que Guillaume ne lui parlait plus. À moitié couché sur elle, il se mit à lui couvrir le cou de baisers. Dans cette position, avec ses bras étendus au-dessus de sa tête, les seins de Victoire remontaient dans son corset, ce qui les faisait pigeonner de manière assez provocante ; Guillaume n'avait pas assez de ses doigts et de ses lèvres pour explorer la peau qui s'offrait à lui. Très vite il se mit à détacher le devant de la robe, puis les agrafes de son corset et Victoire, toujours vêtue de sa robe, se retrouva la poitrine nue.

Soufflant toujours lourdement, Guillaume se mit à cheval sur elle et déboutonna son pantalon. Le sexe bien dressé, il se mit à se frotter contre les seins de la jeune femme en poussant de petits grognements excités. Victoire aurait bien aimé réagir, rien que pour soulager la tension qui s'intensifiait dans une de ses épaules, mais lorsqu'elle testa les liens qui lui entouraient les poignets, ce fut pour constater que les nœuds étaient bien serrés. Elle ne s'en déferait pas seule.

Elle sentit alors son cœur battre plus vite. L'angoisse commençait à monter. Attachée comme elle l'était, elle dépendait entièrement du bon vouloir de Guillaume : s'il lui prenait l'envie d'être violent, elle ne pourrait pas se défendre.

Elle ne pourrait pas appeler non plus.

Car Guillaume, lassé de son petit jeu et toujours fasciné par la bouche de la jeune femme, venait d'y enfoncer son sexe. Victoire eut tout juste le temps de prendre une bouffée d'air. Son client commença à s'agiter et l'angoisse de la jeune femme monta encore d'un cran. Elle n'aurait jamais dû se laisser attacher.

L'exercice dura de longues minutes, pendant lesquelles Victoire essaya de s'adapter tant bien que mal au rythme qu'on lui imposait. Son cou lui faisait mal, ses épaules étaient si crispées qu'elle avait l'impression que la circulation du sang ne passait plus, mais elle tâchait malgré tout de rester concentrée. Elle n'avait pas le choix. Le pire, c'étaient les muscles de sa mâchoire, qui fatiguaient sous les coups incessants de Guillaume qui, pour plus de commodité, la tenait à deux mains par les cheveux. Elle n'avait plus qu'une idée en tête : le satisfaire au plus vite pour qu'il la relâche. Son salut passait par sa docilité.

Enfin, après ce qui lui parut une éternité, Guillaume se mit à jouir en poussant un gémissement aigu. Victoire manqua de s'étrangler avec la giclée de sperme qui lui arrivait en bouche, mais elle réussit finalement à avaler le tout en passant outre ses haut-le-cœur. À son grand soulagement, Guillaume se retira de sa bouche et s'effondra sur le lit à ses côtés, un large sourire sur le visage.

– Ah, c'était tellement bon, soupira-t-il. Tu es extraordinaire...

Victoire, le visage crispé et la mâchoire épuisée, ne parvint pas à sourire. Cela n'avait pas d'importance, Guillaume ne la regardait même pas.

Elle le laissa se reposer quelques instants, mais elle craignit qu'il ne s'endorme — comme le faisaient parfois les clients, qu'on était alors obligé de réveiller en douceur pour leur faire quitter les lieux. Comme le souffle de Guillaume ralentissait, indiquant que la tension sexuelle redescendait, elle finit par lui demander doucement.

– Je suis contente que ça t'ait plu. Est-ce que tu peux me détacher, maintenant?

Guillaume eut un petit rire satisfait, mais ne fit pas le moindre geste. Il poussa encore quelques soupirs indiquant qu'il se trouvait bien là où il était et qu'il n'était pas pressé de se relever. Puis, après quelques minutes supplémentaires, il finit par se redresser et détacha enfin un des bras de Victoire avant de se laisser de nouveau tomber dans les draps, la laissant se débrouiller pour dénouer l'autre poignet. Celle-ci se retint de masser ses épaules douloureuses. Elle ne voulait surtout pas que Guillaume prenne conscience de l'état de vulnérabilité totale dans lequel il l'avait mise.

Elle prit soin de reboutonner le devant de sa robe avant de se tourner une dernière fois vers lui.

– Tu peux rester un peu, si tu veux, mais pas trop longtemps. Moi, je dois redescendre.

– Tu oublies ton argent…

Victoire, qui ne pensait qu'à quitter cette chambre et cet homme, s'en moquait mais Guillaume était bon joueur. Il glissa une main dans sa poche et lui tendit deux jetons, que la jeune femme prit sans un mot avant d'esquisser un faible sourire, puis de quitter la chambre.

Ce ne fut que lorsqu'elle referma la porte de la salle de bain derrière elle qu'elle remarqua qu'elle tremblait de tous ses membres.

* * *

Pendant tout le temps qu'avait duré la scène, Victoire avait contrôlé comme elle avait pu la peur panique qui lui avait rongé le ventre, mais la leçon était dure : elle ne supportait pas de se sentir aussi vulnérable, démunie, livrée à la volonté toute-puissante d'un client dont elle ne connaissait rien. Elle n'était pas prête à se laisser de nouveau aller à une telle imprudence.

Lorsqu'elle redescendit au salon, après s'être longuement lavé le corps à l'eau chaude pour soulager ses muscles tendus et gargarisé la bouche d'une solution à l'alcool, elle prit le temps de se composer une expression aussi agréable que possible. Mais en dépit de ses efforts, elle ne put se cacher au regard attentif des filles qui étaient là. Les pensionnaires veillaient sans cesse les unes sur les autres, c'était cela qui assurait leur bien-être collectif, et elles pouvaient vérifier d'un seul coup d'œil si celle qui revenait d'une passe allait bien ou s'il y avait un problème.

Bien qu'elles soient occupées avec les clients qui remplissaient les salons, elles sentirent aussitôt que Victoire était bouleversée. Elles se gardèrent bien de s'attrouper autour d'elle, car il fallait à tout prix maintenir les apparences. Fatima esquissa discrètement un geste vers Victoire pour lui prendre la main, mais Toinette prenait déjà la relève : en voyant entrer sa compagne, la mine défaite, elle avait aussitôt abandonné le client sur les genoux duquel elle était assise en alléguant qu'elle allait se resservir un autre verre. Sous prétexte d'échanger avec Victoire quelques confidences légères, elle l'embrassa sur la joue et la prit par le bras pour la tirer vers la console où se trouvait le cognac.

– Tu en veux? demanda-t-elle en se remplissant un verre de cognac.

Victoire secoua la tête, incapable d'avaler quoi que ce soit. Sa mâchoire lui faisait encore mal.

– Viens avec moi…

Souriante, maintenant toujours les apparences, Toinette entraîna Victoire dans le couloir, où elles pouvaient se mettre à l'abri derrière des tentures et se cacher un peu du reste des clients.

– Ça ne s'est pas bien passé avec Guillaume? Il t'a frappée?

– Non…

En quelques mots, prenant des pauses pour refouler ses sanglots lorsqu'elle les sentait monter dans sa gorge, elle raconta ce qui lui était arrivé. Toinette fronça les sourcils. Ce n'était, au fond, qu'une passe assez ordinaire pour une putain expérimentée, ce que Victoire n'était pas encore, et Toinette le comprenait fort bien.

– Ne t'en fais pas, ma belle, ce n'est rien de grave, la consola-t-elle. Tu as eu peur, c'est normal. Tu as très bien réagi, d'ailleurs, tu as fait exactement ce qu'il fallait faire. Mais comme tu es encore un peu bousculée… Dis-moi, combien as-tu fait de clients, ce soir, incluant Guillaume?

– Quatre.

– Alors c'est largement suffisant, Madame ne pourra rien te reprocher. Ce que je te conseille, pour souffler un peu, c'est d'aller parler le reste de la soirée avec Lucien.

– Pourquoi? demanda Victoire, interloquée.

– Parce qu'à son âge, ça fait un moment qu'il ne bande plus. Il ne monte presque jamais avec les filles, il préfère passer la soirée en bas. Il tripote un peu et il parle beaucoup trop, mais il est gentil. Même s'ils ne couchent pas, ces clients-là payent quand même pour passer la soirée ici, alors il faut s'en occuper. Si Madame voit que Lucien t'a mis le grappin dessus et qu'il ne veut plus te lâcher, elle ne pourra rien dire.

Les deux filles retournèrent au salon et Victoire essaya de mettre un peu d'émotion dans son sourire en se dirigeant vers Lucien.

Et alors que le vieux monsieur, ravi qu'une si jolie fille s'assoie à ses côtés, se mettait à bavarder, Victoire se recroquevilla sur le sofa en ramenant ses jambes contre elle. Elle avait le regard perdu dans le vide quand Laurent passa tout près d'elle pour sortir du salon et demander son manteau à la domestique.

Alors que la porte de la maison claquait, Victoire entendit Madame Angèle s'exclamer :

– C'était Laurent ? Eh bien, quoi, il n'est pas monté, ce soir ?

* * *

Victoire dormit cette nuit-là comme une masse. Il faisait bon, dans le grenier, mais elle s'était si bien enveloppée dans ses couvertures qu'elle se réveilla en sueur.

Dans la cuisine, à la table du déjeuner, les filles qui étaient là manifestèrent très vite leur curiosité.

– Que s'est-il passé, hier ? demanda Léontine à Victoire. Tu avais l'air complètement bouleversée…

– Un problème avec un client ? renchérit Ninon.

Alors que Victoire, gênée d'avoir à raconter une nouvelle fois une scène aussi sordide, tournait les mots dans sa tête en se demandant comment elle allait formuler sa phrase, Toinette répondit tout simplement :

– C'est Guillaume. On dirait qu'il est en train de changer ses habitudes.

– Guillaume ? Il n'est pas méchant, pourtant ! s'étonna Fatima.

– Non, c'est vrai, mais il commence à aimer attacher les filles.

– Tiens, c'est nouveau, ça ! s'exclama à son tour Olivia. Il a toujours aimé se faire sucer, c'est bien connu, mais je ne me rappelle pas qu'il ait déjà attaché l'une d'entre nous.

Victoire se mit à rougir. Entendre ces filles parler de leurs clients avec des mots aussi crus la mettait mal à l'aise. Elle était impressionnée par la façon dont ces dernières considéraient leur métier : elles parlaient le plus naturellement du monde des choses les plus intimes. La pudeur n'avait décidément aucune place dans cette maison.

Fatima, en voyant les joues empourprées de sa voisine, éclata de rire.

– On dirait que ça te choque de nous entendre parler comme ça, dit-elle. Et pourtant, tu peux me croire, après avoir vu un certain nombre de pénis, on ne s'embarrasse plus avec les convenances !

Le rire se propagea autour de la table avant que Toinette intervienne.

– Ne l'embêtez pas trop, les filles, gronda-t-elle gentiment. Ça ne fait pas longtemps que Victoire est ici, elle doit encore apprendre le métier. En attendant, méfiez-vous de Guillaume. S'il commence à attacher les filles, allez savoir ce que ce sera la prochaine fois !

– C'est fou, je n'aurais jamais cru qu'il serait du genre à dévier de sa route, constata Léontine. C'est vrai qu'il adore les fellations, mais ça fait des années que c'est comme ça et il n'a jamais donné le moindre signe qu'il pourrait un jour chercher autre chose.

– Bah, tu sais comment ils sont, fit Ninon en haussant les épaules. Ils n'en ont jamais assez…

À ces mots, toutes les filles acquiescèrent.

– Méfiez-vous la prochaine fois que vous monterez avec lui, reprit Toinette. Je n'aime pas ça quand un client change ses habitudes. Le plus souvent, ça veut dire soit qu'il est déçu de notre prestation, soit qu'il commence à devenir dangereux.

– Ne vous affolez pas, on n'en est pas encore là avec Guillaume, fit Olivia. C'est un gros ours, il n'est pas bien méchant.

– Peut-être, mais si vous aviez été à la place de Victoire hier soir, vous n'auriez pas trouvé ça drôle, surtout quand c'est la première fois qu'on se fait attacher…

– Tu as eu peur ? demanda Fatima à Victoire, qui n'avait toujours pas dit un mot depuis le début de la conversation.

– Un peu, répondit celle-ci en baissant les yeux. Je ne m'y attendais pas.

Inutile pour elle d'ajouter que l'homme lui avait fait peur. Les filles se souvenaient de la pâleur de ses joues lorsqu'elle était redescendue au salon et elles n'avaient pas besoin de mots pour comprendre.

– Ma pauvre chérie, fit Fatima, en entourant les épaules de la jeune fille d'un bras pour la serrer contre elle. Je te comprends, moi aussi je déteste ça… Quand on ne connaît pas bien l'homme avec qui on monte, c'est toujours un peu inquiétant.

– En tout cas, merci pour l'information, reprit Olivia. Il vaut toujours mieux être prévenu, et on se méfiera la prochaine fois qu'on montera avec ce bonhomme-là.

– Et puis, ne t'en fais pas, conclut Fatima, en serrant une dernière fois les épaules de sa voisine. Tu sais qu'on est toutes là si jamais tu as un problème avec un client ou que tu as besoin de conseils…

Victoire n'en revenait pas de la solidarité dont faisaient preuve une nouvelle fois ses compagnes. Elle venait de comprendre que les filles se parlaient entre elles et échangeaient des informations pour être le mieux préparées possible face à leurs clients. Cela la rassura.

* * *

Plus jamais ça…

Si c'est à ça que ça me mène de vouloir m'amuser avec les clients, juste pour rendre le travail un peu plus agréable, alors c'est terminé.

Ils peuvent bien vouloir tous coucher avec moi, je les laisserai faire parce que je n'ai pas le choix, mais qu'ils ne comptent plus sur moi pour jouer les séductrices.

Tout ça pour une stupide cigarette!

Je ne sais pas comment ça se passe pour les autres filles, mais elles n'ont visiblement pas ce genre de problème. Ou alors elles savent mieux que moi s'en arranger. Elles sont toutes là à minauder, à faire du charme, à battre des cils et à faire la moue pour attirer les clients… Ça pourrait presque être une jolie parade amoureuse si ça n'était pas si pathétique. Ça sonne faux, c'est ridicule. Mais je suppose que c'est une question d'habitude: les filles font semblant d'être sincères, et les hommes font semblant d'y croire.

En tout cas, une chose est sûre, je ne me laisserai plus jamais attacher. Trop dangereux. Je veux bien faire ce qu'ils veulent, me laisser prendre dans n'importe quelle position, je peux bien les embrasser, les lécher, leur faire n'importe quoi, mais plus jamais on ne m'attachera.

Jamais!

Chapitre 11

Cela faisait maintenant deux mois que Victoire était entrée au *Magnolia* et elle n'en était presque pas ressortie.

Les activités hors de la maison étaient rares. Les clients qui, comme Maxime, emmenaient leur putain attitrée pour souper ou passer la nuit à l'extérieur ne le faisaient que de manière occasionnelle, et lorsqu'une fille voulait d'elle-même rendre visite à des connaissances ou simplement sortir pour se divertir, il fallait demander à Madame Angèle des autorisations que celle-ci n'accordait que rarement. Pour une prostituée, sortir seule était tout simplement interdit par la loi — leur simple présence dans un lieu public pouvait passer pour du racolage, même si elle ne faisait que d'innocentes emplettes. Prudente, la tenancière préférait généralement garder ses filles à l'intérieur et sa porte bien fermée, leur laissant uniquement le jardin de la maison pour profiter un peu du dehors.

– Mais si on se tient correctement, il n'y a pas de raison de se faire arrêter ? avait soulevé Victoire. Ce n'est pas écrit sur notre visage que nous sommes des putains, alors qui pourrait s'en douter ?

– Je suppose que non, mais Madame préfère ne prendre aucun risque. Et puis… pour elle, c'est aussi un moyen de se débarrasser des amoureux, avait répondu Toinette.

– Que veux-tu dire ?

– En nous gardant à la maison, elle est certaine que les seules personnes que nous rencontrons sont les clients. Alors que si tu sors en ville et que tu rencontres un joli garçon, il est possible qu'il cherche à te soutirer ton argent, et pour elle ce serait une influence néfaste.

Toinette, qui avait endossé le rôle de la grande sœur et qui dispensait ses conseils dès que Victoire en avait besoin, n'avait pas une très haute opinion de Madame Angèle, mais cela ne l'empêchait pas de se soumettre sans rien dire. Victoire, révoltée contre ce contrôle permanent de la part de la tenancière, s'étonnait toujours de la passivité de son amie.

– Oh, c'est dans l'ordre des choses, tu sais, soupirait Toinette avec résignation.

Madame Angèle, malgré les efforts qu'elle faisait pour maintenir ses pensionnaires sous bonne garde, était bien consciente qu'elle ne pouvait pas les enfermer l'année durant sans risquer une mutinerie. Aussi la tenancière gérait-elle sa maison avec un subtil équilibre de contraintes et de récompenses, en veillant à ce que les filles frustrées par leur enfermement quasi permanent puissent se consoler avec d'autres privilèges. Elle faisait parfois venir dans ses salons une diseuse de bonne aventure ou des musiciens errants qui les divertissaient, et elle organisait des sorties de groupe au moins une fois par mois. Il pouvait s'agir d'une visite dans une foire ou au port, mais le plus souvent, sous prétexte de leur faire prendre l'air, elle emmenait ses filles en pleine nature, loin des foules qui pourraient les remarquer et trouver à y redire. De cette façon, même à l'extérieur de la maison, les filles restaient entre elles.

Victoire avait d'ailleurs participé à l'une de ces sorties. Madame Angèle, accompagnée d'Henri, avait emmené tout le monde passer la journée à la campagne, entre promenades dans les bois et pique-nique sur le bord de l'eau, pour admirer les couleurs de l'automne. La journée s'était avérée pluvieuse et les filles étaient rentrées transies de froid, mais revigorées et heureuses comme tout.

Malgré tout, et bien que Victoire fût d'un caractère assez casanier, cette dernière se demandait comment elle avait fait pour vivre entre ces murs pendant si longtemps sans devenir tout à fait folle, d'autant plus qu'après l'été, voilà que l'automne s'achevait lui aussi et que les heures passées dans le jardin se faisaient plus rares.

Les cheminées du rez-de-chaussée s'étaient mises à ronfler gaiement du matin au soir. Elles étaient bien les seules, car Madame Angèle ne chauffait le premier étage que pour l'arrivée des clients. Quant au grenier où dormaient les filles, il ne fallait pas y compter : elle s'était contentée de leur donner des couvertures supplémentaires et des cartons pour calfeutrer un peu les maigres lucarnes.

Victoire, qui découvrait toujours un peu plus les rouages qui composaient le quotidien du *Magnolia,* s'en était inquiétée. Elle ne se souvenait que trop bien de l'hiver glacial qu'elle avait passé entre la pension de Masson et la manufacture de Goudreau.

– Est-ce qu'on va devoir passer l'hiver au complet avec seulement quelques couvertures de plus ? avait-elle demandé à Toinette.

– Non, rassure-toi. Dès qu'on aura les premières neiges, Madame fera installer un petit poêle dans chaque chambre, avec une quantité de bûches pour la journée. Mais pour l'instant, il ne fait pas encore assez froid, alors il faut se contenter de ce qu'elle nous donne…

À cause des chutes de température et de l'humidité ambiante, les filles se concentraient donc toute la journée autour des cheminées qui chauffaient les salons. Les unes tricotaient, pendant que les autres jouaient aux cartes ou faisaient de la musique, ou s'ennuyaient tout simplement.

Avec toute cette grisaille, l'humeur de Victoire s'en ressentait. Le soir, elle s'étourdissait volontiers à grandes lampées de champagne ou de cognac chapardé sans scrupule dans le verre des clients. Pour s'occuper, elle s'était remise à jouer du piano — un instrument qu'elle n'avait pas touché depuis longtemps — et participait ainsi activement à l'animation qui régnait dans les salons.

– Tu as un très joli jeu, la complimenta Charles un soir, après l'avoir écoutée jouer pendant un moment.

Victoire l'avait revu à plusieurs reprises depuis son premier soir au *Magnolia,* mais Charles, jusque-là, n'avait pas demandé à l'avoir de nouveau. La voir jouer eut visiblement sur lui le plus bel effet, car il s'assit près de la jeune femme sur le tabouret rembourré et se mit à lui caresser le bras, les épaules et la nuque pendant qu'elle jouait.

– Tu veux monter? lui chuchota-t-il en prenant garde de ne pas l'interrompre.

– J'en finis d'abord avec Bach, répondit Victoire un peu sèchement.

La réponse arracha un sourire amusé à Charles.

– On dirait que tu commences à moins te laisser faire… constata-t-il sans s'offusquer pour autant.

La jeune femme, concentrée sur son morceau, qu'elle jouait de mémoire, ne lui répondit pas. Ce ne fut que quelques instants plus tard, après les applaudissements des hommes et des filles assis tout près et qui saluaient sa performance, qu'elle referma le couvercle du piano et prit Charles par la main pour monter à l'étage.

Pour Victoire, les soirées, malgré leur ton festif, se ressemblaient toutes. Elle commençait à avoir des clients réguliers — Charles, Simon-Pierre, Wilfrid, Samuel, Arthur ou Jacques… — qui la réclamaient d'une semaine à l'autre et avec qui elle se contentait du minimum. Dans les salons, elle ne s'amusait plus à séduire qui que ce soit: elle se contentait de se déshabiller progressivement et laissait faire ses charmes naturels.

Cela fonctionnait d'ailleurs à merveille, car les hommes venaient à elle sans aucune difficulté.

– Madame nous choisit en partie pour notre bonne éducation, grommela-t-elle un jour à Toinette, mais les clients s'en moquent. Ils ne sont pas là pour nous faire la conversation, ils veulent seulement nous écarter les jambes.

– Ils sont aussi bien contents de pouvoir écouter une jolie fille leur jouer du Bach, objecta son amie. Tu es belle et bien faite, et c'est vrai que c'est ça que la plupart des hommes recherchent, mais ne sous-estime pas la valeur de ce qui est dans ta tête. Tu crois vraiment que c'est uniquement pour leur beauté que Joséphine ou Clémence sortent au restaurant avec leurs réguliers ? Ils pourraient tout aussi bien choisir la jolie petite bonne qui fait leur lit le matin, ou bien la charmante blanchisseuse qui repasse leurs chemises. Mais non. Contrairement à ce que tu as l'air de penser, ils payent aussi pour la compagnie…

* * *

Le petit magot sous l'armoire continuait de grossir de temps en temps. Les billets, les cents et les boucles d'oreilles étaient bien plus sûrs que les jetons en bronze — qui n'avaient de valeur que celle que Madame Angèle voulait bien leur accorder — et Victoire, comme les autres filles, les cachait soigneusement. Elle se gardait bien de les utiliser pour payer les produits qu'elle achetait chez Madame Grenon : afficher une trop grosse somme pourrait attirer l'attention, aussi continuait-elle à échanger régulièrement un peu de son salaire auprès de la tenancière afin de disposer de liquidités « officielles » tandis qu'elle continuait d'amasser son petit trésor à l'abri des regards. Même Toinette ignorait où se trouvait la cachette — c'était bien la seule chose que les filles ne se confiaient jamais entre elles. Victoire se doutait que son amie devait, elle aussi, accumuler un petit pactole quelque part, mais leur silence réciproque évitait toute jalousie.

Dans l'impossibilité de s'approvisionner ailleurs que chez la vendeuse à la toilette, Victoire avait fini par jouer le jeu. Étrangement, l'épisode malheureux qui avait eu lieu avec Guillaume ne l'avait pas dissuadée de continuer à fumer quelques cigarettes. Elle en avait d'abord emprunté à ses amies, puis à des clients, avant de se rendre compte qu'elle préférait de loin les fines cigarettes emplies d'un tabac blond très doux que vendait Madame Grenon. Le nuage de fumée dont elle s'enveloppait lorsqu'elle les fumait lui donnait la sensation d'un voile indéchirable qui la protégeait de l'extérieur et l'aidait à se renfermer dans sa tête, là où rien ne pouvait l'atteindre.

Le reste de ses achats se composait généralement de friandises — la vendeuse apportait toujours des chocolats exquis — et de matériel de couture. Victoire avait en effet décidé de coudre elle-même les vêtements dont elle avait besoin, pour contourner autant que possible les prix insensés pratiqués par Madame Grenon. Aussi habile de ses mains avec une aiguille qu'elle l'était au piano ou en ébénisterie, elle produisait de petites merveilles qui impressionnaient beaucoup ses amies.

Un soir, elle était redescendue au salon vêtue d'une de ses créations : un corsage en dentelle délicate dont la transparence ne cachait pas grand-chose de ses jolis seins pointus et qu'elle avait agrémenté d'un long sautoir de perles. François, un grand maigre d'une quarantaine d'années, n'y avait pas résisté.

– Tu es magnifique, lui chuchota-t-il peu après, lorsqu'ils s'installèrent dans la chambre à la baignoire de marbre. Ton corps est fait pour porter les plus belles robes…

Le compliment s'était arrêté là : loin de vouloir habiller la jeune femme, François s'était plutôt employé à faire le contraire. Il l'avait fait s'allonger nue sur le lit et, alors qu'elle s'attendait à ce qu'il baisse son pantalon, il s'était simplement assis au bord du lit et avait commencé à la caresser sur tout le corps, des cheveux jusqu'aux orteils. D'abord surprise, la jeune femme s'était laissé faire en se demandant où son client voulait en venir. Mais alors que les caresses continuaient et que François semblait y trouver un plaisir particulier, elle s'était peu à peu abandonnée et avait fermé les yeux.

Son client n'était pas un homme physiquement très attirant — trop maigre, les yeux trop tombants et la bouche un peu morne — mais il avait des mains chaudes qui savaient visiblement très bien ce qu'elles faisaient et Victoire apprécia beaucoup le traitement. Fatiguée de sa nuit, détendue par les caresses, elle s'était presque endormie. François, lui, était tellement en admiration devant le corps de Victoire étendu dans les draps immaculés, avec ses yeux bleus, ses cheveux presque noirs ornés de fleurs et sa peau claire sur laquelle luisaient les perles du sautoir, qu'il commença à se masturber d'une main tandis qu'il continuait à la caresser de l'autre. Victoire, assoupie, comprit ce qui se passait lorsqu'elle sentit son client s'agiter frénétiquement, et elle ouvrit les yeux juste au moment où il se redressait pour éjaculer sur son ventre.

Au regard interrogatif que la jeune femme lui lança, François répondit par un sourire qui ressemblait presque à une excuse.

– Tu étais si belle, endormie…

Mais il n'en resta pas là. Visiblement fasciné par tous les jolis vêtements qui composaient la toilette d'une femme, il demanda même à Victoire d'aller chercher la robe qu'elle avait portée au début de la soirée pour la remettre devant lui, juste pour le plaisir d'assister à tout cela. La jeune femme, heureuse de s'en tirer pour une fois à si bon compte, ne se fit pas prier. Elle se contenta d'essuyer avec un linge le sperme qui avait coulé sur son ventre ; elle se prêta au jeu de l'habillement avec d'autant plus de plaisir que François voulait l'aider et que ses doigts un peu maladroits rendaient les choses plus amusantes qu'utiles.

Finalement, de nouveau vêtue de sa robe du soir et n'ayant pas besoin de passer par la salle de bain pour se laver, Victoire redescendit l'escalier au bras de son client, qui la menait avec la même galanterie que s'il avait conduit son épouse au théâtre, tout en bavardant et en riant.

En bas, ils croisèrent Madame Angèle, qui surveillait la sortie des hommes. Elle s'empressa auprès de François pour s'assurer, par quelques mots bien choisis, qu'il était satisfait de sa soirée.

– Madame, lui répondit ce dernier, votre petite nouvelle est d'une beauté exquise. Je n'ai jamais vu une peau si belle… Avec votre permission, j'aimerais beaucoup lui faire un cadeau.

Victoire haussa les sourcils, sincèrement étonnée. Un cadeau ? Pour s'être simplement laissé caresser ? Elle n'était pas au bout de ses surprises, car François, sourire aux lèvres, continua :

– Je voudrais la voir dans une robe de chez Mademoiselle Émilie. Une robe blanche, plus précisément. C'est une couleur qui lui va à ravir.

– C'est un magnifique cadeau que vous lui faites là, cher ami, répondit Madame Angèle. Ces robes coûtent une petite fortune…

– Soyez sans crainte, l'argent n'est pas un problème. Je réglerai la facture la prochaine fois que je viendrai.

– Très bien, mais je crains par contre que ce ne soit un peu long, insista la tenancière. Pour une création unique de Mademoiselle Émilie, il faut bien compter au moins quatre semaines.

– Je patienterai.

Reprenant toutes les manières d'un galant homme, il se tourna alors vers Victoire, qu'il salua en portant sa main à ses lèvres. Après quoi, il se tourna vers la servante qui l'attendait pour lui donner son manteau et il disparut dans la rue.

* * *

Victoire se demandait dans quelle mesure elle devait prendre au sérieux la promesse d'un tel cadeau de la part d'un client. Elle n'avait jusque-là reçu que quelques billets et la paire de boucles d'oreilles offerte par Jean-Baptiste, si bien qu'elle s'attendait à ce que François revienne sur sa décision. Après tout, le bordel était bien le seul endroit en ville où les hommes pouvaient se permettre des paroles en l'air sans se sentir obligés d'en répondre.

Mais Madame Angèle avait pris la chose très au sérieux. Elle aborda le sujet dès le lendemain matin, alors que Victoire entrait dans son bureau pour lui échanger les jetons qu'elle avait gagnés.

– Alors comme ça, on dirait que François t'a à la bonne, commença la tenancière. Il me complique un peu la vie, mais je le connais : il ne manquera pas de vérifier si j'ai bien respecté ses désirs. Est-ce toi qui lui as réclamé cette robe ?

Victoire ne sut que répondre. Allait-on la prendre en faute ?

– Tu peux me le dire, tu sais, continua Madame Angèle, qui avait senti son hésitation. Ce n'est pas un problème. Au contraire, j'aime bien voir que mes filles ont une influence sur les clients, ça permet de faire tourner le commerce.

– Non, je n'ai rien demandé. Je ne sais même pas qui est cette Mademoiselle Émilie.

– Tu ne la connais pas ? Vraiment ? C'est une des couturières les plus en vogue de la ville. Elle tient boutique sur la rue Sherbrooke, et les gens se bousculent pour avoir une robe qui porte son nom…

Victoire secoua la tête. Elle n'en avait jamais entendu parler. Devant elle, assise à son bureau, Madame Angèle repoussa un instant le livre de compte sur lequel elle était penchée pour inscrire les revenus de Victoire. Comme elle le faisait souvent lorsqu'elle réfléchissait, elle alluma une cigarette et se laissa aller contre le dossier de son fauteuil.

– Il va falloir que je t'envoie chez elle pour faire prendre tes mesures, continua-t-elle. Je vais lui écrire pour avoir un rendez-vous et je demanderai a Anne de t'y accompagner. J'imagine qu'il y aura aussi une ou deux autres visites pour les ajustements... Tu as de la chance que ce soit François qui l'ait demandée, tu sais, car je le connais depuis longtemps et je sais qu'il paiera. Si ç'avait été un autre client, j'aurais attendu de voir la couleur de son argent d'abord.

* * *

Dans le bureau, Victoire s'était retenue de montrer sa joie, mais dès qu'elle remonta dans sa chambre, un large sourire fleurit sur ses lèvres.

– Une bonne nouvelle? demanda Ninon qu'elle croisa dans l'escalier du grenier.

– Je vais enfin avoir une sortie, moi aussi! répondit Victoire. Madame m'envoie chez une certaine Mademoiselle Émilie, pour me faire faire une robe.

– Quoi! s'exclama Ninon en ouvrant de grands yeux. Une robe de chez Émilie?

– Oui, c'est un client qui me l'offre.

– Oh, quelle chance tu as! Ces robes sont divines!

Cela, Victoire s'en moquait. Tout ce qu'elle avait retenu, c'était qu'elle allait pouvoir sortir un peu de cette maison.

* * *

Le rendez-vous fut fixé au mercredi suivant. Dans les jours qui précédèrent, Victoire trépigna comme une enfant excitée: non seulement elle allait enfin sortir un peu de cette maison, mais en plus, elle allait quitter Montréal pour se rendre dans une ville qu'elle ne connaissait pas.

Elle s'était renseignée auprès de ses amies. Mademoiselle Émilie avait ouvert sa boutique en plein cœur de la ville de

Côte Saint-Antoine, une riche banlieue située sur le versant ouest du mont Royal, entourée des plus riches familles anglophones de la région. Pour une femme seule, visiblement non mariée et francophone de surcroît, c'était vraiment tout un exploit. Victoire ne connaissait rien de ces toilettes exquises qui sortaient de l'atelier de la créatrice, mais à en croire ses compagnes, ce devait être quelque chose : il suffisait de prononcer le nom d'Émilie pour que les yeux se mettent aussitôt à briller. La réputation de la couturière s'était construite grâce aux toilettes extrêmement chics, mais un peu provocantes, que certains qualifiaient presque de « sulfureuses » et qu'on montrait du doigt du côté des francophones, car on les trouvait à la limite de la décence, mais que les Anglais — plus ouverts d'esprit — s'arrachaient.

Pour les rares occasions où les filles sortaient en ville, Madame Angèle tenait à ce qu'elles fassent honneur à sa maison. Comme la plupart d'entre elles étaient entrées au bordel sans un sou, criblées de dettes et ayant vendu la plupart de leurs biens avant d'en arriver à se tourner vers la prostitution, les armoires du grenier n'étaient pas bien remplies et il fallait les habiller des pieds à la tête.

Il en allait de même pour Victoire, qui ne possédait que les vêtements qu'elle avait sur le dos lorsqu'elle était entrée chez Madame Angèle, et les chemises qu'elle s'était fabriquées. Elle passa donc une heure dans le petit cabinet des appartements privés de sa patronne où se trouvaient toutes les robes, afin de lui trouver une tenue de ville. Le choix de Madame Angèle s'arrêta finalement sur une robe d'un vert profond, aux coutures soulignées d'un fin passepoil couleur ivoire, et dont les manches et le décolleté étaient ornés de généreuses quantités de dentelle et de deux rangées de petits boutons de nacre. Comme le froid s'intensifiait, il fallut ajouter à cela un manteau de laine, une paire de gants et un chapeau, ainsi que de ravissantes bottines qui, quoiqu'un peu petites pour les pieds de Victoire, lui donnaient une démarche gracieuse.

Madame Angèle alla même jusqu'à commander le coiffeur pour qu'il s'occupe de Victoire avant sa sortie — d'ordinaire, Antoine venait uniquement les vendredis et les samedis. Le jeune homme se présenta tôt ce matin-là, avec son habituel assortiment de peignes, d'épingles, de fers à friser et de potions en tous genres, et il s'enferma avec Victoire dans la grande salle de bain de l'étage. Il transforma en un temps record les longs cheveux souples de Victoire en une masse de boucles généreuses, qu'il attacha ensuite en un chignon aussi volumineux qu'élégant dans lequel il piqua un bijou de nacre.

Lorsque Victoire, enfin prête, descendit le grand escalier, elle ressemblait à l'une de ces dames élégantes qu'elle avait si souvent admirées dans la rue. Bien déterminée à profiter de sa sortie, elle avait glissé dans une jolie bourse de velours prêtée par Ninon des cigarettes, la totalité du petit magot sous l'armoire, ainsi que les boucles d'oreilles de Jean-Baptiste enveloppées dans un mouchoir. Si elle en avait le temps, elle en profiterait pour les faire estimer. Elle, qui était d'habitude plutôt économe, avait décidé de ne rien se refuser.

Anne, qui devait l'accompagner, attendait près de la porte, dans son habituelle tenue de soubrette.

– Ne traînez pas trop en chemin, leur recommanda une dernière fois Madame Angèle. Mademoiselle Émilie ne tolère pas qu'on la mette en retard.

Victoire sourit intérieurement. Elle était curieuse de rencontrer cette couturière-vedette qui, comme Adémar Boivin à Boucherville, avait atteint une renommée suffisante pour pouvoir se permettre de dicter ses conditions à ses clients.

* * *

Enfin, la porte claqua derrière elle et la rue familière, qu'elle avait si souvent regardée à travers les rideaux, se mit à défiler sous ses yeux tandis qu'elle emboîtait le pas à la petite Anne.

– Faut-il appeler une voiture ? demanda Victoire alors qu'un cocher ralentissait à sa hauteur, l'œil interrogatif, prêt à lui proposer ses services.

– Non, répondit Anne. Madame préfère que nous prenions l'omnibus, c'est moins cher.

Décidément, malgré l'argent que lui rapportaient quotidiennement ses filles, Madame Angèle trouvait tous les moyens pour faire des économies. Mais Victoire ne s'en offusqua pas. Elle avait l'intention de profiter au maximum de sa journée de liberté, et rien ne pouvait gâcher sa bonne humeur.

À un croisement de rues, les deux jeunes femmes grimpèrent dans un des rares omnibus encore en fonction, tiré par deux chevaux. Tous les bancs étaient occupés, mais à peine Victoire était-elle entrée dans l'habitacle qu'un homme d'une cinquantaine d'années, portant grosse moustache et chapeau bien bas sur le front, se leva pour proposer sa place. Victoire, consciente du statut privilégié que lui conférait sa tenue de belle dame, laissa Anne debout à une extrémité du wagon avec les autres domestiques, et accepta en souriant le siège qu'on lui offrait. Après avoir passé des mois, à l'époque où elle travaillait chez Goudreau, à voyager debout, c'était son tour maintenant de s'asseoir avec les gens aisés.

On dut quitter l'omnibus pour grimper cette fois dans un tramway. Le voyage fut charmant. Victoire regardait partout, elle s'enivrait de tous ces visages inconnus et tâchait de graver dans sa mémoire les façades des bâtiments qui défilaient sous ses yeux. Elle retrouvait presque avec surprise les bruits et les odeurs de la ville, comme si elle les avait oubliés. Et alors que dans le jardin de Madame Angèle, les arbres et les buissons jaunissaient de façon inégale, les gros arbres qui ombrageaient les rues de la ville étalaient une palette de couleurs automnales magnifiques.

Vint le moment où Anne lui fit signe qu'il fallait descendre.

En posant le pied sur le trottoir, Victoire se prit presque pour une grande voyageuse : elle avait l'impression qu'elle se trouvait dans un autre monde. Elle qui n'avait jamais vécu qu'à Boucherville ou bien sur la rue Craig dont elle ne s'était pas beaucoup éloignée, toujours entourée de Canadiens français comme elle, voilà qu'elle entendait partout parler anglais. Ici, les gens étaient riches — très riches ! — et cela se voyait, car les maisons, énormes, plantées au milieu de vastes jardins, rivalisaient tout autant d'élégance que les dames sur les trottoirs.

Comme le quartier était essentiellement résidentiel, les rares boutiques étaient faciles à repérer. Il ne fut donc pas difficile de repérer celle de Mademoiselle Émilie, qui affichait ses couleurs un peu plus bas, au croisement de la rue Greene.

Suivant toujours Anne et son petit pas pressé, Victoire, qui n'avait pas fini de s'émerveiller, entra dans la boutique de la fameuse Émilie.

En vérité, il n'y avait pas grand-chose, dans cette boutique. En vitrine, trois mannequins de bois présentaient des créations de la couturière. Sur le mur principal, un grand nombre de photos montrant les toilettes portées par quelques élégantes ou actrices célèbres. Pour tout mobilier, deux fauteuils et un petit guéridon pour faire patienter les clientes, et un comptoir de réception : le reste devait se dérouler dans l'arrière-boutique.

– *Good afternoon*, madame. *May I help you ?*

Victoire tressaillit en réalisant que c'était à elle qu'on s'adressait. Anne, en simple domestique, s'était rangée silencieusement derrière elle.

– Oh, excusez-moi, fit Victoire en réagissant. J'ai rendez-vous à onze heures…

L'hôtesse qui l'avait accueillie changea aussitôt de langue et lui parla en français, quoique avec un accent très prononcé.

– Un instant, fit-elle tandis qu'elle consultait le registre ouvert devant elle. Mademoiselle Letellier, n'est-ce pas ?

Victoire hocha la tête.

– Si vous voulez bien patienter un instant, continua l'hôtesse, je vais voir si Mademoiselle Émilie est disponible.

Victoire jeta un regard à Anne et s'assit sur le fauteuil qu'on lui désignait, tandis que l'hôtesse disparaissait dans l'arrière-boutique.

* * *

La visite dans l'arrière-boutique fut extrêmement courte.

Mademoiselle Émilie était une femme d'une trentaine d'années, aux cheveux noirs attachés très haut sur la tête. Elle était vêtue d'une robe très simple, presque sans ornements, et qui était taillée dans un assortiment de tissus aux textures différentes et dans plusieurs tons de gris foncé, mais dont la coupe lui faisait une silhouette parfaite, quels que soient sa posture ou ses mouvements : elle pouvait se pencher, s'asseoir ou se retourner, cela faisait toujours ressortir ici ou là une ligne du vêtement d'une parfaite élégance.

La femme en question ne semblait pas d'un caractère facile et ne répondit que de façon mécanique aux saluts polis que lui adressa Victoire. Dès qu'elle sut qu'il lui fallait produire pour sa cliente une robe de soirée blanche, ce fut comme si Victoire ne devenait à ses yeux qu'un corps à habiller. Mademoiselle Émilie se mit à la détailler des pieds à la tête, n'hésitant pas à pincer le tissu de la robe que portait la jeune fille pour voir où se trouvaient réellement ses seins, ses hanches, ses cuisses ou ses mollets.

Puis, la couturière attrapa un fusain et se mit à crayonner à toute vitesse sur un large bloc de papier. En quelques minutes, après seulement deux ou trois essais, elle avait représenté ce qui serait la base de la future robe.

– Cela vous plaît? demanda-t-elle à Victoire. Bien sûr, il faut imaginer le soin que nous allons apporter au tissu et aux détails, mais que dites-vous de la silhouette générale?

Victoire, impressionnée par ce que promettait le dessin, approuva. Ce fut alors le ballet des assistantes : trois jeunes femmes l'entourèrent pour prendre ses mesures tandis que Mademoiselle Émilie s'éclipsait.

* * *

Il ne s'était pas écoulé une demi-heure que Victoire et Anne étaient de retour sur la rue Sherbrooke. Anne, tout aussi impressionnée, ne tarissait pas d'éloges.

– Tu as tellement de chance! ne cessait-elle de répéter. J'en connais qui donneraient cher pour avoir une robe comme celle-là!

Victoire approuvait, préférant se concentrer sur ce petit plaisir qui lui était offert, en occultant les conditions dans lesquelles elle l'avait obtenu.

– Et si on s'arrêtait quelque part, pour fêter ça? proposa-t-elle. Puisque aujourd'hui je peux me permettre de jouer les grandes dames, j'ai bien envie de m'arrêter dans un salon de thé…

– Je suis désolée, s'excusa Anne en secouant vigoureusement la tête, mais Madame m'a demandé de te ramener à la maison aussitôt que le rendez-vous serait terminé.

– Tu n'es pas sérieuse! protesta Victoire. Je ne sors jamais de la maison, je peux bien en profiter un peu, non?

Mais Anne fut inflexible.

– Désolée, ce n'est pas moi qui décide.

Et elle se dirigea vers le tramway qui devait les ramener à Montréal.

Cette annonce entama terriblement la bonne humeur de Victoire. Elle qui s'était fait une joie de passer la journée à l'extérieur, voilà qu'elle était déjà sur le chemin du retour alors qu'il n'était pas encore midi. Dépitée, elle se renfrogna. Les gens et les bâtiments avaient soudain perdu de leur intérêt.

* * *

C'est tout de même une drôle de vie.

À Boucherville, mes frères me surveillaient, mais j'étais quand même libre de mes déplacements. Et maintenant, il faudrait que je me contente des murs d'une seule maison ? C'est vrai qu'elle est grande et confortable, mais je ne vais pas rester enfermée là toute ma vie ! Si c'était ça que je voulais, je serais rentrée dans un couvent...

* * *

Maussade, Victoire suivait la petite Anne comme une automate. L'attitude fière et sûre d'elle qu'elle avait en quittant la maison ce matin avait disparu.

Par chance, le changement du tramway pour l'omnibus lui offrit une occasion en or.

Lorsque le tramway s'arrêta, il y eut un instant de confusion générale, entre les passagers qui descendaient et ceux qui montaient. Anne, qui se trouvait devant, fut facilement emportée par le flot et grimpa les marches du wagon en s'assurant simplement que Victoire avait pu la suivre. Cette dernière, en effet, posa le pied sur la plateforme du tramway, mais lorsque le véhicule s'ébranla, elle eut un déclic.

– Excusez-moi, dit-elle au jeune homme qui se trouvait juste derrière elle. Je crois que je me suis trompée...

Alors que les chevaux prenaient leur élan, Victoire sauta sur le trottoir sans un regard pour la pauvre Anne, qui comprit avec effroi ce qui se passait mais qui, bloquée par la foule compacte qui s'était installée dans le wagon, était incapable de réagir. D'ailleurs, Victoire s'éloignait déjà dans la direction opposée en courant aussi vite que le lui permettaient sa robe et ses ravissantes bottines.

Ce ne fut que lorsqu'elle perdit de vue le tramway, quelques dizaines de pas plus loin, que Victoire s'arrêta pour reprendre son souffle. Elle se blottit sous une porte cochère, le temps de reprendre ses esprits entre deux éclats de rire. Elle était très fière de son mauvais coup. On avait bien tenté de lui refuser sa liberté pour aujourd'hui, elle l'avait prise quand même, de force.

Lorsqu'elle fut enfin calmée, elle songea à ce qu'elle allait faire. Même si elle s'orientait grossièrement dans la ville, elle ne connaissait pas le quartier dans lequel elle se trouvait. Puis, elle commençait à avoir faim, le salon de thé ne lui semblait plus une aussi bonne idée : tant qu'à se faire plaisir, un bon restaurant ferait mieux l'affaire. Mais elle n'oubliait pas qu'elle voulait faire expertiser les boucles d'oreilles de Jean-Baptiste et elle se décida finalement à demander son chemin à un couple de passants qui lui indiquèrent une bijouterie, à quelques coins de rue de là.

L'homme qui la servit se montra très aimable.

– De l'or jaune... Probablement du jaune « florence », fit-il en examinant les bijoux à l'aide d'une lunette. C'est un joli travail, mais ces boucles sont bien petites, et leur poids en or ne doit pas valoir très cher, je préfère vous prévenir.

Il s'éloigna vers le fond de la boutique pour mesurer et peser les bijoux avec des manipulations savantes. Puis, il revint vers Victoire et lui annonça :

– Je peux vous en offrir huit dollars. Guère plus, je le crains...

La jeune femme n'essaya pas de marchander. Elle n'était de toute façon pas venue pour revendre ces boucles d'oreilles, elle voulait simplement avoir une idée de leur valeur marchande, au cas où elle en aurait un jour besoin. Le prix que lui avait donné le bijoutier était honorable, mais elle n'était pas naïve : il avait certainement baissé la valeur réelle des bijoux pour les acheter au moindre prix. Elle s'excusa donc en précisant qu'elle allait réfléchir, puis elle s'éclipsa.

Mais elle ne remit pas les boucles d'oreilles dans leur mouchoir. Maintenant qu'elle était libre, elle avait tout loisir de les porter. Elle les accrocha donc à ses oreilles.

Avec ses économies en poche, elle pouvait maintenant faire ce qu'elle voulait des quelques heures de liberté qu'elle avait volées. Elle déambula un moment dans les rues, passant de vitrine en vitrine, comme n'importe quelle demoiselle occupée à ses emplettes, puis entra dans un restaurant qui lui semblait engageant. Elle allait enfin pouvoir jouer les grandes dames.

Elle demanda à s'installer au bord d'une des grandes fenêtres qui donnaient sur la rue. De sa place, elle avait un œil à la fois sur l'extérieur et sur l'ensemble de la salle du restaurant où étaient attablés quelques couples et un groupe d'une demi-douzaine de personnes.

Le serveur se montra attentionné et plein de considération. Victoire, pleine d'assurance, s'amusait à faire des manières élégantes et lui commanda du bœuf ainsi qu'une bouteille de vin.

Le repas fut délicieux. Très à l'aise, Victoire fit honneur à son assiette en faisant semblant d'ignorer les regards que lui lançaient à l'occasion les autres clients, apparemment surpris de la trouver seule. Parmi le groupe de jeunes gens, on riait fort, on lançait des blagues dont toute la salle profitait, ce qui faisait beaucoup rire Victoire. Elle observait le manège des autres clients, un peu choqués par ce joyeux remue-ménage. Il y avait en particulier une dame d'un certain âge qui poussait des petits « oh ! » muets et qui levait les yeux au ciel quand un éclat de voix plus fort que les autres la faisait sursauter. Les autres couples, en revanche, lançaient aux jeunes hommes des regards en biais, mais ils affectaient de ne rien voir. Stoïques, ils mangeaient en silence, ne s'échangeant que quelques mots polis.

Victoire, de son côté, jouait tous ses atouts. Consciente d'être observée du coin de l'œil, aussi bien par les jeunes hommes un peu bruyants que par les quelques couples assis autour d'elle, elle mesurait chacun de ses gestes. Comme le restaurant très chic dans lequel elle se trouvait s'adressait à une clientèle aisée, elle s'appliquait à montrer sa bonne éducation pour faire illusion.

En effet, elle n'avait jamais appartenu à cette grande bourgeoisie qui s'enrichissait à mesure que les industries manufacturières se développaient. À Boucherville, même fille d'un artisan reconnu, elle n'avait jamais été qu'une petite jeune fille convenable et modeste. Cette classe d'élite montréalaise, elle la côtoyait tous les soirs au travers de ses clients, et elle se disait qu'aujourd'hui, dans cette exquise tenue de ville et dans ce beau restaurant, elle pouvait bien prétendre être une de ces dames bien nées qu'épousaient ses clients.

Ce petit jeu l'amusait beaucoup et la tint occupée tout le long du repas. Après quoi elle commanda un dessert et un thé. Alors qu'elle attendait d'être servie, elle sortit de sa petite sacoche le boîtier dans lequel elle rangeait ses cigarettes.

– Avez-vous du feu ? demanda-t-elle au serveur alors qu'il lui apportait sa commande.

Ce dernier tressaillit, visiblement surpris, mais il reprit très vite son professionnalisme et il sortit de sa poche un briquet qu'il lui présenta galamment avant de s'éloigner.

Victoire se détendit. Elle laissa son regard se perdre dans l'animation de la rue, grignotant nonchalamment un peu de son dessert entre chaque bouffée de cigarette. De nouveau, les nuages de fumée blanche lui donnèrent l'impression qu'elle s'enveloppait dans un voile où rien ne pouvait l'atteindre.

Comme elle se trompait…

Alors qu'elle terminait sa cigarette, son attention fut de nouveau attirée vers la salle du restaurant, où un couple se levait pour partir. Il s'agissait de la dame qui avait si souvent soupiré, ennuyée par le bruit des jeunes hommes attablés plus loin. Victoire, amusée, supposa que ces derniers étaient finalement venus à bout de la patience de la dame en question, jusqu'à ce qu'elle remarque que c'était à elle que cette dernière adressait maintenant des regards furibonds.

En quelques minutes, la dame et son mari furent dehors. Alors qu'ils passaient sur le trottoir devant Victoire, de l'autre côté de la vitre, ils eurent pour elle un petit air méprisant qu'elle ne pouvait pas manquer de remarquer.

La jeune femme ne comprit pas tout de suite. Interloquée, elle se mit à observer les clients qui restaient. À la table des jeunes gens, la conversation avait baissé d'un ton, et les têtes se tournaient maintenant vers elle, sourire en coin. Une expression qu'elle ne connaissait que trop bien. Quant aux autres couples, ils lui jetaient eux aussi des regards en coin, mais contrairement à la dame qui était sortie, ils faisaient semblant de ne rien remarquer.

– Avez-vous terminé, mademoiselle? demanda le serveur en s'approchant de sa table.

Victoire jeta un coup d'œil à son assiette: son dessert n'était qu'à moitié entamé.

– Non, je n'ai pas fini, protesta-t-elle sèchement.

Le serveur se confondit aussitôt en excuses et s'éloigna, mais le mal était fait. Victoire ne se sentait déjà plus la bienvenue.

* * *

Que me veulent-ils, d'un seul coup?

Qu'est-ce que j'ai fait pour qu'ils me regardent tous comme ça? Ce n'est pas écrit sur mon visage que je suis une putain, que je sache! Et pourtant, le regard de cette bonne femme, tout à l'heure… C'était bien ça qu'il voulait dire…

Et l'autre, qui veut m'enlever mon assiette, comme s'il n'avait pas vu que je n'avais pas terminé! Pour un peu, on dirait qu'il essaye de me pousser dehors!

* * *

En baissant les yeux vers sa table, Victoire aperçut le mégot de sa cigarette qu'elle avait mal écrasé et qui fumait encore légèrement. Elle comprit alors ce qui l'avait trahie: les femmes honnêtes ne fumaient pas.

Elle avait été sotte, elle aurait dû faire attention à ce genre de détails. Rendue mal à l'aise par les regards insistants que lui lançaient maintenant les jeunes gens à travers la salle, elle fit signe au serveur pour demander l'addition. Celui-ci s'exécuta en un temps record et la jeune femme, pressée de se soustraire à ces visages indiscrets, abandonna finalement son dessert, paya et sortit.

* * *

Dehors, elle se mit à respirer de nouveau librement. Les gens qu'elle croisait maintenant sur le trottoir ne la dévisageaient plus, elle était redevenue l'une d'entre eux. Pourtant, toujours nerveuse, elle enfila un certain nombre de rues sans même s'en rendre compte, juste pour s'éloigner au plus vite du restaurant. Ce ne fut que lorsqu'elle déboucha sur un grand parc qu'elle se demanda enfin où elle se trouvait.

Elle était dans un quartier qu'elle ne connaissait pas, mais en fin de compte cela lui était égal. Remise de ses émotions, elle se laissa attirer par le parc. Les arbres offraient un éventail de couleurs magnifiques que faisait briller un petit soleil froid, et Victoire se dit qu'une promenade dans ce petit coin de nature lui ferait le plus grand bien.

À force de croiser des promeneurs et des familles qui flânaient paisiblement, la cadence de son pas ralentit. La jeune femme se détendit elle aussi.

Il y avait au centre du parc un très joli petit étang bordé d'herbes hautes et habité par une colonie de canards. En revanche, aucune bernache ne barbotait sur l'eau bien que ce fût le temps des grandes migrations, à moins de regarder haut dans le ciel, car les oies sauvages qui avaient bercé l'enfance de Victoire de leurs cris ne s'arrêtaient jamais en ville.

La jeune femme erra un moment sur les sentiers de sable qui serpentaient parmi les arbres, mais comme ses bottines commençaient à lui faire mal aux pieds, elle finit par retourner près du lac, s'asseoir sur un banc, au soleil. Ici, un enfant lançait des cailloux aux canards avant de se faire réprimander par sa gouvernante, là une dame promenait un minuscule petit chien à poil long, là-bas deux adolescents s'essayaient à grimper sans tomber sur une bicyclette... Bien loin des soirées de fête permanente que Victoire connaissait depuis quelque temps, le parc était animé d'une vie paisible qu'elle observait avec un plaisir immense. Pour une journée au moins, elle avait l'impression de réintégrer le monde urbain, comme une personne ordinaire.

Alors qu'elle observait un gros écureuil gris, occupé à fourrager dans l'herbe entre deux gracieux petits bonds, un enfant d'environ quatre ans se précipita sur l'animal en poussant des cris excités. L'écureuil s'enfuit vers l'arbre le plus proche, escalada le tronc en spirale, et s'arrêta sur une branche, hors de portée de l'enfant qui l'avait poursuivi et qui criait maintenant pour le faire redescendre.

– Maurice ! Reviens ici !

Victoire, interpellée par ce prénom qui lui rappelait son frère, tourna la tête pour apercevoir la mère de l'enfant, qui arrivait sur le chemin accompagnée de son mari. Mais lorsqu'elle croisa le regard de ce dernier, Victoire se figea : elle venait de reconnaître un des clients du Magnolia. Vu l'expression interloquée qu'il avait, c'était réciproque. Elle ignorait son nom, elle n'avait jamais couché avec lui, mais il faisait partie de ces visages familiers qu'elle voyait défiler chaque soir.

Aussitôt, Victoire, rougissante, baissa les yeux. Elle ne voulait surtout pas se faire remarquer, et par chance l'homme et son épouse reprirent le contrôle de leur enfant et continuèrent leur chemin sans se soucier d'elle.

Mais une fois de plus, l'incident poussa la jeune femme à quitter les lieux. Elle essaya bien de se convaincre que c'était la lumière déclinante du soleil qui la poussait en direction du *Magnolia,* il n'en restait pas moins que le regard choqué que lui avait lancé ce client était gravé en elle.

* * *

Bien que ses bottines lui faisaient toujours mal, Victoire décida de rentrer à pied chez Madame Angèle. En plus de la promenade en plein air, cela retarderait l'échéance. Elle savait en effet qu'à huit heures ce soir les portes de la maison ouvriraient comme d'habitude, et elle n'était pas pressée de s'y retrouver.

Elle prit donc la direction du nord, tout en flânant devant les vitrines, entrant à l'occasion pour vérifier le prix d'un article qui lui plaisait. Elle n'acheta rien, pourtant. Son enthousiasme avait disparu. Elle qui avait voulu oublier un peu sa vie au bordel le temps d'une journée s'était fait par deux fois rappeler sa condition, ce qui faisait peser plus lourd encore le poids d'immoralité qu'elle sentait sur elle.

Il devait être plus de cinq heures, la nuit commençait à tomber.

Alors que Victoire longeait un grand mur de pierres, elle aperçut un peu plus loin une porte qui s'ouvrait pour livrer passage à deux religieuses. L'instant d'après, alors que la jeune femme arrivait à son tour à hauteur de la porte, elle glissa un regard de l'autre côté: derrière ce grand mur se trouvait un couvent.

Elle ne ralentit pas le pas, mais soudain une foule d'images se bousculèrent dans sa tête. Elle revit la petite chose rose et geignarde, couverte d'une substance blanchâtre, qui était sortie d'elle un soir d'avril et qu'elle avait abandonnée dans un paquet de chiffon, devant un établissement similaire.

Cela la frappa de plein fouet : depuis qu'elle était entrée au *Magnolia,* elle avait presque occulté son existence. Elle avait changé de nom, de vie, elle s'était réfugiée dans un nouveau rôle, bien loin de celui de la jeune Victoire Boivin. C'était comme si elle avait ordonné à sa mémoire de reléguer le souvenir de son enfant si loin qu'elle pourrait faire comme s'il n'avait jamais existé.

Pourtant, cet enfant était bel et bien né, il avait ouvert les yeux, remué, et Victoire entendait encore ses petits gémissements plaintifs lorsqu'elle avait déposé le paquet de chiffon sur le sol humide et qu'elle s'était éloignée dans la rue.

Soudain, ce fut comme si le ciel au-dessus de sa tête avait viré au noir. Victoire sentit les larmes lui monter au fond de la gorge.

Elle avait abandonné son fils.

* * *

Célia avait raison. Je suis mauvaise.

Elle disait toujours qu'à force de désobéir aux règles on devenait une mauvaise personne. C'est vrai. Je n'ai jamais été une bonne fille pour mes parents, ils n'ont jamais su quoi faire de moi, et quand je me suis trouvée en âge de m'occuper un peu de moi-même, je leur ai ramené un petit bâtard.

Les gens ont raison : les filles-mères sont incapables de s'occuper correctement de leur enfant. Moi, j'ai abandonné le mien. Je suis pire que tout, je ne suis ni une bonne fille ni une bonne mère. Et maintenant, qu'est-ce que je fais ? La putain. Je laisse des hommes faire ce qu'ils veulent de mon corps en échange de vulgaires piécettes de bronze. Même Judas s'est vendu pour plus cher que ça !

C'est bien joli de vouloir jouer les filles qui savent ce qu'elles veulent, mais je ne vaux pas grand-chose, au fond...

* * *

Le visage ruisselant, Victoire s'en prit soudain à ses pieds douloureux dans les bottines trop petites, qu'elle endurait depuis trop longtemps. Dans un mouvement de colère, elle fit signe à la première voiture libre qui se présenta et se fit conduire chez Madame Angèle. Elle ne supportait pas l'idée qu'on puisse la voir pleurer en plein milieu de la rue, elle avait besoin de se retirer à l'abri des regards pour faire face seule à sa propre douleur.

Elle n'avait pas encore repris ses esprits lorsqu'elle frappa à la porte du *Magnolia.* Cette dernière s'ouvrit brutalement, livrant passage à un homme au visage grimaçant.

Henri était furieux.

– Ah ! La voilà, notre petite fugueuse ! s'exclama-t-il en attrapant Victoire par le col pour la tirer à l'intérieur de la maison et refermer derrière elle la lourde porte. Où étais-tu ? Qui t'a donné la permission de t'absenter si longtemps ?

Victoire, effrayée par la voix tonitruante du fils de sa patronne, s'était figée.

– Réponds ! cria Henri.

Une claque magistrale s'abattit sur la joue de la jeune fille.

– Réponds, j'ai dit !

Le revers s'abattit sur l'autre joue. Henri frappait d'une main tout en tenant Victoire par son manteau, ce qui l'empêchait de se dérober. Elle voyait déjà venir une nouvelle scène où elle se ferait rouer de coups sans pouvoir se défendre.

– Non ! s'écria Madame Angèle qui accourait. Ne la frappe pas au visage ! Amène-la ici !

Un coup derrière la tête lança Victoire dans la direction du bureau de la tenancière. Celle-ci, les poings sur les hanches et le regard noir, l'attendait devant sa porte.

– Entre, lui dit-elle d'une voix glaciale.

Puis, elle se tourna vers les quatre ou cinq filles qui, en entendant tous ces cris, s'étaient agglutinées en haut de l'escalier.

– Et vous, disparaissez !

Henri s'avança, menaçant, mais n'eut pas besoin de se rendre jusqu'à l'escalier : les filles s'étaient déjà éparpillées comme une volée de moineaux effarouchés.

Madame Angèle ferma la porte du bureau et alla prendre place dans son fauteuil.

– Je croyais t'avoir dit de rentrer ici après ton rendez-vous chez Mademoiselle Émilie, commença-t-elle. Que s'est-il passé ?

Victoire, les joues brûlantes, baissa la tête.

– J'ai cru que j'avais ma journée, répondit-elle tout bas.

– Tu as cru que tu avais ta journée ! répéta la tenancière, cinglante. Tu te moques de moi ? Anne t'a clairement expliqué que vous deviez rentrer ici directement ! Est-ce que tu sais les risques que je prends à laisser mes filles seules dehors ?

Victoire ne répondit pas.

– Non, bien sûr, tu n'en as aucune idée, continua l'autre. Si une de mes filles se fait prendre dehors, sans surveillance, la police pourrait faire fermer ma maison ! Une seule entorse au règlement et c'est la maison complète qui est mise en danger, tu comprends ça ?

Les paroles de la tenancière claquaient comme des coups de fouet. Victoire avait déjà entendu tout cela dans la bouche de Toinette, mais venant de Madame Angèle, cela prenait une tournure autrement plus dramatique.

– Je n'aime pas les fauteuses de troubles. Je devrais te renvoyer pour ce que tu as fait, ou bien te vendre à une autre maison…

– Je ne recommencerai pas, madame, murmura-t-elle en ravalant ses larmes.

– J'espère bien ! Et pour m'en assurer, je vais te montrer ce qui arrive aux petites rebelles comme toi.

Madame Angèle ouvrit alors son grand livre de compte, l'ouvrit à la page qui concernait Victoire, et inscrivit dans la colonne de ses dépenses un terrible quarante dollars.

– Si tu ne veux pas comprendre comment ça marche, ici, c'est ton argent qui va en souffrir. Je n'ai aucun scrupule à distribuer des punitions lorsqu'elles sont méritées, sache-le. Alors j'espère que tu as bien profité de ta journée, car tu viens d'enfoncer un peu plus ta dette, ma jolie… Tu peux t'en aller.

Et alors que Victoire tournait les talons, Madame Angèle la retint.

– Attends ! Qu'est-ce que c'est, ça ? dit-elle en désignant les boucles d'oreilles de la jeune femme. Tu les as achetées aujourd'hui ?

Victoire, mortifiée, se rendit compte qu'elle avait oublié de les retirer avant de rentrer. Elle mentit en hochant la tête.

– Donne ! ordonna la tenancière en tendant la main. Ça va payer une partie de ton amende.

Vaincue, la jeune femme déposa les boucles dans la paume de sa patronne. Au point où elle en était, il lui semblait qu'il ne pouvait plus rien lui arriver de pire.

– Je t'enlève quinze dollars, pour ça, déclara Madame Angèle sur un ton qui n'admettait aucune contestation. Et maintenant, file !

Alors, Victoire, aussi raide qu'une automate, disparut.

Chapitre 12

Les jours qui suivirent furent profondément mornes.

Anne se montra aussi furieuse que Madame Angèle envers Victoire, et ne lui adressa presque plus la parole. Même si cette dernière s'était excusée de s'être enfuie du tramway, la petite domestique lui en voulait toujours.

– J'ai eu une retenue sur mon salaire, à cause de toi ! Tu crois vraiment que tu peux agir à ta guise sans que ça ait de conséquences sur les autres ?

Alors Victoire se replia sur elle-même et attendit que la tourmente se calme. Les autres filles comprenaient fort bien qu'elle ait pu vouloir profiter de quelques instants de liberté, mais elles la mirent en garde.

– Madame ne plaisante pas avec les amendes. Si tu veux sortir d'ici un jour, tu n'as pas d'autre choix que de jouer le jeu.

– Même si tu n'en penses pas moins…

– Si tu essayes de te rebeller, ça sera pire, crois-moi !

Étrangement, cela resserra d'autant plus les liens entre les filles. Cela faisait longtemps que Victoire n'était la « petite nouvelle » que pour les clients, mais jusque-là elle avait surtout été la novice qui apprend le métier, alors que sa tentative de prise de liberté fut reconnue par ses compagnes comme une sorte d'épreuve d'initiation : maintenant que Victoire avait trouvé les barreaux de la cage, elle partageait pour de bon la condition de toutes les putains de ce monde. Les filles du *Magnolia*, qui reconnaissaient parfaitement les épreuves qu'elles-mêmes avaient traversées, la regardaient avec compassion. Elles *comprenaient.*

Mais même si Victoire connaissait maintenant les conditions exactes de son enfermement, il fallut, bon gré mal gré, supporter la situation. La vie au bordel, machine bien huilée et parfaitement insensible aux déboires des filles, continuait sur le même rythme. Les nuits succédaient aux jours, qui succédaient à d'autres nuits dans une ronde interminable. Et Victoire continua d'afficher sa fausse bonne humeur dans l'ambiance festive des salons, comme si de rien n'était.

Faire la fête, toujours. Le quotidien routinier des putains, condamnées à sourire et à dispenser des plaisirs sans jamais paraître fatiguées.

* * *

Dix jours après la fugue de Victoire, il fallut retourner chez Mademoiselle Émilie pour les essayages de la robe. Cette fois, Madame Angèle la fit accompagner par Henri.

Ce fut peut-être la plus grande punition pour Victoire, qui redoutait de se retrouver en tête-à-tête avec lui. Bien qu'Henri ne fût presque jamais présent dans la maison pendant la journée — il sortait, ou bien restait dans ses appartements —, elle n'aimait pas son sourire narquois et elle tentait de l'éviter au maximum sans en avoir l'air. Lorsqu'elle le croisait, le soir, venu serrer la main d'un ou deux clients qu'il connaissait bien, ou faisant un tour à l'étage pour regarder par-delà les vitres sans tain, elle se contentait de lui sourire poliment et de toujours lui répondre avec docilité, mais si elle pouvait changer son chemin pour éviter de passer à ses côtés, elle le faisait.

Il fallut bien, pourtant, qu'elle s'assoie à côté de lui pendant tout le trajet jusqu'à la boutique de Mademoiselle Émilie. Un voyage nettement moins plaisant que la première fois, autant par la compagnie d'Henri que par la lumière morose et les arbres déshabillés par le froid et la pluie, aux branches desquels ne pendaient plus que de pauvres feuilles pas encore tout à fait mortes, mais aussi tristes que des linceuls.

Au *Magnolia,* le fils de Madame Angèle était partout chez lui, traînant une suffisance de petit roi que Victoire jugeait d'autant plus détestable qu'il ne travaillait pas, ne faisait rien de ses journées. C'était sa mère qui tenait les comptes, dirigeait les filles, accueillait les clients, bref, qui faisait tourner le commerce. Henri, dans tout cela, projetait effectivement une image masculine forte, qui imposait le respect, mais Victoire ne l'avait encore jamais vu gérer lui-même une situation délicate face à un client : c'était encore sa mère qui allait parler aux clients un peu trop ivres pour leur demander, en déployant des trésors de délicatesse et de diplomatie, de bien vouloir se dépêcher de monter avec une fille, ou bien de quitter les lieux. Henri ne faisait que boire et fumer, bavarder un moment, tripoter quelques filles au passage, puis allait se coucher lorsqu'il en avait assez, sans se soucier de savoir si la soirée allait bientôt s'achever ou non.

En ville, il avait la même attitude. Arrogant, sûr de lui et de sa prestance, il bombait le torse comme un jeune coq et faisait de l'œil aux petites ouvrières qui croisaient son chemin. La présence de Victoire à ses côtés n'y changeait rien. Visiblement ennuyé d'avoir à l'accompagner, il l'ignorait presque.

Pourtant, la jeune fille avait une fois de plus revêtu une tenue de ville extrêmement élégante et elle formait avec Henri un couple charmant. Accrochée à son bras, trottinant dans ses jolies bottines vernies, elle faisait abstraction de la froideur qu'elle sentait chez son compagnon et se forçait à avoir l'air aimable. À tel point que lorsqu'un homme l'aida à monter dans le tramway et qu'elle le remercia avec un large sourire, celui-ci, sans doute sensible à sa beauté, ne la quitta plus des yeux pendant le reste du trajet.

– Qui est-ce ? Tu le connais ? demanda Henri, qui avait fini par surprendre ce petit manège.

– Non. Il m'a simplement aidée à monter, tout à l'heure.

– Alors arrête de le regarder comme ça, tu vas te faire remarquer. On n'est pas au bordel, ici !

Victoire baissa aussitôt les yeux. Elle ne voulait pas risquer de s'attirer la mauvaise humeur d'Henri.

Celui-ci ne l'accompagna pas à l'intérieur de la boutique. Tout cela n'était pour lui que des affaires de bonnes femmes, et il préféra rester sur le trottoir, cigare aux lèvres.

Il n'allait pas avoir à patienter très longtemps, car cette visite fut, comme la première, rapidement expédiée. Lorsque Victoire pénétra dans le petit salon de l'arrière-boutique qui était réservé aux clientes, sa robe était déjà suspendue à un cintre. La jeune femme retint une exclamation de surprise : même si elle ne l'avait pas encore sur les épaules, le lustre des tissus que la couturière avait choisis et la quantité invraisemblable de petites verroteries brodées sur le corsage laissaient présager le meilleur.

Mademoiselle Émilie attendait, toujours accompagnée de ses assistantes. Ces dernières accueillirent Victoire et l'aidèrent à se déshabiller pour enfiler la robe en question.

– Est-ce le plus serré que vous portez habituellement votre corset ? demanda la couturière.

Comme Victoire hochait la tête, Mademoiselle Émilie pinça la taille de la robe entre ses doigts et resserra le tissu d'un bon demi-pouce de chaque côté avec des épingles.

Les assistantes tournoyaient autour de la jeune femme comme de petites abeilles, jugeant ici et là si le tissu tombait bien comme prévu. Elles demandèrent à Victoire de se baisser, de se tourner de part et d'autre pour s'assurer que la robe bougeait avec le mouvement sans risque de se déchirer.

– Vous voulez bien marcher un peu, mademoiselle ?

Victoire fit quelques pas, d'abord de long en large, sous le regard perçant de la couturière et de ses assistantes, puis elle s'approcha d'un grand miroir posé près de la fenêtre pour s'y regarder.

La lumière blanche du dehors fit aussitôt scintiller doucement le corsage de la robe et alluma des reflets sur le tissu. La jeune fille put alors admirer les détails.

Les épaules étaient très dégagées, les bras nus, avec un décolleté juste assez profond, mais qui évitait la vulgarité. Quant au corsage, il était formé sur le devant et dans le dos d'un drapé aux plis très serrés qui dégringolaient en diagonale pour se rejoindre sur la hanche droite, d'où partaient ensuite de larges pans qui tombaient aux genoux puis s'évasaient jusqu'au sol en une courte traîne. Les hanches et les fesses étaient particulièrement moulées, bien loin de la mode actuelle, et c'était probablement ce qui valait aux créations de Mademoiselle Émilie leur réputation de sulfureuses. Celle-ci en particulier évoquait ces toilettes un peu surannées qu'on portait à Paris dans les années 1880, mais en épurant beaucoup la quantité de volants, de franges ou de décorations.

Les seuls ornements étaient en effet de minuscules pierreries d'un bleu limpide brodées sur le corsage, parmi les plis du drapé. On avait utilisé un tissu de ce même bleu pâle pour la doublure intérieure de la robe en le laissant volontairement paraître à certains endroits pour jouer avec l'effet dessus dessous. Cela donnait à l'ensemble juste assez de couleur pour en faire une robe de soirée plutôt qu'une robe de mariée. La robe était en satin, d'un blanc doux uni, mais quelques pans de la jupe étaient en brocart blanc brodés de fils d'argent si clairs que les motifs floraux qu'ils composaient paraissaient presque ton sur ton.

Dans cette robe immaculée, la peau et les cheveux sombres de Victoire contrastaient de la plus jolie façon qui soit, comme s'ils se mettaient mutuellement en valeur. La jeune fille n'avait jamais eu une silhouette de sylphide, comme la toute mince Léontine, et elle avait repris du poids depuis son arrivée au *Magnolia,* ce qui lui donnait des hanches généreuses, parfaites pour ce genre de toilette qui lui faisait une silhouette toute en courbes. Mademoiselle Émilie ne cachait pas le corps des femmes sous des froufrous : au contraire, elle le révélait dans ce qu'il avait de plus sensuel, par des lignes sobres et flatteuses.

La robe comme la jeune fille étaient tout simplement magnifiques.

* * *

L'attente de l'arrivée définitive du vêtement mit Victoire dans un état d'excitation qui lui fit oublier ses mésaventures. Elle se croyait tirée d'affaire. L'épisode de la fugue de Montréal était terminé, elle avait suffisamment payé pour cela.

Malheureusement, elle n'était pas encore au bout de ses peines.

Deux jours après l'essayage chez Mademoiselle Émilie, alors qu'elle était en train de verser à boire à un groupe de clients qui venaient juste d'arriver, elle aperçut derrière eux l'homme qu'elle avait croisé dans le parc.

Il ne l'avait pas oubliée non plus, car il la cherchait des yeux. L'ayant trouvée, il eut une petite expression mauvaise et s'en alla toucher un mot à Madame Angèle. Le cœur de Victoire manqua un battement.

De loin, la tenancière lui jeta un regard surpris, puis elle prit son client par le bras et l'emmena dans son bureau pour ce qui allait être une assez longue discussion.

– Qu'est-ce qu'il y a, ma chérie ? demanda Fatima en passant un bras affectueux autour de la taille de Victoire. Tu es toute rouge…

– Cet homme, qui vient de partir avec Madame, il m'a vue quand j'étais seule en ville et je crois qu'il est en train de tout lui raconter.

– Oh, oh… Ça, c'est mauvais signe !

– Je sais, répondit Victoire d'un ton résigné.

Elle n'allait pas avoir la réponse tout de suite, car Jacques l'appelait pour la présenter à l'un de ses amis, et elle dut grimper l'escalier avant que l'entretien dans le bureau ne soit terminé.

Un peu plus tard, lorsqu'elle redescendit, elle se fit attraper sans ménagement par Madame Angèle, qui la tira dans un coin du couloir.

– Il paraît qu'Adrien t'a vue le jour où tu t'es enfuie ?

Victoire hocha la tête.

– Eh bien, je ne pensais pas que tu me créerais autant de problèmes quand je t'ai engagée ! lâcha Madame Angèle d'un ton sec. Figure-toi qu'Adrien a de l'influence, en ville, et qu'il n'a vraiment pas aimé te voir te promener en toute liberté devant sa femme et son fils. Alors pour qu'il garde sa langue et n'aille pas porter plainte, j'ai dû lui offrir trois nuits entières aux frais de la maison. Et je ne crois pas que c'est à moi de payer !

– Vous n'allez quand même pas mettre ça sur ma dette ! protesta Victoire.

– Je vais me gêner ! ricana la tenancière. C'est toi qui as fait une bêtise, c'est toi qui payes, c'est aussi simple que ça.

Et alors que la tenancière s'éloignait, elle se retourna pour ajouter :

– Au fait, je lui ai aussi promis que s'il voulait t'avoir, il avait la priorité sur tous les autres. Pour l'instant, il est monté avec Clémence, mais il reviendra et tu auras intérêt à te montrer plus obéissante !

* * *

Adrien profita largement de ses trois nuits offertes gratuitement en revenant dès le lendemain soir. Comme c'était la règle lorsqu'un client réclamait la priorité sur une fille, Victoire dut passer la soirée au salon aussi longtemps qu'Adrien ne demandait pas à monter, obligée de refuser les clients qui se présentaient dans l'intervalle.

Finalement, après qu'il eut longuement parlé politique avec deux de ses amis, il se décida. Victoire, qui attendait qu'il veuille bien se soucier d'elle, passait le temps avec un petit jeu que Léontine venait d'inventer et qui consistait à mimer un des clients du bordel pour que les filles qui étaient là devinent de qui il s'agissait. Les imitations étaient tordantes. Elles révélaient à quel point les filles connaissaient bien les petites manies ou les mimiques de leurs visiteurs, et les hommes qui étaient assis avec elles riaient à s'en tenir les côtes.

Parmi eux, Victoire, elle aussi, s'amusait follement, mais elle déchanta quelque peu quand Adrien lui posa une main sur l'épaule, interrompant le jeu une seconde pour emmener la jeune femme avec lui. Dans l'escalier, ils ne se parlèrent presque pas. Victoire essayait de ne rien laisser paraître, mais elle lui en voulait terriblement et il le sentit très bien.

Par chance, il évita de la sermonner une fois de plus. Il se contenta de la plaquer contre le mur sans rien dire, avant de la déshabiller et de la prendre presque avec agressivité. Victoire, raide comme une morte, se demanda s'il y prenait un véritable plaisir ou bien s'il ne s'agissait pour lui que d'une question de pouvoir.

Le petit sourire qu'il lui adressa alors qu'elle emportait ses vêtements dans ses bras pour quitter la chambre lui fit pencher pour la deuxième solution.

* * *

Adrien n'est qu'un sale hypocrite. Je lui cracherais au visage si je le pouvais, il me dégoûte!

Qu'est-ce que c'est que ce comportement, enfin? Ça me dépasse! Monsieur se croit tout permis parce que Monsieur a de l'argent?

Même pas ! C'est plus vicieux que ça, car Monsieur est un gros bourgeois bien-pensant, qui croit avoir de l'éducation et de la moralité…

Qu'est-ce qui pouvait le choquer à ce point-là, de me voir toute seule dans un parc ? Est-ce que j'avais les seins à l'air ? Est-ce que je me suis jetée sur lui en lui demandant quand il reviendrait de nouveau pour m'enfoncer sa queue entre les jambes ? Est-ce que j'ai fait quoi que ce soit qui prouverait à sa femme que Monsieur est un gros cochon qui vient au bordel trois fois par mois ? Non, je suis restée sagement à ma place et je l'ai ignoré, comme n'importe quelle inconnue l'aurait fait.

Alors qu'avait-il à venir se plaindre à Madame ? Quel besoin avait-il de se faire soudain le défenseur des bonnes mœurs alors qu'il en est lui-même le pire exemple ? Il aime les putains, mais il ne veut pas les voir dans la rue ? Et il a le culot de menacer qu'il va se rendre à la police ? Quoi, il serait même prêt à admettre devant les policiers qu'il aime les putains juste pour pouvoir m'humilier un peu plus ? Il est donc si sûr de lui pour ne même pas avoir peur qu'on lui reproche de fréquenter les bordels ?

Quel salopard… Si seulement il n'avait pas en plus ce petit sourire satisfait ! J'aurais envie de le lui planter au fond de la gorge… Le pire, c'est qu'il doit même être convaincu qu'il a bien agi, que je ne suis qu'une gamine qu'il fallait punir pour son bien, pour mieux l'éduquer. Une bonne putain doit savoir rester à sa place, n'est-ce pas ? C'est toujours la même rengaine… Lui, mon père, le père Thomas, ce sont tous les mêmes !

Mais ce qu'Adrien ne sait pas encore, c'est que quand ses trois nuits seront finies et que je ne serai plus forcée de me tenir à sa disposition au cas où il lui prendrait le caprice de me sauter dessus, il pourra toujours sortir son bel argent propre de gros bourgeois bien-pensant : il n'aura plus jamais mon cul ! Et puisque je ne peux même pas lui cracher au visage comme il le mériterait, je vais déployer tous mes talents pour l'éviter. Je sais être subtile, quand je veux, et il pourra bien croire toute sa vie qu'il a gagné la bataille, il ne comprendra jamais qu'il a perdu, qu'il ne m'atteindra plus. Clémence a raison: c'est bête, un homme. Assez bête pour ne jamais se rendre compte quand on le manipule. Et ma victoire à moi, ce sera qu'il reste persuadé de maîtriser la situation.

Ce n'est pas avec son argent que je rembourserai ma dette, ça, c'est certain. Quand je pense qu'en ce moment, c'est moi qui dois payer pour ses nuits « offertes par la maison ». Offertes par moi, oui! C'est moi qui paye pour qu'il me baise! C'est à vomir!

Quant à Madame... Elle ne vaut pas mieux que lui, à s'abaisser devant la volonté toute-puissante des clients. Elle aussi fait la putain, peut-être bien plus que nous!

Vous croyez que vous arriverez à me briser, vous tous? Vous ne savez pas de quoi je suis capable...

* * *

On sonna un matin à la porte du *Magnolia* pour livrer la robe blanche. Mais alors que les filles trépignaient pour que Victoire leur montre la fameuse création de Mademoiselle Émilie, la jeune femme refusa.

– Je ne la sortirai pas tout de suite, je préfère attendre le soir où François viendra. Après tout, c'est lui qui la paye, c'est normal qu'il en profite en premier!

Ce n'était qu'un prétexte, car en réalité Victoire était partagée au sujet de cette robe. Avec toutes les amendes qu'elle avait dû payer, c'était un cadeau qui lui avait finalement coûté bien trop cher et tout son enthousiasme à l'idée d'avoir enfin un objet de luxe rien qu'à elle était retombé. La robe resta donc dans son carton, soigneusement enveloppée de papiers de soie.

Ce ne fut effectivement que la semaine suivante, lorsque François annonça sa visite, que Victoire se décida enfin à la porter. Lorsqu'elle l'enfila, ses amies se précipitèrent avec des exclamations excitées.

– Quelle merveille !
– Fais voir ! Tourne-toi, un peu !
– Oh, qu'elle est belle… Regardez-moi ce tissu ! Et ces pierres !
– Tu es magnifique, là-dedans !

La robe était effectivement de toute beauté. Sous les lumières tamisées des salons, le brocart et le satin luisaient doucement, vivifiés çà et là par les éclats furtifs que lançaient les petites pierres bleues. Avec ses cheveux relevés et ses épaules dégagées, ornées d'un fin collier de diamants, on ne voyait plus que la ligne du cou et de la nuque, qui se ployaient avec élégance dès que Victoire tournait la tête.

– Ce sont des vrais ? avait-elle demandé lorsque Madame Angèle lui avait passé le collier.

– Ne rêve pas trop, quand même ! avait répliqué la tenancière avec un rire moqueur. J'aime que mes filles soient belles, mais je laisse aux clients le soin de leur offrir des cadeaux de prix…

Mais malgré ces verroteries sans valeur et la robe enfilée presque à contrecœur, Victoire changea bientôt d'état d'esprit. Les regards admiratifs de ses amies lui faisaient prendre conscience que sa tenue était réellement hors du commun, ce qui la mit en confiance. Après l'avoir portée un petit moment, elle commença à se sentir étrangement bien : le vêtement immaculé la rendait irrésistible, attirant sur elle tous les regards ; pourtant, elle donnait l'impression d'être aussi glacée qu'une statue de marbre.

Une véritable reine des glaces, presque trop belle pour qu'un homme ose la salir en la touchant.

Les clients, ce soir-là, ne parlèrent que de Victoire et de sa somptueuse toilette. Les compliments pleuvaient : on admirait, on commentait, on voulait savoir d'où venait une telle robe. Les autres filles, dans leurs toilettes colorées des grands soirs, se fondaient en un ensemble harmonieux où Victoire, pour une fois, tranchait nettement.

François, plus que les autres, était ébloui. Très fier, il répétait à qui voulait l'entendre que c'était lui l'instigateur de tout cela.

– Vraiment, je m'attendais à quelque chose de beau, mais à ce point-là ! disait-il en paradant auprès de Victoire.

Chacun approuvait.

– Tout ce blanc, sur une belle brune comme elle, c'est très réussi, fit George.

– Moi, je la trouve virginale, dans cette robe, notre Victoire ! N'êtes-vous pas d'accord avec moi ? Regardez comme elle se laisse admirer de loin, avec cette impression qu'on ne peut l'approcher…

– Elle fait partie d'un autre monde, comme une vestale sacrée.

– Moi aussi je la trouve assez virginale, ajouta Charles. Ça lui va bien… Car elle est facile à effaroucher, notre petite Victoire, n'est-ce pas ? Regardez-la ! Toujours paisible et discrète, jamais un mot plus haut que l'autre, toujours docile, raisonnable… Une vraie petite sainte !

– C'est bien vrai, ça !

– Allons, ne serions-nous pas en train de baptiser notre petite nouvelle, par hasard ? remarqua Simon-Pierre.

– Et qui n'est plus si nouvelle que ça, d'ailleurs ! ajouta George.

– Ma foi, c'est un joli nom pour une si jolie fille… reprit Simon-Pierre. « La Sainte. » Qu'en dites-vous, messieurs ?

Les hommes approuvèrent vigoureusement.

– Et toi, ma toute belle, est-ce que tu aimes ton nouveau nom ? demanda Simon-Pierre en se tournant vers la jeune femme.

– J'aime beaucoup, répondit-elle avec un sourire.

En réalité, elle s'en moquait éperdument. Il était loin, le temps où elle cherchait à se conformer à tout prix aux clients et à leurs désirs pour mieux se faire accepter et assurer sa place dans la maison. Elle trouvait un peu ridicule cette façon de donner des surnoms, comme si les hommes n'étaient pas capables de faire un effort pour retenir les prénoms des jeunes femmes. Ce n'était quand même pas si difficile.

Elle aurait mieux compris qu'une fille choisisse elle-même son surnom — au moins, elle aurait pu comprendre qu'on cherche à se créer un personnage, à dissocier la putain de la fille de tous les jours. Mais à partir du moment où les clients s'amusaient eux-mêmes à baptiser les filles qu'ils consommaient, cela perdait totalement de son intérêt. Le surnom ne devenait alors qu'un grelot, un de ces colifichets que les maîtres satisfaits accrochent au cou de leurs chiens. Ce n'était rien de plus qu'une marque de propriété.

Dans un bel ensemble, les clients levèrent leur verre à la santé de Victoire et à son nouveau nom. Elle fit de même, souriante, mais n'en pensant pas moins. Tout cela n'était pour elle qu'une mascarade, une plaisanterie de plus pour divertir l'esprit de ces hommes, avant que l'on ne s'occupe de divertir leur corps.

Comme tout le monde se remettait à bavarder et commenter, elle reposa son verre sur la table. Elle avait besoin de se changer les idées. Elle se leva pour se mettre au piano et, ce faisant, passa tout près de Laurent. Tandis qu'elle croisait son regard par hasard et qu'elle s'apprêtait à l'ignorer, comme elle le faisait d'ordinaire, quelque chose la retint.

Il ne souriait pas de cet air benêt et satisfait qu'avaient les autres. Il leva plutôt son verre en direction de la jeune femme et lui fit un signe de tête respectueux.

Étrangement, Victoire eut l'impression que c'était elle qu'il saluait réellement, et pour une fois elle lui répondit d'un sourire timide.

* * *

Qu'ils s'amusent, avec leur baptême de putain. Moi, je m'en moque. Je suis là pour faire de l'argent, et dès que j'en aurai assez, je partirai.

Il y a des clients que j'aime bien, d'autres que je ne supporte pas. Alors quand ils me touchent, ceux-là, je me mets dans ma tête. Là, au moins, rien ne peut m'atteindre. Ils peuvent m'enfermer, m'attacher, me forcer à faire des choses que je ne veux pas, mon esprit restera toujours libre.

Cette maudite dette, je finirai bien par la rembourser. Je ne sais pas combien de temps ça me prendra, mais j'y arriverai. Si Madame croit qu'elle va pouvoir me retenir à coups d'amendes, elle se trompe.

Je suis prête à travailler dur, s'il le faut. Oh, je sais bien, si je le pouvais, j'irais plutôt passer mes journées dans le joli petit atelier de création de chapeaux dont je rêvais quand j'ai quitté Boucherville. Ou dans une boutique comme celle de Mademoiselle Émilie. Je sais bien que maintenant je ne peux plus quitter le Magnolia, à moins de trouver quelqu'un qui veuille bien reprendre ma dette auprès de Madame. Mais c'est un jeu auquel il vaut mieux éviter de jouer. Je ne veux plus de dette, je ne veux plus dépendre de personne. L'argent que je dois à Madame, je prendrai le temps qu'il faut pour le lui payer et elle sera bien obligée de me laisser partir. Si je dois passer dix ans ici, j'y passerai dix ans, mais je sortirai libre de tout engagement et la tête haute, ça, je me le jure !

Je coucherai avec tous les hommes de la terre, si c'est pour me permettre d'être indépendante. Une vraie de vraie. Ne plus jamais avoir à répondre de mes décisions devant un père, un mari, un patron… C'est ça que je ferai.

En attendant, je reste ici. C'est une maison confortable, je mange bien, je dors bien, je suis en sécurité et les filles m'aiment bien… Les hommes, si on sait les tenir, sont plutôt gentils et ils sont parmi les gens les plus distingués de la ville. Ça pourrait être pire, non ? Je pourrais être encore en train de travailler douze heures par jour à me brûler les doigts sur ce maudit feutre trop chaud, me retrouver engrossée et mariée malgré moi à un ouvrier sans un sou vaillant, et obligée de vivre comme Rosélina, à ne plus savoir distinguer mes enfants à force de les faire et de les perdre ensuite.

Si je dois supporter quatre ou cinq bonshommes sur moi chaque nuit pour pouvoir passer l'hiver au chaud, alors je le ferai. Si je dois me faire appeler d'un surnom ridicule juste pour les amuser, je le ferai. Si je dois baisser la tête devant Madame pour éviter des amendes, je le ferai aussi.

Mais personne ne m'empêchera d'être libre un jour.

* * *

Au grenier, Clémence, Fatima et Éloïse dormaient encore. Les autres étaient déjà descendues à la cuisine, on entendait leurs rires dans l'escalier de service, avec le tintement de la vaisselle et les talons d'Anne qui allait et venait pour servir le déjeuner.

C'était une heure que Victoire aimait particulièrement. Celle des filles ensommeillées, des cheveux ébouriffés, des grimaces des fêtardes qui avaient trop bu la veille et luttaient contre les maux de tête, des bâillements, des effluves de café et de pain chaud. À cette heure-là, Madame Angèle n'était pas encore sortie de ses appartements, la maison appartenait entièrement aux filles.

Victoire, avant de rejoindre ses amies, alla chercher en frissonnant un peignoir qu'elle avait porté la veille et oublié dans une des chambres de l'étage — elle ne savait plus laquelle. Anne n'avait pas encore fait les lits, les chambres portaient encore les traces des ébats qui s'y étaient déroulés toute la nuit. Mais pour Victoire, désormais, tout cela faisait partie de l'ordinaire.

Elle finit par dénicher son peignoir, qui avait glissé par terre, dans la chambre africaine, et l'enfila. Puis, elle redescendit paisiblement par le grand escalier principal, glissant sans le moindre bruit sur l'épais tapis. Cette partie de la maison était parfaitement vide, elle paraissait presque morte maintenant que la musique s'était tue, que les lumières étaient éteintes et que la chaleur des foyers s'était dissipée. Cela lui donnait un air solennel, comme ces grandes maisons de campagne abandonnées.

Dans le couloir du rez-de-chaussée, Victoire se dirigeait vers la cuisine lorsqu'elle remarqua que la faible lueur qui provenait des salons avait quelque chose de particulier. Elle bifurqua, entra dans le salon le plus proche et ouvrit les grands rideaux qui masquaient une des fenêtres. Elle retint une exclamation de surprise.

Dehors, il neigeait à gros flocons.

Avec un soupir, la jeune femme s'assit sur le sofa sous la fenêtre et remonta ses genoux à son menton, le visage tourné vers l'extérieur. La rue était déjà recouverte d'une épaisse couche blanche et les voitures passaient presque sans bruit, rythmées par les nuages de l'haleine des chevaux. Même si la première neige était rarement définitive, c'était souvent la plus impressionnante. D'un coup, elle rappelait aux hommes que quoiqu'il arrive le temps passait et la nature suivait son cours immuable.

Victoire regarda vers le ciel. Les flocons qui se heurtaient à la vitre dégringolaient joliment tout le long de la fenêtre avant d'aller se perdre quelque part.

C'était beau.

Alors, elle se mit doucement à pleurer.

De la même auteure, aux Éditions Coup d'œil

Les Filles de joie
1 - *Le Magnolia*, 2020
2 - *L'heure bleue*, 2020
3 - *La grimace du tigre*, 2020

De la même auteure, chez Les Éditeurs réunis

La Cantatrice
1 - *La jeunesse d'Emma Albani*, 2012
2 - *Le triomphe d'Emma Albani*, 2012